往事如大海沉沙无影无踪

揭秘似田野炊烟一书一味

往事・天下事
Sulian Feihudui

苏联飞虎队

苏联空军志愿队援华抗日纪实

舒德骑◎著

重庆出版集团 重庆出版社

图书在版编目（CIP）数据

苏联飞虎队：苏联空军志愿队援华抗日纪实/舒德骑著.—重庆：重庆出版社，2016.6

ISBN 978-7-229-11046-8

Ⅰ.①苏… Ⅱ.①舒… Ⅲ.①纪实文学–中国–当代 Ⅳ.①I25

中国版本图书馆 CIP 数据核字 (2016) 第 048611 号

苏联飞虎队：苏联空军志愿队援华抗日纪实
SULIAN FEIHUDUI:
SULIAN KONGJUN ZHIYUANDUI YUANHU KANGRI JISHI
舒德骑 著

责任编辑：周北川　赵光明
责任校对：刘小燕
封面设计：刘　颖
装帧设计：江岑子

重庆出版集团
重庆出版社　出版

重庆市南岸区南滨路162号1幢　邮政编码：400061　http://www.cqph.com
重庆市国丰印务有限责任公司印刷
重庆出版集团图书发行有限公司发行
E-MAIL:fxchu@cqph.com　邮购电话：023-61520646

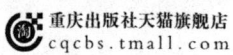

重庆出版社天猫旗舰店
cqcbs.tmall.com

全国新华书店经销

开本：710mm×1000mm　1/16　印张：21.5　字数：280 千
2016 年 6 月第 1 版
ISBN 978-7-229-11046-8
定价：43.80 元

如有印装质量问题，请向本集团图书发行有限公司调换：023-61520678

版权所有　侵权必究

抗日战争于1937年开始，苏联是第一个来到中国帮助我们抗击侵略者的。中国人民对此深深感谢苏联政府和人民。

——毛泽东在中国共产党第七次代表大会上的讲话

中国人民永远不会忘记格里戈里·库里申科。

——周恩来1958年在北京国庆招待会上对库里申科遗孀塔玛拉的谈话

抗日战争时期，苏联飞行大队长库里申科来华同中国人民并肩作战，他动情地说："我像体验我的祖国的灾难一样，体验着中国劳动人民正在遭受的灾难。"他英勇牺牲在中国大地上。中国人民没有忘记这位英雄，一对普通的中国母子已为他守陵半个多世纪。

——习近平2013年3月23日在莫斯科国际关系学院发表的题为《顺应时代前进潮流　促进世界和平发展》演讲辞

位于重庆市万州区的苏联飞行大队长库里申科少校陵墓和塑像

目 录

前　言 ·· 1

第一章　中华民族危难之际 ······································ 1
 1. 悲壮惨烈的淞沪会战 ····································· 1
 2. 铁血横飞的空中绞杀 ····································· 4
 3. 中国没有被俘的空军 ····································· 7
 4. 宁为玉碎的中国战鹰 ····································12
 5. 错综复杂的国际环境 ····································18
 6. 不能让中国投降日本 ····································24
 7. 卓有成效的西北之行 ····································30
 8. 难忘克里姆林宫会谈 ····································36
 9. 莫斯科创造中国神话 ····································41
 10. 南京上空最后的决战 ··································45

第二章　打通援华国际大通道 ································52
 1. 茫茫荒漠上创造奇迹 ····································52
 2. 险象环生千里大抢运 ····································56
 3. 用生命诠释中苏友谊 ····································60
 4. 实在了不起的中国人 ····································64
 5. 独闯天涯的英雄壮举 ····································69
 6. 整装待发的苏联空军 ····································74
 7. 月光之下深情的吻别 ····································78
 8. 艰难险阻中顽强起飞 ····································82
 9. 淞沪会战以失败告终 ····································88

第三章　打击敌寇的嚣张气焰 …………………… 94
　　1. 雪中送炭的苏联空军 …………………… 94
　　2. 在中国天空初露锋芒 …………………… 99
　　3. 出其不意地对敌攻击 …………………… 103
　　4. 一颗空军巨星的陨落 …………………… 107
　　5. 永垂千古的空军战魂 …………………… 111
　　6. 保卫南京的浴血之战 …………………… 116
　　7. 罄竹难书的日军罪行 …………………… 121
　　8. 对日军暴行实施惩罚 …………………… 124
　　9. 苏联不可能出兵中国 …………………… 130

第四章　正义之剑在中国天空 …………………… 136
　　1. 犬牙交错的武汉空战 …………………… 136
　　2. 一个日本士兵的噩梦 …………………… 143
　　3. 飞机迫降于危难之际 …………………… 148
　　4. 洋人来华助战悲喜剧 …………………… 151
　　5. 野战医院的人生奇遇 …………………… 155
　　6. 兰州上空中苏保卫战 …………………… 160
　　7. 以特殊方式庆祝节日 …………………… 166
　　8. 出奇制胜战鹰袭台北 …………………… 171
　　9. 短命的国际十四中队 …………………… 176

第五章　保卫武汉的空中较量 …………………… 183
　　1. 痛心疾首的西北空难 …………………… 183
　　2. 一次空前的空中大捷 …………………… 188
　　3. 刻骨铭心的战斗经历 …………………… 192
　　4. 运筹帷幄的苏军顾问 …………………… 197

5. 中国空军的跨海远征 …………………………… 202

　　6. 义薄云天的英勇壮举 …………………………… 208

　　7. 望穿秋水的苦苦等待 …………………………… 213

　　8. 武汉上空的殊死搏杀 …………………………… 218

第六章　在保卫大后方战斗中 ……………………………… 223

　　1. 重庆大轰炸拉开帷幕 …………………………… 223

　　2. 为了打击敌寇而备战 …………………………… 227

　　3. 历史上最残忍的轰炸 …………………………… 233

　　4. 多行不义则自食其果 …………………………… 239

　　5. 来到中国的库里申科 …………………………… 244

　　6. 给日本人致命的反击 …………………………… 249

　　7. 坂井三郎的人生悲剧 …………………………… 254

第七章　在艰难苦战的岁月里 ……………………………… 260

　　1. 视死如归的最后抉择 …………………………… 260

　　2. 大江之上不朽的生命 …………………………… 265

　　3. 乌江边上长眠的少尉 …………………………… 270

　　4. 击毙日军"轰炸之王" …………………………… 274

　　5. 黑暗时期不屈的战斗 …………………………… 279

　　6. 一场不对称的遭遇战 …………………………… 282

　　7. 血债一定要用血来偿 …………………………… 286

第八章　历史的天空永远铭记 ……………………………… 292

　　1. 苏联突遭德国人偷袭 …………………………… 292

　　2. 遥望战火纷飞的祖国 …………………………… 297

　　3. 当要离开中国的时候 …………………………… 301

　　4. 迟到的美国"飞虎队" …………………………… 306

5. 战火洗礼的苏联英雄 ················· 313
　　6. 薪火相传两代守墓人 ················· 318
尾　声 ································· 323
后　记 ································· 326

前　言

我的家乡在重庆江津县城。

江津，位于重庆上游60公里，因地处长江要津而得名。浩荡的长江流到这里，猛然打了个漩儿，将长江扭成了一个"几"字。江津城就在这"几"字中央，此地三面环水，一面倚山，因而又有"几江城"之称。

人近晚年，往事如烟。至今搜索对家乡所有的记忆，一个特殊的画面，叫人久久难忘。

建于抗日战争时期江津县城长江边上的"中苏友谊亭"

县城东门长江边上，一棵老态龙钟的黄葛树，掩映着一座四方亭。这座亭子很特别，亭顶是由银灰色的金属构成。残阳西坠，大江浩渺。在落日的余晖下，亭子反射出熠熠的光泽。江风轻拂，树叶婆娑。亭子中央，悬挂着一块黑底金字的大匾，匾上写着"中苏友谊亭"几个大字。匾下有小楷题曰："1939年夏，日寇飞机轰炸重庆，英勇的苏联空军与之激战，击毁日寇飞机坠于笋溪河边，境内军民无不欢欣鼓舞，以飞机残骸建亭于此，以兹纪念。"

这座特别的亭子，见证着中国抗日战争中一段难忘的历史，也见证着中苏两国人民血浓于水的战斗友谊——遗憾的是，随着时势的变迁，苏联空军帮助中国人民抗击日寇那段血与火的历史，渐渐被人淡忘了。

2011年，作者应中国航空工业集团之邀，撰写《鹰击长空——歼10总设计师宋文骢的传奇人生》一书时，在北京、南京、武汉、重庆、成都等地查阅和收集了大量中国空军发展的史料，却意外地发现，在中国抗日战争期间，最早给中国提供军事援助，帮助中国人民抗击日本空中强盗的，却是英勇的苏联空军！

1939年5月25日夜，被苏联空军击落的日寇轰炸机7名飞行人员毙命于江津笋溪河边时的情形。

前 言

苏联空军援华志愿队于1937年9月来到中国,而美国"飞虎队"直到1941年8月才开始组建。苏联空军志愿队援华抗日达4年之久,而美国"飞虎队"从组建到解散,只有11个月时间。在珍珠港被日本偷袭、美国对日宣战之前,苏联空军援华抗日的规模、所取得的战绩、牺牲的飞行人员远远超过"飞虎队"。

这段珍贵的历史,随着近年来中俄关系的改善,两国战略协作伙伴关系的确立,逐渐引起学者们的关注,进入国人的视野。在世界反法西斯战争胜利、中国人民抗日战争胜利70周年之际,揭开中苏在抗日战争期间共同战斗这段历史具有十分重要的意义。

在中国抗战期间,苏联政府除给中国巨大的军事物资援助、派遣军事顾问帮助制定作战方案、对中国军事人员进行培训外,空军志愿人员还秘密参加了南京保卫战、武汉保卫战和保卫南昌、广州、兰州、重庆、成都、西安等地50余次大规模的空战,并远程轰炸了日军在台湾的松山机场,轰炸了停泊在上海、武汉等地的日本军舰,给予日本人沉重打击。1941年8月13日,国民政府航空委员会在纪念"中国空军节"时,对外公布抗战4年以来的战绩为:共击落日机1500余架、炸毁舰船200余艘、毙敌日空军1200余人、俘获日飞行员69人,使日本侵略者空中优势大为削弱[①]——这,当然与苏联空军直接对日作战密切相关。

在那血与火的年代里,2000多名苏联空军飞行员,远离自己的祖国,在异国的天空中与中国飞行员一道,同日本人进行着殊死的搏斗,共有236个年轻的生命,长眠在了中国的土地上。

中国人民永远不会忘记他们。

2005年5月9日,国家主席胡锦涛赴莫斯科参加俄罗斯卫国战争胜利60周年庆典时,作为礼物赠送给俄总统普京及苏联援华抗日老战士大型画册

---

① 刘庭华:《中国抗日战争与第二次世界大战系年要录》海军出版社1985年版,第325页。

苏联飞虎队——苏联空军志愿队援华抗日纪实

《胜利的回忆》中，100余幅照片和史料真实地记录了苏联空军志愿队援华抗日的这段历史。俄罗斯前任驻华大使罗高寿拿到这本画册时曾感慨道："对于这段历史，很多俄罗斯人都已经淡忘了，而中国人民还记得，这让我们觉得非常温暖。"

习近平会见援华抗日老战士

2013年3月23日，习近平主席在莫斯科国际关系学院发表的题为《顺应时代前进潮流 促进世界和平发展》演讲时，他饱含深情地讲道："抗日战争时期，苏联飞行大队长库里申科来华同中国人民并肩作战，他动情地说：'我像体验我的祖国的灾难一样，体验着中国劳动人民正在遭受的灾难。'他英勇牺牲在中国大地上。中国人民没有忘记这位英雄，一对普通的中国母子已为他守陵半个多世纪。"①

过去了的就成为历史，而活着的人就成为书写历史的人——中华民族从来就是一个重情重义的民族，有着"受人滴水之恩，定当涌泉相报"的传

---

① 习近平：《顺应时代前进潮流 促进世界和平发展》，《人民日报》2013年3月24日1版。

统。2009年9月，在新中国成立60周年之际，评选出100位为新中国成立作出突出贡献的英雄模范，其中只有3个外籍人：一个是加拿大人诺尔曼·白求恩，一个是美国人埃德加·斯诺，另一个就是苏联空军飞行大队长格里戈里·库里申科——时间过去了半个多世纪，在中国的土地上，当年苏联飞行员的墓地和纪念碑等，已成为中国人民瞻仰和缅怀他们的圣地；每到清明时节，不少普通中国人依然在虔诚地为苏联英雄们扫墓、敬献鲜花。

大江东去，烟波浩渺。

日起月落，雁来燕归。

静夜里，我一页一页地打开这尘封半个多世纪的历史，当年苏联空军援华抗日志愿队那慷慨赴难、鏖战长空、铁血横飞、视死如归的情形，渐渐清晰地展现在我的眼前……

让我们走进这段难忘的历史。

第一章　中华民族危难之际

在民族危难之际，大江南北，长城内外，全体中华儿女冒着敌人的炮火共赴国难，无论是正面战场，还是敌后战场，千千万万爱国将士浴血奋战、视死如归，各界民众万众一心、同仇敌忾，奏响了一曲气壮山河的抗击日本侵略的英雄凯歌，用生命和鲜血谱写了一首感天动地的反抗外来侵略的壮丽史诗。

——习近平在纪念全民族抗战爆发77周年仪式上的讲话

1. 悲壮惨烈的淞沪会战

正午时分，狂泻的炮火、密集的枪弹、飞腾的硝烟、倾天的尘土、燃烧的残垣、横飞的血肉，将整个上海涂抹成了一块血色斑斓的画布。

天上那轮血红的太阳，在炮火和硝烟熏染下，已变得一团惨白，沉浮在烟尘之中，冷冷地注视着这人间的血腥与杀戮。天之下，看不见一只飞翔的鸟儿，唯有刺耳的飞机声和尖啸的枪炮声；地之上，没有一块无火无烟的净土，唯有残酷的撕咬和疯狂的厮杀！

这是1937年8月。

淞沪战事正进入到白热化阶段。

地面的战斗，尽管中国军队投入到正面战场的就有3个集团军，以及海军轻型巡洋舰和驱逐舰等30余艘舰艇，但日军在火器装备方面超过中国军队4～5倍，坦克装备超过36倍。尽管中国官兵们同仇敌忾，前仆后继，采用人海战术，打得无比英勇顽强，但终因装备低劣，火力不够威猛，面对日军强大的火力，以及钢筋混凝土构建的坚固的工事，束手无策，每争夺一寸土地，都要付出沉重的代价。

1937年8月13日淞沪会战拉开序幕

战斗打响之后，日本陆军、海军航空队的高空轰炸机、俯冲轰炸机和攻击机从航母和机场升空，凭借着强大的空中优势，无论早晨黄昏，还是月黑黎明，都在肆无忌惮地一波接一波对我军阵地和舰艇进行狂轰滥炸，致使中国军队阵地被毁，舰船被伤，人员伤亡惨重。在虹口、公大纱厂、汇山码头一带，血染江河，尸横遍野，在毒辣的太阳蒸晒下，方圆几十平方公里的土地上，都能嗅到腐尸和血腥的气味。

惨烈的战斗夜以继日地持续着。

8月21日黎明，虹口阵地上出现了短暂的沉寂。在战壕里的中国士兵，还没来得及喘口气，突然看见日本飞机又出现在阵地上空！一阵刺耳的怪叫之后，几十架飞机又开始轮番对着中国阵地进行投弹和扫射。顷刻之间，炸弹尖啸,尘土倾泻;机翼之下,弹片横飞。空袭过后,到处是火光,到处是焦土——尽管如此,中国军队依然抱着"一寸山河一寸血"的坚定信念,顽强地坚守在血肉筑成的阵地上。

日军96式舰载机正起飞准备轰炸中国军队前沿阵地

冲锋、溃退;溃退、冲锋。犬牙交错,你死我活。每天,双方的战斗从黎明持续到天黑,从天黑又持续到黎明——到了8月下旬,整个战局陷入僵持阶段。

8月23日拂晓,增援的日军松井石根中将率领的2个师团先头部队,在海空强大火力的掩护下,突然在狮子林、川沙口、张华浜等方向登陆,猝然扑向中国军队阵地,使整个淞沪前线更是吃紧起来。

坐镇江西庐山的蒋介石闻讯,急令军政次长陈诚为第15集团军总司令,除指挥各部火速分赴各处抗击敌人外,同时他再次命令空军司令部,要不惜一切代价,除警戒南京等重要地区外,凡是能起飞作战的飞机,都要轮番出动,轰炸上海日本海军陆战队司令部、汇山码头和在黄浦江外的舰艇,支援地面部队作战!

空军司令周至柔接到命令,尽管勉为其难,但还是将能够升空的飞机倾巢出动,在轰炸日军军事设施、水面舰艇、前沿阵地的同时,又与前来拦截的日本飞机，在空中进行残酷的绞杀。

2. 铁血横飞的空中绞杀

这场绞杀，严酷而惨烈。

中国空军驱逐机大队长高志航

战斗打响之初，8月14日、17日和19日，中国空军就多次奉命轰炸日军目标。特别是8月14日，第4驱逐机大队大队长高志航率所部飞机，不顾飞机性能落后，也不管日军来势汹汹，凭着一腔热血和满腔仇恨，在来不及加油的情况下果断升空，在风雨交加的杭州笕桥机场上空，与前来偷袭的日本鹿屋航空队第一次发生激烈空战。战斗中，高志航首开击落日机的纪录，日本人的1架96式舰载机冒着黑烟，坠落在一片坟场上。就在笕桥与半山之间，"两架日本重型轰炸敌机，像两只被拍子打烂了的苍蝇，乱堆在田野里，侵略者的钢铁与侵略者模糊的血肉被砸成了一团，日本人的太阳徽记插陷在粪土之中，因为它们意外地碰到了更坚强的钢铁与更坚强的血肉之故。"就在这一天，中国驱逐机大队首战告捷，一举击落敌机6架，击伤多架，而我军无一损失。

同一天，轰炸机中队队长金雯率队飞临吴淞口，冒着密集的防空炮火轰炸日本舰队，将环形的日本舰队打乱，数舰被炸起火！同时，还将日军上海司令部大楼炸了几个大窟窿，炸飞了太阳旗，打击了日本人骄狂的气焰——这一仗，打出了中国空军的威风，打出了全国军民抗日的信心。消息传来，全国军民无不扬眉吐气，将空军飞行员视作民族英雄，受到国人无比的尊崇——为了纪念这个特殊的日子，国民政府后来还将8月14日定为了空军节。

8月15日，恼羞成怒的日本主力机群倾巢出动，对中国空军进行疯狂报复。黎明，近100架轰炸机和攻击机从"加贺"号等航母起飞，分别攻击南昌、南京，以及浙江乔司、笕桥等机场。中国空军再接再厉，以以一当十的大无畏精神，出动飞机升空迎战。杭州笕桥机场的20多架战斗机，又在大队长高志航率领下，与日本航空队在空中激战，再次击落日机15架。同一天，在南京、杭州、扬州等地，中国空军共击毁击伤日机30余架。分队长乐以琴，一人就创下击落日机4架的辉煌战绩！

在短短3天时间里，日本第1联合航空队38架新型96式攻击机，就被中国空军击落18架；木更津航空队和鹿屋航空队共有飞机50架，开战不久就被中国空军击落击伤46架，几乎全军覆没。木更津航空队队长石井大佐在战前曾经向天皇夸下海口："日本皇军的飞机，南可轰炸新加坡，北可威胁海参崴，只要用3个小时就可以将中国空军消灭干净！"现在他屡战屡败，溃不成军，无法向天皇交代，在万分绝望中剖腹自杀。

1937年8月25日，毛泽东在《为动员一切力量争取抗战胜利而斗争》一文中，热情洋溢地写道："所有前线的军队，不论陆军、空军和地方部队，都进行了英勇的抗战，表示了中华民族的英雄气概。中国共产党谨以无上的热忱,向所有全国的爱国军队爱国同胞致民族革命的敬礼。"①

但,和强大的日本空中力量对比起来,中国空军尽管初战告捷,但在飞机性能、数量、人员、地勤补给等方面,则处于绝对劣势,实力过于悬殊。

被中国空军炸沉炸伤的日本舰艇

日本人发动全面侵华战争前,已储备有轰炸机、攻击机等各型飞机共2625架,超过中国13倍;有军事飞行员9820名,民用飞行员3000多名。其中用于侵华的陆军航空兵有飞机300架,海军航空兵有飞机550架,合计为850架。更为重要的是,他们的飞行人员都是经过严格训练,有着战斗经验的人员;同时,他们更有能力源源不断地研发和生产新战斗机,以补充战争的消耗。

而中国空军呢,一是组建时间不长,各地军阀拥有的飞机,在抗战开始后才刚刚统一起来,加之飞行人员缺乏系统训练,大多没有实战经验;二

---

① 《毛泽东选集》第四卷,中央文献出版社1968年版,第324页。

是中国空军所装备的飞机都是从各国买来的杂牌货，有的飞机还是第一次世界大战时所使用的老牌货，能勉强算是现代作战飞机的最多有一半，无法与性能先进的日本飞机抗衡；三是各类杂牌飞机数量也实在有限，名义上中国空军拥有各种飞机305架，但因缺乏相应的维修保养，实际能升空作战的飞机只有223架，其中轰炸机122架、战斗机101架，飞行员共计620名，由于训练时间短，能参战的还不及半数。

就在战事开始前，蒋介石还接到来自空军方面的紧急报告。报告称，他们有的飞机在1936年就该退役，却至今还在使用，而需要补充的新机尚未买来。另外，飞机所需的燃料、炸弹、机场等均无准备，要真正投入实战，恐怕至少还要等到1938年春天之后。

然而，箭已离弦，岂能折返！在战争进行到白热化阶段时，只要能阻止日本人的进攻，取得战役的胜利，蒋介石是什么也顾不得了，他只能是不惜血本，破釜沉舟。

空军指挥部接到蒋介石的指令，别无选择，只能命令能起飞的飞机全部升空，与日本人决一死战！

3. 中国没有被俘的空军

烈日当空，草木焦枯。

在上海虹口地面上，隆隆的炮火在堑壕和工事间炸响，嘶哑的喊杀声在阵地上久久回荡；硝烟密布的天空中，敌我双方几十架飞机，正进行着残酷的厮杀，从机头上喷出的一朵朵弹花，像盛开的木棉缀满了天空。一架日本飞机中弹了，拖着黑烟向东逃去；另一架日本飞机在空中爆炸了，一个巨大的火球燃烧着向地面坠落。

突然，一架中国飞机摆脱了日机的缠斗，一个俯冲从高空扑了下来，直扑虹口日军陆战队司令部！随着一声呼啸，飞机强行闯入地面由高炮织成的火网，迅速从机腹下投出几枚炸弹！顿时，被炸弹炸中的日军司令部圆形屋顶便燃起冲天的大火。

中国空军英雄阎海文

但，与此同时，这架飞机却被地面的高炮击中，机舱和机翼连续中了10多发炮弹，飞机冒着黑烟，急剧地向地面落去！

这是中国空军第5大队25中队少尉飞行员阎海文驾驶的飞机。

清晨，他随中队长胡应如等战友奉命出击，直扑日军虹口阵地！冒着敌人的炮火，在完成了对敌攻击任务后，座机却被日军炮火击中。千钧一发之际，他解开保险带，一下弹射出燃烧的机舱，降落伞在空中打开，飘浮在2000多米的高空中。

远处的地面上，战火依然激烈，被阎海文炸中的房屋和阵地仍在燃烧。突然，一阵猛烈的逆风吹来，吹得他睁不开眼睛，在空中飘浮着的降落伞随着这阵逆风，急速地向南边飘去——啊，不好，他心中一惊，这将会落入敌人阵地之中！

降落伞高度越来越低。阎海文低头一看，那响着炮声和枪声的阵地猝然扑进他的眼帘。当降落伞降落到只有几百米高度时，他看见地面的战壕和工事里，一群群拿着武器的日本人，对着空中的降落伞指指点点，朝他即将降落的那片小树林迅速扑来！

情况万分危急，但阎海文此时已是身不由己，他只能把那支防身的左轮手枪从枪套里拔了出来，紧紧地握在手里，决心与前来俘获他的敌人战斗到底。

阎海文，辽宁北镇道人，1916年出生在一个普通农民家庭，祖祖辈辈以种田习武为生。到了他的父辈，伯父阎祝三在清光绪年间考取武进士，父亲阎仲三考取了武秀才。海文幼年时与母亲生活在乡下，他家境虽然贫寒，但从小受到父母的熏陶，自幼便仰慕历史上的民族英雄，渴望为国家作出贡献。15岁时，他考入沈阳东关文华中学。

九一八事变后，由于不甘做亡国奴，阎海文和家人逃离了东北，来到关内。高中毕业后，他毅然考入杭州笕桥航空学校，成为航校第6期的轰炸机飞行员。他在《我的自传》中写道："我们中国人，现处在一个极危险的境地，中国在国际的地位，是说不上的。现在我们九死一生，敌人已逼到我们家里来了，非速反攻，和它一拼是活不下去的……我们应以总理的革命手段，实行总理的遗教，才可能有出路，中国才能复兴。法之霞飞将军，欧战时闻名全世界；拿破仑之武功，轰轰烈烈；华盛顿之血，战八年而唱独立；印度之甘地，土耳其之基马耳等等，都是古今中外的完人。他们事业的伟大，也是努力奋斗得来的，他们有干干干的精神，所以我在学生时代，守纪律，服从长官，爱惜光阴，自励自行，努力苦干，以期能为国家出一份力，完成我杀敌之志愿也！"

空中阳光刺眼，地面硝烟弥漫。

此时，降落伞已快接近地面的树梢，阎海文清楚地听见向他涌来的日军在不断地叫嚣着:"活捉支那飞行士,抓活的、抓活的!让这家伙尝尝皇军战刀的味道!……"

一阵疾风吹来,降落伞落到小树林的一片坟地里。阎海文双脚一着地,一下就从伞绳中挣脱出来,迅速隐藏在了一座荒坟墓碑后面,握紧手枪,对准树丛中渐渐向他逼近的人影。

或许是轻视一个孤零零落入自己包围圈的士兵,或许是为了抢得头功,日本士兵们不顾官佐们的阻止,嘴里大声地吆喝着,举着手中的枪刺,对着阎海文藏身的地方冲了过来!

中国空军P-51D飞机

"砰!砰!砰!"清脆的枪声突然在墓碑后响起,冲在前面的3个日本士兵应声倒在草丛之中。后面的日军见状,哗地就卧倒在地。"八格!抓活的,不许开枪!"一个长着络腮胡的日军少佐骂了一句,跑上前来大声命令道。

但,要捉活的中国飞行员谈何容易!他们平时练就的一个绝活,就是要求射击必须百发百中——如若在天空,你要是一枪不能命中对手,就很可能成为对手的靶心。为了练就射击这手绝活，阎海文不知付出了多少汗水，平时从他枪膛里射出的子弹，几乎都是10环。少顷，几个日本兵见前面没有动静，便又从草丛中探出头来，准备向前扑来。

"砰！砰！"阎海文枪一举，两个日本兵又应声倒下。其余的日本兵一见，又赶紧趴了下来。一时间，一个中国飞行员竟和一大群日本鬼子僵持起来。

"喂，空军朋友，你已经被包围了，再抵抗也是无谓的！"突然，从日军少佐身边探出一个伪军的头来，大声对隐藏在墓碑后面的阎海文喊起话来，"皇军说了，只要你放下枪，皇军保证不杀你，而且会像朋友一样对待你……"

"砰！"阎海文枪一举，那位喊话的伪军又被撂倒。

"八格！"日军少佐再也忍不住了，他枪一挥，对身边的日军士兵叫了起来，"前进，一定要抓活的！"

日军越来越近。阎海文迅速从墓碑后探出头，"砰砰砰"几枪，又有几个日本兵应声而倒！此时，日本人已经四面向他围了过来。阎海文清楚地知道，他的枪膛里只有1发子弹了。

"放下你的枪，皇军的俘虏优待！"日本少佐大概知道对手没有子弹了，他从一棵树后探出头来，扬起手中的手枪，用中国话结结巴巴地喊道。

"中国没有被俘的空军！"阎海文望着越来越向他逼近的日本人，轻蔑地对日本人吼了一声，然后镇定地举起手枪，对准自己的太阳穴，果断地扳动了扳机——这个年仅21岁的中国军人，就用这种大义凛然的方式回答了日本人的劝降。

阎海文倒下后，日本军人举枪迅速围了上来，面对这个年轻的中国军人遗体，面对那鲜血模糊但镇定自若的遗容，一时间竟然呆呆地持枪肃立，沉默无语。

"勇士、真正的勇士……"日军少佐嘟哝了一声，无奈地将手枪插入自己的枪套。最后，他们埋葬了阎海文，并在墓前竖起一块木牌，上书"支那空军勇士之墓"，然后竟然列队敬礼表示敬佩。

　　日本《每日新闻》特派员木村发回国内的一则报道，曾在日本列岛引起了强烈震动，木村在文中叹道："对此支那空军少年，我军将士本拟生擒，但对此悲壮之最后，不能不深表敬意……此少年空军勇士之亡，虽如苞蕾摧残遗香不允，然此多情多恨，深情向往之心情，虽为敌军，亦不能不令人一掬同情之泪也。"文章最后甚至惊呼："中国已非昔日之支那也！"

　　木村的报道，在国内铺天盖地的"皇军无敌"吹嘘声中，无疑也透出些许公正和敬意。1个月之后，在东京新宿繁华的闹市区，"支那空军勇士阎海文"公展竟吸引了成千上万的日本人，在20多天时间里，来参观的东京市民竟络绎不绝。一向崇尚武威的日本人似乎全然忘记了勇士的国籍和身份，对阎海文这样的勇士无不充满敬意……

　　阎海文用自己的一腔热血和凛然正气，不但征服了每一个中国人，甚至还征服了他的对手日本人，他为民族树立了一座不朽的丰碑，成为一个民族不屈精神的化身。

　　草木秋死，松柏独在。

　　中国有句古话：大丈夫宁当玉碎，安可以汲汲求活哉！

　　2014年8月，在中国人民庆祝抗日战争胜利69周年之际，国民党空军勇士阎海文，被列入民政部公布的首批300名著名抗日英烈名录之中。

4. 宁为玉碎的中国战鹰

　　阴霾的天气，混合着弥漫的硝烟；燃烧的烟雾，将天地搅得一团混沌。在这样的天气里，原本不适合空战和空袭，但这种天气好处是，能有效地躲避敌军地面的防空炮火，给予敌人以致命的打击。

第一章　中华民族危难之际

黄昏，在杭州笕桥机场上，27架霍克3和4架福克附夫W44歼击机，整齐地排列在的草坪上。当飞行员们爬上飞机，在机舱里静静等待着指挥塔的起飞命令时，复仇的火焰在每一个人胸中熊熊燃烧。

这一天，是中国的传统节日中秋节，也是日本人发动"九一八"事变6周年的日子。

为了牢记国耻，中午，笕桥机场全体将士在礼堂里举行了隆重集会，为抗日牺牲的烈士和受敌蹂躏的死难同胞致哀。在悲壮而凄楚的"九一八"歌声中，全体将士想起自己的国家山河破碎，东北3000万同胞生活在水深火热之中，还有千千万同胞惨遭日寇欺凌和屠杀的悲惨情景，人人心中不禁奔涌着沉痛、悲怆、愤慨、激昂之情。

这一天，空军指挥部决定出动几个机场的飞机，对日本人进行一次沉重的打击。这一天，为了不忘国耻，全体飞行员决定集体绝食，空着肚子上天同日本人较量。此时，他们坐在机舱里，怀着"风萧萧兮易水寒，壮士一去兮不复还"的悲壮之情，飞机还没起飞，心早就飞到了那硝烟弥漫的战场上。

笕桥，是位于杭州东北郊20华里的一个小镇。

这里历史悠久，自古以来就声名远播。清朝末年，新军81标马队和炮营在这里设校场，1922年浙江督军卢永祥在这里组建航空教练所，1931年国民政府把它改建为军用机场。

笕桥机场内设有国民政府空军中央航空学校。这个学校，以培养空军军官为目标，被誉为第二黄埔军校，由蒋介石兼任校长。走进校门，飘着青天白日旗帜旗杆的基座上，两行金光闪闪的大字就映入人们眼帘：

我们的身体、飞机和炸弹，
当与敌人的兵舰阵地同归于尽。

这是笕桥航空学校的校训，也是全体师生共同的誓言——这视死如归的誓言，使每一个学员从迈进航校那一刻起，就将自己的身体和飞机炸弹融为了一体，把同敌人的兵舰和阵地同归于尽作为自己生命的崇高结局。所以，面对凶恶的敌人，飞行员们早就将自己的生死置之度外。

"011号准备起飞！"指挥塔上突然传来起飞的命令。

011号飞机是由第5中队长李桂丹驾驶。听见指挥塔上的指令，飞机一加油，就敏捷地跃上跑道。紧接着，一阵急促的滑行，一声巨大的轰鸣之后，机翼一振，嗖地就飞上天空！紧接着，一架一架的飞机排成队列，根据指令，紧跟领航的飞机，依次起飞。

机群升上天空，按照既定的目标，就向上海宝山上空扑去！风起云涌，云遮雾障。飞行途中，不知是哪个飞行员竟轻轻哼起笕桥中央航校的校歌来：

得遂凌云志，空际任回旋；
报国怀壮志，正好乘风飞去。
长空万里，复我旧河山！
努力！努力！莫偷闲苟安；
民族兴亡，责任在吾肩！
须具有牺牲精神，开展双翼直冲天！

勇于牺牲，精忠报国，自与日本人开战以来，全体中国飞行员都抱着这样的信念，随时准备与敌决一死战；他们这种宁为玉碎、不为瓦全的牺牲精神，赢得了国人的尊敬，也赢得了统帅部的褒奖——甚至征服了他的敌人，就连自己的敌人也不得不惊叹佩服。

在9月14日笕桥空战中，被俘的日本王牌飞行员加藤贺一原系笕桥航校的日籍教官，中国飞行员中许多是他的学生。加藤贺一被俘后，他速求一死，但我飞行员都以师生之礼相待，使他深受感动，他说："我们日本空军看不起中国空军，没想到学生打败了老师，惭愧，惭愧"。

淞沪会战时的日本军舰"出云"号

在中国空军准备轰炸"出云"号旗舰时，加藤贺一自然很清楚其中的重要性，他想试试中国飞行员的胆量。一天，他对中国飞行员说："如果你们真的要炸'出云'号，那就得牺牲一人一机，你们敢吗？"众人答道："愿闻其详。"加藤贺一说："你们可派一名飞行员驾驶飞机，扎进军舰的烟囱里，与其同归于尽——可，谁愿意去完成这个必死任务呢？"谁知话音刚落，周围的飞行员都举起了手："我去！我去！"加藤贺一原以为他的提议，肯定没有人会吭声，却想不到中国飞行员却如此不惧牺牲，他大为感动。

最后，中国空军飞行员沈从海、陈锡纯驾驶904号飞机勇敢地撞击了"出云"舰，以身殉国壮烈牺牲。尽管他们没有将"出云"号撞沉，但却使它遭受重创，拖着猛烈的大火逃到外海。

风吹云涌，雾锁长空。

此时，从笕桥机场起飞的几十架中国驱逐机，在阴霾的天空中一路向前飞去。到了目的地，机群迅速散开队形，各自寻找目标，向低空俯冲而去！地面的日军还没回过神来，500磅重的炸弹就纷纷从天而下！顿时，此起彼伏、持续不断的爆炸声就在日军阵地上响了起来——仅仅十几分钟时间，日军在浏河、罗店、吴淞口的阵地被炸弹击中，地堡、工事、房屋，以及军械仓库，就发生连环爆炸！一时间，地面火光冲天，日军乱作一团。与此同时，停泊在水面的日军航空母舰群，也遭到中国空军另一个机群的轰炸，几艘舰艇被击中后燃起冲天大火，两艘护卫舰沉入海底。

当天夜晚，阴霾散去，云空中钻出一轮皎洁的月亮来。第4大队3个编队再接再厉，在月光下再次飞向上海，轰炸了公大纱厂和汇山码头；子夜时分，5大队的飞机再次出动，轰炸了吴淞口、狮子林和云湖浜等处，把日军阵地炸成一片火海，给日军造成重大人员伤亡和物资损失。

在"九一八"这个特殊的日子里，中国飞行员们饿着肚子，憋着满腔怒火，不怕疲劳，连续作战，给予日军沉重打击，一雪国耻，狠狠出了一口恶气！

但，中国空军连续的奔袭和激战，既有可观的斩获，也有重大的损失。在日本陆军、海军不断向中国战区增派作战飞机的情况下，中国空军时时都处于寡不敌众、疲于奔命的险境之中——最要命的是，飞机损失1架就是1架，飞行人员牺牲1名就是1名，得不到有效的补充。

日军95式舰载机

随着飞机的损失和人员伤亡的不断增加，能升空作战的飞机越来越少，有经验的飞行人员越来越缺乏。到后来，各个飞行大队都难以形成战斗阵容了。9月20日，19中队又有2架He111A飞机、5架霍克111飞机被日方击落；随后的空战，又夺去了中国几十位年轻飞行员的生命。第3大队大队长蒋其炎在南京空战中牺牲，第4飞行大队大队长高志航受伤住院，代大队长王天祥在上海阵亡，接任的王立常重伤入院。3个驱逐机大队大队长先后出缺，人员一时难以增补。仅以第8中队为例，中队长陈有维受伤住院，副队长刘炽徽、分队长黄居谷、蔡志昌和陈泽鎏等人全部阵亡，使这个中队只剩下一个空的番号。

苍山如海，残阳如血。

虽然中国空军开战初时异常勇猛，打得日寇措手不及、狼奔豕突，可随着战争升级，整个战线拉长以后，弱势就开始暴露出来。经过6周空战，中国空军由一鼓作气，转为再而衰三而竭，最后几乎不能主动出击了。到后来，战局更是急转直下，随着日本航空队增援的飞机越来越多，中国空军的飞机数量越来越少，已几乎丧失了制空权。此时，日本人仅在上海附近就囤积飞机200余架，于是，他们对南京等地的空袭更趋猛烈，中国空军所剩余的飞机，只能是全力护卫国都南京领空了。

淞沪会战，尽管中国调动了70余万军队同20余万日军作战，在空军逐渐丧失战斗能力、海军几乎全军覆没之后，失去空中和海上炮火支援的中国军队，只能用刺刀手榴弹和血肉之躯苦苦地支撑着岌岌可危的战局了。

随着战事推进，日本陆军、海军航空队的气焰又开始嚣张起来，日本海军航空队指挥官再次狂妄叫嚣："一月之内，全部消灭中国空军！"

5. 错综复杂的国际环境

1937年的夏天热得出奇。

立秋之后，"秋老虎"依然威风不减。淞沪战场上，炎炎的烈日和炽热的炮火，像要把战壕里的士兵们烤焦；即使在清凉的避暑胜地庐山，从山口上吹来的风，同样也带着烧烤的味道。

面对淞沪前线日本人连续增兵、中国军队不断兵败的局面，面对中国空军损失惨重、日本飞机对城市和乡村不分昼夜的狂轰滥炸，指挥这场战役的最高指挥官蒋介石，那是心急如焚、昼夜难安。

战斗打响之前，蒋介石就眼巴巴地盼望欧美诸国能出面调停，尽早结束这场战争，可时间一天天过去，迟迟不见这些国家的动静；战斗打响之后，国民政府苦撑苦熬着被动的战场局面，希望"九国联盟"能干涉日本人野蛮的侵略行为，甚至能武装支援中国——但，这只是蒋介石的一厢情愿而已，形势的发展，与他的想法完全背道而驰，列强们暧昧甚至可耻的行径，一天天让他失望甚至愤怒起来！

国民政府军事委员会委员长蒋介石作抗战动员报告

战争全面爆发后，美英等国受制于国内和平孤立主义影响，明知自身的在华利益会受到损害，却奉行着"严守中立"的政策，采取了隔岸观火的态度，公开宣布对华实行"免疫隔离"。他们这些行径，其实是在保存自身实力，希望双方火拼到精疲力竭时再行介入，坐收渔翁之利而已。美国人竟然在日本人的讹诈下，生怕激怒日本，不但不出面主持公道，连中国政府在战前向他们订购的武器和军用物资，也单方面撕毁了合同，拖延甚至实行了禁运。

德国此时同中国关系更是微妙。一方面，自清朝末年以来，德国作为侵略中国的列强之一，最早占据了中国的军火市场。中日战争全面爆发前，中国从德国订购的军火及军用物资种类繁多，大到飞机舰艇，小到手枪子弹，几乎无所不包。德国军事顾问团还帮助中国军队制定对日作战方案，并亲自指挥作战。另一方面，尽管他们在战争初期通过驻华大使陶德曼出面在中日之间进行了所谓的"调停"，但"调停"失败后，他们就采取了一系列迎合日本人的措施。如此，中德关系急转直下。战争全面升级后，德国以同日本签订了《反共产国际协议》为由，也宣布奉行"中立"政策。到后来，希特勒宣布将正式承认"满洲国"，随后也单方面终止了与中国的军事合作项目，同时下令禁止对华输出军火和军用物资。

事态发展至此，不由得令人沮丧和愤懑！中国突然由西方的宠儿沦为西方的弃儿，一时间陷入孤立无援、孤军作战的境地，国际环境空前恶劣。

严峻的局势让蒋介石逐渐清醒过来。那就是：中国抗日战争的这副摊子，只能依靠自己的力量来维持；中国人要与日本人抗衡，只能是长期的单打独斗——对于中国这样一个积贫积弱、军事基础薄弱的国家来说，要与野心勃勃、凶悍嚣张的日本这个军事强国相对抗，其艰难程度那是可想而知的。

前线打得如火如荼，用于作战的飞机几乎损失殆尽，从全国各地赶来驰援的军队，投入战场后就整团整营被敌歼灭；后方呢，时时处于日本人的空袭之下，许多城市和军事设施已被炸成一片焦土。平津已失，华中告急，如若上海再丢，日本人占领华东之后，必然向西向南进攻。那么，南京、武汉等地就将受到威胁。战争开始之初，日本军人甚至狂妄地叫嚣"三个月内灭亡中国"——在这中华民族危亡的关头，怎么能不叫他这个军事委员会委员长寝食难安、五内俱焚啊！

怎么办？

形势的发展并未如蒋氏所料，欧洲各国更乐于对日绥靖，美国也无意在太平洋对日采取积极措施。蒋氏在日记中感叹道："国际形势，以此次国联对华之决议案观之，可谓恶劣已极，然今后当可转佳，未必即绝望也。"经过无数个昼夜的思考，纵观整个世界，蒋介石此时已经别无选择，他的目光只能投向遥远的莫斯科，将扭转战局的唯一希望，寄托于社会主义的苏联政府。

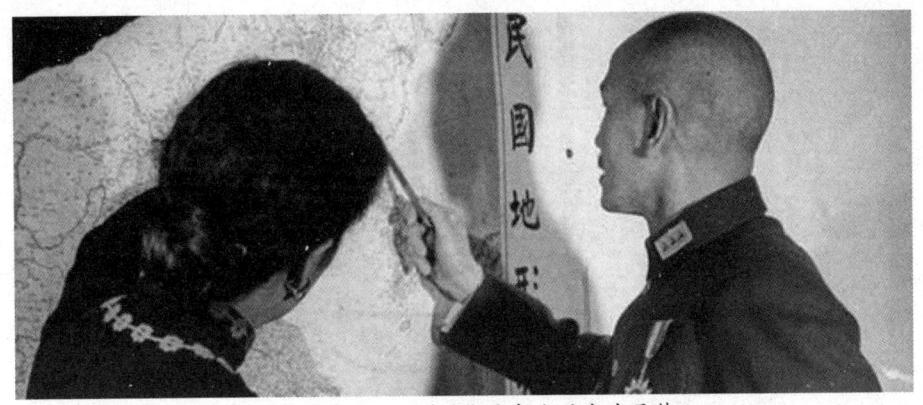

蒋介石在庐山"美庐"分析淞沪会战局势

但，这可能吗？

要说国民政府和苏联政府交往的渊源，那真可谓是一波三折、爱恨交加！早在1923年春，在孙中山"联俄联共"等三大政策下，苏联政府同情中国革命，派出军事顾问团来到中国，援助孙中山领导的南方革命政权；可令人不解的是，他们同时又与北京政府建立了外交关系。到了1927年，苏联对华关系又遭受双重挫折：4月，蒋介石在北伐中途公开实行"反共反苏"政策，致使苏联与即将取得全国政权的国民党之间关系破裂；几乎与此同时，北洋军阀张作霖在北京强行搜查苏联驻华大使馆，引起苏联政府严重抗议并撤回驻华代表。到了1929年7月，中苏两国又因中东铁路发生严重冲突，双方完全断绝外交关系。

撇开国家之间的政治因素，从个人感情上来讲，蒋介石对共产国际持的是反感甚至反动的态度；他对苏联政府的一些做法，也耿耿于怀，他的长子蒋经国自1925年赴苏留学后，到1927年就开始受到"政治监控"，至今还被紧紧地攥在斯大林手里，迟迟不被放回国——显然，他们把蒋经国当做了一个筹码，甚至是一个人质。

但，山穷水尽之中突然峰回路转，事情有了重大转机！

1931年，九一八事变后，日本人几乎一夜之间就占领了中国东北三省。日本人的这一行径，苏联虽然也同欧美诸国一样，采取了不干涉的中立主义，但同时他们声明"在道义上、精神上、感情上完全同情中国，并愿意作一些必要的帮助"；事变几天后，苏联《真理报》从9月23日至9月28日，相继发表《日本帝国主义在满洲》、《对满洲的军事占领》、《瓜分中国》等10多篇社论和署名文章，谴责日本侵略行为，同情中国人民反侵略的战争。

中日战争全面爆发后，苏联副外交人民委员会委员波波金受苏联政府之托，明确向中国驻苏大使蒋廷黻保证，苏联代表将不负中国期望，在国际联盟讨论中日冲突时支持中国。

苏联政府持反对日本的立场，这当然是情理之中的事。那就是：日本人吞并中国东北后，立即就叫以斯大林为首的苏联人神经紧张起来——众所周知，苏日两国素来积怨甚深，历史上有着不可调和的矛盾。远的不说，就在1904年日俄战争中，沙俄军队被日本人打得丢掉尊严、落荒而逃、饱受屈辱、签订投降书后，他们在中国的利益已经丧失殆尽。但，得寸进尺的日本人，并不局限于在中国土地上和俄罗斯人争夺既得利益。这些年来，他们一直磨刀霍霍，对苏联远东地区早就垂涎已久、虎视眈眈——卧榻之侧，岂容他人鼾睡！面对日本人的狼子野心，旧恨新仇，现实威胁，使莫斯科政府不得不及时调整它的对外政策，向中国政府伸出了橄榄枝。

反过来，再看中国政府呢？

此时，中国政府不但眼睁睁地让日本人掠夺了自己东北的土地，更明白日本人的胃口大得很，他们绝对不会善罢甘休，而是随时都在觊觎着中国关内的大片土地——面对日本这个共同的敌人，为了共同的国家利益，中苏两国政府都清醒地认识到：在而今火烧眉毛的严峻时刻，只能是抛弃前嫌，重新来规划两国的关系了！

1932年12月12日，中苏两国恢复了中断了几年的外交关系。这时，中苏外交关系虽说是建立起来，但由于历史上的怨怼，双方的猜忌和矛盾依然存在，这就使得两国关系的调整步履维艰。其中最关键的问题是究竟签订一个什么样的条约。

1933年5月，两国开始就条约问题进行磋商。中方坚持要签订"互助条约"，希望苏方能承担抗击日本的这副担子；而苏方则只同意签订"互不侵犯条约"，他们怕将自己拖入中日战争。由于双方各持己见，条约迟迟不能签订。不久，因苏联向日本出售中东铁路等问题而使谈判搁浅。南京政府认为，在这种情况下签订"互不侵犯条约"没有实际意义。1936年之后，面对日本对中国的不断扩张，英美等国对日本的姑息纵容，南京政府不得不再次调整对苏政策，决定采取"联苏御日"的方针。

1937年4月，鉴于形势日趋严峻，苏联驻华大使鲍格莫洛夫建议立即开始中苏"互不侵犯条约"谈判，但这时蒋介石还在犹豫之中。卢沟桥事件发生后，7月8日，蒋介石在庐山召见了立法院长孙科和外交部长王宠惠。蒋介石对他们讲道：如果事态继续扩大，爆发全面战争，那么，"最关键的因素"就是和苏联达成协议，由苏联供应军火装备并缔结"中苏互助条约"——此时，蒋介石依然想要的是一个"互助条约"。可经过与苏联驻华大使接触，无奈苏联政府态度坚决，他们只同意签订"互不侵犯条约"。

当下，中日战争全面爆发，战争升级的速度犹如大海涨潮，已经没有任何回旋的余地；战场上，日本人嚣张的气焰日甚一日，中国的土地正在一片一片地丢失。此时，明眼人一看便知，中国同日本的一场旷日持久的战争已经在所难免——如此，已经溺水的蒋介石不得不上前一步，抓住苏联人伸出的这枝让他上岸的橄榄，对于条约的签订，也只能适当作些让步了。

其实，在淞沪战役打响的第二天，国民政府对苏联的态度已经有了明显转变，对于条约的签订，已经有了明显的倾向。他们在条约签订前，就已向苏联政府发出了军事援助的请求。8月14日，国民党中央执行委员张冲以蒋介石的名义，向苏联驻华大使鲍格莫洛夫提交了一份军火供应合同草案。

在这份合同草案中，国民政府要求苏联迅速提供350架飞机、200辆坦克与236门大炮，并要求苏联向中国派遣飞行员、航空技师、炮手与坦克手，以训练中国空军和陆军人员。

6. 不能让中国投降日本

苏联，克里姆林宫。

苏共中央总书记、部长会议主席约瑟夫·斯大林

一缕淡淡的烟雾，从斯大林手中的烟斗里袅袅冒了出来，弥漫在他那间硕大的办公室里。少顷，斯大林放下手中的文件夹，轻轻吐了一口气，慢慢地踱到身后墙上那张巨大的世界地图跟前来。

一个小时前，他接到外交部长李维诺夫送来的苏联驻华大使鲍格莫洛夫从南京发来的电报。电报称，今天上午中国国民政府立法院长孙科、外交部长王宠惠紧急约见了鲍格莫洛夫，就其签订"中苏互不侵犯条约"一事，转达了他们政府的意见：中国政府愿意放弃"中苏互助条约"，与他们签订原已协商好的"中苏互不侵犯条约"。但，他们提出了一个条件，那就是苏联政府要立即向中国政府提供军事援助。目前，他们最急需的就是飞机、坦克和各式火炮，以抵御日军更大规模的进攻。

地图上，斯大林已经用蓝色的铅笔，在中国版图上的东方、东北方等处画了几个醒目的圆圈；用红色的铅笔在苏联版图上远东地区画了几个箭头。烟斗中的烟雾依然袅袅地升腾着，墙上那张地图仿佛弥漫在硝烟之中，斯大林一动也不动地对着那张地图，陷入短暂的沉思。

这些日子来，中国战场的情报，几乎每天都送到他手里。他何尝不知道，中日间的大规模的战争爆发之后，中国政府虽说投入了大量的军队，打得也英勇顽强，但在狂妄凶悍、武器精良的日本军队的进攻之下，只有招架之功，没有还手之力——随着战场形势的变化，中国军队发起的淞沪会战眼看就要流产，就要以失败告终了。

这是斯大林最最担心的问题。

斯大林早就清醒地认识到，日本人在东亚最大的对手和敌人，不是积贫积弱的中国，而是有着宿怨和深仇的苏联！这些年来，日本人的战略意图已经十分明显，那就是占领中国东北三省后，一是掠夺那里的资源，以支撑以后更大的战争；二是将那里作为战略的基地，只待时机成熟，一旦腾出手来，将要对付的是北方的苏联——不然，他们怎么会在满洲屯积近百万兵力呢？在欧洲，德国希特勒正对新生的社会主义苏联虎视眈眈；在亚洲，日本人也在磨刀霍霍，随时都会配合希特勒进攻苏联远东地区。这种罪恶的企图，在德日签订《反共产国际协议》之后，更是昭然若揭——倘若苏联遭受来自东西方两个军事大国的夹击，那后果简直不堪设想。

日本虽说是个弹丸岛国，但日本人的凶狠和剽悍，这是世人皆知有目共睹的。至今，不少俄罗斯人对30多年前发生在日俄之间那场严酷的战争，更是刻骨铭心、心有余悸的。

苏联飞虎队——苏联空军志愿队援华抗日纪实

　　1894年7月，在世界列强瓜分中国的阴谋中，日本在美英等国怂恿下，发动了侵略中国和朝鲜的甲午战争，打败了中国军队。清政府被迫签订中日《马关条约》，把辽东半岛割让与日本——这，使日俄在远东的利害冲突进一步激化，更与沙皇图谋独占中国整个东北地区的侵略计划水火不能相容。消息传来，俄国统治集团大哗，不惜以武力强迫日本放弃辽东半岛。

　　以御前大臣别佐勃拉佐夫、远东总督阿列克塞耶夫等人为代表的一群狂热沙文主义者和冒险家，主张对日强硬。他们过低估计日本的力量，认为日本乃蕞尔小邦，不堪一击，"扔顶帽子就可以把它压倒"。甚而，俄国陆军大臣阿列克塞·库罗帕特金大将，还在战前作出这样的结论："1个俄国兵就可以对付3个日本兵，而我们只需要14天的时间，就能够在满洲集结40万大军，这已经是击败日本陆军所需数量的3倍了——所以说，将要发生的与其说是一场战争，不如说是一次军事散步更为合适。"

　　也难怪阿列克塞·库罗帕特金等人敢对日本人不屑一顾。

驻扎在中国旅顺口的沙俄军队

战争前,俄国总人口达1.41亿人,陆军常备军总兵力约105万人,后备役军人达375万人。同时,俄国海军拥有200余艘战舰,其中太平洋舰队即拥有作战舰艇60余艘。

日本当时总人口只有4400万,战时可动员200万后备兵员。战争初期,陆军总兵力约37.5万人,其中只有25万人可用于日本列岛以外作战,另有战舰约80艘。

俄日双方的兵力配置、武器装备、攻防角色,以及天时地利,对比都是悬殊的——但,战争的最终结局却让人大跌眼镜!

战争开始后,骄狂的沙皇俄国军队突然受到日本人的偷袭,在日本海军和陆军猛烈的打击下,猝不及防、惊慌失措,被打得丢盔弃甲、溃不成军。几场大的战役下来,俄太平洋舰队几乎全军覆没,舰队司令马卡罗夫触雷毙命;俄国人多年精心构筑的坚固堡垒被连连攻克,多年占领的中国土地也连连丢失—仅在旅顺战役中,俄军就损失4.4万余人,被称为旅顺俄军防御"灵魂"的康得拉钦科将军也惨然毙命。

时间延续到第二年,俄方在满洲地盘上的防御已经土崩瓦解,军心已经完全涣散,昔日的军事优势不复存在。到了1905年1月2日,他们只好丢下沙俄帝国的矜持和尊严,在日本人面前俯首称臣,正式签订了投降文书。

在美国总统西奥多·罗斯福出面斡旋下,经过激烈的讨价还价,俄国被迫于1905年9月5日在朴茨茅斯同日本签订和约。朴茨茅斯和约规定:俄国承认日本在朝鲜享有政治军事及经济上之"卓越利益",并且不得阻碍或干涉日本对朝鲜的任何措置;俄国将旅顺口、大连湾并其附近领土领水之租借权以及有关的其他特权,均移让与日本政府;俄国将由长春至旅顺口之铁路及一切支线,以及附属之一切权利、财产和煤矿,均转让与日本政府。此外,条约还规定将库页岛南部及其附近一切岛屿永远让与日本!

苏联飞虎队——苏联空军志愿队援华抗日纪实

俄日战后在朴茨茅斯签订和约谈判时的情形

这场战争，以日本大获全胜、沙皇俄国空前惨败而告终——正如后来斯大林向世界发表公开演说时所说："在日俄战争中，日本不宣而战，对我国进行攻击，击败旅顺俄国舰队，结果，俄国失败，日本夺取了南桦太岛和千岛列岛，堵住了我国通向海洋的所有出口……日俄战争的失败在我国人民的心中留下了悲痛的记忆，给俄国染上污点，我们这些老一辈人等待这一天，已经等了40年。"[①]

历史的教训，惨痛而深刻。面对日本人在中国土地上的野蛮行径和明目张胆的侵苏战略企图，作为苏联最高领导者的斯大林，当然知道该采取些什么方略，来遏制日本人狂妄的野心。

"立即请莫洛托夫、李维诺夫同志进来。"斯大林在地图前突地转身，按响了桌上的按钮。

"斯大林同志，您有什么指示？"苏联人民委员会主席莫洛托夫、国防部长伏罗希洛夫、外交部长李维诺夫正在办公室门外等着，听见秘书召

---

① 《斯大林文选》，人民出版社1962年版，第438页。

唤，立即大步走了进来。

"这份电报我仔细看过了，我的意见是——应该完全同意中国政府提出的要求。"斯大林在烟缸上磕了磕烟斗，指了指桌上刚才李维诺夫送来的那份电报，"立即电告鲍格莫洛夫同志，与中国的'互不侵犯条约'要马上签订。"

"好，我马上电告鲍格莫洛夫。"李维诺夫点点头。

"首先我们要明确，"斯大林接着对莫洛托夫等人讲道，"中国人在淞沪战场的败局已经不容置疑，虽然如此，我们的方针是，绝不能让他们投降日本！"

"这个我们明白。"伏罗希洛夫答道，"前天您在人民委员会军事会议上，对这个问题已有准确的论述：中国人绝对不能再发生内战，绝不能投降日本，委员们都赞同您的看法。"

"日本人企图很明显，他们就是想用闪电战来摧垮刚刚建立起来的中国抗日统一战线，使国民政府回到自相残杀的内战中去，从而向'反共协定'的同盟者德国人显示自己的军事实力。"斯大林说。

"斯大林同志说得对。"莫洛托夫说，"这样，日本人就会借中国军事技术落后、国内不团结以及不愿意或者不能从国外获得援助，来逼迫蒋介石投降——所以，这个时候我们不能坐视不管。"

"日本人不但侵吞了满洲，他们还侵入了河北、察哈尔以及绥远和热河。日本陆军的'北进派'，一直主张对我发动全面进攻，他们的企图是夺取满蒙、西伯利亚后，打到欧洲。假如中国人投降了，就不可能在广大的区域里拖住日本人。那么，你们想想，日本人腾出手来，会有多少个师团可以向我们进攻！"斯大林又点上烟斗，沉思了一下，接着说道，"对中国人的军事援助，我们不能吝啬，而且一定要抓紧进行——但，要注意策略。"

"这个我们明白，斯大林同志。"莫洛托夫对斯大林说道，"我们与他们的商谈情况，会随时报告您的。"

莫洛托夫、伏罗希洛夫和李维诺夫走了，斯大林回到那张地图前，又陷入久久的沉思。

7. 卓有成效的西北之行

前方在浴血苦战，为避免孤军奋战，做好长期抗战的准备，后方也紧锣密鼓地行动起来。

8月28日，一架涂着青天白日标志的客机从南京机场起飞，一路向西飞行，午后2点半，飞机降落在兰州机场。少顷，从机舱里走出中国国民政府军事委员会次长杨杰、国民党中央执行委员张冲、陆军少将黄光远等人。

西北的天空，深邃而空蒙；兰州的大地，寂寥而苍凉。杨杰一下飞机，举目远眺，想起此行肩负的使命，不由心生感慨，突然记起临行前，西北军人马少雄写下的《疆场断想》的诗句来：

大漠黄沙，

望断天涯。

几片黑色的羽毛，

抖落于祁连山下。

目之所及的无非是，

残垣断壁枯树昏鸦。

剽悍的热血，

早已蒸发；

壮士的头颅，

早已风化。

那惊天动地的厮杀声,

早已跌落于草叶,

化作妻儿脸上的泪行,

呐喊也罢呻吟也罢,

冲锋也罢溃散也罢,

只有天上那轮白色的太阳,

注视着这人间的杀戮,

一言不发……

国民政府军事委员会次长杨杰在苏联莫斯科时的情形

以杨杰为团长、张冲为副团长、黄光远为秘书的中国军事代表团,此行的目的是紧急访问苏联。临行前,蒋介石给他们布置的任务是:一、全力促成苏联参战,同时争取他们立即对华军事援助,最低也要"俾苏方源源接济我军用品";二、顺道向西北战区最高军事长官朱绍良、地方军阀马步青，以及"新疆王"盛世才等人，传达蒋介石对开通"西北援华大通道"的战略计划，国难当头，要敦促他们不折不扣地执行中央政府的指令。

在淞沪前线战火炽热的关头，促使中国军事代表团紧急访问苏联的缘由，那就是：拖延了几年的《中苏互不侵犯条约》，终于在淞沪开战以后正式签订。1937年8月21日，在中苏两国领导人形成共识的基础上，经过紧急谈判，两国终于达成协议。由中国外交部长王宠惠代表中国政府，苏联驻华大使鲍格莫洛夫代表苏联政府，在南京签订了《中苏互不侵犯条约》。

条约文字不长，兹摘抄如下：

中华民国国民政府、苏维埃社会主义联邦共和国政府为欲对于一般和平之维持有所贡献，并将两国现有之友好关系巩固于坚定而永久的基础之上，又欲将一九二八年八月二十七日在巴黎签订之非战公约中双方担任之责任重行切实证明起见，因是决定签订本条约。双方各派全权代表如左：

中华民国国民政府主席特派外交部长王宠惠；

苏维埃社会主义联邦共和国中央执行委员会特派驻中华民国大使鲍格莫洛夫；

两全权代表业经相互校阅全权证书，认为妥善，约定条款如左：

第一条

两缔约国重行郑重声明，两方斥责以战争为解决国际纠纷之方法，并否认在两国相互关系间以战争为实行国家政策之工具，并依照此项诺言，两方约定不单独或联合其他一国或多数国对彼此为任何侵略。

第二条

倘两缔约国之一方受一个或数个第三国侵略时，彼缔约国约定在冲突全部期间内对于该第三国不得直接或间接给予任何协助，并不得为任何行动,或签订任何协定,致该侵略国得用以施行不利于受侵略之缔约国。

第三条

本条约之条款,不得解释为对于在本条约生效以前两缔约国已经签订之任何双面或多边条约对于两缔约国所发生之权利与义务有何影响或变更。

第四条

本条约用英文缮成两份,本条约于上列全权代表签字之日发生效力,其有效期间为五年,两缔约国之一方在期满前六个月得向彼方通知废止本条约之意思,倘两方均为如期通知,本条约认为在第一次期满后自动延长二年,如于二年期间届满前六个月双方并不向对方通知废止本条约之意,本条约应再延长二年,以后按此进行。

两全权代表将本条约签字、盖印,以昭信守。

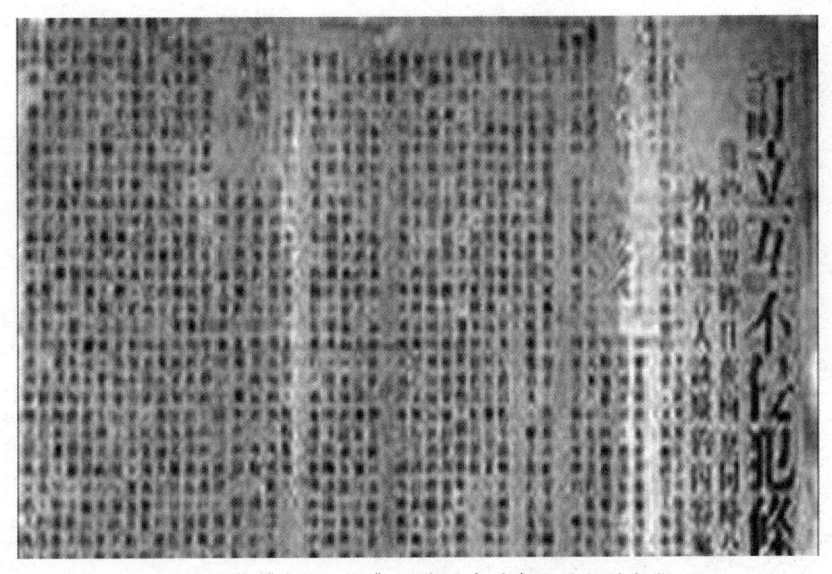

一九三七年八月二十一日订于南京

国民政府《中央日报》刊载的中苏条约签订的新闻

条约签订的第二天，依据条约中规定的相关义务，国民党军事委员会紧急从各兵种抽调40余人，分空军、步兵、炮兵、坦克兵几个小组，组成了军事代表团，前往西北部署完开通"苏联援华大通道"事宜后，即飞赴苏联促使他们参战，并采购武器装备。为保密起见，这个代表团对外称"欧洲实业考察团"。

按照工作计划，当天下午，代表团乘坐的飞机在兰州降落后，需作短暂停留。一下飞机，杨杰、张冲和部分成员，就在机场与等待在那里的朱绍良、马步青见面。几句寒暄之后，杨杰当面向他们传达了蒋介石的旨意，就开通"西北大通道"问题，以及从苏联购进武器的运输和接管问题和他们进行了紧张磋商。

经过短暂的商量，杨杰与朱绍良、马步青很快就达成4点协议：一是西北战区作为抗战大后方，负责所有从苏联购进武器的接收和分发工作；二是前线急需的作战飞机，由苏方或我方驾驶员经由空中航线直接飞往兰州，再行分配到其他战区；三是大量飞机、坦克采取在哈密组装的方式，先由苏方用车辆将部件运到哈密，组装后飞往兰州；四是国际救援通道开通后，任何人不得从事与之相悖的活动。

在座的马步青当然明白，这最后一条是为他而专设的，对蒋介石含而不露的用意他心知肚明。但这位昔日桀骜不驯的"河西王"，竟当场向杨杰等人表示：虽然马家军在同共产党"西路军"长达半年的厮杀中已经大伤元气，但还是会顾全大局，克服困难，倾其全力，保障"河西"沿线大通道的畅通。

与此同时，朱绍良也表示：对中央政府的决策，将不折不扣地执行，要为开通"西北援华大通道"不遗余力，全力支援前方抗战——杨杰原以为在兰州与军阀们商谈开通"西北大通道"的事，会像以往一样遇到无数障碍，未曾想竟进行得如此顺利！事情已经谈妥，随即，代表团的飞机在兰州加油后再次起飞。飞机经酒泉、安西，8月29日上午到达迪化。

到了迪化，统治新疆的军阀盛世才也一反常态，热情地接待了军事代表团一行。当盛世才从杨杰那里得知他们此行的目的后，他似乎没有丝毫的犹豫，当即就豪爽地表示："我盛某虽无大才大德，但国家兴亡，匹夫有责。抗日是全民族的大事和大局，新疆再有困难，小事只能服从大事，小局就该服从大局！请转告委员长，我们一定会竭尽全力，保证'西北大通道'的畅通！"

在这国难当头、民族危亡之时，这些地方军阀不管出自什么目的，似乎都还能摒弃地方的私利，顾全抗战大局——在军事代表团离开迪化的第二天，新疆军政当局就成立了以盛世才为首的、有各主要厅局室负责人参加的"转运抗战物资因应小组"；甘肃的马步青亲任甘肃到新疆河西段修路督办——就这样，从甘肃兰州到新疆伊犁2695公里的"大通道"沿线，一夜之间，都设立起中央运输委员会下属的各级组织来。

时间仓促。根据代表团和南京政府的要求，在不到3天时间里，新疆和甘肃方面就拟定了开通这条国际"大通道"有关的30多个大项目建设方案。

同时，从新疆到甘肃各级政府，一接到上峰命令，也一反以往拖拉敷衍的顽疾，几乎是在一个早晨就集合起了人马、聚敛起了物资，几十万军人和民众打起简单的行李、扛着钢钎铁锹、背着水壶干粮，冒着风雪和沙尘，像打仗一样就火速往指定地点赶去。仅在总人口不足500万的新疆地区，就紧急动员了50多万人员参加"大通道"建设；甘肃的马步青亲自动员驻扎在武威的骑兵第5军，以及河西沿线2万多民工星夜出发，马上赶到指定地点——前线十万火急，根据南京政府要求，要在不到1个月时间里，需要修建几千公里陆地通道、5个军用飞机场、11个客运中转站——在人迹罕至的茫茫戈壁滩上，要完成这样纷繁巨大的工程，这在常人听起来，那简直就是《天方夜谭》中的故事！

西北人民一场史无前例开通国际援华"大通道"的战役就此打响。他们所经历的艰辛、所流的血汗、所付出的牺牲、所创造的奇迹，那真是惊天地泣鬼神！

9月1日中午，从莫斯科飞来接中国军事代表团的两架图波列夫的中型客机，降落在迪化飞机场上。由杨杰率领的中国军事代表团随即就乘机离开迪化，飞往红色首都莫斯科——但，到了莫斯科后，他们将会遭遇什么际遇呢？

8. 难忘克里姆林宫会谈

莫斯科的秋天，天高气爽，气候宜人。

1937年9月4日，载着杨杰、张冲等人率领的中国军事代表团的飞机，终于抵达了莫斯科伏努克夫机场。

一下飞机，令杨杰等人感到意外的是，机场上很是冷清。迎面吹来的是冷风，跑道上飘飞的是黄叶，到机场迎接他们的只有中国驻苏大使蒋廷黻，以及苏联方面几位级别很低的官员——难道，苏联人叫他们到这里来，是要叫他们坐冷板凳的么？

其实，这是一场误会。

究其原因，此时苏联并未对日宣战，对于中国军事代表团的到来，他们只能尽量保持低调，对中国的军事援助，也只能是秘密地进行——谁知道，日本人究竟在莫斯科安插了多少间谍呢？

苏联人的谨慎，当然情有可原。

从当时的情况来看，在中日间爆发全面战争、中日关系最敏感时期，苏联人竟然不顾日本政府的游说和讹诈，和中国签订了"互不侵犯条约"。条约内容一公布，立即引起全世界的高度关注，日本政府更是大为震惊，随即就表示了对苏联政府的强烈不满，日本国内更是一片哗然。而苏联政府宣称:"这一条约并没有在现时针对某一国的含义";中方则向各国保证,条约的目的在于"实现中苏邻邦的和睦相处",别无他意。

但这些说辞,明眼人一看便知,无非都是些外交辞令罢了。中苏之间在战争中各自将要扮演什么样的角色,其实已经不言自明了。

客观地说,在中华民族最危急最困难时期,在世界列强坐山观虎斗的关键时刻,中苏这个条约的签订,说明苏联不仅从政治上、道义上和精神上给予中国人民抗战以巨大的支持,而且为以后中国从苏联方面取得军事援助创造了条件。中国国内各阶层普遍认为,条约增强了中国国际地位,免除了中国抗日战争的后顾之忧。毫无疑问,中苏缔约的行动和条约的问世,极大地鼓舞了中国人民的抗日斗志,有利于中国战胜日本帝国主义,同时也是对日本侵略者的又一次严重警告。

1937年8月伏罗希洛夫与斯大林在一起商讨援华方案

条约一公布,法国《巴黎时报》就发表文章称,《中苏互不侵犯条约》的缔结,实为"插入日本蛮牛颈中的第一支火箭"。该条约之所以能起这样的作用,是因为它阻止了日本在国际上孤立中国的企图,又使日本极力引诱中国加入"防共协定"、协助日本侵略苏联的阴谋破产。难怪日本外相广田不禁哀叹:"苏联和中国竟然在这样特殊的时刻缔结这样的条约,对日本来说'实属不幸'。"日本不少人将此事件视为"日本军队在其同中国作战时的外交失败"——当然,随着苏联大力采取援华抗日的实际行动,日本人更感到这个条约对自己具有的严重威胁了。

无暇他顾。杨杰走下飞机,和蒋廷黻简单交谈了几句,随即就登上了直接来机场接他们的汽车。

两辆大客车,悄然驶出机场,载着中国军事代表团,向莫斯科市区内驶去,下榻于马雅可夫斯基广场的中国饭店。

当天晚上,苏联国防部长伏罗希洛夫到饭店看望和会见了中国代表团成员,并与杨杰等人进行了简单交谈。交谈中,他说:斯大林同志3天后将要接见中国代表团,对他们军事援助的事最后作出决定。伏罗希洛夫要中方人员在两天时间里,拿出需要苏联军事援助的初步方案,届时好与苏方有关人员进行对口商谈。

出发时,由于情况紧急,时间急促,代表团只是根据战场情况草拟了急需的武器清单,而现在则要根据苏联现有武器的实际,对援助方案进行调整。经实际了解苏联武器情况后,所有成员都感到问题并非像在国内想象那样简单。一是苏方出于多种因素考虑,卖给中方的武器有着严格的限制,不是所有先进武器都能采购的;二是苏方考虑国际上的反应,特别是日本方面的因素,除少数飞机等武器准予直接投入战场外,大部分武器都是要将其零部件运到新疆哈密或兰州组装;三是苏方要求各种进入中国战场的武器,中方都要有非常透明的分配和使用计划,这更是在国内没有预料到的,这就需要和国内有关方面不断沟通和协调。

伏罗希洛夫走后,代表团马上召开了一个短会,明确了各自的任务。当天晚上,所有成员顾不得旅途劳顿,立即按照各自的分工夜以继日紧张地工作起来，连吃饭都是专人送到现场，凑合着填饱肚子接着再干——终于，在9月6日晚饭前，最终确定了需要购买的武器种类和数量。主要有：6种型号的飞机1000架，包括3种类型的波里卡尔波夫战机、两种类型的SB2型战机和图波列夫战机；两种型号的坦克100辆，包括当时苏联最先进的T-34坦克；3种不同类型的火炮1300多门，机枪1400多挺；6000吨战场急需的军械、汽油、器材和药品。

"啊，中国的同志辛苦了，欢迎你们。"

9月7日上午10点，斯大林在克里姆林宫会见了杨杰、张冲等部分代表团人员。宾主间简单的寒暄之后，立即转入了会谈的正题。

杨杰转达了蒋介石对斯大林元帅的问候后，向苏方介绍了中日战争、特别是目前淞沪会战的情况。杨杰说："抗战爆发前，我军飞机总数不过600架，两个月以来被日军直接毁于地面的就有400多架，空军已经完全丧失了战斗力。现在日军的飞机想到什么地方就到什么地方，想轰炸什么目标就轰炸什么目标，想怎么轰炸就怎么轰炸，就连我们的国都南京都不能幸免。如果不能尽快扭转这种局面，我方军民的损失将会更加严重，其长远的后果更是堪忧。"

"哦，在你们看来，目前最大的威胁就是空中的轰炸？"斯大林仔细地听着杨杰对于中国战局的情况介绍，听到这里时，他突然插话问。

"是的。"杨杰略显迟疑后，立即给予了肯定的回答，"现在我国军民每天都有成百上千的人在轰炸中丧生，每天都有工厂、桥梁、发电厂被炸毁。"

"哦——"斯大林若有所思地点点头。

"7月10日，日军对北平进行了4次轰炸，造成我方4000多人伤亡；7月13日，日军轰炸天津，造成3000多人伤亡。"杨杰见斯大林全神贯注地倾听着他的讲话，就详细地介绍起国内几次轰炸的惨况来，"8月13日，日军轰炸上海，造成12000多人伤亡；8月中旬以后，日军对南京实行连续轰炸，每天都有数百名平民死亡……"

"轰炸是可怕的，但比轰炸更可怕的，是你们内部的不团结。"听杨杰说话时若有所思的斯大林，又一次接过他的话，他说，"解决轰炸的问题苏联政府可以帮忙，可以向你们提供急需的战机、高射火炮，但搞好内部团结主要还要靠你们自己。"

全场静悄悄的，只有斯大林那清晰沉稳的话音在大家耳边回响。

"不过，现在好了。"斯大林敏锐地捕捉到杨杰等人脸上掠过的一丝尴尬，他突然话音一转，脸上露出欣慰的神情，"现在，国共两党开始合作了，这一点十分重要。只要国共两党真心合作抗日，只要中国人民团结一心，胜利一定属于你们——至于你们抗战急需的一些物资，特别是作战飞机，以及配备部分飞行人员的要求，我们将尽力给予满足。"

斯大林的话音刚落，杨杰脸上马上露出了笑容，他激动得情不自禁地鼓起掌来。杨杰掌声一响，全场都响起热烈的掌声来。

因为参加会谈的人都知道，无论苏方人员直接到中国参战也好，还是援华的武器方案也罢，都必须由斯大林最终拍板。而今，斯大林已经对援华的飞机、物资和人员明确表态，使代表团的成员悬着的一颗心落了下来。

紧接着，斯大林详细地询问了苏方工作人员援华方案的情况，并不时插话讲自己一些意见。原计划30分钟的会见，一直持续了90多分钟——会谈取得圆满结果。

此时，莫斯科的天空是那么蔚蓝，阳光是那么灿烂，连从白杨树上飘落的树叶，也似乎变成了翩翩飞舞的蝴蝶。走出克里姆林宫的杨杰、张冲等人，仰望了一下明媚的天空，相互欣慰地对视了一眼，长长地舒了一口气——在前线正处于血与火的关键时刻，他们千辛万苦万里迢迢来到这里，让他们感到欣慰的是，事情办得居然比他们预想的要顺利得多。

9. 莫斯科创造中国神话

中国军事代表团在莫斯科能够这么顺利地完成武器采购任务，得到斯大林关于配属部分苏联飞行人员的承诺，自然使代表团感到意外。但，能有如此的结果，有一个人是功不可没，那就是孙中山的遗孀——宋庆龄。

在代表团赴莫斯科访问期间，宋庆龄作为苏联政府和斯大林的特邀嘉宾，正好也在这里。苏联政府和斯大林对中国抗日战场的详细情况，大多是从宋庆龄那里得知的。

名义上，宋庆龄是应邀到莫斯科休假的，但她一点不比代表团的成员轻松。由于她特殊的地位和身份，也由于斯大林同孙中山的私人友情，她先后3次同斯大林会见，并向斯大林介绍了日本军国主义的野心和残暴，介绍了从九一八事变以来，日本法西斯给中国人民造成的空前灾难，并力陈苏联应该援华抗日的理由，从而促成和坚定了斯大林援华抗日的决心。

与此同时，宋庆龄还多次到苏联国防部、外交部、军工部等政府部门揭露日本军国主义者妄想北图苏联、独霸东亚的野心，介绍中国抗日战场的形势。她卓有成效的工作，在当时苏联政府内形成了警惕日本人、同情和支持中国抗日的良好氛围，最终对斯大林和苏联政府决定援华抗日政策的形成，起到了特殊有效、无可替代的重要作用。

由于当时的政治氛围，以及保密原因，宋庆龄在这个问题上发挥的特殊作用，并不为大多数国人所知。正是宋庆龄这一时期特殊的工作，以及后期有效的策应和配合，中国政府才有可能顺利地从苏联采购到抗战急需的武器装备，才可能在抗战初期岌岌可危的情势下，使中国军队避免了更大的损失，甚至崩溃及战败；最大程度地减轻了日本飞机对中国城市和乡村的轰炸、日本军队对中国平民的杀戮和蹂躏。

前线告急，上海告急，战场上每况愈下。在斯大林会见代表团仅仅4个小时后，即9月7日下午3点，根据斯大林的指示和苏联国防部的要求，代表团立即争分夺秒进行工作，提前1天将苏方需要的侵华日军陆、海、空武器类型、性能和我方拟采购的苏式武器种类清单送交到了苏国防部。9月8日，在苏方国防部的密切配合下，中方拟采购的40余种武器种类、数量就最后确定。

情急之中，时不我待。9月10日，代表团随行人员按照各自任务性质，分划成6个小组到莫斯科郊外苏军指定的几个秘密地点，开始接受拟采购武器的专业培训。几个小组中，空军组的人员最多，任务也最重。苏联空军教官和中国空军人员约20人，全部集中在一个大型的军用机场内。

据后来担任国民政府空军司令的王叔铭回忆，在为了让苏联飞机能尽早投入到战场的非常时期，为了让中国飞行员尽快熟悉苏联飞机性能，当时中苏双方人员都感到压力很大。理论培训采取的是"填鸭"的方式，时间只安排了半天，然后就到机场上进行实际飞行。在飞行之前，苏联教官示范着登上飞机，讲解完飞机内部构造、仪器仪表性能、操作要领后，就带领中国飞行员开始试飞。

对中国飞行员来说，试飞中最危险的是飞单座飞机，这不能由教官带领中国飞行员上天飞行。苏联教官在地面进行驾驶示范后，中国飞行员紧接着就要单独驾机升空飞行。而据以往的经验，这样的飞行，成功率不到90％，意味着往往10次试飞就有1次要发生事故。这，对驾驶单座飞机的中国飞行员来说，每一次升空，都意味着要和死神进行博弈——但中方飞行员凭着过人的胆识和良好的素质，在100多次的单座飞行时无一事故发生。为此，苏联教官由衷地称赞中国飞行员："你们的飞行素质，是世界一流的！"

双座飞机的试飞，更显露了中国飞行员高超的飞行技艺。有时还让苏方教官大感不解，甚至大惊失色。这种双座飞机，是苏联刚定型的一种新型战机，苏联想用这种战机在中国战场上检验它的战术、技术性能。这种飞机，连苏联教官也未飞过。照规定，往往要正常在空中飞行5次以后，才能做一些复杂的动作。但中国飞行员凭着他们过硬的功夫，往往在第二次试飞时，就敢于做一些翻身滚动，甚至转身俯冲等高难动作。这令教官们有些大感不解，有时甚至大惊失色。

在短短的10天时间里，包括空军组在内的中国军人，就全部掌握了所采购武器装备的基本性能和使用方法——这种惊人的速度，只相当于苏军寻常情况下训练所需时间的四分之一！在苏军教官看来，这简直就是一个现实版的"中国神话"。

"如若说我们创造了'中国神话'，这一点真不是夸张。前线每时每刻战火都在燃烧，阵地上每时每刻都在流血——在那非常时期，我们到莫斯科的每一个军人，心里都憋着一口气，揣着一团复仇的怒火，谁都知道自己肩负的重大责任。在学习和训练中，那真是像置身于战场，都是在拼命啊！"王叔铭在他的回忆文章里这样写道。

随即，中国代表团成员与苏方人员一起，开始对首批运往中国的武器进行清点、装车和伪装工作。10月1日，代表团除杨杰等人留在莫斯科处理一些善后工作外，其余的成员结束了在莫斯科的活动，奔赴到在苏联采购武器最后的集中地——阿拉木图。

对于这次苏联给予的军事援助，杨杰在日记中这样记载道：

对于我方提出的军事援助的要求，苏方迅速作出反应。对于所需各项军火，他们都尽量一次给予，且开价极低，一切愿望中国胜利之热忱处处表现。双方商定，苏联提供的第一批飞机和军火等物质在1937年10月至1938年2月陆续运到中国，主要有军用飞机297架、各式火炮290门、坦克82辆、汽车400辆及各类零配件和大量枪支弹药，总值为4.85亿美元。仅此一批，苏联提供的飞机、火炮、坦克等重型武器就超过了德国，其中一些是苏联所能

苏联飞虎队——苏联空军志愿队援华抗日纪实

提供的最好装备……①

苏联准备飞往中国的重型轰炸机

根据协定,苏联对中国援助,属易货贷款援助。偿还办法是,中国政府每年向苏联提供商品与原料。这之中,有茶叶、皮革、兽毛、丝绸、棉花等农副产品,也有锑、锡、锌、镍、钨等矿石和矿产品,每年具体交付货品的种类与数量由苏方确定。

苏联不仅向中国提供信用贷款,还以大大低于当时国际市场的价格向中国提供武器军火,每架飞机的价格折算美金仅3万元,装备1个中国师的费用仅合中国货币150万元——这,已带有半卖半送的意味了。而且,他们给中国所提供的部分飞机和装备,性能也是当时他们国内最先进的。

由此,苏联在军事上援助中国抗日战争拉开了帷幕。

代表团离开莫斯科前,宋庆龄在中国驻苏联大使馆为全体成员设宴饯

---

① 李嘉谷:《合作与冲突,1931—1945年的中苏关系》,广西师范大学出版社1996年版,第82页。

行。她高度赞扬了中国军事代表团在苏联卓有成效的工作，称赞他们创造了一流的工作业绩，为国内的抗战伟业做出了卓越的贡献；希望他们到了阿拉木图后，继续努力工作，早日将这些武器装备运回国内，早日发挥这些武器装备的威力，遏制日寇的进攻，打击日寇的嚣张气焰，最后将侵略者赶出中国！

是的，以杨杰为首的赴苏军事代表团，创造了至今看来都令人赞佩的工作业绩。他们雷厉风行、尽职尽责的作风，在当时苏联的领导阶层，特别是军事部门、国防军工部门产生了强烈反响，也引起斯大林的极大关注，甚至对斯大林一段时期内的对华政策产生了很大影响。这位在二战时期傲视群雄、叱咤风云的人物，不止一次地要求自己的部下："向中国抗日武器采购团成员看齐，学习中国军人的工作精神！"

杨杰，这位有着卓越才干，在中国抗战最困难时期，为国家和民族立下不朽功勋的国民党将领，12年后在云南发动反蒋起义时，还经常对部下讲起当年赴莫斯科采购武器、争取苏联参战的难忘岁月。他对部下说："社会主义绝不是'洪水猛兽'，抗战初期唯一支援我们抗日的，就是社会主义的苏联……未来的中国也必定是共产党领导下的社会主义中国，我对此坚信不疑。"可惜的是，在新中国成立前夕，1949年9月19日，杨杰——这位爱国将领竟在香港被国民党特务杀害，享年60岁。

10. 南京上空最后的决战

1938年10月12日，正当中国军事代表团前往苏联阿拉木图紧急调运苏联援华武器装备的时刻，中国军队在淞沪战场节节失利，日本军队不断向各个战区增兵，在疯狂进攻我军阵地的同时，日本空军更加紧了对国民政府国都南京的狂轰滥炸。

苏联飞虎队——苏联空军志愿队援华抗日纪实

日本飞机对我城市狂轰滥炸时的情形

清晨，当天边刚露出一线微光时，在闷热中苦熬了一夜的人们，趁早晨的凉意刚刚合上眼睛——突然，从遥远的天边传来一阵阵沉闷的轰鸣声！

这是什么声音？有人被这奇怪的声音惊醒，揉了揉眼睛，警觉地坐了起来——突地，南京城中央钟鼓楼上的警报声骤然响起！这凄厉的声音，一下就打破了城市清晨的宁静。钟鼓楼上的警报声一响，顷刻之间，全城的警报器都响了起来！

刹那间，那此起彼伏尖厉急促的警报声，以及天空中传来的越来越大的轰鸣声，让整座城市都在巨大的恐怖中战栗起来。

"日本人的飞机又来了，快、快进防空洞！"

顿时，全城的人都惊惶失措地爬了起来，娘叫儿啼，鸡飞狗跳，在一团混乱和惊慌中，有的人还光着脚，打着赤膊，扶老携幼，赶紧纷纷跑出家门，就朝防空洞跑去！

蒙蒙的晨光里，首批27架机头上画着秃鹫、机身上涂着血红膏药标志的日本轰炸机，在几十架攻击机的掩护下，黑压压地飞抵到南京城的上空

——世界上多数国家都称自己空军的飞机为战鹰、神鹰、雄鹰,唯有日本称他们空军的飞机为鹫——也就是秃鹫,俗称座山雕。日本空军的标志物就是一只张牙舞爪的铁鹫。

这群黑压压的秃鹫飞临南京城上空,跑警报的人们刚躲进防空洞,还没来得及喘过气回过神来,那些轰炸机、攻击机就朝城市俯冲而来!

"轰!轰!轰!"轰炸机在俯冲的一瞬,就从飞机上扔下一枚枚炸弹和燃烧弹,投向城市的房屋和街道!眨眼间,那惊天动地的爆炸声、房屋被炸后的倒塌声便接二连三地响了起来!

"哒哒哒、哒哒哒!"日本人的攻击机在向低空俯冲之时,对着街道上奔逃的人群,对着建筑物的窗户也开始猛烈地扫射起来!

顷刻间,弹片呼啸、房屋垮塌、火光冲天、烟尘弥漫、人群奔跑、血肉横飞,整座城市顿时坠入到血腥的地狱之中,变成了一片死亡的火海——日本人持续的南京大轰炸,是继1937年4月德国在西班牙对格尔尼卡平民实施轰炸后,历史上最残酷的针对平民的轰炸。

日军96式舰载机准备起飞轰炸南京

苏联飞虎队——苏联空军志愿队援华抗日纪实

　　第一波轰炸和扫射刚刚结束，集群的飞机刚刚离开天空飞离城市，躲在防空洞里的人们正想跑出来救火、抢救伤员时，未曾想，第二波飞机的轰炸和扫射接踵而来！在燃烧的城市上空，突然间又出现新的黑压压的机群！这些机群更是胆大妄为、有恃无恐。飞临城市的上空后，却并不急于俯冲轰炸，竟然在天空中盘旋起来，他们显然是在寻找和搜索更加有价值的轰炸目标。

　　"狗娘养的！这些日本人太横行、太嚣张了！我们的空军，我们中国的空军到哪里去了？"此时此刻，面对日本飞机在中国土地上狂轰滥炸的行径，在中国天空上耀武扬威的狂态，饱受日本人蹂躏的南京人民，多么盼望中国的空军能再出现在自己的天空，狠狠地教训一下这些狂妄的日本人哪！

　　"哦，来了、来了！那是我们的飞机、我们自己的飞机！"在防空洞口仰望天空的人群中，有人眼尖，指着空中十几架霍克3型飞机惊喜地叫了起来。

日军轰炸后失去亲人的中国孤儿

第一章 中华民族危难之际

天,已经完全亮开了。一轮蒙上烟雾尘灰、面目全非的太阳,出现在东边的天空中。

天空中,确实出现了十几架涂着青天白日标志的中国飞机。中国空军机群尽管数量有限,有的飞机甚至已是伤痕累累,但它们一出现在天空,就像一只只凌厉的鹰隼,义无反顾地就从空中扑了下来,找准目标,对着日本人的轰炸机就俯冲而去!那些护航的日本攻击机见状,措手不及大吃一惊——因为他们的长官告诉他们,中国空军已经被他们摧毁,再也没有了升空作战的飞机!情急之中,这些日机立即折返回头,企图拦截中国飞机对轰炸机的攻击。

"哒哒哒!哒哒哒!"敌我双方几乎同时开火,机头上的一道道火舌,连同赤红的烟雾,都朝对方喷泻而去!一时间,敌我双方几十架飞机就在天空中搅成了一团,各自上下翻飞,各自左右盘旋,咬牙切齿拼命射击,在雾蒙蒙的天空中画出一道道白色的航迹。

"啊,打中了!打中了!"一架中型的日本C3M2轰炸机突然冒起黑烟,燃起火光,拖着长长的烟尾,从空中栽了下去!紧接着,在密集的枪炮声中,在一团团难分难解的混乱之下,一架又一架冒着黑烟的飞机从空中栽了下来,分不清是日方还是中方的飞机!

突然,一架涂着青天白日标志的飞机被对手击中,飞机轰地燃起大火,一下一下盘旋着向地面坠落——突然,那飞机不知是灌注了一股什么力量,机头一扬,机翼一振,竟然又被重新拉上了空中,拖着燃烧的尾翼,不顾生死地对着一架日本轰炸机撞去!

"轰!"一声剧烈的爆炸,一团巨大的火光一闪,两架飞机在空中同归于尽!一瞬间,两架飞机轰然解体,只剩下一团团燃烧着的残骸,纷纷扬扬从空中坠落下来!

从来征战无归日，

两翼斑斑血染成。

飞鹰折翅何足惧，

万里长空祭英灵。

"英雄啊、英雄！"激烈的空战，使无数胆大的市民从防空洞里跑了出来，当他们看见空中这壮烈的一幕，禁不住感慨唏嘘起来。

激烈的空战持续了半个时辰。一团团烟雾散去之后，天上已看不见几架飞机。没有被击毁的日本轰炸机匆匆丢下炸弹走了，剩余的日本攻击机随即也撤出了战斗，一时间，枪炮声停息了，天空中又恢复了暂时的平静。

这场空中格斗，双方损失都很惨重。尽管中国空军打得英勇顽强，有效地阻击了日本人对南京城的再次攻击，并击毁日本航空队上尉"四大天王"之一的山下七郎的飞机，这个"天王"因此而在中国的天空殒命。但日本人凭着飞机的数量和性能优势，也使中方蒙受了巨大损失——这是中国空军对日本航空队最后一场有规模的空战。这次空战之后，最终中国空军被迫将全部剩余的轰炸机，撤出到了日军空军行动的半径范围之外——至此，日本军方再次确认，已经将中国空军完全摧毁，日本人完全掌握了中国战场的制空权。

这是一场力量悬殊的残酷厮杀。从8月14日到11月下旬，中日双方为了争夺上海、南京、杭州等地的制空权，展开了百日激战。中国空军3个月内共击落击伤敌机271架，击毙击伤敌飞行员327名，日军号称精锐的鹿屋、木更津两个航空队基本被歼灭。

而中国空军也付出了惨痛的代价，几乎拼光了所有的战机。开战3个月，就损失飞机202架，受伤100余架，阵亡飞行员122名。

如此，日本陆军、海军航空队更是变本加厉地大规模地空袭南京。从

10月14日到19日仅仅6天之内，共空袭南京城289架次，投下炸弹152.3吨，燃烧弹1000余枚，给南京军民造成更为惨重的损失。

这场不对称的战争，给贫穷的国家和落后的民族留下的惨痛教训，实在太深刻太深刻了！

在抗日前线抵御日军进攻的中国士兵

从秦代兵勇们手执的大刀长矛，到现代军队装备的坦克装甲车榴弹炮；从汉代霍去病们率领的汉军跋山涉水的徒步远征，到如今希特勒在欧亚大陆海陆空三军闪电般的齐头并进，战争的形态早已发生了质的变化——中国军队丧失了制空权后，日本人在强大的空中火力支援下，在有着坚铠利甲的坦克装甲车冲撞下，在地面炮火猛烈的攻击下，那战争天平将要发生的倾斜，就不言而喻了。

在这遍地狼烟、十万火急的关键时刻，从蒋介石到普通的平民百姓，都在眼巴巴地仰望着阴霾的天空，盼望着中国空军飞机能再出现在自己的天空，能狠狠打击一下如狼似虎、横行在中国天空中日寇飞机的嚣张气焰！

哦，中国空军的飞机在哪里？

第二章 打通援华国际大通道

当用美国汽油的日本飞机向中国的和平城市投掷用美国钢铁制造的炸弹时，苏联给我们送来了武器弹药和志愿飞行人员，帮助我们打击外国强盗，我亲眼看见不少苏联飞行员因伤死于中国的医院。美国人把钢铁和汽油卖给日本人，给中国运来药品，以便治疗他们的炸弹所带来的伤，现在该想一想了，谁是中国人民真正的朋友。

——冯玉祥将军在1938年6月国民大会上的讲话

1. 茫茫荒漠上创造奇迹

"敕勒川，阴山下，天似穹庐，笼盖四野。天苍苍，野茫茫，风吹草低见牛羊。"这是南北朝时《敕勒歌》里对西北戈壁大漠形象的描述。

一望无际的大漠上，有时是烈日当空，沙尘蔽日；有时是狂风怒吼，风雪交加。黎明时分，在这荒漠之上，由人和牲口组成的队伍，犹如庞大而又渺小的蚁群，一直向前延伸，从头到尾望不见踪影——修筑援华国际"大通道"的队伍，按照各自的分工，疾速地移动在兰州到霍尔果斯几千公里的土地上。

兰州—酒泉—安西—哈密—迪化—伊犁—霍尔果斯—中亚这条通道，虽在汉代以来就是中国通往西域"丝绸之路"的一条主要通道，但它绝非现代意义上的公路。在茫茫荒漠之中，有的地方所谓的"路"，其实只是一道被牲口和人践踏过的痕迹；有的路段，其实只是一头骆驼可以行走的羊肠小道。按照中苏协议，苏联援助中国的飞机、武器及军事物资，已经紧急向中苏边境古城阿拉木图集中，再从那里通过霍尔果斯口岸进入中国——可，从中国边境通往内地的物资运输怎么办呢？

这就需要打通一条从霍尔果斯到兰州的公路。

前面讲过，自杨杰等人的西北之行，与盛世才、马步青等地方军阀达成打通"西北国际援华大通道"的共识之后，新疆和甘肃等地立即紧急行动起来，全力投入到公路修建之中——但，自古以来这人和骆驼行走的路径，要在二三十天内将其改造为载重卡车可以通过的公路，那简直是不可想象的。作者20世纪90年代在酒泉、哈密等地参加武器试验时，曾在当地做过实地采访，那里的老人们每当回忆起当年修路时的情形，没有一个不感慨唏嘘！

"那时，新疆人、甘肃人，以及其他地方赶来支援的人，为修筑连接苏联那条公路，修得简直是发了疯！修路的队伍延绵了几千公里，仅从新疆霍尔果斯到果子沟沿线，就有7万多修路筑路的人；在迪化—达坂城—吐鲁番一线，有10万多修路军人和民工；从鄯善—哈密—星星峡，也有9万多人参加修路大会战，加上其他路段的修路的人，单是在新疆境内，参加修路的各族群众，加上军人，至少在50万人以上！"

这对地广人稀的新疆和甘肃地区来说，绝对是史无前例的一次壮举。有的村寨或部落，除了老弱病残，是全部出动；有的人家，是全家上阵。参加修路的民工听到政府号召修路的消息，几乎在一天之中就全部集中到了工地，而且都是自带工具，自带干粮，自带衣被。一来到工地，人们按照分工，立即就甩开膀子干了起来，根本不存在什么"日出而作，日入而息"之说。在修路工地上，无论白天还是黑夜，人们24小时都在轮班干活。饿了，吃几口自带的窝窝头或几把炒面；渴了，喝几口由牲口从远处驮来的凉水；困了，裹一件破皮袄在沙窝子里打个盹。而且，所有参加修路的人都没有工钱，全是义务劳动。在"修好机场修好路，我们不当亡国奴；不怕流血和流汗，一切都是为前线"的口号鼓动下，大家群情激奋，都心甘情愿、舍生忘死地干着属于自己的工作！

没有国就没有家，这是祖先们告诉他的子孙一条基本的生存道理；国家兴亡，匹夫有责，这也是祖先们告诉子孙的一条基本的行为准则——所以，在历史上，每当在遭受外族入侵的关键时刻，中华各族人民都会爆发出惊人的凝聚力，显现出空前的大团结。

在修路大军中，有着一道道独特的风景线。

从霍尔果斯到古城惠远沿线，到处都可以看到修路的锡伯族人。他们无论精壮汉子，还是妇女儿童，全都上了工地，就连那些七八十岁的老人，也都赤膊上阵，日夜奋战在修路工地上。这些锡伯人，他们是在200多年前，受乾隆皇帝派遣，携家带口从盛京沈阳来到新疆伊犁一带戍边的。当时，有2万多名锡伯族官兵从沈阳出发，由于路途遥远艰难，一路连病带饿受冻，到达新疆时只剩下不到4000人。当时，乾隆皇帝答应他们的祖先"70年后准予回乡"，可3个70年过去了，他们依然在边远荒凉的西部边疆繁衍生息。

当日本人侵占他们老家东北的消息传来，这些世代习武的锡伯人义愤填膺、同仇敌忾，都想上战场去跟这些强盗拼个你死我活，渴望早日将日本人赶出东北。而今，正在他们因路途遥远报国无门时，现在听说修路是为了打垮日本人，整个族群无论男女老少都激动起来，不到1.3万人的族群，竟然一下就有8000多人义务前来参加修路。没有参加修路的老人儿童，就自发赶着骆驼和牛车，帮助工地送水、送粮、送材料——这个族群世代传承下来的爱国精神，在这个时刻得到最完美的体现。

伊犁的"果子沟"，在这个号称"死亡之谷"的地方，有1.2万多名哈萨克族人加入到修路工程之中。他们按照历史上形成的部落结构，组成了6

支修路队伍。在这险象环生的"死亡之谷"里，为了显示自己部落的强大和团结，显示自己部落的无畏和牺牲精神，部落的首领们往往为了争取到最难、最险的修路地段而互不相让，时常吵得面红耳赤不可开交。为了平息纷争，他们有时只好采取"抽签"方式来决定哪个部落修哪条路段。道路通车后，各个部落还成立了义务护路队，无论是烈日当空，还是风雪交加，随时都在对自己修建的路段进行维修和护理。

在玛纳斯、达坂城、哈密、星星峡等路段的修路大军中，还有不少成建制的东北"抗日义勇军"，他们原本是转战白山黑水的将士，被日本人打败后有组织地撤退到了苏联境内。1932年冬天，他们历尽千辛万苦，穿越西伯利亚回到祖国新疆。这些部队回到新疆后，立即就想重返前线继续与日寇拼杀。可不知蒋介石葫芦里卖的是什么药，竟然命令这些部队"不许入关，就地安置"。就这样，使他们不得不在远离前线万里之遥的地方安营扎寨。当他们得知要打通"抗日西北大通道"的消息后，这些连做梦都在同鬼子拼命的东北军将士，他们立即主动请缨参加修路工程。有的部队从团长到普通士兵，人人都写了血书请求参战——憋屈在后方不能上前线的将士们，他们把重返抗日战场的心愿，将来回到东北老家的希望，都寄托在打通"西北国际援华大通道"之上。

新疆的老人们回忆道："那些东北军人真不愧是一支能打恶仗的队伍。从迪化向东30多公里的干沟，以及达坂城附近的'百里风区'，这些非常艰苦的施工地段，就是这些东北军人打通的。在一些险峻狭窄的路段，也是由这些军人担任工兵，承担起炸山开路的任务。由于作业工具简陋，加之通讯条件有限，仅在'工兵队'里，就有30多人在爆破作业中被炸身亡。他们没死在同日本人血战的沙场上，却牺牲在修路的作业中。"

就这样，西北人民憋着一口打垮日本人的豪气和勇气，靠着简陋的施工工具，靠着土炸药开山放炮，靠着手挖肩扛车运，在短短的时间里，硬是在人迹罕至的西北边疆开出一条汽车勉强能行走的公路来。

在茫茫戈壁上，几千公里道路修筑当然不是一蹴而就的事——但说来有意思的是，当1937年10月，苏联赠送给中国的第一批500辆吉斯5型卡车，从新疆古驿道进入甘肃，经过安西、玉门、嘉峪关、酒泉、武威、河口到兰州时，这条公路才刚刚具备雏形，许多路段根本还未动工，但为了前线急需，苏联人的500辆大卡车，装载着援华的数千吨汽油，硬是在这没有路的古驿道上，轧出了一条大道来——这就是后来甘新公路的雏形。

就这样，在中国抗日战争的前几年，在自古只有骆驼行走的丝绸之路上，日夜奔跑着苏联载着军火的大卡车；在只有秃鹫和鹰隼盘旋的茫茫戈壁上空，不间断地飞翔着巨大的军用运输机。这些汽车和飞机，为前线源源不断地运去军火和物资，支持着中国人民进行艰难的抗战——这，就是著名的"西北国际援华大通道"。

对于"西北国际援华大通道"，中国共产党及其领导下的军队早就认识到了它的重要性。1936年6月26日，在中央红军和四方面军会合后的第13天，在川西北夹金山下的"两河口会议"上，中共中央取得的重要决议就是"必须尽快在西北寻求落脚点，打通国际通道，取得苏联的策应和支持"。

30年后的1965年，毛泽东在北京会见他的外国朋友安德烈·马尔罗斯时还指出："当时向西北去的一个主要原因，就是可能与苏联接上联系，打通苏联援助的通道，没有别的选择。"

2. 险象环生千里大抢运

一条崎岖狭窄的公路，蜿蜒起伏在崇山峻岭之中。

早晨天刚亮，一个庞大的车队，驶出阿拉木图古老的城门，犹如一条巨大的锁链，从山麓一直连接着山顶，向中国境内延伸而去。在早晨的雾霭中，汽车轰鸣着，缓慢地颠簸在凹凸不平的山路上，激起漫天的尘土。

第二章 打通援华国际大通道

援华抗日军用物资集中地——哈萨克斯坦首都阿拉木图

阿拉木图位于哈萨克斯坦东南部，地处苏联边疆地区；它东邻中国新疆，位于外伊犁阿拉套山脉北麓伊犁河支流大、小阿尔马廷卡河畔；它历史悠久，古代中国通往中亚的丝绸之路就经过这里。

由于苏联政府庞大的援华军事物资集散、大批的飞行人员和地勤人员的集中中转，使往日沉寂的阿拉木图顿时热闹起来，政府各个部门，各种人员，全都投入到了这项艰巨的工作中。

蜿蜒滞重的车队中，不时还夹杂着牧民的牛车和骆驼。所有的汽车、牛车和骆驼背上，都装载着飞机的机头、机翼、发动机，以及枪炮、炸弹、雷达等军事物资——救场如救火，淞沪战场正打得天昏地暗，为了尽快地把飞机等军用装备送到前线，苏联政府从莫斯科到阿拉木图，动员了所有的运输工具，夜以继日地抢运这批援华抗日物资。按苏联国防部拟定的计划，抢运时间为30天——但，由于交通状况实在太差，要在这短短的30天完成这项工作，真是勉为其难。

面对日趋严峻的战场局面，在庐山的蒋介石于9月11日致电驻莫斯科大使蒋廷黻："蒋大使转次长耿光兄：待飞机甚急，究竟何日可飞来华？共有几何？立盼详复。"

蒋介石给莫斯科驻华大使馆发完电报之后，又直接发密电给斯大林："尤其飞机一项，实在迫不及待，中国现只存轻轰炸机不足10架，需要之急，无可与比。"

9月20日，蒋介石再次致电莫斯科，同样表达了他急火攻心似的心态："蒋大使转杨张二兄：续定飞机以驱逐机为主，请再订驱逐机150架、重型轰炸机30架为盼。第一批驱逐机能否提前出发应用？甚急也！"

面对蒋介石的再三催促，在莫斯科的杨杰通过莫洛托夫，再次求见了斯大林。斯大林认真听完杨杰介绍的中国战场紧急情况，以及蒋介石的急迫要求后，当即指示莫洛托夫和伏罗希洛夫：在此紧急情况下，要千方百计采取措施，首先将飞机运到中国。在中国飞行员还未完全到达莫斯科前，由苏联飞行员驾驶飞往中国，并尽快投入战场！同时，在中国选择适当地方，建立培训基地，立即培训中国飞行人员和地勤人员，使中国军人能尽快掌握飞机性能，尽早与日本人作战。

当然，最后斯大林再次强调，苏联军事人员及战斗人员只能秘密进入中国，不能使用苏联政府的名义，更不能暴露苏联空军人员的身份，以免引起国际争端。

斯大林的指示，立即得到不折不扣的执行。

接到斯大林的指示后，尽管运输条件异常恶劣，为了及时将援华武器和物资及时送到中国战场，苏联远东和黑海的航运公司为此派出了几十艘远洋货轮，铁路部门拨了5500节以上的火车车皮；从阿拉木图到新疆几千公里的运输线上，使用了5200多辆3NC-5载重卡车；在情况紧急时，为了及时运送物资，苏联有关部门还组织了空运，使用了TB-3运输机。在援华初期，有几万名苏联人不计时间和天气条件为此而工作。同时，苏联政府根据日本间谍在境内外频繁活动的情况，按他们安排，首批援助中国的200余架驱逐机及附属装备，首先秘密运往阿拉木图进行拆解，然后由汽车和其他交通工具经过中亚地区，运往中国迪化和哈密，然后再由苏联技师就地进行组装。飞机组装好试飞后，再由苏联或中国飞行员飞往兰州集中。

由于时间实在紧迫，援助中国的几十架CB型高速轰炸机、TB-3型重型轰炸机、TB-3型远程轰炸机，则由苏联飞行人员直接驾驶，从阿拉木图经中国石河、迪化、古城、哈密、安西、肃州、凉州，最终抵达兰州，视其情况由苏联或中国飞行员飞抵华东前线。

10月2日，首批运送援华物资的车队离开阿拉木图，通过新疆霍尔果斯口岸，进入到我国新疆境内后，道路更是难走，沿途数以万计的军人和民工还在日夜抢修公路。在那凹凸不平的公路上，汽车有时竟像甲壳虫一样一寸一寸向前爬行。

翻过一座大山，一条狭窄的土路，盘旋在崇山峻岭之中。当汽车喘息着爬上山顶后，高原的天，就像小孩的脸，说变就变。刚才还是烈日当空，一转眼就是乌云密布，几声闷雷响过，倾盆的大雨就哗哗落了下来。待雨小了一些，汽车又喘着粗气，碾着泥泞又朝山上爬去。但，行进的速度越来越慢。狭窄的公路上，好多路段已被雨水冲坏，有时车轮简直是骑在悬崖绝壁间行走，一不小心，就会滑到深不见底的山谷中去。

车队走着走着，前方突然传来公路塌方的消息，车队再也无法前进。面对眼前的困境，只能通知山下的中国工兵和民工来抢修了——但，通讯不畅，路途遥远，抢修的人员何时才能到来呢？随车押运的中国空军上尉王承林，一步跳下车来，焦急地望了望黑沉沉的天空。这里前不挨村，后不接店，怎么办呢？情急之中，王承林跑到前边一看，幸好塌方的地段缺口不宽，他连忙跟带队的苏联陆军中校库尔诺夫进行了紧急磋商，决定马上动员驾驶员和随车的机械师们自己动手抢修公路。

天快黑时，公路勉强修好。所有的人员顾不得饥饿和疲劳，立即重新发动汽车，打开车灯，一辆接一辆小心谨慎驶过那危险的地段后，碾着泥泞，缓缓又朝山上爬去。好不容易，汽车爬上山口，慢慢往山下走去——可，下山的路更险！在车灯照射下，可以明显地看出，这里就是为了骆驼队行走，从悬崖绝壁上开凿出来的一条道路。有的路段，一边是悬崖，一边是绝壁，汽车若是滑下悬崖，恐怕最多只能在山谷里捡回几只轮胎！何况车上装的都是贵重的飞机部件，甚至是炸弹枪弹，一旦出事，后果简直不堪设想！

时间紧迫，不容等待。随行的人只好下了车，每人手中举着一面小旗，站在险峻的路段当路标。苏联卡车的驾驶员们，凭着高超的驾驶技术，胆大心细慢慢往山下行去——终于，在天快亮的时候，几百辆车全部安全通过大山，驶向开阔的草原，驶向茫茫的戈壁滩，艰难地向着哈密跋涉而去。

3. 用生命诠释中苏友谊

淞沪战场上，中国军队依然每天都在血与火中煎熬，日寇的飞机依然每天都在对中国的土地进行毁灭性的轰炸——苏联的飞机、坦克、防空炮火等装备，早一分钟运到前线，就能早一分钟减少战士的伤亡，早一分钟抵御日寇疯狂的进攻。

西北援华大通道上，依然不分昼夜在抢运着军用物资。

前面就是"死亡之谷"。

昨夜一场突如其来的暴风雪，将险峻的山岭、荒凉的草原，以及眼前这条蜿蜒的公路染成白茫茫的一片。已近中午时分，天还黑得像锅底，大片大片的乌云从山那边奔涌而来，从这个山峰扑向另一个山峰；山谷里吹来的风，像怪兽一样怒吼着，狂风卷起的漫天雪花，像要把整个车队掩埋了一样。

第二章 打通援华国际大通道

"这鬼天气！"带队的苏军中校莫洛夫斯基打开车门，从车上跳了下来，使劲地裹了裹皮大衣，跺了跺脚。他来到路边，居高临下望了望像锁链一样从山脚一直到山顶的车队，转过身挥了挥手，阻止了车队的前进。

"怎么不走了？"后面车上的少尉留里基也从车上跳了下来，跑上前来问道。

"路太滑了，前面就是'老鹰嘴'了，路况不明，暂停前进！"莫洛夫斯基大声对少尉讲道。

"首长，天气这么冷，如果我们在天黑以前走不出这'死亡之谷'，那麻烦就大了！"留里基焦急地看了看昏暗的天空，又对莫洛夫斯基说道。

"这我知道。"莫洛夫斯基思忖了一下，用手指了指前方，对留里基少尉讲道，"这样，你带几个战士沿着公路向前走，我们在后面跟着你们的足迹慢慢前进——注意，告诉战士们，在行走时一定要小心加小心！"

"老鹰嘴"真是名不虚传，在山巅厚厚的积雪之中，一条狭窄的公路，突兀在山崖之上，一边是陡峭的悬崖，一边是深深的山谷，倘若汽车不慎摔下悬崖，那后果自然可想而知——但，军令如山，按照物资运输指挥部的命令，莫洛夫斯基中校带队的这300余辆装载飞机部件卡车，必须要在5天之后运抵中国哈密！

风雪之中，少尉留里基带着几个随车押运的战士，转过山弯，努力向前走去。待少尉留里基和战士们往前走了一段路后，莫洛夫斯基手一挥，带着车队沿着几个人的脚印，缓缓向前开去。

寒风呼啸，雪花飞舞。

突然，留里基少尉从山弯那边气喘吁吁地跑了回来，焦急地对着莫洛夫斯基中校挥着手，风雪中，他大声叫喊道："莫洛夫斯基同志，快、快叫医生！快叫医生！"

莫洛夫斯基中校看见留里基在风雪中焦急的身影，不知道前面发生了什么事故，赶紧又从车上跳了下来，迎着留里基走去。

"前面到底发生了什么？"莫洛夫斯基大声地问道。

"莫洛夫斯基同志，前面雪地里有人！有好多人……他们都被大雪掩埋了！……"留里基跑上前来，喘着气对莫洛夫斯基中校喊道，"您在这里等等，我去叫医生！"

"你说什么？"莫洛夫斯基闻言感到十分吃惊，他问，"前面雪地里掩埋了好多人？"

"至少有10多个当地的老百姓被雪掩埋了，大家正在扒拉他们！"留里基匆匆对莫洛夫斯基讲了一句，赶紧就往车队跑去，边跑边大声地喊着，"医生、医生！赶快叫医生到前面来！"

莫洛夫斯基闻言，赶紧向前跑去——啊，在"老鹰嘴"山弯的积雪里，果然有无数的人影被掩埋在雪堆里，几个战士正在使劲地扒拉着他们。

"怎么回事？"莫洛夫斯基赶上前去问道。

"他们都被冻僵了、都被冻僵了……"一个战士一边扒拉着积雪，一边回答莫洛夫斯基。

"这么大的风雪，他们怎么会在这样的鬼地方呢？"莫洛夫斯基感到很奇怪。

是呀，这么大的风雪，这些老百姓怎么会在这样的鬼地方呢？

莫洛夫斯基赶紧冲上前去，帮助战士刨着积雪。哦，他突然看见这些被冻僵的人身边，都有锄头、十字镐、铁锹等工具，他马上明白过来——原来，在这险峻的路段上，这些人都是维护公路的哈萨克人呀！一场突如其来的暴风雪，把他们困在了这里，严酷的天气，把他们活活冻僵在了这里！

"卡里多里！"莫洛夫斯基对赶上前来的医生大声叫道，"我命令你们，不惜一切代价，立即抢救他们！"

"莫洛夫斯基同志，他们、他们……"随车的医生卡里多里带着助手，逐一对战士们扒拉出来的人进行了检查后，他神情沮丧地来到莫洛夫斯基跟前，嗫嚅着说不出话来。

"他们怎么啦？"莫洛夫斯基大声地问道。

"他们全被冻僵了……"

"你们再仔细检查检查，看看还有没有活着的？"莫洛夫斯基大吃一惊，又大声地叫了起来。

"没有了，他们冻僵的时间太长了。"卡里多里难过地低下头。

"这些人都是为我们维护道路而死的呀！"良久，莫洛夫斯基放下手里的一具被冻僵的牧民尸体，慢慢站了起来，呆呆地望着雪地里的十几具尸体，眼里含着泪水，半天说不出话来。

就是这些哈萨克人，为了抢修这段险峻的公路，他们的族群已经付出了巨大的牺牲。公路抢通后，他们又自愿组织起来，日夜义务守护着这条道路，保障着道路的畅通。

"这些中国人，太可爱、太可敬了……"莫洛夫斯基肃立在这些冻僵了的尸体面前，慢慢摘下头上的皮帽，低下头来，任刺骨的山风吹拂着他蓬乱的头发。

在场的所有战士见状，也都摘下了自己头上的帽子，肃立在这些哈萨克人跟前，久久地向他们致哀。

"告诉后面十几辆车的同志们，每辆车都必须腾出一个空位，拉走这里一个人。"良久，莫洛夫斯基中校转过身，告诉留里基，"把他们都拉到山下，送回他们的部落去。"

山风袭来，黑云压顶。

"马上出发，赶紧通过'老鹰嘴'！"莫洛夫斯基抬头看了看越来越暗的天空，手一挥下达了出发的命令。

当天傍晚，莫洛夫斯基率领的车队走出"死亡之谷"，到达山下的哈萨克人村落时，部落的首领闻讯后，带着全寨的大人小孩走出村落来，以他们传统的风俗，迎回了为护路而不幸罹难的族人；也按他们传统的礼仪，隆重接待了为他们送回族人遗体的苏联军人。

雪花飘飘，篝火熊熊。

当天晚上，苏联运输部队500多名官兵集中在部落里，同哈萨克人一起，为死难的12名民工举行了哀悼仪式。

"为了我们的车队能安全地通过'死亡之谷'，到达我们将要去的目的地，伟大的中国人民，伟大的哈萨克人，你们用生命诠释着中苏两国人民的友谊。这种友谊，必将像这熊熊的篝火一样，世世代代燃烧在我们两国人民的心中，永不熄灭……"

哀悼仪式上，莫洛夫斯基中校代表所有的官兵，向死难者致了这样的悼词。

几天之后，莫洛夫斯基中校率领的车队终于按时到达最后的目的地——哈密。

在偏僻的哈密，先期已经到达这里的苏联技师们，一待飞机部件运到，立即就夜以继日开始进行飞机的装配工作来。首批运到的飞机部件，都是苏联比较先进的伊-15和伊-16战斗机。

一架一架的战斗机，在技术娴熟的苏联技师们手中，迅速组装成型，只待加油试飞后，在这里集中飞往兰州，再从兰州起飞，就可以迅速投入到抗日前线去了。

4. 实在了不起的中国人

1955年8月15日，国民党台湾"行政院"院长孙科在纪念中国人民抗日战争胜利10周年纪念大会上，曾饱含深情、感慨万分地讲到一件令他刻骨铭心的往事。他讲道：

"抗战初期，在我们孤立无援、极其困难的时候，为了坚持抗战，为了打通'西北国际援华大通道'，西北人民和军队，流血流汗，付出了巨大牺牲，许多人还长眠在了雪山和荒原上——迄今，我们仍然深切地怀念着他们。

"这条国际援华大通道的打通，显示了我们民族不可战胜的力量。苏联驻华大使鲁尔涅茨·阿列尔斯基不止一次地告诉我，西北大通道的开通显示了中华民族的智慧和能力，有如此坚毅、勤奋、敬业和善于创造的人民，何愁抗战不能胜利？何愁不能战胜任何入侵的敌人！在这样伟大的民族面前，任何强大凶悍的敌人，都只能陷入到失败的泥潭里，遭受到灭顶之灾！……"

孙科的这番讲话，自然事出有因。

1939年12月上旬，在"西北国际援华大通道"开通之后，为了表达对苏联政府援华抗日的谢意，也为了表示对西北人民修通这条通道的慰问和关心，在重庆的蒋介石委托国民政府行政院院长孙科，以"秘密访苏"的方式，邀请苏联驻华大使鲁尔涅茨·阿列尔斯基夫妇，共同沿着"西北国际援华大通道"进入苏联国境，顺路考察这条通道。

鲁尔涅茨·阿列尔斯基在对这条通道全程的考察中，在那黄沙漫漫的大漠上，在那风吹草低的荒原中，在那鹰隼难飞的山谷间，在那风雪弥漫的高原上，在那简陋但温暖的接待站，每到一处，他都停下车来，望着那延绵千里艰险的道路，他惊叹不已唏嘘不已："中国人能在这么短的时间里，能从这'死亡之地'中开凿出这么一条路来，真是太伟大、太伟大了！难怪整个世界上，只有中国才有'坎儿井'，只有中国才有万里长城！"

就是这一路的观感，让鲁尔涅茨·阿列尔斯基体验到了中国人的坚韧、中国人的勤奋、中国人的团结、中国人的强大。他回到了莫斯科，在向斯大林汇报工作时，作出这样的结论："无可置疑，没有任何强大的敌人能够打败中国人,也没有任何强大的敌人能够叫中国人投降!"

是的,就在陆地的通道在如火如荼修建之时,西北各族人民同时还承担起了伊犁、乌苏、奇台、迪化、塔城、哈密等航空站(机场)新建和扩建任务。按照当时中苏双方的协议,以伊犁、迪化、哈密的航空站为重点,由苏方技术人员根据飞机的性能和要求提供建设方案,新疆地方政府组织施工;乌苏、奇台、塔城等航空站则依据前面3个航空站建设的蓝本进行,由中方全权负责。

白天有日光,夜晚有火把。

在那些火烧眉毛的日子里,西北人民已经没有了白天和夜晚的概念,没有了庄稼和牛羊的牵挂,也没有了焦渴和疲惫的感觉,唯一只有一个字:干!

一声号令,千军万马在修建陆地通道的同时,还有一部分人聚集在了相对平坦的荒原上,开始了航空站的修建——说起来又是让人撞破脑袋也不敢相信的是:伊犁、迪化、哈密3个航空站分别于当年9月5日左右开工,但在当月28日前,几个航空站就全部完工投入使用!

这简直是魔术、是神话、是奇迹!就连苏方在现场指导施工的技术人员,也不敢相信眼前的事实。但他们望着平整的跑道和草坪,却不得不伸出大拇指来。

在如此短的时间里,仅在新疆就完成了6个航空站新建和扩建;在甘肃也完成了3个航空站扩建任务——要完成如此大的工程量,难道是"天山之神"助威不成?这样的速度,恐怕在世界航空史上也是绝无仅有的,但西北人民以坚韧不拔的精神,硬是将看似不可能的事情变成了现实,创造了航空史上的一个奇迹。

"早穿皮袄午穿纱,怀抱火炉吃西瓜。"这是对哈密地区最形象的写照。哈密属典型的温带大陆性干旱气候,天山山脉自东向西400公里横亘其中，形成山南山北迥然不同的两大自然环境区：山北巴里坤、伊吾草原广阔，夏季日照时长，冬季冰优雪丰；山南哈密盆地干燥少雨，昼夜温差大。

当时，仅在哈密一地，就有5000多人参加机场的修建。军人、民工、老人、孩子，各色人等穿着各色服装，昼夜奔忙在机场上。白天，这里人声鼎沸；夜晚，这里灯火通明，整个机场上的施工从来没有一刻停顿。施工没有大型机械，平整夯实机场只能靠巨大的石碾碾压，几百人白天冒着酷暑，夜里顶着严寒，他们扛着绳子，喊着号子，拉着近10吨的石碾子在荒原上来回碾压泥土。施工最紧张阶段，大家每天只能吃一两顿饭；实在太疲劳了，有的人吃饭时，端着饭碗就睡着了。因为过度劳累和烈日暴晒，工地上不断有人晕倒或休克；晕倒或休克的人中，由于缺医少药，有的再也没能醒过来。

在哈密，按照与苏联的协议，在开始飞机场建设的同时，飞机组装工厂、武器修理工厂，也在这里由苏联技术人员指导下开始建设。1万余人参加了这些工程的施工。整个哈密地区，除了实在走不动的老人和孩子，几乎全都投入到了这3项工程建设之中。

在《危难中的中国》这部纪录片中有这样一段解说词，深刻地描述了当时的情景：

数以万计的中国农民和牧民，从8岁到80岁，包括妇女和孩子，起早贪黑，用最原始的工具劳作。他们烧掉了正待收割的庄稼，从河床里挑拣出石块，从两英里外用扁担挑回来；数千名妇女和孩子拿着小锤将石块砸碎，铺成跑道的地基；粘合剂由泥和水的混合物来充当，而男人们光着屁股用双脚充当泥浆搅拌机；然后是更多的石块、更多的泥浆……最后，上百人排成整齐的队伍，用数条绳索拖着5000多公斤重的大石碾子，一步、一步将跑道压平。

你正在见证一个奇迹。在不到1个月的时间里，这些人修建了一系列机场，可供大型轰炸机起降。他们在从前种庄稼和放牧的地方，凭借他们的双手，修建了这些机场，然后让飞机从这些机场上起飞后去消灭日本人……

与公路建设、航空站建设同时，开工建设的还有近20个接待站。这种接待站，类似于驿站或兵站性质，专为空中和陆地来往的人员提供食宿和后勤保障。有航空站的地方，称为"航空接待站"；没有航空站的地方，称为"汽车接待站"。这些接待站，每个大概能容纳200人。接待站虽然简陋，但在白天焦渴难耐，夜晚寒风凛冽的戈壁滩上，自然被旅途劳顿的人们视为心目中的绿洲。由于接待站服务周到，很受往来的飞行、汽车驾驶人员的欢迎。

中方打通"西北国际援华大通道"的消息传到莫斯科，引起苏联高层极大的震动：中国人哪来那么多的人力和物力，哪来那么大的干劲和热情，在这么短的时间内，竟然就打通了这条延绵几千公里的大通道！

来到兰州的苏联空军志愿人员

"实在了不起的中国人!"当驻华大使鲁尕涅茨·阿列尔斯基到达莫斯科,向斯大林汇报他在回国途中经过"西北援华国际大通道"的情景后,斯大林听后也十分感慨,他简洁地做出这样的评价。

于是,随着"大通道"的开通,从1937年10月上旬起,每天都有几百辆卡车,以及延绵数公里甚至数十公里的骆驼队从苏联阿拉木图古城出发,沿着伊犁—乌苏—迪化—哈密—兰州这条通道,进入中国内地,让源源不断的飞机、武器装备,以及军事物资投入到抗战前线。

但,由阿拉木图经兰州到汉口的空中航线,还是一条未开通的处女航线,由于这条航线航程遥远,地形险恶,气候无常,途中要飞越高险的六盘山山脉等——鉴于此,中国境内的这座"空中桥梁"的开通工作,也进入了决战阶段。

5. 独闯天涯的英雄壮举

高空中,烟雾迷蒙,寒气逼人,严重缺氧;机翼下,阴云密布,云遮雾罩,风雪交加;大地上,山峰突兀,重峦叠嶂,沟壑纵横——延绵数百公里的六盘山脉,巍巍耸立于西北大地。这里,连候鸟也难光顾,连山鹰也难飞越,当然人类有史以来,也从来没有一架飞机飞越过这里。

此时,1架歼击机勇敢地穿行在5000多米的高空,在速疾不定的长风之中,它像一只渺小的燕儿,剧烈地颠簸着,一会儿被抛向空中,一会儿又跌下云层。但,它却义无反顾地向更高的空中飞去,似乎没有什么惊险能阻挡这只燕儿的前行。

10月18日,这架飞机从武汉机场起飞,在西安在加油后,然后独自向西北方向飞去。它此行的目的,就是要穿越六盘山高空,在这片从未有人涉猎过的地方,开辟出一条飞机能够航行的线路来。

驾驶这架飞机的是中国空军驱逐机司令高志航。

苏联飞虎队——苏联空军志愿队援华抗日纪实

要独闯这片险恶的航空区域,从没有路的地方闯出一条路来,未知的风险,难料的结果,那都是不言而喻的。但,要将苏联援助的飞机从兰州飞往西安,再从西安飞往武汉或是南京,这是一条必须要走的航线——前线火光冲天,每时每刻都在遭受敌机的轰炸,每时每刻都有人流血死亡,即使前面是火坑、是地狱,即使赴汤蹈火也在所不惜!身为驱逐机司令的高志航,力排众议,决定亲自驾机独闯这条航线!

苏联援华战斗机在兰州机场准备飞赴抗日前线

临行前,航空委员会秘书长宋美龄、空军司令周至柔,都亲自来到机场为高志航送行。宋美龄那殷切的目光,周至柔那激励的话语,伴陪着高志航走向舷梯,登上战机。

"高司令,祝你成功!我们在这里等待你安全到达兰州的消息!"高志航在机舱里坐下,准备起飞时,宋美龄对他挥手致意道。

"放心吧,夫人,我一定能够成功,一定不辱自己的使命!"高志航大声回复道,然后镇定地将飞机挪到跑道上,他挥手告别了送行的人们,操纵杆一拉,一瞬间就飞上天空,钻进了云层。

高志航,1907年5月出生于辽宁省通化县一个农民家庭。童年时在家务农,9岁入学。1920年考入奉天中法中学。同年,13岁的他为减轻家庭负担，毅然投笔从戎，转入东北陆军军官教育班。1924年东北军扩建空军后，他改名高志航，报名赴法国学习飞行。毕业后授军士衔前往南锡法国陆军航空队见习。1927年1月，19岁的他以优异成绩学成回国，随后被张学良将军任命为东北航空处飞鹰队少校飞行员，旋转任东北航空教育班少校教官。

此间，由于他对技术精益求精，每次演习均获得奖励。然而在一次演习中，由于机械故障，他不幸在降落时右腿折断。后经治疗，腿虽复位但稍有弯曲。因对驾机存在障碍，不得不在哈尔滨医院打断腿骨另外又接。伤愈后，他右腿比原来短了一分，要靠穿后跟鞋来调整走路姿态。但通过自身艰苦努力，他很快就恢复了驾驶，因此落下"瘸子飞行员"的绰号。

1931年，九一八事变后，由于国民政府实行不抵抗政策，东北军被迫撤入关内。此时，高志航目睹日寇横行，惨杀同胞，耻于留在敌占区，便将家属遣返原籍，只身一人化装进入山海关，准备投靠山东韩复榘的军队。后经留法同学、国民党军政部航委会航空大队长邢铲非介绍，到杭州笕桥中央航校高级班接受短期培训，结业后因其东北军身份受到排挤，只能作为一名无单独飞行资格的空军见习少尉。

正在兰州基地组装的苏联援华飞机

苏联飞虎队——苏联空军志愿队援华抗日纪实

1932年春，在航委会第一次检阅空军时，高志航在其整个飞行过程中，他娴熟的飞行技巧给所有的观摩者留下了深刻印象，被提升为第8队中尉分队长。此后，他通过刻苦训练，很快就掌握了在国际上堪称一流的夜间无灯起飞、倒飞和弧形飞等绝技，并在第2次检阅时名列第一。随后，他成为航校驱逐机班上尉教官，半年后又晋升为空军教导总队少校副总队长。

1936年10月31日，在蒋介石50岁生日那一天，航委会在南京特别举行了一次有英、德、意等国空军参加的飞行特技表演。当时正留守杭州的高志航闻讯后，主动驾机前往参加。其间，他精湛的飞行技艺在空中尽情展现，博得场上各国嘉宾的阵阵喝彩，也使几支欲争高下的外军特技队相形见绌。表演结束后，蒋介石对他的高超技术赞不绝口。从此，高志航的名字在军中几乎无人不晓。

不久，高志航奉命前往意大利购买战机。其间应邀在意大利上空表演了他的飞行特技，深受观者赞赏，并受到了墨索里尼的召见。然而，该国军火商却用大批金钱向他行贿，企图向他推销一些落后的机型，遭到了他的断然拒绝。最后，他不辱使命，顺利在美国购买了100架"霍克"式驱逐机。回国后，国民政府随即组建了5个飞行大队，任命他为第4大队长，并晋升中校，辖21、22、23中队，协助总队长毛邦初工作。同时，杭州中央航校开始训练新招募的飞行员，培养出如刘粹刚、柳哲生、董明德、李桂丹、郑少愚、乐以琴、罗英德等优秀飞行员。

1937年，卢沟桥事变后，为防止日军突破连云港、陷中原、下武汉，切断中方后方资源及退路，空军第4大队由原驻地南昌秘密进驻河南周家口机场，昼夜待命随时备战。由于淞沪会战爆发，全队紧急转场华东，以杭州笕桥机场为前进基地。

笕桥首战，高志航便沐着风雨，凭着娴熟的技术，首开击落日机的纪录，重挫了日寇空军嚣张气焰，因而轰动全国。从此，高志航与战友刘粹刚、李桂丹、乐以琴并称为中国空军"四大金刚"。在8月15日空战中,高志航又击落日长机1架,僚机1架,后左臂中弹返回机场。杭州各界得知后,纷纷前往广慈医院慰问,军事委员会委员长蒋介石闻讯特汇来1万大洋,并专电褒奖,责令送往相对安全的汉口治疗。

高志航出院后,晋升为空军驱逐机上校司令,指挥第3、4、5航空大队,并兼任第4航空大队大队长,专门负责南京防空任务。10月12日,日机入侵南京,高志航再次率机迎击,击落日机2架。他和战友一起,在南京上空击落日机17架,有效地保卫了国都南京。

万里长空,莽莽六盘。

此时,高志航受命于危难之中,独自驾机穿行在人迹罕至的六盘山上空,孤身独闯从西安到兰州的这条新的航线——其情其景,颇有唐代诗人柳宗元那"千山鸟飞绝,万径人踪灭。孤舟蓑笠翁,独钓寒江雪"的意境。

凭着在沙盘上上百次演习的记忆,凭着他过人的胆识和技艺,他穿云海,破迷雾,在风雪交加的天气里,经过无数次惊险的跌落和颠簸,经过无数次调整航向,他终于成功地突破六盘天险,平安地到达兰州机场,硬是从没有路的地方创出一条路来!

"独闯天涯的英雄壮举,战无不胜的中国飞鹰!"宋美龄收到兰州机场发来高志航成功到达的电报,她的回电只有这短短的十几个字。这字里行间,表达了她欣慰和激动的心情。

两天后,高志航从兰州机场返回,再次从南京起飞,重新又飞越了从西安到兰州的这条直航航线,积累了更多的飞行经验和飞行数据。

由此,中国的天空中,就有了一条向西向北的直航航线,苏联援华飞机从此就可以从新疆到甘肃,从甘肃到陕西源源不断地飞到南京、武汉,直至昆明、重庆、成都等地方。

可歌可泣,"瘸子飞行员"高志航为抗战作出了不可磨灭的贡献。

6. 整装待发的苏联空军

我们生来就为了实现神奇的梦想，
征服辽阔天空的宽广。
人类的智慧赋予我们钢铁的羽翼与臂膀，
燃烧的引擎是我无比强大的心脏。

那就要更高、更高、更高地，
拉升起我们的爱机！
每一具螺旋桨的风音，
守护着四方国境线的宁静！
……

当太阳还未升起，在阿拉木图西郊的军营里，从桦树林里就传来一阵阵歌声。一支年轻的队伍集合在操场上，开始进行早晨的军事训练。每次训练前，他们都唱起《斯大林空军之歌》来。这威武雄壮的歌声，让人闻之顿时豪情满怀、热血沸腾。

这是即将奔赴中国战场的苏联空军飞行人员。

在援华飞机和武器源源不断从苏联各地向阿拉木图集中时，按照斯大林的指示，苏联空军部队就紧急行动起来，开始进行飞行人员、航空机械师、无线电报务员，以及气象学家、机场指挥员、司机、工程师、飞机装修技师和医生等志愿人员的遴选工作来。

当然，首批遴选人数最多要求最严的是飞行人员。

苏联空军建军历史很长，战斗经验十分丰富，在这支队伍中，不少人还参加过马德里和瓜达拉哈拉空战，取得过令敌人闻风丧胆的战绩，所以在他们之中，拥有不少苏联战斗英雄和功勋飞行员。为了援助中国的抗日战争，打击日寇嚣张气焰，苏联空军司令部要求援华参战人员，初战就要打出苏联空军的威风来。所以，空军有关部门对这次志愿人员的挑选非常重视，要求十分严格。特别是挑选志愿大队的飞行员，更是十里挑一，除了具有实战经验的战士外，政治上要求也很严格，他们之中大多数都是苏联共产党员。

即将飞赴中国战场的苏联空军飞行员

在苏联空军内征召的飞行员，都被秘密送往茹科夫斯基空军学院进行最后挑选。在挑选这些志愿飞行人员时，苏联政治部门和军事部门的军官们，都会和备选人员作这样的谈话：

"你志愿到中国去参加对日作战吗？"

"是的，我愿意。"备选人通常会这样回答。

"你知道在中国土地上打败日本人，同样也是在保卫我们的苏维埃共和国，同样也是在保卫自己的亲人吗？"

"我知道，在中国土地上打败日本人，同样也是在保卫我们的国家、保卫我们自己的亲人。"

"到中国去，是要去参加战斗的，你具备无产阶级革命战士的牺牲精神、做好了随时准备献身的思想准备吗？"

"我具备无产阶级革命战士的牺牲精神，也做好了随时献身的思想准备。"

"最后一个问题是，你到中国去参加战斗，能做到对你所有的亲人、朋友保守这国家的秘密吗？"

"我能做到。"

"好，年轻人，祝贺你！"已经挑选合格的战士，通常会得到军官们这样的鼓励，"你是苏联人民优秀的儿子，你将成为未来的苏联英雄，祝你在抗击日本人的战斗中取得荣誉，建立功勋！"

这些即将远征到中国的飞行人员和其他人员，他们都视自己为无产阶级革命的战士，怀着为解放殖民地和半殖民地受苦受难的劳动人民的满腔热忱，而自愿要求走上战场的。同时，他们都严守了自己的诺言，对自己将要去的地方，去完成什么任务，对所有亲人和朋友进行了严格保密。在给父母、妻子和儿女的信中，他们根本不提自己将要到什么地方，到那个地方去干什么，只是简略地讲道"自己要到很远的地方去，去执行一项军事任务，可能短时间内不能回来，希望不要担心挂念"之类的话语。

在一个苏联空军援华抗日英雄普洛柯菲也夫的回忆录里，记载了即将出征、后来牺牲在中国的空军少尉伊万乔夫给他未婚妻丽娜的告别信。信的内容很简短，全文如下：

第二章 打通援华国际大通道

亲爱的丽娜：

当您收到这封信的时候，可能我已经出发到一个神秘而遥远的地方去了，首长派我去执行一个重要的任务。这次我能被挑选去执行这个任务，我感到无比的激动和光荣，这体现了部队首长对我的信任和关怀。

丽娜，我就要走了，可能三个月，或许是半年，或许时间更长一些才能回来。相信我，我到了那遥远的地方，我不会忘记您对我真诚的爱情，不会忘记我们在伏尔加河畔的相约，在白杨树下立下的誓言，我会把您的照片时刻揣在我的心窝，让她陪伴着我度过这些离别的日子；我会把您的倩影印在我的心上，永远不会相忘。待到红梅花儿盛开的日子，我一定会带着崇高的荣誉从远方归来。我将为祖国建立功勋，为我祝福吧！

等着我，再见，我亲爱的丽娜！

爱您的：伊万乔夫

1937年10月2日

这是一封恋人间普通的告别信，是一封饱含深情的情书，也是年轻的空军战士伊万乔夫给丽娜最后的一封诀别信。丽娜是莫斯科医学院四年级的学生，学的是护理专业。她收到这封信后，苦苦等待了伊万乔夫很多年，直到苏联的卫国战争取得胜利后，她才知道自己的未婚夫伊万乔夫早已阵亡。但她只知道未婚夫获得了"列宁勋章"，获得了烈士的称号，但是什么时间阵亡的，阵亡在什么地方，她一概不知了。

同样也是因为保密的原因，那些像伊万乔夫一样，牺牲在中国、长眠在中国土地上的战士们，几十年来，他们的亲人也根本不知道自己的儿子或者丈夫牺牲在什么地方，是怎么牺牲的，牺牲后埋葬在哪里。就连大名鼎鼎的苏联空军英雄、轰炸机大队大队长库里申科少校在中国牺牲后，直到中华人民共和国建立几年之后，他的妻子塔玛拉和女儿英娜，才从中国留苏学生那里知道库里申科牺牲在中国，埋葬在重庆万州长江边上的一个烈士陵园里——当然，这些都是后话了。

就这样，苏联第一批轰炸机、歼击机两个大队的飞行员，在1937年9月，共有254人秘密在阿拉木图集中，随时准备进入中国。这两个大队是：由基达林斯基率领的SB高速轰炸机大队和普洛柯菲也夫率领的伊-16战斗机大队。这两个大队集中了最初遴选出来的优秀苏联空军志愿飞行员。到了10月中旬，随着战斗机部件运到中国哈密组装的同时，第一批人员即将出征之际，1937年10月21日前，苏联空军第二批志愿人员在阿拉木图又集中了447人，准备继续派往中国。

苏联派往中国的志愿飞行员都是非常优秀的飞行员，他们中有2次获得"苏联英雄"称号的格利采维夫、苏普伦、克拉夫琴科、普洛柯菲也夫；获得1次"苏联英雄"称号的布拉戈维申斯基、鲍罗维科夫、盖达连科、古宾科、兹维连夫、科基纳卡、马尔琴科夫、尼古拉延科、波雷宁、谢利瓦诺夫、斯柳萨列夫、苏霍夫等。

7. 月光之下深情的吻别

一轮皎洁的秋月，静静地挂在白杨树梢，如水的光华洒满了田间小路；几颗清新明亮的星星，游移在淡淡的云彩中；月光下，路边的小河在静静地流淌着。

沿着河边那条小路，苏联空军少尉舒伯特和妻子伊莉娅依偎着，慢慢向前走去——舒伯特要在中队熄灯号吹响之前，赶回营房去。从村里出来，伊莉娅坚持要再送丈夫一程，要送他到前面的公路上去。

从田野上吹来的风，带着熟悉的花香和草香气息。四周安静极了，只有远处村庄里不时传来一两声狗吠。虽然离开家乡好几年了，但在舒伯特眼里，这里的一山一水依然是那么熟悉，这里的一草一木依然让他感到亲切。

根据苏联空军司令部的命令，舒伯特所在的战斗机中队，明天就要出发到中国去了。临走前，他向队长普洛柯菲也夫请了假，要回家去看一看，看看自己年老的岳父，看看新婚的妻子，和他们最后告个别。他的家，就在阿拉木图郊外的达雅科斯村上。

吃过午饭，舒伯特搭了1台从郊区来的拖拉机，回到了达雅科斯村。下午，他见到了正在地里放羊的岳父库耶克里，也见到了刚从学校回家的妻子伊莉娅。他告诉他们，他明天就要离开阿拉木图，要到很远的地方去执行一项特殊任务去了，估计要很长时间才能回来。

回到村里，舒伯特同妻子一起去祭扫了他母亲的墓地。回到家里，岳父到山坡上照看他的羊群去了，舒伯特和妻子单独留在屋子里，久久地沉浸在缠绵的爱意和依依惜别的爱恋中。

他和妻子自小青梅竹马，他深深地爱着自己的妻子。

舒伯特的父亲，是一名苏联布尔什维克军人，在舒伯特出生后不久，就牺牲在了战场上。他母亲原是牧场的挤奶工人，听到父亲牺牲的消息后，她悲痛欲绝，突发脑溢血，从此瘫倒在病床上。舒伯特10岁那年，母亲也离开了人世。

此后，舒伯特就成了一名孤儿。在那无依无靠的日子里，邻居库耶克里大叔收养了他。在库耶克里大叔家里，舒伯特和他的女儿伊莉娅，成了最好的朋友。他们同在一个屋檐下生活，两小无猜，一起下河提水，一起上山放羊，一起到学校上学，从早到晚都形影不离，结下深厚的情谊。

后来，白匪军来到了他的家乡，战乱之中，孩子们辍学了。在白匪军的一次清剿行动中，他们抢走了库耶克里大叔家的牛羊和粮食，放火烧了他家的房子。从此，舒伯特离开了库耶克里大叔家，离开了伊莉娅。小小年纪，他就和几个年纪相仿的孤儿，开始四处流浪。在流浪的岁月里，他们吃百家饭，穿百家衣。在无人管教的环境里，舒伯特和几个流浪儿为了生存，就像一群四处游荡的野蜂。在流浪的日子中，他们虽然学会了生存的本领，锻炼了独立生活的能力，但也逐渐滋生了一些坏的习惯：抽烟喝酒、打架斗狠。

再后来，红军赶走了白匪军，苏维埃政府才将舒伯特这些烈士遗孤、流浪儿童收养了起来。从此，舒伯特才结束了流浪生涯，开始了正常的生活。在学校接受了几年正规教育后，他先前染上的那些坏习惯才逐渐纠正过来。由于舒伯特天资聪颖、学习勤奋，中学毕业后，他以优异的成绩，考进了鲍力格列布军事航空学校。3年的学习和训练，使他成为一名优秀的空军战斗机飞行员。从航空学校毕业后，他参加了援助西班牙的战斗。由于他作战机智勇敢，在战斗中先后击落了2架敌机，因而受到部队嘉奖，晋升少尉军衔，还成为了一名苏联共产党员。

那年秋天，舒伯特回到了阔别多年的家乡。这时，库耶克里大叔已经老了，但伊莉娅却长成了一个亭亭玉立的大姑娘。此时，舒伯特已是一名年轻英俊的空军军官，他和伊莉娅一见面，竟然两人都有些腼腆起来。原来，战争结束之后，伊莉娅考进了阿拉木图师范学校，毕业后留在村里小学校当了一名教师。也就是他回乡那一次，舒伯特和伊莉娅确定了恋爱关系，成为了一对恋人。

舒伯特从西班牙参战回国后，伊莉娅来到部队，同舒伯特举行了婚礼，两个相爱多年的恋人终于结为夫妻。

而今，他们新婚才3个多月，丈夫就要离开祖国，就要到一个遥远的地方参加新的战斗去了。伊莉娅除了依依不舍外，她的心里更多的是充满了苦涩和离愁；但她也知道军人以服从命令为天职的道理，也为丈夫能被挑选去执行一项重要任务而感到自豪——总之，当她听说丈夫要远走的消息后，各种复杂的情愫，萦绕在她的心中。

第二章 打通援华国际大通道

如水的月光依然泻洒在广袤的田野上,晚风吹得路旁的白杨树飒飒作响。舒伯特和伊莉娅依偎着行走在小路上,风吹来,他不由得抽了抽鼻翼,有些贪婪地吮吸着妻子身上散发出的那淡淡的发香和体香。

"舒伯特,你们要去的那个地方,离自己的祖国真的很远很远么?"伊莉娅突然停下脚步,转过身来问丈夫。

"是的,很远很远,在遥远的东方。"舒伯特也停下脚步,转过身来望着伊莉娅。月光下,伊莉娅闪动着美丽的眼睛,更显得温情脉脉楚楚动人。

"你们到了那个地方,能告诉我确切的地址吗?"伊莉娅垂下眼帘,"我好天天都能给你写信呀!"

"这,恐怕不行。"舒伯特回答妻子,"部队首长告诉我们,我们这次行动是极其秘密的,不能告诉我们工作的地址——伊莉娅,这是我们的纪律,请你原谅。"

"那,你们到底要多久才能回来呢?"

"也许一年,也许半年吧,这还说不准……"

"哦,是这样……"伊莉娅低声应了一声,深情地看了舒伯特一眼,突地扑在他的身上,头深深地埋在他的怀里,像一头小羊似的紧紧依偎着他,生怕他跑了似的——突然,她肩膀抖动了一下,低声抽泣起来。

"伊莉娅、伊莉娅……"舒伯特紧紧地抱着妻子,摩挲着她长长的头发,不停地安慰着她,"放心吧,只要战斗一结束,我就会回来的;你等着我,我会安全地回来的……"

伊莉娅听着丈夫不停的安慰话语,她越发伤心,抽泣得更加厉害起来。过了很久很久,她才抬起头来,满头的乱发和满脸的泪珠在月光下闪着微光,她哽咽着对丈夫说道:"舒伯特,你答应我,一定要早点回来……一定要活着回来,为了我、也为了我们的孩子……"

"怎么，你有了我们的孩子？"舒伯特闻言又惊有喜，他一下捧起伊莉娅的脸，看着她美丽的眼睛，用手擦着她脸上的泪水，"亲爱的，你为什么不早点告诉我呢？"

"你就要去参加新的战斗了，我、我怕增加你的负担，影响你的情绪……"

"这怎么会呢！"舒伯特有些激动地说道，"亲爱的，我们有了自己的孩子，这只能激励我更勇敢地去进行战斗呀！……"舒伯特话没说完，一下又将伊莉娅紧紧地抱在怀里，拼命地狂吻起她来……

一对即将离别的新婚夫妻，炙热的久久的狂吻，谁也不愿有分秒的分离——愿晚风此时停歇，愿时间此时永远静止！

月亮已经慢慢离开树梢，星星渐渐移开天上那片云彩。

"亲爱的，我该走了……"杨树上一声夜莺的啼叫，一下使舒伯特清醒过来，他喃喃地对伊莉娅说了一句，"时间来不及了，我、我要跑步回营地了……"

"亲爱的，一定早点回来，我等着你……"

"放心吧，我一定带着军功章，早一点回来，挂在你和孩子胸前！"舒伯特再次深情地吻了吻妻子，一转身，踏着月光，大步朝着自己的营地走去……

望着丈夫的背影在朦胧的月光下慢慢消失，伊莉娅突然觉得心中被什么东西刺了一下，她感到锥心的疼痛。这一刻，她似乎感觉到了什么，两行热泪又从她脸上簌簌流了下来……

8. 艰难险阻中顽强起飞

凡是到过戈壁沙漠的人，大概都领略过那里沙尘暴的威力。

当狂风骤起时，狂风漫卷沙尘的奔跑速度，绝对超过在荒原上狂奔的野马。瞬息之间，沙漠上的沙子和石子，无情地被卷到天空，犹如海啸一般，铺天盖地呼啸而来！一时间，飞沙走石，天昏地暗，那可怕的情景，莫说是人，就连骆驼也不得不匍匐在沙窝子里躲避这样的灾难。

1937年11月8日，一场突如其来的沙尘暴袭击了中国西北地区。这场沙尘暴整整持续了15天，由于当时预测天气的仪器和设备功能所限，这样的变故完全超出了苏联空军指挥官们的意料。

11月7日，由苏联波雷宁大尉指挥的第二编队共31架轰炸机，经过几天转场，终于安全到达中国迪化。这个编队，刚好又是一个完备的轰炸机中队。然而，他们刚刚到达这里，还来不及加油和休息，却遭遇到了罕见的沙尘暴天气，飞机当然不能再起飞。万般无奈，到达机场的飞机，只好用绳索紧急固定在机场的地下桩上，等待着天气好转。

但，狂风刮得似乎一天比一天更加猛烈，就连紧紧固定在机场上的重型飞机，也不时被狂风吹得左右剧烈晃动。望着漫天的沙尘，波雷宁大尉不由得心急如焚。他们原本按照苏联空军司令部的命令，在3天之后必须到达兰州，可这沙尘暴刮起来没完没了，看来按时到达指定位置只能泡汤了。

从1937年9月中旬开始，苏联空军部队在秘密征召飞行员时，除攻击机飞行人员外，就已经确定了SB和TB-3轰炸机的机组人员。这些轰炸机组人员，他们此前驾驶的飞机被拆解后秘密运到阿拉木图，计划在那里组装后再飞往中国。这些轰炸机转场飞行的航线是：从阿拉木图始飞，经过石河、乌鲁木齐、古城、哈密、安西、酒泉、武威，最终抵达黄河边上的兰州。到了兰州，再等待中国方面的作战命令，然后投入到抗战前线。

时间紧迫，当飞机和人员准备工作基本就绪之后，根据苏联空军司令部的命令，立即就开始了飞机的转场工作。苏联的著名试飞员阿列克谢耶夫，是飞机转场航线的第一位指挥官。他坐镇阿拉木图，从9月17日起开始指挥第一批轰炸机飞往中国——第一批31架飞机，刚好组成一个完备的轰炸机中队。按苏联空军司令部计划，援华空军志愿队轰炸机大队共有22个SB型飞机机组、5个TB-3飞机机组和7个DB-3飞机机组。

正在改换涂装的苏联援华战斗机

这里需要说明的是，除SB和TB-3飞机以外，DB-3飞机是苏联刚生产出来的新型飞机，苏联刚开始并未移交给中方。这种飞机，是用作快速运输服务的，每架飞机可载11名乘客或同等货物，它们原是从苏联沃罗涅日空军11旅飞抵莫斯科，在莫斯科39号工厂拆掉炸弹挂架，加装辅助油箱后，在10月上旬直飞到阿拉木图。

但，当他们飞抵阿拉木图后，由于与地面通讯不畅通，在夜色中迷失了方向。4架飞机分别降落在不同地点。指挥官卡拉约瑟夫在一处平坦地面降落，其余3架分别降落在另外几个地方。其中1架飞机降落在离阿拉木图70公里远的山脚下，左侧起落架折断，机腹受损。早期的DB-3飞机，起落架强度不高是它最大的弱点。

在中国淞沪战场越来越吃紧的情况下，以斯大林为首的苏联统帅部似乎也随之着急起来，在苏联空军司令部催促下，尽管飞行员都极不熟悉航线的情况，仍坚持不断地向中国派出轰炸机编队，以图能早日投入到抗日前线，挽回战场上越来越糟糕的局面。到了10月中旬以后，空军指挥部几乎每天都有加密电报发往阿拉木图，催促飞机赶紧出发，而且措辞越来越严厉。

10月13日的电报内容是："为了不浪费时间，立即派出第一梯队SB，特别指令10架。"

10月14日的电报内容是："第一梯队延迟起飞，这是让人难以理解和难以忍受的！"

10月15日的电报内容是："飞机延迟起飞永远都会有理由，无论天气、航线、机械、后勤补给，都是理由，但在战争状态下，所有的理由都不应成其为理由！"

……

诸如此类的电报，每天都在"轰炸"着阿拉木图，直到飞机编队出发为止。

10月17日清晨，苏联的第一批SB轰炸机群从阿拉木图出发，除留下担任战斗机编队领航的飞机外，其余全部飞向了中国——留下的几架轰炸机，是因苏联当时的战斗机还没有完善的导航设备，只能由轰炸机引导飞往中国。在每一架飞向中国的轰炸机机舱中，都塞满了飞机零部件和武器弹药，连弹舱也装载了600公斤炸弹，当然这些炸弹还未安装引信。

开始向中国飞行了，这是对苏联飞行员的意志和勇敢的考验，飞行中常常要冒生命危险。这条航线要经过中国西北荒无人烟、多山的地区，途中的机场根本不能停像SB-2这样沉重的飞机。中间站之间完全没有联系，没有气象情报，飞机只能按航线飞行，机上载有人和弹药，任何一点最微小的失误都会导致严重的后果。同时，日本人通过层层的间谍网，能够及时获得在某一机场有苏联飞机的情报，并在最适当的时候向他们发起进攻。可在中国的机场上，不但缺乏强大的对空防御火力和可靠的通讯工具，而且基地维修人员和地勤人员严重不足，使上述情形更加严重。

但不管情况多么严重，飞机一升上天空，就如离弦之箭，那只能英勇无畏地向前、向前！

终于，10月20日下午，首批7架轰炸机冲破重重险阻，经过长途飞行，安全降落在中国迪化，只有其中1架着陆时轮胎破裂被留在机场更换轮胎。飞机在迪化加好油，人员稍作休息后，就再次起飞。起飞时，除1架飞机出现机械故障外，其余6架飞到酒泉——10月24日，第一架轰炸机终于安全到达兰州！

这么大型的轰炸机降落兰州，兰州人民奔走相告欣喜异常，也让兰州的军政首脑们大开了眼界，他们都赶到了机场，在那里举行了简单的欢迎仪式。

苏联援华的SB-3轰炸机

"第一架飞机到达兰州，具有非常重要的政治意义。一是证明苏联政府对中国政府，是言而有信的，更能坚定他们抗战的决心和信心；二是证明从苏联境内飞往中国内地的航线，尽管还存在种种问题，但标志着这条航线已经打通，我们的飞机就可以源源不断到达中国！"苏联国防部长伏罗希洛夫在电话里听完空军给他的报告后，喜不自禁，立即给中国境内的苏联机组人员发去这样一封电报，并希望将中国政府的反应报告给国内。

万事开头难。紧接着，苏联空军的轰炸机又一架一架转场飞过两国的天空，陆续到达兰州。到达中国境内的飞机编队，每天都向莫斯科报告每架飞机的准确位置，莫斯科空军指挥部也每天向编队下达各种指示。

但，这一切行动都是秘密的。

当时，尽管苏联和日本都在暗暗做着战争的准备，都在相互窥视对方的动向，揣测对方的心思，甚至还有一些小的边境冲突，但毕竟两国之间还保持着外交关系，所以进入中国境内的飞机和人员按斯大林的要求，所有的行动都只能秘密地进行。为了掩饰苏联飞机的外型，在飞机从阿拉木图起飞前，飞机上所有的标志都进行了涂抹，去掉了任何代表苏联的国家标志；飞机飞到兰州后，才喷涂上中国空军标志，代号只有两位阿拉伯数字。为了掩饰他们部队中政委的身份，出发前，都给这些人冠以了各种头衔，如"首席领航员"、"首席护航员"等等。

同时，苏军进入中国后，他们党的组织依然秘密存在，并发挥着政治核心作用。他们在开党组织会的时候，连对中国人也进行保密。开会时，只要有任何局外人闯入，会议议题马上一转，就变成"技术性"的讨论。他们所有人员的身份，对外也是保密的，连莫斯科也有禁令，严禁市民谈论这件事情——但，日本人间谍网遍布中苏两国，他们的活动猖獗得很，要想日本政府不知道这件事，那是绝对不可能的。只是，大家彼此都心知肚明，各自心照不宣罢了——表面上，大家握手言欢；背地里，自然是咬牙切齿。

随着苏联飞机到达兰州的，还有200多名航空机械师、无线电报务员，以及气象学家、机场指挥员、司机、工程师、飞机装修技师和医生等志愿人员。

前线火光冲天炮声隆隆，眼前却是飞沙走石肆虐横行。时间过了一天又一天，波雷宁大尉每天都登上机场指挥台，焦急地望着漫天的沙尘和风暴，眉头紧紧地蹙在一起，只能无可奈何地在那里跺脚叹气。

"告诉莫斯科，今天沙尘暴比昨天还要猛烈，难以起飞。"这些天，波雷宁大尉每天都只能这样对报务员口授给莫斯科的回电。

是啊，这些飞行员，他们远离自己的祖国，来到一个完全陌生的国度，所要面临的艰难和险阻，比他们想象的更加困难——恶劣的天气、复杂的地形、简陋的机场、不畅的通讯、不通的语言、艰苦的生活，特别是在这陌生的环境中，天气、地形、机场、通讯等问题，更是让他们飞上天空后，最感到提心吊胆的问题。

9. 淞沪会战以失败告终

卢沟桥七七事变后，世界各国政治家和军事家早就预言，中日之间迟早会有一场决定生死的大决战。

但，谁也没料到这场决战会来得这么迅猛。

淞沪大会战，就是两国殊死对决的前奏。这场战役，双方都投入了巨大的兵力和最新的装备，可谓规模空前。可也就是这场战役，它改变了中日决战的事前安排，以及事后战争的发展方向。

激烈的战事延续到1937年11月初，在敌寇大举调兵遣将、大兵压境之际，本来蒋介石已听从了白崇禧等人建议，决定放弃上海，全军退到上海外围既有的国防工事固守，采取持久战策略，抗击消耗日军。但正在这时，"九国联盟"要开会讨论中日战争的消息传来，又让蒋介石举棋不定犹豫起来。11月11日，他突然在淞沪前线中央军总部驻地南翔召集了师以上将领紧急会议，依然寄希望于"国联"能出面调停中日关系。在这次会议上，他又宣布撤销撤退的命令，要所有部队再坚持至少10天，甚至2个星期。

在短短的时间内，堂堂的统帅部竟然朝令夕改！这个命令传达到阵地上，引起部队一片哗然，大家闹不清他们的统帅部葫芦里到底卖的是什么药。这自然大大影响了中国守军的士气，一些已经打好行装准备撤退的士兵，只好又匆匆返回阵地，有的部队秩序由此开始出现混乱。

11月5日拂晓，日本新组建的第10军在柳川平助中将指挥下，由海军舰队护送到杭州湾金山卫附近突然登陆，出现在淞沪中国军队防线南部背后。原本在这里防守的有张发奎第8集团军数万兵力，但蒋介石却判断日军全力进攻的方向是上海正面，不会从杭州湾登陆，在战事激烈、兵源枯竭之时，他将防守杭州湾的第8集团军投入到了前方战场。而今，在杭州湾北岸几十公里长的海岸线上，仅有陶广第62师几个步兵连及少数地方武装，既无重炮，也无像样的工事，面对10余万装备精良的日本生力军，其结果自然可想而知。

日军在杭州湾成功登陆后，速疾与上海派遣军会合，按照预先部署，分别向松江、沪杭铁路扑去。

日军在空中和海上火力支援下，从海上登陆向中国军队阵地进攻。

当蒋介石得知日军登陆金山卫的消息时，只能是捶胸顿足追悔莫及。急令陈诚作应变处置。刚从豫北调来的东北军第67军正准备驰援，谁知在松江附近集结尚未完毕，就遭到日军猛烈进攻。67军苦战3天3夜，未能退敌。11月8日夜，日军凭借强大的火力，从三面突入松江城，中国守军伤亡殆尽，军长吴克仁率残兵与敌死战不退，最后壮烈殉国，年仅43岁。由此，67军全军覆没。

日军占领松江后，随即兵分两路，一部沿太湖东岸直扑南京；一部则指向嘉兴、平望，切断沪杭铁路及公路。

与此同时，日军第16师团在中岛今朝吾中将指挥下，在江苏太仓白茆口登陆成功，直扑京沪铁路和公路，与其他日军对中国军队形成合围之势。10月31日，苏州河北岸的日军6个师团强渡苏州河后，也迅速向已登陆的两路日军靠拢，淞沪地区70万中国军队登时陷入危险境地之中，再不撤退将被日军一网打尽。

此时，南京统帅部和淞沪战场的各个指挥部方寸大乱，一筹莫展。但蒋介石还在做着"九国联盟"出面干涉日本人的美梦，迟迟不肯下令部队后撤。

在此危急时刻，白崇禧等人据理死谏，他们告诉蒋介石：现实已经证明，"九国联盟"由西欧诸国组成，它们其实都在隔岸观火坐收渔利；能够同情和支持的国际力量只有苏联，但它还不是"国联"的签字国。何况，目前日本人凶焰正盛，根本不会把什么"九国联盟"放在眼里；退一万步说，即使"九国联盟"做出一个什么样的"决议"，那也是纸上谈兵，远水解不了近渴。他们还告诉蒋介石：前方将士听说日本人登陆的消息后，已经人心惶惶，有的部队已出现混乱，再不撤退，70余万人就只等落入虎狼之口了！

鉴于此，蒋介石才不再固执己见，于1937年11月8日下达部队全面撤退的命令，分两路退向南京、苏州、嘉兴以西地区。由于命令下达仓促，指挥失控，这场大撤退演变成了大溃退。由于中国空军飞机已经损失殆尽，日军的轰炸机、攻击机低空盘旋在撤退的中国军队头顶上，肆无忌惮对其轰炸扫射，给撤退的部队造成重大伤亡；日军的地面部队则对撤退的中国军队穷追不舍，势如破竹，攻破上海各镇。

本来，中国军队在吴福线、锡澄线、乍嘉线、海嘉线一带筑有坚固的国防工事，完全可以依托这些工事同日本人再作抵抗——可，兵败如山倒，有些败军在慌乱中穿越工事径自溃逃，给进攻的日本人造成可乘之机，致使这些耗费数年苦心经营的、有着"东方马其诺"防线之称的工事成其为摆设，被日军毁于一旦。

自11月9日起，日军击退中国军队的零星抵抗，连占虹桥、龙华、青浦、枫泾。11日，日军进至苏州河岸，南市及浦东我担任掩护任务的部队奉命撤出阵地——当日，上海市长俞鸿钧发表告全市市民书，沉痛宣告远东第一大都市上海沦陷。

淞沪会战中坚守在工事里的中国军队

淞沪会战在历经3个月的血雨腥风之后，惨然地拉下了帷幕。这场战争，以日本人得胜、中国人失败而告终。这就产生了一个战略历史上重大的问题：当时蒋介石决定将主力东调，寻求同日本人在上海决战的策略，是否属明智之举？

这在中日战争史上，留下一个让中外政治学家和军事学家们喋喋不休争执的一个问题。事情已经过去了半个多世纪，让我们不妨冷静下来，浪费一点笔墨，简略地分析一下它的得失。

战前，按陈诚等将领的意见，日军有精锐的机械化部队，若是中国军队在华北同日军决战，日军会以其武器装备的优势，迅速击败中国军队，而后沿平汉线大举南下，直攻武汉。那么一来，中国军队就会无险可守而将被日军迅速割裂成两块；届时，中国的军政中心既无法西迁四川，日本又可以运用海空军的优势，将中国军队在东南歼灭。

陈诚等人的理由还有：历史上，中国南方政府，都是被上述的战略击败而覆国的。陈诚等人的这种战略分析，自然有着极强的说服力；但日本人呢，他们则不是这么认为的。他们认为，若要深入攻击中国，必然就是旷日持久的战争，那样动员太大。他们认为只要击溃中国刚刚建立起来的工业地区和军政中心，最多再封锁中国的海岸线，中国绝对就会屈服投降。

如此一来，两国就各有各的战略考虑，都还在没有进行充分准备的情况下，阴差阳错进行了一场旷日持久的战争，致使战场的规模越打越大，投入的军队越来越多，以致持续了3个月，让蒋介石在上海围歼日军的愿望成为泡影。

从现在的观点看来，中国军队在并没有完全作好战略准备的情况下，就投入了70多个师，70多万大军在狭小的地域中与日军硬拼，不能不说是有些失策的。在这狭小的地域里，在日军陆海空优势火力密集攻击下，中国军人死伤惨重，伤亡达到30余万人，甚至一天就出现伤亡万余人的惨况。在淞沪地区摆开决战的战场，这正好让日军发挥了诸兵种合成作战的优势，这一点正是过去北方游牧民族所不具备的，也和冷兵器作战时是完全不同的两种概念——此一时彼一时，所以陈诚等人的战略意见，到蒋介石的最后决策，那是有着明显瑕疵的，淞沪战役之败，不由得不令人扼腕长叹！

退后一步说，就算对当时日本人的动向判断不明，日军即使占据了武汉，也不可能切断国民政府的退路，江南广大地区还完全可作战略回旋。事实证明，在后来的抗战中，大部分时间这些地区都还在中国人手里，完全可以作为撤向大后方的通道。再说，日本人的机械化部队即使大举南下，就能是一片坦途所向披靡？黄河、淮河、大别山区都可以极大地限制日军的行动。在后来的武汉会战中，特别是中日部队在富金山陷于苦战便是例证。他们的战线拉得越长，所暴露出来的弱点就越多——毛泽东的运动战、山地游击战就是专拣敌人的这些软肋打，只有这样才能有效地消灭敌人，保存自己。

还有，自古以来，南京和上海就为一体。在上海开战，南京就直接暴露在了日军的刀锋之下，日军增援上海后就可很快直插南京。日军直取南京后，那将无疑对全国人民的抗战产生很大震动。所以，《从大历史的角度读蒋介石》的作者黄仁宇认为："由于蒋介石对淞沪地区作战无全盘计划，所以他在上海集结兵力迎战，可能出敌不意，而敌之对策亦出蒋之不意。"

不管历史作出何种结论，总之，至此中国军队已经陷入全面溃败的境地，国民政府首都南京已经门户洞开，日后的南京保卫战其实已经变得没有多少实际意义了——于是，日本人攻下南京后，便在南京大开杀戒，人类历史上一场惨绝人寰的大屠杀惨剧，便在国民政府首都南京上演，30多万中国同胞死于日寇血淋淋的屠刀之下！

苍天为之哭泣。

大地为之呜咽。

第三章 打击敌寇的嚣张气焰

我们是绝对不可能把我们在中国的这场战争不当成是捍卫自己国家社稷、民族尊严战争的，因为这至少是场为我们自己国家门户而战之战，因此根本用不着说我们就很清楚，这无疑是场我们自己的战争！

——苏联元帅朱可夫对苏联空军志愿队的谈话

1. 雪中送炭的苏联空军

云帐铅灰，燕雀低回。

南京城的天，这段时间像是遇到什么烦心事，总是哭丧着一张脸，而又一滴泪也没落下来，平空里叫人压抑和烦躁；从河面上吹来的风，也总夹杂着些许莫名的腐臭和腥味，让人悒惶不安，总觉得有什么灾祸要降临似的。

阴郁的天气，伴随着越来越紧张的战争空气，令整个南京城的人度日如年。日本人在攻打上海的同时，早已分兵西进，直逼国民政府首都南京。时间一天天过去，战火离南京城越来越近。远处夜以继日地响着隆隆的炮声，城里不时发出令人恐怖的防空警报。警报之后，日本人的飞机依然不分昼夜地对城市和我军前沿阵地进行着疯狂的轰炸。

中国统帅部的指挥官们，以及匍匐在战壕中的士兵们，在炮火和硝烟中，都仰望着南京城的天空，他们此时太需要飞机的支援，太盼望中国空军能出现在自己的天空了！

1937年11月21日，也就是上海沦陷后的第10天，这天早晨，铅灰的云层中终于透出了一缕久违的阳光。当人们刚刚走出家门,准备忙于一天生计时,突然,从遥远的天空中传来一阵阵巨大的轰鸣声——难道,日本人的飞机又来空袭不成?

正当大家满腹狐疑地仰望着天空,等待城市上空的警报声响起时,一群巨型的飞机出现在西边的天空。稍有点常识的人一看,这些飞机的形状与日本人的飞机明显不同。紧接着,机群在南京城郊外盘旋1圈后,一架紧接着一架往下降落。

"这是苏联飞机!"正在机场上焦急等待的人们,突然望见在天空中盘旋的飞机,都兴奋地叫了起来。

"是的,夫人,那就是苏联的飞机!"空军司令周至柔指着离机场越来越近的飞机,告诉航空委员会秘书长宋美龄,"前面的几架飞机,就是苏联的SB-2重型轰炸机!"

"好、好!"宋美龄脸上露出欣慰的笑容,"他们来了、真的来了,真是雪中送炭啊!"

"好啊,这一下,我们复仇的机会到了!"周至柔咬了咬牙,对宋美龄说道,"只要有了苏联空军的支援,只要他们能源源不断给我们提供飞机,我们就有勇气有信心同日本人再决一死战!"

在抗战危难之时到达中国战场的苏联重型轰炸机

"苏联的飞机我飞过,他们的性能超过日本的飞机——是的,夫人,我们中国空军复仇的机会终于到了!"空军副司令毛邦初站在周至柔旁边,他接着周司令的话,也对宋美龄说道。

"是呀,这段时间日本人的飞机实在太猖獗了,是该狠狠打击一下他们嚣张的气焰了。"宋美龄点点头。

说话间,苏联的首架SB-2轰炸机带着巨大的轰鸣,降落在机场跑道上,经过一段距离的滑行,稳稳地停靠在草坪上。

紧接着,一架又一架轰炸机在领航员的引导下,从天空中平滑而下,稳稳地降落在机场上,呈半圆形整齐地排列在草坪上——1、2、3、4、5……整整有20架!

"不是说还有歼击机吗?怎么没见到呀!"宋美龄的目光从停机坪上收了回来,问周至柔。

"是的,今天共有25架伊-16歼击机要到达南京,第一批是7架,随后还有18架。"周至柔对宋美龄解释道,"我们机场的防空能力有限,歼击机要担任护航任务,要等轰炸机全部降落后,它们最后才能降落。"

"哦——"宋美龄若有所思地点点头。

"哎呀,这样的战机太漂亮了!"轰炸机全部降落之后,毛邦初指着刚从空中降落到跑道上的一架歼击机,激动地叫了起来,那神情仿佛就想立即登上飞机,好好过把飞行瘾一样。

一架接一架的歼击机也降落在机场上,排列得整整齐齐。但,这些飞机都保持着一定的距离,飞行员并未离开机舱,依然保持着准备随时起飞,随时准备投入战斗的姿态。

"命令,立即给歼击机加油,随时准备升空!"周至柔转身对机场后勤处长讲道。

"是,立即给歼击机加油!"后勤处长转身跑步而去。

中国航空委员会秘书长宋美龄女士

说话间,从领航的轰炸机和歼击机舷梯上分别下来几个穿着飞行服的军人,对着宋美龄和周至柔大踏步走来。

宋美龄与周至柔见状,也赶紧迎了上去。

为首的一个苏联军人见到宋美龄和周至柔迎上前来,赶紧跑步上前,一个军人标准的立定、敬礼,用俄语向宋美龄和周至柔报告。

"报告将军同志,苏联航空志愿队轰炸机大队长基达林斯基,带领20架SB轰炸机前来报到,请指示!"随同机群从兰州飞来的国民政府航空委员会高级翻译李仲武也赶紧跑上前来,替基达林斯基翻译道。

紧接着,另一位年轻的苏联军人也立正敬礼报告道:

"报告将军同志,苏联航空志愿队歼击机大队大队长普洛柯菲也夫,带领25架歼击机前来报到,请指示!"

"好,你们顺利完成了转场飞行任务,大家辛苦了,谢谢你们!"周至柔还了一个军礼,热情地走上前去,同几位苏联空军指挥员一一握手,然后他让出身来,向几位苏联指挥员介绍道:"这是我们航空委员会秘书长

——宋美龄女士。"

"蒋夫人好!"基达林斯基和普洛柯菲也夫可能早就知道宋美龄的身份,他们上前几步,一齐向宋美龄敬礼问好。

"同志们辛苦了,谢谢你们。"宋美龄笑吟吟地走上前来,同基达林斯基和普洛柯菲也夫等人亲切握手。

"你们的任务完成得很好,也辛苦了。"宋美龄随后走向旁边的航空委员会翻译李仲武和南京机场无线电台台长张培泽前面,也与他们一一握手,表示慰问。

"遵照伏罗希洛夫同志的指示,我们来到中国,一切行动听从贵国军事统帅部指挥,请给我们分配任务!"基达林斯基站得笔直,以军人特有的口吻大声对宋美龄和周至柔说道。

"同志们旅途劳顿,除了战备值班的外,其余的同志先叫他们休息一下。"周至柔将军回答说,"夫人今天特地备下简单的便餐,招待你们。"

"周将军,前线十万火急,我们是接到苏联空军司令部的命令,紧急赶到这里来的,请立即给我们分配任务,让我们马上投入战斗!"基达林斯基依然站得笔直,大声回答周至柔。

"那好,先喝口水,吃点东西,等给飞机加完油再说吧……"

"呜、呜呜呜——"周至柔的话还没说完,突然,机场指挥塔上刺耳的警报声就响了起来!

"敌人又开始空袭了!夫人,您赶快到地下指挥部去!"周至柔一听警报声响起,马上命令身边的卫士道,"赶快护送夫人到地下指挥部去!"

"这些日本人,他们的鼻子真灵哪……"宋美龄倒没有丝毫的惊惶,她镇定地抬头看了看灰蒙蒙的天空,没有动身。

"周将军,日本人来得正好,让我们立即投入战斗吧!"基达林斯基等人都是久经战斗考验的战士,他们一听到防空警报声,像接到战斗指令一样,立即精神抖擞起来。

"夫人,我看,就让他们初试一下牛刀吧?"周至柔转身对宋美龄讲道。

"周将军,这是你的工作职责,不必征求我的意见。"宋美龄回答道。

"好,基达林斯基、普洛柯菲也夫同志,"周至柔提高声音命令道,"我的意见是,歼击机大队立即升空,轰炸机大队暂时待命!"

"是!"基达林斯基、普洛柯菲也夫转身迅速往各自的飞机跑去。

警报声一阵紧似一阵,不到一刻钟,远处就隐隐约约传来飞机的轰鸣声。

"准备战斗!"机场上准备紧急起飞的哨声响了起来。

2. 在中国天空初露锋芒

正如宋美龄女士所说的那样,日本人的鼻子果然灵得很。苏联飞机刚刚到达南京,日本人的轰炸机和攻击机群,就直扑南京机场而来!

大概,这些日本人就想像袭击周家口机场一样,一得到间谍或汉奸的报告,趁苏联飞机刚到南京立足未稳,还来不及喘息之时,就将这些飞机摧毁在地面上。

苏联空军志愿人员不愧都是些久经沙场的老战士,一听到紧急起飞哨声响起,所有的飞机就立即打开发动机,依次排列在了跑道上。登上机舱的飞行员都跃跃欲试,迫不及待地就想飞向天空与日本人一决雌雄。少顷,在普洛柯菲也夫的带领下,飞机就迅速在跑道上滑行起来,紧接着,一架又一架飞机就迅速升上天空!

来了,来了,普洛柯菲也夫驾驶的长机刚升上3000米的高空,就看见涂着日本标志的10架大型轰炸机,在10架98式攻击机护航下,出现在远方灰蒙蒙的天空。而此时，苏联升空的歼击机只有7架，还有的十几架飞机正在飞行途中。在这敌众我寡的情形下，普洛柯菲也夫冷冷地注视着越来越近的日本飞机，他毫无惧色，简单地下达攻击命令之后，一拉操纵杆，飞机一个漂亮的直升动作，嗖地升上高空，居高临下向日寇机群飞去！

准备对敌攻击的苏联空军志愿队重型轰炸机

普洛柯菲也夫身后的6架飞机，也英勇无畏地跟随着向敌人机群冲去。

日寇飞机见状，也立即迎着普洛柯菲也夫带领的机群飞来，企图阻止苏联飞机对他们的攻击。

"不要理会他们，全力对付轰炸机！"普洛柯菲也夫不愧是2次获得"苏联英雄"称号的苏军特级飞行员，他采用冒险的抵近攻击法，以单机从敌编队尾后正高度上俯冲加速后拉起，冲入敌编队内向上仰攻，打乱了敌队形。然后他将飞机来了一个侧身翻滚，一下躲过日本飞机的攻击，紧紧咬住领头的轰炸机，准备进行攻击。

为首的日本攻击机也来了一个俯冲，想从背后来攻击普洛柯菲也夫

——可，日本人的96式攻击机速度不如苏联的伊-16攻击机快，还未等它接近普洛柯菲也夫的飞机，日本轰炸机已进入到普洛柯菲也夫飞机攻击的范围，"砰砰砰……"普洛柯菲也夫一按机关枪的扳机，一连串子弹就对着轰炸机的机舱射去！

轰炸机颤抖了几下，冒起了黑烟，但它一转身，想躲避普洛柯菲也夫的再次攻击。普洛柯菲也夫飞机敏捷地一转弯，迎头又对轰炸机喷出一串火舌，再次准确地击中那架领头的轰炸机，一瞬间，飞机燃起冲天的大火，"轰"的一声在空中发生了爆炸！随着爆炸声，那架飞机轰然解体，燃烧着的飞机残骸带着大火，往地面坠落而去！

"啊，打中了、打中了！日本人的飞机被打中了！"在地面观战的周至柔和毛邦初等人，看见遥远的空中往下坠落的飞机残骸，凭着直觉，他们就知道往下坠落的是日本人的轰炸机。

与此同时，普洛柯菲也夫的战友们也驾驶着各自的战机，分别咬住日本飞机进行着攻击。只见灰蒙蒙的天空中，苏联飞机像一只只银燕，灵活敏捷地上下翻飞，左右盘旋，与日本飞机斗智斗勇。空中所有的飞机，无论是涂着红膏药还是青天白日标志的飞机，都不时从机头上喷出一道道火舌，射向与自己缠斗的敌人。一时间，"砰砰嘣嘣"的枪炮声响彻南京城的上空。苏联飞机刚刚到达南京，还来不及喘口气，就与日本人进行着一场残酷激烈的空战。

火光闪烁，白烟逶迤。

突然，一架日本轰炸机冲出重围，径直向机场上空飞来。说时迟那时快，只见两架苏联飞机也甩掉与他们缠斗的日本飞机，凭着飞机的速度，一瞬间就追上这架轰炸机。当轰炸机还未到达机场上空，正盲目地往地上倾泻炸弹之时，就遭到两架苏联飞机同时攻击。无情的炮火，准确地击中了这架轰炸机，轰炸机像喝醉了酒的醉汉一样，摇摇晃晃踉跄了几下，头往下一栽，尾翼冒着烟火，也从空中栽落下来！

"好！又打中了1架！"毛邦初指着那架往下坠落的日本飞机，兴奋地对周至柔讲道。

此时远方的天空中，依然是一片混乱。只见击落日本轰炸机的两架苏联飞机各自左右一转，又转身钻进了东边正在进行的混战之中。混战中，又1架日本攻击机被苏联飞机击落！这场混战，苏联飞行员表现出杰出的战斗本领，他们初来即战、以寡击众、傲视群雄，取得首战的胜利。初试牛刀，便击落日本人2架轰炸机、1架战斗机，击伤多架轰炸机和战斗机，而自己除1架机翼受伤外，无一损失，粉碎了日本飞机轰炸南京机场的阴谋。

苏联空军志愿人员顽强勇猛的战斗风格，精湛高超的作战技能，赢得中国空军交口赞誉。而日本人一时间被打得晕头转向，搞不清这些飞机的战术技术性能，也只好立即撤出了战斗，纷纷扭头向基地逃去！

"英雄、我们的苏联英雄！"苏联的7架歼击机，全部依次返回机场。宋美龄及中国空军指挥官来到机场上，欢迎普洛柯菲也夫和他的战友们凯旋。

消息传到蒋介石那里，他大喜过望，立即传令慰问嘉奖这些上天作战的苏联飞行员们——可，苏联空军志愿人员除了领受精神奖励外，却谢绝了物质奖励——按此前国民政府招募的外籍飞行员奖励办法，除每月500～1000美金的薪金外，凡打下日本人1架飞机，还要奖励500～1000美金。但，苏联空军志愿人员来到中国，全是义务帮助中国作战，除管他们基本的生活必需外，他们不要1分钱的薪金，也不要1分钱的奖励。

机群散去，南京城的天空出现短暂的平静。

这样的空中格斗结果，令日本陆、海军航空队指挥官都感到十分意外，更使他们颜面尽失，他们恼羞成怒，就在11月21日这天，在第一波飞机返回他们基地2个小时后，为了挽回败绩，报复苏联飞机，日本人倾其所有，轮番出动了126架次的轰炸机和战斗机对南京进行疯狂的轰炸和攻击。苏联空军志愿队先前到达的7架歼击机，以及随后到达的18架歼击机，偕同中国空军，当天也连续不断5次升空对日作战，给予了日寇以沉重打击。

这天的空战，尽管苏联飞机也受到一些损失，飞行员安德烈耶夫牺牲，列米佐夫跳伞生还，中国飞行员敖居贤同时阵亡，但苏联飞机性能以及飞行员的战斗能力却使日本人暗暗吃惊；同时他们摸不透中国机场上到底来了多少苏联飞机，一时间竟不敢轻举妄动，致使他们每天轰炸南京、逼迫南京政府投降的计划被打乱，让南京城的上空暂时清静了好几天。

3. 出其不意地对敌攻击

东方刚露出一线微光，四周静悄悄的，南京机场上9架SB-2轰炸机悄然启动，准备升空。

"此次轰炸一定要出其不意，做到稳、准、狠！任务完成后，不能恋战，立即返回！"轰炸机大队长基达林斯基在飞机舷梯下与科兹洛夫大尉握握手，对他说道，"这是我们轰炸机大队来到中国的首次战斗，一定要打出我们的威风来！"

"基达林斯基同志，您放心。"科兹洛夫点点头，坚定地说道，"歼击机大队的同志们昨天已经打出了他们的威风，我们轰炸机大队绝不能落在他们后面！"

"轰炸的目标你们记住了吗？"基达林斯基最后问。

"记住了。"科兹洛夫指了指机舱回答道，"您放心吧，我们有中国空军优秀的领航员呢！"

"好，祝你们胜利归来！"基达林斯基挥了挥手，"晚上我请你喝伏特加！"

12月2日，在黎明的微光中，由科兹洛夫率领的9架苏联轰炸机悄然从南京机场依次起飞，迅速上升到3000米的高空，隐没在云层中，朝着上海方向飞去。

雾霭升腾，云海茫茫。

驾驶着飞机的科兹洛夫大尉当然知道，此时云海之下已是遍地狼烟，这里的每一条河流，每一座山峦，都是血肉横飞的战场。中国军队为了保卫自己的首都，正和日本军队进行着残酷的战斗。在这场战役中，日本陆军凭着强大的空中火力支援，正像狗熊啃甘蔗一样，一节一节疯狂地向前啃着，炮火离南京城已是咫尺之遥，国民政府首都已经岌岌可危。

科兹洛夫是一个有着丰富战斗经验的军人，他曾参加过马德里和瓜达拉哈拉等处的战斗，并在战斗中立下赫赫战功。今天，他第一次驾机在中国的天空奔袭敌人，飞机一升上高空，不知怎么的，他情不自禁地有些兴奋起来。

9架轰炸机分为3个轰炸小组，各小组的组长分别是涅斯麦洛夫、斯克克罗尼科夫和瑟索耶夫，机长是阿诺索夫、多贝什、纽希申、尼基金、涅莫什卡尔和萨若宁，他们都是久经战火考验的老战士。今天，他们第一次来到中国的领空参加战斗，都像队长科兹洛夫一样，禁不住有些激动和兴奋。

南京到上海，不过只有3刻钟的飞行距离。飞临上海的天空时，天，此时已经完全亮开了，透过蒙蒙的雾霭，已经隐隐可以看见机翼下的田野和村庄。

"高度2000米，目标上海机场！"科兹洛夫大尉简洁地下达命令后，机头一倾，迅速降低了飞机的高度。

机群直向上海机场飞去。

当机群飞临机场上空时，科兹洛夫突然将飞机方向一转，带领机群又猝然离开机场上空，径直向黄浦江上空飞去——按照事先的作战方案，他们此次奔袭，来了个指西打东、声东击西战术，即使日本人的雷达侦察到他们的飞机，他们也要给敌人来一个措手不及！

顷刻之间，飞机已经飞临黄浦江港口上空。科兹洛夫带领的轰炸机群，真正轰炸的目标是日本人停泊在黄浦江上的舰船！这些舰船太可恶了，轰炸南京的飞机就是源源不断地从这些舰船上起飞，增援的军队也是由这些舰船运送源源不断地登陆，打掉他们的舰船，就是对前线最直接的支援。

透过舷窗，科兹洛夫看见，日本人停泊在江上的几十艘舰船，此刻还是静悄悄的，最大的几艘舰船甲板上，一排排飞机都还静静地停放在那里——他们可能连做梦也没想到，在保持着强大空中优势和地面强大防空火力的情况下，苏联空军会来袭击他们。

"呜、呜呜呜——"当苏联的飞机出现在日本人头顶上时，他们才猛然回过神来，猝然间，一条军舰上响起了凄厉的警报声！

"伙计们，干哪！"科兹洛夫大叫了一声，趁日本人的防空炮火还未响起，他驾驶着飞机率先一个急促的俯冲，冲到舰群上空，随即，一串炸弹从机腹下倾泻而下，准确地向1艘停放着飞机的大型巡洋舰投去！

"轰！轰轰！"刹那间，军舰上突地闪起耀眼的火光，随即传来一阵阵惊天动地的声响，被炸飞的飞机残骸、甲板上的钢铁，连同无数士兵的残肢断臂，冲天而起。

紧接着，阿诺索夫、多贝什、纽希申、尼基金、涅莫什卡尔和萨若宁驾驶的轰炸机，一架又一架跟随着科兹洛夫的飞机俯冲而下，各自在江面上寻找着目标，接连开始投弹，一枚枚炸弹准确地投到日本人的舰船上。一时间，爆炸声此起彼伏，日本人的几十条舰船上，警报凄厉，人群惊慌，弹片横飞，烈火熊熊，火光冲天，一片混乱。

混乱之中，日本人回过神来，无数人冒着横飞的弹片和机枪的扫射，各自冲向自己的岗位，有的打开水龙扑火，有的竖起高射枪炮开始对空射击——但，这一切努力都迟了！一艘接一艘的军舰在炸弹声中发生连环爆炸，迅速燃起的大火已经势不可挡。不一会儿，几艘舰船开始发生倾斜，一群群水兵无奈地放弃抢救，开始纷纷跳江逃生。

"哒哒哒……"轰炸机在投弹的同时，无数的机枪开始无情地对着这些逃亡的士兵进行扫射。

短短十几分钟，黄浦江上燃起的火光，就映红了半个天空。

"全体注意，立即返航！"科兹洛夫看任务已经完成，一下拉起飞机，对战友们发出了返航命令。

"砰砰砰……"飞行员萨若宁驾驶的飞机投完炸弹，听见队长的命令，一拉飞机操纵杆，准备撤出战斗——突然，一艘军舰上负隅顽抗的日本防空火炮一串炮弹打来，击中了飞机机舱！领航员彼得洛夫当场牺牲，萨若宁头部、臂部受伤，鲜血从他头上流了下来，模糊了他的眼睛。但他毫不理会，飞机猛一转弯，躲过地面的炮火，加快速度继续向高空爬去！

飞机升上3000米高空后，机身剧烈地颠簸着。萨若宁擦了擦眼前的血迹，带着受伤的身体和受伤的飞机，咬着牙控制着飞机的颠簸，顽强地驾驶着飞机向南京机场飞去。

受伤的飞机掠过山峦河流，田野村庄——萨若宁凭着超强的毅力和高超的驾驶技术，飞机终于飞回南京，安全降落在机场上！

"英雄，真正的英雄！"中国空军司令周至柔等人来到机场上，迎接轰炸机群凯旋，他看见从飞机上抬下的受伤的萨若宁，再看那架遍体鳞伤降落在跑道上的飞机，他不由得由衷地赞叹道。

这次空袭，苏联轰炸机群只以1架飞机受伤、1人牺牲、1人受伤的代价，炸毁炸伤日军十几艘军舰，其中炸沉7艘，还有1艘大型巡洋舰，炸毁日本飞机20余架，他们和歼击机大队一样，首战即取得不菲的战绩。

执行对敌攻击任务后返回基地的苏联空军重型轰炸机队

同一天，苏联歼击机又击落日本轰炸机6架；第二天，再击落日本轰炸机4架。短短的时间内，共打下敌机20架，给嚣张一时的日军以有力的回击。

在这些战斗中，苏联飞行员列米佐夫在日记中有这样一段文字记载：

12月2日，当我们大队飞机快飞到南京的时候，我发现了一队敌人的双发动机轰炸机，有六七架正往南京飞去，看样子他们是去轰炸南京城的。战机不可失，我马上加快速度，向敌机尾部追去，越追越近了，我虽然心跳得厉害，但还算镇定。敌机到了我射击范围，我瞄准机群最后1架，两挺机枪一齐发射，这架敌机在我面前形成一条长尾巴的火龙，凌空爆炸，坠落于中国的溧水县境内。我当时兴奋极了，情不自禁地高喊起来"乌拉！"……

4. 一颗空军巨星的陨落

草黄山瘦，朔风凛冽。

此刻，中国空军轰炸机司令高志航正站在兰州机场的指挥台上，焦急地眺望着远方的天空，像热锅上的蚂蚁，不停地在地上踱来踱去。

早在9月底，在我第4大队飞机损失几近枯竭时，空军司令部只好将该大队的飞行员撤出南京前线，紧急赴兰州接收苏联援华的伊-16型歼击机。

10月中旬，高志航也赶赴西北准备接机。此前，他于10月12日，再次在南京驾机出击，用改装的霍克111歼击机击落了性能优于我机的日本第13航空队2架96式舰载机——由此可见高志航急切求战的心理、高超的飞行技术和优秀的战斗素养。

高志航到达兰州后，就迫不及待地想从苏联空军手里接收新机，飞往南京前线参战，但苏联军方像在莫斯科时对待中国军事代表团成员一样，要求中国空军必须经过理论——地面座舱教学——教员带飞——单飞等系列程序后，才能获得操纵伊-16型战斗机的资格。前线的战况刻不容缓，中国军民每时每刻都在和敌寇搏杀，高志航心急如焚，在情急之中，他未经苏联飞行和地勤人员同意，在还未得到飞行手册的情况下，便性急地驾驶着伊-16战斗机单飞。在空中，他不但能够熟练驾机飞行，还作了一系列的特技表演，以精湛的技艺征服了在场的所有苏联航空队官兵，使中国空军接收苏联战机的进度大大加快。

在熟悉了苏联战机的性能后，在短短的时间里，高志航就组织起一支中苏联合航空编队。同时，他又担任了带队长机任务，准备引导苏联志愿队机群从兰州取捷径飞越六盘山，经西安、洛阳、周家口飞赴南京，投入到日益紧张的抗日前线中去。

11月20日，高志航决定带领机群准备出发。他拟定的飞行路线为：22日从兰州出发，经西安、洛阳，在周家口机场加油后，一鼓作气飞到南京。然后，在南京简单休整一下，便可在23日黎明突然出击，打日本人一个措手不及！

但由于地面天气预报设施不完备，未能对天气进行准确预报，在高志航正率机准备起飞时，突然收到南京空军指挥部发来的急电："南京大雨，气候恶劣，切勿起飞。"指挥部命令他的编队在洛阳加油，在22日抵达周家口机场进行休整，23日再起程飞往南京——就是这一决定，阴差阳错，竟酿成惨烈的后果来！

原来，就在高志航准备率队飞往周家口时，另一支飞行编队已经蠢蠢欲动起来——这便是日本海军木更津航空队。侵华日军司令部早就接到日本间谍和中国汉奸的情报，对中国空军接收到苏联援华飞机、苏联志愿航空队进入中国、中苏两国共同组成了新的空军编队，并迅速恢复战斗力一事，他们恨之入骨。为了破坏中国方面的战略部署，日本不惜派出重要的远程攻击力量——木更津航空队进驻北平南苑机场，并于11月21日开始对我内地机场进行轰炸。22日，这支由11架96式飞机组成的编队偷偷升空，攻击目标就是周家口机场。临出发前，他们的指挥官命令：一定要彻底摧毁中国这个承接东、西的中转机场！

鬼使神差！在兰州，高志航接到南京方面的指示后，只好执行命令。11月22日清晨，他率领13架飞机从兰州出发，上午10时左右到达周家口机场。当他们走下飞机，准备第二天再飞赴南京时，意外的情况发生了！

原来，就在高志航率机到达周家口时，日军指挥部就接到了当地汉奸发来的"当日已有多架飞机前来，正在原地"的准确情报。于是，日军飞机便紧急出动，发誓要"彻底摧毁周家口机场和泰康机场所有的飞机"。

10时10分，日军第1联合飞行大队11架轰炸机编队完毕后，立即升空，以1000米左右的高度向泰康机场飞去。在即将到达泰康机场时，第2中队的今村大尉率的3架飞机加速升至2000米高空，先行侦察了泰康机场上空。在那里，他们没有发现中国战机。于是，整个轰炸机编队立即掉头向西南方向航行，并迅速到达周家口机场上空。

由于战前仓促的建设，周家口机场连防空警报系统也没安装，更缺乏有效的防空火力，因而对日机前来偷袭的行动，机场方面竟毫无察觉。正午时分，高志航集合队伍，正在下达做好一切准备、第二天清晨飞往南京的命令时——突然，机场站长张明舜气喘吁吁跑来报告，他们刚刚获悉，有敌机前来空袭！高志航一惊，当即果断向全体飞行员下达了战斗命令："立即登机升空迎敌，没关闭发动机的马上起飞！"

命令一下达，所有的飞行员都飞快地朝各自的战机冲去——但，为时已晚！此时，东北方向的天空中已隐隐传来日本飞机的轰鸣声！高志航当即命令15架战斗机马上强行起飞，其余的飞机立即起动发动机起飞。

危急之中，高志航迅速钻进一架伊-16战机的驾驶舱。飞行大队地勤主任于觉生帮他调整螺旋桨，军械长冯干卿立即开始转动飞机螺旋桨叶片——但莫名其妙，飞机却没能发动起来！说时迟那时快，一旁的地勤人员姜广仁看见日军有4架轰炸机正向高志航的战机扑来，他急得大声喊高志航快下飞机，但高志航不为所动，再次向冯干卿喊道："快、快点转动！"但是发动机还是没能起动；负责摇螺旋桨的冯干卿看见空中的日机已经即将投弹，他再次高喊高志航立即离开飞机，但高志航执意不肯，要求地勤人员再次起动飞机。

就在高志航起动飞机时，日本人11架轰炸机正按照预定方案，分4个小队从4个方向对周家口机场俯冲而来！高志航坐在机舱里，明显可以听见天空中响起的炸弹划破空气的尖啸声，在情况万分危急时，他对冯、于二人高喊道："你们快跑！"于觉生马上从飞机上跳了下来，一下跳进了旁边的防空壕——正在这一瞬间，一连串的爆炸声在高志航飞机周围爆炸，他的飞机被炸起的尘土和烈火包围；不到1分钟，整个机场就变成了一片火海。

但，不怕死的中国空军飞行员，此时丝毫不顾纷纷下落的炸弹，依然冒着猛烈的轰炸强行驾机起飞。最先升空的飞行员毛瀛初驾驶飞机，立即对日机进行了猛烈反攻。他首先瞄准了刚刚投下炸弹的日本2号轰炸机，一连串复仇的炮弹猛烈地射向这架飞机的腹部，将这架由日本人川平七郎驾驶的飞机击落于机场南面的山坡上；3名跳伞的日军机组人员，背着降落伞刚一跳出机舱，就遭到当地军民的射击，还没等他们降落到地上，就已经是千疮百孔的尸体了。

随后,毛瀛初会同其他4架成功升空的飞机,一起对日机展开了顽强进攻。但,他们击伤多架日机后,却未能对其余敌机造成致命打击,只是迫使这些日机匆匆丢下炸弹后,仓惶撤离。

浓烟弥漫,火焰升腾。

日机从空中消失之后,人们火速地跑出防空洞防空壕,飞快地向机场跑去,准备灭火救人——机场上到处是弹坑、弹片和被炸的飞机碎片。人们跑到高志航飞机前一看,高志航的飞机被炸得竖了起来,机尾指向了天空,机身燃起了大火,人也被炸得飞出了机舱,倒在左侧机翼后面牺牲了。望着眼前的惨况,看着高志航的遗体,在场所有的战友都抱着他失声地痛哭起来。与高志航同时殉国的,还有第4航空大队军械长冯干卿、到机场送饭的伙夫郭万泰等6人。

中国空军的一颗巨星,就这样惨然地陨落了!

5. 永垂千古的空军战魂

凛冽的寒风呜呜吹了过来,吹过皑皑的雪山,吹过寂寥的荒野,吹过还在燃烧的机场,仿佛在低吟着一曲沉痛哀婉的挽歌——高志航,中国空军第一代王牌飞行员,牺牲在他一生最挚爱的岗位上,死时年仅30岁。

出师未捷身先死,长使英雄泪满襟!

高志航殉国的消息传到兰州,在那里集结的苏联空军志愿队的官兵们,无不感到震惊和悲恸。英雄惜英雄,苏联轰炸机大队长基达林斯基、波雷宁,歼击机大队大队长普洛柯菲也夫等人当即聚集在机场上,面对高志航牺牲的东方,脱帽久久致哀。

"高志航是我们所见到的世界上最优秀飞行员,也是最杰出的空军指挥员,在战争最残酷最关键的时刻,他却离开了我们。这不仅是中国空军的损失，也是我们苏联空军志愿队的损失。他的牺牲，使我们失去了一个并肩作战亲密的战友，也使我们失去了一个指挥作战的优秀指挥员……高志航同志的牺牲，只会激起我们对被压迫被奴役人民更深切的同情，激起我们对侵略者的满腔仇恨，促使我们加倍地向这些可恶的敌人讨还血债！"

在兰州机场，在中苏两国空军人员举行的对高志航的追思会上，苏联空军志愿队指挥员基达林斯基在致辞中这样讲道。在庄严肃穆的氛围中，所有参加追思会的空军人员官兵无不悲愤交集，他们心中燃起复仇的怒火。追思会一结束，他们纷纷写下请求参战的血书，恨不得立即驾机升空，与日本人决一死战。

不愧于人，不畏于天。

高志航牺牲后，他的战友们将他的遗体从周家口空运到了汉口。据说，蒋介石与宋美龄得知高志航殉国的消息后，两人竟肃默了近1个小时，当天晚上连晚饭也没吃。

1937年11月28日，国民政府和社会各界在汉口商务会大礼堂隆重举行了高志航的追悼会。军事委员会委员长蒋介石亲自主持了这个追悼会，并敬献花圈致哀，上书"高志航英雄殉国，死之伟大，生之有威，永垂千古"。其时正在汉口的中共代表周恩来也参加了追悼会，他称赞高志航是"中华民族的英雄，为抗日而牺牲，为民族而牺牲"。

高志航追悼会之后，高志航之弟高铭魁和随行官员护送灵柩，准备由湖北宜昌经水路送往重庆厚葬。灵柩运抵宜昌时，宜昌上万市民、学生戴着白花，举着挽联，站在从码头到教堂的路旁，为英魂送最后一程。因为高志航曾在法国接受教育，一直信奉天主教，因此他的灵柩就停在宜昌二马路天主教堂地下室，用纱布缠好的遗体装殓在宜昌方面提供的黑木棺材中。由于当时敌机轰炸频繁，宜昌码头非常混乱，出于安全考虑，其弟高铭魁将灵柩留下，迅速离开了宜昌前往重庆。日本人从汉奸那里得知高志航的遗体安葬在宜昌，对他恨之入骨的日本飞机，竟对宜昌城连续轰炸了7天！

年轻的中国空军，他们所面对的敌人确实太凶恶了，他们所经历的战斗实在太惨烈了。与高志航同期牺牲的，还有中国空军优秀的指挥员、飞行员刘粹刚、乐以琴、李桂丹等人。这，对于本来就孱弱的中国空军来说，实在是无可挽回的重大损失。在国人对高志航以身殉国感到痛心疾首，对他尊崇备至的同时——连他的对手日本方面也对高志航无比钦佩，日本有媒体称：高志航是"中国空军最有价值的飞行员、指挥员和飞行英雄"。

高志航殉国后，为激励后人以高志航为榜样尽忠报国、英勇杀敌，国民政府和军事委员会追授他少将军衔，同时将中国空军第4大队命名为"志航大队"。

中国空军英雄高志航墓地

1938年初，宜昌天主教堂决定安葬高志航。宜昌神父龚澍等人为英烈举行了隆重的安葬仪式。安葬地点即在现宜昌市夷陵大道181号老医院内，在两棵香樟树与一棵桂花树之间。由于担心日军攻下宜昌后报复开挖，没有留坟头和墓碑——世事沧桑，物换星移，随着时间的流逝，知情人逐渐离世，很长时间以来，连宜昌方面的人都不知道高志航究竟葬在何处。

1946年8月14日，中共方面在延安举行了纪念"8·14"空战大捷座谈会，纪念高志航及其战友的英雄事迹。中共有关领导人在纪念会上回忆了高志航及其战友的英勇事迹，号召干部战士学习他们爱国报国的精神，不惧强敌顽强战斗的作风。

1951年1月，败退到台湾的空军依然没有忘记高志航这位为国捐躯的勇士，将位于台湾台东县的空军基地命名为志航基地。

解放后，直至20世纪80年代初，吉林通化市政协王维良等2人，在调查中国空军历史时，在昆明的高铭魁处得知高志航葬在宜昌，于是转道宜昌寻访，宜昌方面这才知晓这个情况，但无从查找高志航墓地的具体地点。

1984年，高志航的女儿高丽良、高忆春到宜昌寻访父亲之墓，虽然未果，却引起了接待她们的原宜昌市政协工作人员刘思华、市委统战部工作人员林东平的注意。2人于20世纪80年代分别找到当事人——天主教堂的龚澔神父，询问到真实情况，但没有公开，世人仍未知晓"中国空军战魂之墓"究竟在何处。

1993年7月18日，92岁高龄的张学良，同前来看望他的老部下们谈到高志航时，依然感慨万千唏嘘不已，当即为这位东北同乡、当年的老部下题词："东北飞鹰，空军战魂"。

2002年8月14日，在中国空军"8·14"空战大捷65周年纪念日时，高志航烈士纪念馆（高志航故居），由中国人民解放军空军、通化市政府、北京航空联谊会等单位主持揭幕——中国人民没有忘记这位抗日的勇士。

2010年4月初，一位留学欧洲的宜昌籍留学生施泽伦，从中国港台同学、欧洲友人那里了解到了高志航的事迹，并且就葬在家乡宜昌后，给《三峡晚报》记者发信查问。《三峡晚报》连续几天刊登专版寻求知情者,终于在刘思华、林东平二位老人的指引下找到高志航的墓地。

后来,由台湾中影公司改编拍摄的《笕桥英烈传》,就是以高志航故事为主轴的著名抗日战争电影之一。而大陆方面,华谊兄弟天意影视有限公司也拍摄了电视剧《远去的飞鹰》,讲述了民族空军英雄高志航带领中国第一代空军英勇抗日的传奇故事。

巡弋在天空的中国空军战斗机

2012年6月21日,由高希希导演、江奇涛编剧的电视剧《血战长空》中,邵兵出演剧中主角高云天,以高志航等中国空军飞行员的故事为背景主线,连续挫败日本空军妄图消灭中国空军主力的阴谋,讴歌了中国空军在抗战初期的英勇的表现。电视剧一播出,这才让国人了解历史的真相,引起国人强烈震撼。

中华民族历来崇尚自己民族的英雄。2014年8月,在中国人民纪念抗日战争胜利69周年之际,民政部首次公布的300位著名抗日英烈名单中,国民党空军将领高志航名列其中——让英雄的形象永远留存于我们的后人心中吧!

6. 保卫南京的浴血之战

1937年12月10日，南京飘起了漫天大雪。

就在西安事变1周年纪念日之际，尽管南京城外的战斗进行得异常惨烈，在蒋介石主持下，中国军队却在中山陵广场上举行了一场特殊的阅兵式。

准备开赴前线的中国军队正接受检阅

这场在战火中举行的阅兵式，旨在向全世界宣告中国人民抵抗日本侵略者的决心和意志。由于主力部队都在城外的阵地上殊死抵御日军的进攻，因此接受检阅的基本是青年学生组成的后备师。这些青年人虽然穿上军装、扛起枪炮的时间不长，但他们斗志昂扬，同仇敌忾，高唱着《神圣的抗战》等军歌，排列着整齐的方队，迈着雄壮的步伐走过中山陵广场，接受最高指挥官的检阅。这些受阅的部队，就像后来苏德战争中，希特勒军队围攻莫斯科，在莫斯科红场上接受斯大林检阅的军队一样，径直从广场开赴到了前线战场。

此时,南京城外战斗的惨烈程度,已经到了无以复加的地步。日本人的坦克、飞机、大炮,甚至凝固汽油弹和毒气弹,凡是能摧毁中国军队阵地的手段无所不用其极;中国军队用步枪、刺刀、手榴弹、炸药包,加上血肉之躯,顽强地坚守着自己的阵地——火光、硝烟、弹坑、残垣、断壁、尸体,遍布南京城外的每一寸土地。

这场战斗,不但震动了整个世界、震惊了举国上下,也让直接参加这场战斗的苏联空军志愿人员受到极大震撼。从他们亲眼目睹的前线战场上、从指挥部每天传来的战报中、从同他们并肩战斗的中国战友口述里,他们所知道的战斗惨况,远远超过了他们所经历的马德里和瓜达拉哈拉等处的战斗。

飞行员阿诺索夫在他写的回忆文章里这样叙述道:

我们到达南京之后,战斗一天更比一天激烈。日本人像疯了似的,地面上,他们每时每刻都在向南京城发动疯狂进攻;天空中,每天都有数不清的飞机在轮番轰炸。我们率先到达南京的飞机,几乎每天都会升空同日机作战,阻击日机的轰炸,支援前线阵地的抵抗,有一天甚至升空就达到6次之多!

幸好,波雷宁大尉率领的第二批轰炸机到了中国,共约150人,其中有来自外贝加尔的飞行员,他们驾驶飞机沿着新的航线,(从伊尔库茨克经兰州到汉口),从蒙古草原来到中国,补足了外贝加尔队的编制。不久前才从西班牙共和国回来的杰出的苏联飞行员特霍尔,把这些飞机带到了中国来⋯⋯

阿诺索夫从他的中国战友和翻译口中知道,发生在南京这场战斗实在太惨烈了。中国军队为了守住自己的国都,他们用血肉之躯同日本人的钢铁做着殊死的搏斗,他们战斗的意志令人感慨不已!当他们驾驶飞机在天空时,往地面望去,南京城外已经见不到一片净土,到处是硝烟,到处是火光,到处是枪声和炮声。

南京城外围的战斗也进行得异常激烈,许多阵地已经几易其手。翻译告诉阿诺索夫,在紫金山阵地上奋战的800多位士兵,到最后只剩下一位上尉带领的12位残兵。这位上尉说:"各位弟兄,我们已经无法完成自己坚守阵地的使命,只能撤退。但是,我们又能往哪里撤退呢?"这位上尉突然大吼起来:"中国虽然幅员辽阔,但我们却已经无路可退!我们背后就是自己的首都南京!"说完,这位上尉带着12位士兵发起了最后的冲锋,他牺牲前抱着炸药包冲向了日军的1辆坦克,和日军坦克同归于尽!

日本96式舰载机

在南京雨花台阵地的中国军队,已经在那里坚守了10多个日日夜夜,日军的重炮炮弹、航空炸弹和凝固汽油弹,以每秒6~7发的速度对他们的阵地进行猛烈轰击,阵地的海拔竟然被日军炮火削低了1米!在阵地上随手抓起一把泥土,都能拣出好几块滚烫的弹片。据说,日军在9天之内一共向这片阵地发射了36万发炮弹,以至于军事史学界将雨花台一战日军使用的弹药量称之为"松井石根弹药量"。

就在雨花台阵地，在增援部队迟迟上不来的情况下，阵地上只剩下一个叫曹锡的少尉，他完全杀红了眼，面对蜂拥而至的日军步兵，他抓起步话机，对后方指挥部大声呼叫道："弟兄们，向我开炮！向我开炮！"然后一手提着马克沁机枪，一手拎着子弹链，一边冲锋一边扫射，还向敌人扔出几颗手榴弹，硬是打退了日军的进攻。日本人战后统计，他们在占领这个阵地时共被打死了500多人，以至于日军惊呼其为"雨花台之兽"。

还有一名叫赵承熙的朝鲜族战士，他出身于猎户家庭，从小练得一手好枪法。在雨花台阵地上，他用一支没有瞄准镜的汉阳造步枪，以436发子弹，毙伤214名日军，这是我们狙击手在抗日战争中单人毙伤敌军的最高纪录。赵承熙精准的枪法给敌人以巨大打击，多名重要指挥官都被他狙杀。日本人对他又恨又怕，为了对付赵承熙，日军不惜从东京请来了他们的王牌——日本狙击之王东尼大木中佐。赵承熙在血与火构筑的阵地上与敌人的王牌狙击手周旋着，两位世界上最优秀的狙击精英展开了一场又一场惊心动魄的殊死较量。最终，英雄的赵承熙战胜了日本狙击之王。在与对手较量的4天4夜中，赵承熙只射出了1发子弹，但正是这颗子弹，穿透了东尼大木的头颅。

阿诺索夫继续回忆道：

……中国空军的战友还告诉我，在南京城外的中华门阵地前，敌人为了攻入城内，用32架飞机，10多辆坦克和集团冲锋向中国军队1个连的阵地汹涌卷来。整个山顶都被打翻了。汽油弹的火焰把这个阵地烧红了。但勇士们在这烟与火的山岗上，高喊着口号，一次又一次把敌人打死在阵地前面。敌人的死尸像稻谷捆似的在山前堆满，血也把山岗染红了。可是敌人还是要拼死争夺，好使自己的主力尽快杀进南京城。这场激战持续了整整8个小时，最后，勇士们的子弹打光了。蜂拥上来的敌人，占领了山头，把他们压到山脚。飞机掷下的汽油弹，把他们的身上烧着了火。这时候，战士们是仍然不肯后退，他们把枪一摔，身上、帽子上冒着呜呜的火苗向敌人扑去，把敌人抱住，让身上的火，把想占领阵地的敌人烧死……

多天的连续战斗和中国军人顽强的抵抗，使得日军遭受到了沉重打击和损失。据我们的翻译告诉我，他从中国的战报上看到：当一位日军随军记者采访一名从前线撤下、已经双目失明的士兵，向他问道："今天是天皇生日，如果天照大神此时站在你面前。你最想问他要什么礼物？"这名士兵沉默了半天，所做的回答是："给我明天吧！"

中国军人抵抗侵略、顽强战斗的精神感动着我们。列宁同志曾告诉我们，苏联遵循无产阶级国际主义的原则，全面支持殖民地、附属国以及遭到帝国主义侵略的各国人民的民族解放斗争。虽然在战斗中我们也遭受了重大的损失，牺牲了许多飞机和战友，但我们能和这样的中国军人一起并肩战斗，最终一定能够打败任何强大的敌人……

但，敌强我弱，敌众我寡。尽管中国军队与苏联空军志愿队进行着顽强抵抗，但日本方面无论是地面还是空中力量，明显要强大得多。特别是在空中，中国方面则处于绝对的劣势。日本人每天都派5～6批次轰炸机和战斗机来袭，而中国方面只能以5～6架战斗机来对抗日本人以50架轰炸机和20～30架战斗机组成的强大编队。持续的战斗已使中国空军和苏联空军志愿队精疲力竭，损失也在不断上升。在此情况下，尽管从兰州又派出3个中队的飞机前来助战，但仍然处于寡不敌众的境况。为了保存实力，中国空军基地不得不向西后撤了几百公里……最后，中国军队坚守的阵地还是全部失守了。12月13日，南京落入了日本人手中。

于是，一场闻所未闻、惨绝人寰的大屠杀就在这里开始了……

7. 罄竹难书的日军罪行

天气阴霾，寒风呜呜，犹如无数的冤魂在旷野里悲愤嘶喊；昏暗的天空中飘着冰凉而又腥浊的雨滴，犹如四万万同胞流下来的辛酸而又苦涩的眼泪。

1937年12月13日早晨，日本侵略军谷寿夫部第6师团由中华门攻进南京市内，惨绝人寰的南京大屠杀就此拉开了序幕。

14日，另外3个师团的日军也端着刺刀涌入南京城。在火光和浓烟之下，在残垣和断壁之中，无论是士兵还是平民，无论是老人还是儿童，这些日本兵见人就射，见人就杀。这些武装到牙齿的刽子手，连续多日对手无寸铁的中国人进行着大规模的屠杀。15日，日军将中国军警人员2000多人，押解到汉中门外，用机关枪进行扫射，尔后浇上柴油焚尸灭迹。同日晚，又有市民和士兵9000余人，被日军押往海军渔雷营，用极其残忍的手段杀害。16日傍晚，中国士兵和难民5000余人，被日军押往中山码头江边，先用机关枪扫射，然后用刺刀将尚有气息的人一一戳死，再抛入江中。一时间，以致造成江流淤塞，江水血红。

17日，日军将从各处搜捕来的中国军民800多人，一部分用刺刀杀死，一部分用柴火烧死。同日，日军华中方面军司令官松井石根举行所谓的"胜利入城式"，强令居民敞开门户，以示欢迎。日军则三五成群，以勒令开门为由，奸淫烧杀，见男人就刺，见女人就奸。

18日，日军将被拘囚于幕府山下的难民和被俘军人5.7万人，以铁丝捆绑，驱至下关草鞋峡，先用机关枪扫射，复用刺刀乱戳，最后浇以煤油，纵火焚烧，残骸投入长江。最令人发指的，是日军少尉向井和野田在紫金山下进行的"杀人比赛"。他们分别砍杀了106名和105名中国人后，"比赛还在继续进行"。

在日军进入南京的1个多月里，全城发生强奸、轮奸事件2万余起，无论少女或老妇,都难以幸免。许多妇女被强奸之后,又遭枪杀、毁尸,其情其境惨不忍睹。与此同时,日军遇房即烧,从中华门到内桥,从太平路到新街口以及夫子庙一带繁华区域,大火连天,数天不熄。陷落的南京城,几乎处处都是中国人被屠戮的惨象。汉西门外,中国人的鲜血流成了河,尸体堆积成了山。"从日军攻下南京城后,在40余天里,整个南京城方圆几十平方公里内,到处可见横七竖八的尸体,到处都弥漫着令人作呕的焦臭和血腥的气息……"

12月20日中午,在南京城贡院街挨着秦淮河边的一块草地上,3个提着步枪的日本兵正在追逐1位中国女学生,那姑娘吓得大声哭喊跟跄奔逃,最后见无人能救她,便绝望地朝着波涛汹涌的江里跳去!几个日本兵把她从江里"捞"起来后,扔在了草地上。3个日本兵淫笑着脱光了她的衣服,光天化日之下对这个姑娘进行了轮奸。姑娘被轮奸之后,1个蓄着仁丹胡的日本兵竟然狂笑着,用刺刀戳进已经昏厥了的姑娘阴户……

21日清晨,一辆黑色轿车在娃娃桥监狱门口停下,从车上走下一个腰挎指挥刀的日军少佐,他专门前来组织活埋中国俘虏。他们用军刀和刺刀逼着这些俘虏自己挖掘活埋坑,然后自己走进坑里去。俘虏稍有反抗,就被当做练习军刀和刺刀的活靶,砍死或刺死后踢进坑里。一个上午,在一个大坑里就活埋俘虏700余人。

12月24日晚,一群日本兵在林森路闯入一家饭馆,用刺刀和机枪逼着老板及女招待员陪着他们喝酒。酒足饭饱后,这群兽兵先割下老板的脑袋,然后就在饭厅里将女招待一个个轮奸,最后,鬼子兵用机关枪将饭馆扫射得稀巴烂,连同女招待的身体。然后,这群兽兵狂笑着走出这家饭馆,举枪胡乱射向街道两旁亮着灯的窗户……

日本投降后,远东国际法庭在判决书中曾这样表述道:"日本兵完全像一群被放纵的野蛮人似的来侮辱这个城市",他们"单独的或二三人为一小集团在全市游荡，实行杀人、强奸、抢劫、放火，终至在大街小巷都横陈着被害者的尸体……"

据中国南京军事法庭查证：日军占领南京后，进行了长达6个星期的大屠杀，集体的屠杀有28案，计19万人；零散的屠杀有858案，计15万人，中国军民合计被枪杀和活埋者达30多万人。

苍天为之哭泣，大江为之呜咽。

日本人在南京犯下的滔天罪行，天理难容，罄竹难书，中国人民不但将这些屈辱和仇恨镌刻在了纪念碑的花岗石之上，更镌刻在了中华民族子子孙孙的心灵之中。

此时，整个南京城外，无论是荒郊还是田野，都涌动着溃散的军队和逃难的人群。地上有日军的马队在追击，天上有日军的飞机在轰炸扫射。那逃难的人群扶老携幼、母哭儿啼的悲惨景象，一直延伸到武汉，甚至宜昌……

经过惨烈的战斗，南京失守之后，苏联空军志愿队奉命撤到了武汉和南昌。日本人进入南京城后大开杀戒、屠戮平民的消息每天都通过报纸和简报传到志愿队来。日军毫无人性、凶残暴戾的行径，激起苏联志愿队员满腔的义愤和仇恨。每天，他们都与中国军民沉浸在悲痛和愤怒之中，与中国军民同悲同泣；不少队员拍案而起，纷纷向自己的首长请求出战；有的甚至咬破手指，写下请战的血书。

波雷宁在1937年12月29日的日记中这样记录道：

今天，又有几个战士来到我这里，请求上天去惩罚敌人。还有几个年轻人，写下了请战的血书。他们实在是忍无可忍，愤怒之火已经烧红了他们的胸膛。日本人在南京的暴行，在人类历史上真是闻所未闻！他们是披着人皮的野兽——不，他们比野兽还不如。他们占领南京后，烧毁那里的房屋，屠杀那里的百姓，强奸那里的妇女，抢劫那里的财物……他们的所作所为，令人发指！

这个国家遭受的苦难实在太深重了，这个东方民族的命运实在太悲惨了。他们简直就像菜砧上的一块肉，任由别人屠戮宰割，任由别人欺侮踩躏。面对丧失理智的战争狂人，无论是忍让也好，乞求也罢，无论是烧香也好，拜佛也罢，统统无济于事！渴求和平安宁的人们，只有举起你手中的正义之剑，勇敢地对着战争这个恶魔的胸膛——除此别无选择！

我们是无产阶级的军队，我们身上流淌的是劳动人民的血液，我们要为全世界被压迫被奴役的人民呐喊战斗！中国人有句古话，叫住"以血还血，以牙还牙"。残暴的侵略者们，等着吧，明天我们就将出发，让他们在我们的反击中瑟瑟发抖吧！

8. 对日军暴行实施惩罚

火光熊熊，烽烟滚滚。

炮声隆隆，机声轰鸣。

日本人占领南京后，他们的飞机更加恣意妄为骄狂无比，那一群群喋血的秃鹫，不断掠过城市和乡村，密集地对撤退的中国军人和逃难的民众轰炸和扫射。同时，更加肆无忌惮地对汉口等地进行狂轰滥炸。

"难怪中国人把日本人叫作'日寇'，叫作'鬼子'！你们知道吗？'日寇'就是强盗，'鬼子'就是魔鬼！日本人就是一群强盗、一群魔鬼，他们太无人性太凶残暴戾了！中国人民遭受的苦难，简直闻所未闻！"苏联轰炸机大队长基达林斯基驾着飞机在南京低空飞行时，亲眼目睹了日军在南京城实施的暴行，他多次义愤填膺地对自己的战友们讲道，"对这群强盗和魔鬼，唯一对付他们的方式，就是惩罚、惩罚、再惩罚——让他们见鬼去吧！"

第三章 打击敌寇的嚣张气焰

1937年12月15日，就在南京陷落的第3天，苏联空军志愿队会同中国空军惩罚这群强盗和魔鬼的机会终于来到了！

根据来自南京的准确情报，日本人占领南京之后，为了加紧对武汉等地的轰炸，已将他们的轰炸机和战斗机从上海等地转场到了南京机场。这些天来，这些飞机每天上午轮番出动，直到傍晚才逐渐归巢。

中国空军指挥部决定，在日寇有恃无恐、轻敌骄狂之际，先发制人，打他一个措手不及！

草黄叶枯，寒风猎猎。

在黎明前的黑暗中，由大队长基达林斯基率领的27架SB轰炸机借着微弱的灯光，悄然从南昌机场起飞，并迅速上升到4500米高空，隐匿在云层里，朝着南京机场上空飞去。

长风阵阵，天地寂寥。

让基达林斯基感到意外的是，在云层中飞行的机群，一路竟然畅行无阻，没有遇到1架敌机的拦截。90分钟之后，机群到达南京机场上空时，天色已经渐渐亮开。从空中俯瞰机场，机场上静悄悄的，几十架飞机在停机坪上排列成一条线——骄狂的敌人攻下南京后，可能正沉浸在胜利的狂欢之中，他们连做梦也没想到，仅仅在他们占领南京20多小时后，苏联和中国空军会来袭击他们！

"高度4300，准备投弹！"基达林斯基简单地下达了口令。

一时间，27架SB轰炸机分为9个楔形编队，其中9架由中国机组或中苏混合机组驾驶，迅速下降到投弹高度，以势不可挡之势扑向南京机场！

"轰轰轰！"基达林斯基率先打开弹仓，投下第一枚炸弹。紧接着，27架轰炸机机腹下，一串串高爆弹、燃烧弹以迅雷不及掩耳之势，持续不断地向南京机场投去！

顿时，机场上火光冲天，爆炸声震耳欲聋，泥土和钢铁碎片四处飞溅,士兵们各自奔逃,一片恐怖和慌乱的景象。

基达林斯基描述了当时的情形:

12月15日,我们惩罚侵略者的机会终于到了。

清晨,我们在4300米高空后进入轰炸,向南京机场投下了各占一半的高爆弹和燃烧弹。炸弹爆炸后,从机场升起了巨大的火球和滚滚的浓烟,熊熊烈焰横扫机场,机场到处被笼罩在烟雾和火苗中。日本轰炸机、油库、弹药堆放场不断爆炸燃烧。我们在高空中,仿佛听见这些强盗和魔鬼在歇斯底里地咒骂和哀嚎——但,无论他们咒骂也好,哀嚎也罢,统统让他们见鬼去吧!

据18日的日报披露,根据侦察信息确认,我们这次轰炸的战果是:总共摧毁了日方40架飞机、摧毁了机场的油库和弹药库,有200余名日本人被炸死炸伤。

我们编队返航时,飞到芜湖东侧的长江上空,遭遇了10架日本战斗机的拦截。战斗中,日机击落1架中国机组驾驶的SB。但这些日本飞机也付出了代价:在第1次攻击我们时,2架日机被我们密集的射击击落;第2次攻击我们时,他们又付出另外2架飞机被我们击落的代价。

我们这次奔袭,给了不可一世的侵略者一次重重的惩罚。我们给他们的教训是:在中国的这片土地上,永远不会是他们悠闲散步的草地,而是埋葬他们的坟场。这次对日本人的惩罚,用中国人的话来说,这叫做"以血还血,以牙还牙"!

……

紧接着,在波雷宁大尉的指挥下,第2个苏联空军编队也开始行动。这些飞行员中包括1组从贝加尔来的队员,他们是原准备搭乘飞机回家的。在基达林斯基率领的机群轰炸南京机场后的第3天，12月18日，波雷宁大队的4架SB首次轰炸了苏州，炸毁炸伤日机13架、炸死炸伤日军100余人。随后他们顺利返航，准备进驻汉口。

汉口机场当时规划为能停12架苏联轰炸机、60架各式战斗机的基地。说来有意思的是，当波雷宁率领的轰炸机从苏州返航时，由于日本飞机炸毁了机场旁边一座水库大坝，结果机场被水淹成了一片"汪洋"。波雷宁只好带领机群冒险降落在充满积水的机场之中。同时，中国空军的12架霍克战斗机也在他们保护下在该机场降落。

此后，苏联空军志愿队以南昌和武汉作为基地，每天频繁出动，密集地给日军以致命打击。他们每天的作战活动，以及人员和飞机损失，都逐日报告到莫斯科。这些报告，至今在俄罗斯的档案馆里依然保存完好。我们不妨摘抄几个片段：

1938年1月23日，6架SB轰炸了芜湖机场，5架SB轰炸了南京机场，我们没有遭受损失。飞机返航降落时，2架SB发动机发生故障……同一天重复攻击同一目标。看似在芜湖机场炸毁8架敌机（后根据侦察信息，在26日的日报中，确认的战果是炸毁3架、烧毁损坏5架——作者注）。

同一天，两批编队每批9架SB轰炸机轰炸山庆铁路车站，敌方燃料设施被烧，房屋、铁路被炸毁焚烧。

1938年1月24日，9架SB轰炸机轰炸宁国府附近日军，给日军造成重大死伤，我们没有遭受损失。同日，9架SB轰炸机轰炸芜湖——山庆前线，炸弹落在敌军集结地，给敌军造成重大死伤。7架SB已经用尽后备发动机资源……

苏联空军志愿队连续对日本人的打击，让日本人吃尽了苦头，更给他们尽快攻下武汉的企图带来巨大障碍，这使日本政府和军方感到了巨大的不安，甚至恐慌。因为他们早在淞沪会战时就认为，中国空军已经被他们全部摧毁，"他们已经没有与皇军抗衡的任何力量"，他们预计进攻武汉也会像进攻南京一样，唾手可得手到擒来。而苏联飞机和苏联空军志愿队的出现，使中国空中力量不但逐渐得到恢复，并且还有越战越强的势头，使他们在进攻武汉过程中举步维艰。

在《中国空军抗日战史》中有这样的记载：

苏联空军志愿队这支生力军的突然出现，使日本侵略者突然感到了压力。他们意识到中国空军已经获得新的援助和补充。此间他们频频派出间谍、情报人员侦察苏联志愿队的配属情况，但出于中国和苏联方面共同严格的保密措施，直到中国媒体自己透露之后，他们才获得些许信息——虽然中苏政府都希望严守秘密，但在中国空军和中国航空公司工作的其他外国飞行员不经意间走漏了风声，使苏联飞行员在中国协助抗敌的事迹很快成为全世界媒体的报道对象。12月18日，1名从广东到达香港的美国飞行员向媒体称赞苏联志愿者的光辉业绩。他告诉记者："至少有150名苏联飞行员战斗在中国的天空中，他们在第一次战斗中至少就击落了11架敌机。"

两天后，香港传媒纷纷报道。此后，英、法、美等国在上海租界的报纸也开始报道苏联志愿队的作战事迹。日本对于苏联既恐惧不安而又愤懑不满……①

12月22日，日本驻苏联大使重光葵向苏联外交人民委员李维诺夫提出严重抗议，抗议苏联以飞机、军火和人员支援中国！他声称：近日对华作战的日军击落1架飞机，该机悉为苏联制造，机上机械师降落后被日方俘虏。

---

① 陈应明、廖新华编著：《中国空军抗日战史》，航空工业出版社2006年1月版，第161页。

这个俘虏承认，他此前曾服务于苏联军队。为此，日方除向苏方提出严重抗议外，要求苏联政府立即停止对华军售，并立即召回在华的苏联军事顾问与空军飞行员。

日军俘获的苏联空军志愿队飞行员

此时由于苏联与日本还保持着正式的外交关系，尽管他们援华非常积极，但又十分谨慎，不愿过分刺激日本。精明老到的外交家李维诺夫对此仅是淡淡一笑，对重光葵提到的苏联飞机和苏联人员一事避而不谈，他却反唇相讥道："你们的要求是完全不可理喻的——你们不是口口声声告诉我们说，如今在中国土地上已经没有战事，日本已经没有同中国作战了么！中日两独立国之间，既然未进入战争状态，怎么现在突然又发生了这样不愉快的事情？另外，在苏联政府看来，关于售与中国包括飞机在内的武器一项，也是完全符合国际法准则，无可非议的。"李维诺夫的一席话，顿时弄得这位日本大使张口结舌哑口无言。

其实，此时在中国土地上，战火是越烧越激烈。日本人攻下南京后，除了飞机日夜轰炸武汉外，此时他们正调集重兵，准备一举攻下武汉。因为日本陆军大本营的指挥官们断言：只要他们攻下华中重镇武汉，就能逼迫蒋介石政权妥协，坐下来与他们进行谈判，然后就可以尽快地结束在中国的战事了。

但，一场惨绝人寰的南京大屠杀，30余万中国同胞死于刽子手的屠刀之下，这不但没能逼迫中国人民屈服，更是激起中国人民的无比义愤和满腔的怒火。中国的军队和人民，正在《义勇军进行曲》的感召下，同仇敌忾抵抗着日本人的进攻。此时，中国的每一寸土地上，都在回荡着这样的声音：

"起来！不愿做奴隶的人们！把我们的血肉，筑成我们新的长城！中华民族到了最危险的时候，每个人被迫着发出最后的吼声：起来！起来！！起来！！！……"

9. 苏联不可能出兵中国

日军侵占南京后，国民政府虽西迁重庆，但政府机关大部和军事统帅部却在武汉，武汉实际上已成为当时全国军事、政治、经济的中心。

12月14日，也就是南京沦陷的第二天，蒋介石紧急召见了立法院院长孙科、外交部长王宠惠、前线指挥官李宗仁、陈诚、白崇禧等人，对目前的战局进行了研判，并讨论了南京失守后军事委员会拟定的保卫武汉的作战计划。

在这次召见中，蒋介石除了要求李宗仁、陈诚、白崇禧等人制定好武汉防卫作战方案外，亟不可待地给孙科和王宠惠布置了一个任务：在目前抗战形势越加严峻的时刻，一定要尽最大努力和苏联政府沟通，争取他们早日出兵中国，参加对日作战。

蒋介石所抱的这种希望，从抗战开始以来就一直没有泯灭过。

1937年9月13日，第18届国联大会在日内瓦召开，苏联政府履行了他们对中国政府的承诺，苏联代表、外交人民委员李维诺夫在这次大会上，态度鲜明、立场坚定地谴责了日本人的侵略行为。

10月22日，当上海保卫战进入僵持阶段时，蒋介石致电时在莫斯科的中国军事代表团团长杨杰，询问如果《九国公约》签字国会议失败，中国决心军事抵抗到底，苏俄是否有参战之决心与其具体日期时，正在莫斯科的杨杰和张冲求见了斯大林，转达了蒋介石的希望和请求。斯大林听了他们的请求后，沉吟良久，没做正面回答——但，在11月10日，伏罗希洛夫宴别中国代表张冲时，要张归国后转告蒋介石："在中国抗战到达生死关头时，苏联理当出兵，决不坐视不管。"

张冲归国后，向蒋介石转达了伏罗希洛夫的话，这无疑使在战争中煎熬的蒋介石备感宽慰。所以，11月30日，蒋介石对苏联的这一决定致电伏罗希洛夫及斯大林表示感谢——谁知，仅仅过了5天，斯大林、伏罗希洛夫回电称："苏联希望支援中国，削弱日本，但目前苏联尚未到与日本开战时机。"①

这样的答复，表达了莫斯科领导者复杂和矛盾的心态：他们既要在军事上支援中国，让中国拖住日本人，但又不想和日本人撕破脸，直接对日宣战。伏罗希洛夫的回电，让蒋介石的心凉了半截——但，什么时候才是苏联对日开战的时机呢？两周后，蒋介石再次亲自致电斯大林，呼吁苏联"在当前关键时刻"出兵、"给中国以生存的帮助"、"挽救东亚危局"等——他的这一呼吁，依然只得到苏联在道义方面支持、军事方面援助的答复，还是没有得到他们直接出兵中国的承诺。

对苏联方面的这种态度，蒋介石心有不甘，依然抱着像战争初期对美英诸国的心态一样，还存着侥幸的心理。

"哪怕只有一丝希望，都不能够轻言放弃。"蒋介石对孙科和王宠惠等人这样讲道，"你们应该知道，只要能够争取苏联出兵，那么整个抗日战局，就会发生根本性的转折。"

① 秦孝仪主编：《战时外交》（二），中国文史出版社1992年版，第333-335页。

蒋介石心存侥幸,也不能说没有一点道理。

从苏联政府对待中国问题的态度上,他窥见了斯大林的一个弱点,那就是:在而今错综复杂的国际关系中,只有中苏两国唇齿相依、利益攸关。苏联人最担心的不是其他,他们最担心的是国民党政府放弃抵抗,与日本人妥协。蒋介石知道,在对待国家和民族利益上,斯大林是一个现实主义者,他们最终将会最大程度地满足自己的要求——最能说明问题的事例,就是在对待中共这个问题上。

刚开始,在苏联制定的对华军事援助方案中,斯大林也曾考虑赠与中共领导的八路军一些武器。但,蒋介石对此极为敏感,一开始就强硬地坚持无论苏联援助中国的人员也好,物资也罢,都必须全部给国民政府,半点也不能给中共领导的八路军。他几次致电莫斯科的杨杰和张冲,要求他们对任何"以俄货直接由俄接济共党之说",必须"严词拒绝,切勿赞同"。最后,在援助中共这个问题上,斯大林也不得不对蒋介石作了妥协——所有援华的人员皆由蒋介石指挥,所有援华的物资全部由蒋介石接收。

对于这个决定,斯大林确实是违心的。

在崔可夫来华前夕,斯大林就曾直截了当地对他说道:"照理,中国共产党要比蒋介石对我们更亲近些;照理,主要援助应该给予他们。但是,这种援助看起来是在向一个与我们保持外交关系的国家输出革命。中国共产党在国内的地位还不巩固,蒋介石则有美国和英国的援助,毛泽东是永远得不到这些大国支持的。由于有苏联的援助和英美盟国的援助,蒋介石即使不能打退日本的侵略,也能长期拖住它。"[①]

事情过去了半个多世纪,从目前解密的档案来看,所有的证据表明:斯大林总的战略目标是让中国拖住日本,以避免日苏战争,从而避免东西两

[①] (苏)崔可夫:《在华使命——一个军事顾问的笔记》(中译本),新华出版社1980年版,第35页。

线同时作战；而蒋介石对苏政策的最高目标，则是苏联能够直接出兵对日参战，以挽回不利的战局，最终能将日本人赶出中国。

值得指出的是，此时，斯大林除了担心蒋介石对日妥协，更担心中国国民党内部出现更大的变故。据苏联驻华大使报告："七七事变"后，国民党副总裁汪精卫一直主张与日和谈；盘踞在山西的军阀阎锡山虽曾一度坚决主战，且号召与中共之八路军积极合作，但随着南京失陷，阎氏的看法亦发生了改变。1937年12月，阎氏前往汉口参加国防会议，曾询问德国驻华大使陶德曼："中国加入日德意之防共协定如何？日如允中国加入，自须平等待我；否则，可以证明日之侵我，非为防共"——因日本侵略中国，一再以"防共"为辞；故阎氏提议中国不如加入德意日之轴心国同盟。陈立夫、戴季陶等亦向陶德曼提出："让日本、德国、中国联合起来，先把苏俄打垮。"如若此种论调得逞，苏联岂止是两面受敌？

11月3日，苏联代表团团长李维诺夫受邀参加了"九国公约"签字国在比利时召开的国际会议，他再次表达了支持中国的立场，并呼吁"所有爱好和平的国家联合起来，共同对日实行制裁"。他明确表示，苏联愿意参加任何制止日本侵略的行动，并已做好准备——但正如斯大林所说，他们只是在道义上声援中国，在军事上援助中国，让中国拖住日本，以避免苏联东西两线同时作战，非到万不得已时是不会出兵中国的。

所以，尽管在上海失守、南京沦陷的情况下，苏联政府对中国的政策依然没有改变。他们认为，通过实际援助进一步鼓励中国坚持抗战，是十分必要和至关重要的；但要出兵直接对日宣战，他们还要等待时机。1937年11月，李维诺夫私下对美国驻苏大使戴维斯预言："中国政府不会放弃华北而与日本讲和的，即使华北沦陷了，中国还会开展游击战抗日的。"李维诺夫还暗示，苏联将给中国抗日军民的游击战提供一些必要的物资和装备等。

正是基于这样的战略考虑，苏联政府不仅慷慨允诺给中国提供抗日急需的军事装备和器材，还秘密派出军事顾问，派出空军志愿人员，以帮助中国减轻压力。同时，他们还对中国提出了一些很有价值的建议，诸如中国应拥有自己的重工业、军事工业，应拥有自己的飞机、大炮和石油等。1937年11月11日，斯大林在百忙之中还抽时间会见了杨杰，并指出："谁想成为独立自主者，谁就应该组织自己的军事工业。外国人卖的是劣质武器，他们还完全可能拒绝出售武器。"斯大林还特别强调指出，在中国拥有自己的飞行员、自己的炮兵的条件下，任何人都不能战胜中国。他还建议中国应利用一切可能从各方面取得外援，但又说，"仅仅指靠外援是不可靠的事情。"

1938年初，国民政府派立法院院长孙科为特使，率团访问莫斯科，并与苏联主要领导人斯大林、莫洛托夫和伏罗希洛夫等举行了会晤，力争苏联向中国提供更多的军事援助。

这次，苏联政府决定再以贷款方式援助中国抗战。斯大林在会见孙科时建议，第二次再贷款5000万美元。孙科表示，虽然这些数额很大，但对中国抗战来说仍显不足。他希望第二次贷款能增至1亿美元。斯大林允诺第二笔贷款用完后再提供第三笔贷款。

到了1938年夏秋之交，苏日军队在中苏边境张鼓峰一带发生冲突。8月，中日军队在武汉地区展开大会战时，蒋介石再次促使苏联尽快出兵。9月中旬，苏联外交人民委员会答复说，只有出现以下3种情况时苏联才能参加对日作战：1. 如果日本进攻苏联；2. 如果英国或美国参战反对日本；3. 如果国际联盟责成太平洋地区各国参战反对日本。

这样一来，蒋介石要求苏联直接参战的希望无疑是落空了。中国人的抗战，还是必须主要依靠自己进行——苏联的军事援助也好，军事人员进入中国参战也好，也还是只能秘密进行了。

1936年11月任中国驻苏联大使，对中苏关系、苏日关系颇有研究的蒋廷黻在其回忆录中写道：

从他（指杨杰——作者注）与苏联国防部长伏罗希洛夫元帅的谈话中，杨获得苏方的承诺，一旦日本占领南京，苏军将对日作战，他对我说他已将他伟大的外交成就电告委员长。我对他的话感到震惊。我电请委员长注意，请他不要完全采信杨的报告，否则会吃大亏。南京即将陷落之前，委员长为事实所迫，曾以个人名义致电斯大林，要求给予军事援助。他的要求是以杨杰所说的伏罗希洛夫的诺言为基础。该电发出前未征求我的意见，我也不悉内情，直到李维诺夫把斯大林的答复交给我，我才知道。……在答复中斯（大林）坦白指出：他和苏联官员从无类似的承诺。同时，斯更讲了很多苏联不能对日作战的理由。

第四章　正义之剑在中国天空

我国自决定抗战自卫之日，即已深知此为最后关头，为国家生命计，为民族人格计，为国际信义与世界和平计，皆无屈服之余地。凡有血气，无不具宁为玉碎，不为瓦全之决心。国民政府兹为适应战况，统筹全局长期抗战起见，本日移驻重庆，此后将以最广大之规模，从事更持久之战斗……

——引自《国民政府迁都重庆宣言》

1. 犬牙交错的武汉空战

站在汉口的龟山蛇山上，已经能够看见远处战争的硝烟。

武汉位于长江中游，地处江汉平原，是平汉、粤汉铁路的交会点。前面说过，自1937年11月国民政府由南京迁至武汉后，该地实际已成为中国军事、政治、经济的中心和战时首都，战略地位十分重要。

继上海、南京保卫战之后，中日双方再次紧急动员了空前的兵力和装备，准备再进行一场殊死的决战。战役开始前，日军华中方面军司令部就决定：如同进攻南京一样，为了动摇中国军民抗日的信心，为他们进攻武汉扫清障碍，他们凭借着强大的空中优势，再次对武汉实施大规模"无区别"轰炸。

保卫武汉，护卫武汉领空，打破日本人的战略企图，成为苏联空军志愿队和中国空军的一项神圣使命。

在苏联紧急援助和支持下，损失殆尽的中国空军又迅速恢复了战斗力。到1938年初，又组建了3个飞行大队。其中规模最大的第1飞行大队和第

3飞行大队,都是在苏联提供的飞机和武器装备、进行人员培训的基础上组建起来的。与此同时,中国建军史上的第1个机械化师,也在苏联的援助下组建起来,并迅速形成战斗力。

被日军轰炸后的城市街道和房屋

在日本飞机不断轰炸武汉的同时,苏联空军志愿队和中国空军按照会战指挥部的部署,以其人之道还治其人之身,也开始主动出击,连续轰炸南京、上海等机场以及长江上的舰船。在对日军实施一连串的打击后,迫使他们将主要的航空力量撤退到了前线500公里之外。这样一来,日军拉长了战线,降低了空中攻击的效能。此外,面对苏联空军志愿队的不断打击,他们的轰炸机在进行空袭时,已必须由战斗机护航。

与日本人不同的是,苏联的SB轰炸机在这时的战斗中并没有战斗机护航,他们的轰炸机速度很快,即使在挂满炸弹的情况下,日军的95式和96式舰载机的速度也无法超越,并且日机火力不足,对SB轰炸机的威胁不大。波雷宁大尉在培训中国飞行员时讲道:"我们的SB时速超过日本战斗机,并不会受到太大的威胁。他们在向我们攻击时,我们强大的火力可以将其击退；如果需要，就飞机速度而言，我们完全可以脱离和对手的接触……"所以，自从苏联空军志愿队对日作战以来，对中国战场来说，在日本零式飞机还未投入战斗前，当时对中国威胁最大的还是飞机的数量，而非飞机的性能。

苏联空军志愿队和中国空军飞行员组成的轰炸机大队

苏联空军志愿队连续主动出击，虽然给了日本人以沉重打击，但他们并不肯善罢甘休。1月26日，当日本华中方面军司令长古川清大将接到南京机场被炸的报告后，气急败坏暴跳如雷，当即命令日本陆海军航空队要给苏联空军予以"毁灭性"的报复。

1938年1月27日，当天空中刚露出一线晨光时，日本9架重型轰炸机和18架战斗机，在沙岛庆吾少佐率领下，悄悄从上海机场起飞，远途奔袭武汉机场。他们到达武汉机场上空后，疯狂地对机场进行了轰炸，投下重型炸弹158枚。由于中国情报部门卓越的工作，日军这次行动早在中方掌握之中，因为我方没有足够的力量保卫武汉机场，此次苏联空军志愿队采取了疏散战术，在空袭警报响起之后，机场的所有苏联SB飞机都提前起飞，飞到了离机场50～60千米的空域避战——所以，当日日机只是轰炸了一个空机场。

到了2月中上旬，由于天气阴霾，云层很厚，日本飞机没再出动，这使武汉上空暂时清静了一二十天。

黎明前往往是最黑暗的。武汉会战即将打响，敌我双方都虎视眈眈对峙在前线，火烧眉毛刻不容缓。就在这段时间里，根据苏联国防部的命令，西北援华大通道上的车队、驼队不分昼夜地抢运着援华军用物资，各种武器装备源源不断地运到了兰州。在此期间，苏联方面特别加快了飞机运输、组装和转场的速度，一架又一架轰炸机、战斗机不断从兰州转场到武汉、南昌、成都等地。2月上旬，由布拉戈维申斯基大尉率领的伊-15战斗机大队分3批来到武汉。

到了2月中旬，在苏联的紧急援助下，中国空军的元气已得到极大恢复，又拥有了各种作战飞机390架，其中轰炸机160架、战斗机230架，使武汉空中的防卫能力得到加强。

2月17日，阴沉了多日的天空突然晴朗起来。

天气的好转，预示着中日双方残酷的空中格斗又将开始。2月18日上午7:50，武汉机场和孝感机场上，同时响起了防空警报声！当天上午，根据我方得到的情报，日军12架轰炸机在26架战斗机的掩护下，从九江机场起飞，准备偷袭武汉！

随着警报声响起，以逸待劳的苏联和中国空军飞行员，早已按捺不住战斗的冲动，他们飞速地冲向自己的飞机。不到5分钟，在武汉、孝感机场，发动起来的飞机已依次排列在跑道上。紧接着，一声令下，一架接一架的战斗机迅速升空，在4000多米的云空中，迎着日机飞来的方向扑去！

8:15，一阵巨大的轰鸣突然响彻在武汉上空。30多架日本飞机混合编队，气势汹汹地飞临郊区上空。日本飞机刚刚在东边出现一个个黑点时，隐

苏联飞虎队——苏联空军志愿队援华抗日纪实

蔽在高空中的29架苏联和中国空军飞机见状，一声呼啸，就像一只只鹰隼，毫不犹豫地就扑向日本机群！

参加空战归来的中国空军战斗机

此次苏联空军志愿队升空作战的飞机，是刚刚转场来到武汉的苏制伊-15和伊-16战斗机。苏制伊-15为双翼战斗机，由于它转弯半径小，机动灵活，但速度稍慢；而伊-16是单翼战斗机，航速达到每小时480公里，但机动性能稍差。两种机型都装有4挺"司高斯"高射速机枪，每分钟可发射1800发子弹，火力威猛。

苏中两国飞行员驾着飞机扑向日机机群后，按照事先拟定的战术，伊-15发挥它性能的优势，首先与来袭的敌机缠斗；伊-16的飞行员则看准时机，猛地从高空俯冲，追歼逃敌。中苏两国飞行员联袂作战，士气大振。一时间，武汉上空枪炮声声，火光闪闪，烟雾浓浓，雷电啸啸，砰砰嘣嘣的枪炮声响彻整个天空——飞机上下盘旋，左右翻滚俯冲，在你死我活的格斗中，一架又一架飞机中弹冒烟，一架又一架飞机起火坠毁。

又一场惊心动魄的空中厮杀！

由于当日能见度好，许多胆大的武汉市民纷纷钻出防空洞，亲眼目睹

了这场残酷而精彩的空战。当时正在武汉的郭沫若先生,有幸观摩了这次空战,他在回忆中是这样描述当时情形的:

苏联空军地勤人员在地面观看武汉上空激烈的空战

高高的蓝天上飘浮着几朵白云,高射炮弹在天空中爆炸开花,高射炮尖锐的呼啸声、飞机的低声轰鸣、炸弹的爆炸声、机关枪不停的哒哒声,全都汇成了一片无止境的雷鸣般的隆隆声,机翼在太阳光中耀眼地闪亮,忽儿上,忽而下,忽而左,忽而右。英国人有一句形容激烈空战的专门术语,叫做dogfighting,意思是狗打架。不,我要叫这是eaglefighting,即"鹰打架",一些飞机突然起火,栽了下去,还有的在空中就爆炸了,天空就像是一幅惊天地泣鬼神的生动画面。紧张的30分钟过去后,一切又平静下来,真是一场激战!我军的战果是辉煌的:击落击伤敌机21架,我们只损失了5架——这就是苏联空军志愿队向侵略者亮出的"正义之剑"!

苏联飞虎队——苏联空军志愿队援华抗日纪实

苏联空军志愿队继2月18日对日作战之后，在武汉上空，又连续对日军进行了几次激烈的空战。在1938年初，虽然日机对武汉进行了密集袭击，却遭到了苏联空军志愿队歼灭性的打击。在多次激战中，苏联飞行员击毙了许多所谓不可战胜的日本王牌飞行员，用中国历史学家彭明的话说，日本的"空中武士"、"四大天王"一个接一个被无情地消灭。

"2·18"武汉大空战的胜利，是自南京失守以后，中国空军在空战中取得的第一次重大胜利，极大地鼓舞了在艰难之中坚持抗战的军心和民心，激发了全国军民的抗日热情。2月20日，国民政府《中央日报》在头版刊发了社论。社论热情洋溢地写道：

我军从南京撤退之后，除了地面部队顽强地抗击着日军的进攻，取得持续的战斗胜利外，我英勇的中国空军，更是重振雄威，同仇敌忾，在空战中不断取得新的胜利。2月18日，我英勇的中国空军奋勇迎敌，与来犯的敌机进行激烈的空战，在战斗中一举击落日机11架、击伤数架！打得骄狂的日本人丢盔弃甲，溃不成军，继而狼狈逃窜。这是继淞沪会战以来，我国空军取得的又一重大胜利。这次空战，大灭了日寇的威风，大长了国人的志气……

同日，中国共产党《新华日报》专门发表了题为《庆祝空军胜利》的评论。该评论指出：

前日敌机侵袭武汉，我国空军，奋勇迎战，把敌机打落11架，这不仅是武汉防空的一次大胜利，同时也是中国整个军事上的一个伟大胜利。这个事实表明中国军民抗战到底的勇气和牺牲决心，也是以劣势的军事技术战胜敌人优势武力的信号。

同日下午，武汉各界纷纷发起祝捷大会，并在汉口举行追悼大会，公祭殉国的5位空战英雄。中国共产党中央委员会与第18集团军代表周恩来、叶剑英等亲临致祭。蒋介石及其夫人宋美龄在当天的挽联上写道：

武汉踞天下之中，歼敌太空，百万军民仰战绩；
滂沱挥同胞之泪，丧我良士，九霄风雨招英魂。

中共代表周恩来、董必武、叶剑英、秦邦宪等人也送来挽联，文曰：

为五千年祖国英勇牺牲，功名不朽；
有四百兆同胞艰辛奋斗，胜利可期。

2. 一个日本士兵的噩梦

关于苏联空军志愿队与日本海军航空队在武汉的这场激烈的空战，日本海军航空兵大岛一郎在晚年的回忆录中是这样描述的：

我于昭和8年（1933年）8月31日加入帝国海军的佐世保海兵团，1937年底编入第12航空队，随后从台湾前往中国东南部的九江，参加对中国作战。

我第一次参加空战就不顺利。来到这里，九江联队指挥官即便对于平常的作战，也不愿使用新驾驶员，总觉得他们经验不足，对付不了中国的老牌驾驶员。因此，我好些天都是在执行低空掩护陆军作战任务。这种飞行一点危险都没有，日本陆军势不可挡，对敌人的地面抵抗正给予粉碎性打击。但在和敌人的空中对抗中，却完全是另外一回事了。

苏联飞虎队——苏联空军志愿队援华抗日纪实

几个星期过去了,我只飞了些简单的任务,真叫人心焦。我跃跃欲试,雄心勃勃,并以自己是个海军飞行员的一个上士而骄傲,决心不顾一切冲向敌机,在中国战场立下功勋。

2月17日,当我发现自己的名字列在第二天去武汉执行空中护航任务的26名战斗机飞行员名单时,心里真有说不出的兴奋。进攻汉口的大规模战斗即将开始,我们的轰炸机是去汉口执行轰炸任务的。指挥官告诉我们,到了那儿说不定就有空战,因为当时汉口是中华民国的主要空军基地。

1938年,零式战斗机——后来我十分熟悉的飞机还没用于作战,我们飞的是"三菱-96",后来盟军给它取的识别代号为"克劳德"。这种飞机速度慢,飞行距离短,起落架是固定的,飞行时,座舱也是敞开的。

我们的12架轰炸机和26架战斗机于凌晨离开九江。爬高时,3架1组,采用"V"字形编队。能见度很好。从基地向西北的汉口飞呀飞,飞了将近100分钟,真像一次巡航训练。在飞行的过程中,没见到1架截击机起来攻击我们的编队,也没有1发高射炮弹在空中阻拦我们的奔袭——可,谁都知道,我们的机翼之下,地面的战斗正激烈地进行着呢!

离汉口越来越近了。如果从10000英尺看汉口机场,很容易受到迷惑。早晨的阳光下,淡绿的草地清新悦目。看上去,敌人的这个主要飞行基地,全然像个休闲时精心管理的高尔夫球场。8点1刻,当我们正降低高度,准备对机场和市区进行攻击时,突然,从空中传来一阵飞机划破空气的尖啸声!紧接着,一架架俄制的战斗机从天而降,迅疾地冲向我们的机群。顿时,我们被这突如其来的变故打乱了阵脚,弄得编队有些散乱。

很快,这些黑色有威力的家伙,在我们的编队里横冲直撞起来,并立即对着我们的飞机猛烈攻击起来!慌乱之中,我猛然看见1架敌机以惊人的速度向我扑来!这一下,使我准备在第一次空战中采用的战术,不知飞到哪里去了。我浑身哆嗦着,十分慌乱。虽然现在谈这些不太雅观,但当时确实是那样一种情形。我想，那个捕捉到目标的敌人，恐怕也兴奋得不能自持了吧！

我常常在想，在那个节骨眼上自己的动作实在太笨拙，实在太可笑了——或许读者也是这么认为的吧。不过，我得说，在10000英尺的高空缺氧飞行100分钟后，人的反应要像地面那样敏捷，是不可能的。高空中空气很稀薄，弄得人头昏脑涨，坐在敞开的座舱里，发动机声音震耳欲聋，冷风不断从挡风玻璃旁灌进来，使人特别难受。加之，飞行中又不能丝毫放松，眼睛要四处搜索，以免不被敌人抓住。无奈，我慌慌张张地操纵着驾驶杆舵、踏板、油门以及其他控制仪表。总之，面对敌人凌厉的攻势，一时间我完全给弄糊涂了。

幸亏训练时教官给我灌输的那套东西这时帮了些忙：空战中，一个初出茅庐的新手特别要注意的是，在"V"字形编队中，应始终跟在长机尾后。我系了系氧气面罩，把油门推到底，于是发动机大吼起来，飞机向前冲去，翻滚着一股股汽油味。突然，我发现旁边1架俯冲而下的俄制飞机射出一串火舌，我们的1架轰炸机被击中油箱，"轰"的一声巨响，顿时就在空中爆炸开来！随着这声巨响，飞机分裂成无数个碎块，向地面坠落下去……

大岛一郎在回忆录中写道，他见此情形，才想起该把机身下那个具有高度爆炸性的油箱扔掉。但等他用手去敲击操纵杆时，全身更是哆嗦起来。费了好一番功夫，他才把油箱扔掉。全队中，他是最后一个将油箱扔掉的。

这时，大岛一郎全乱套了，迷迷瞪瞪地忙这忙那，已把空战的基本原则忘得一干二净。飞机两侧是什么情形，他似乎什么都没发现；自己是否被敌机瞄准了，也全然不知。当时他看见的只有长机的机尾，只能左右摇晃着紧跟着长机，看上去两架飞机就像一根绳上连着的两只蚂蚱。

当他深深吸了口气，终于摇摇晃晃地飞到了长机后面的僚机位置后，心里才稍稍镇定了一点,不再在座舱里东张西望了。无意间,他朝左边瞥了一眼——哎呀,两架战机正向他冲来。这是苏制的伊-16型战斗机,起落架可以收起,比日本的"克劳德"战斗机威力强大,速度要快,机动性也更好。

大岛一郎再度让眼前的情形弄呆了。在那一瞬间,他的机身上突然响起了几声"当当"的清脆声,他明白对方的子弹把他的飞机打中了——但,这几发子弹似乎没打中他飞机的要害。

当苏制飞机突然冲来时,大岛一郎的两只手僵住了,不知干什么才好,既没有快速飞到一边去,也没有向上爬高,而是继续向前飞行。按一般空战原则,此刻他是必死无疑。可是没料到,当他闭上眼睛等待坠毁的厄运到来时,不知什么原因,那两架苏制战斗机突然转过身子飞开了!在大岛一郎看来,这一回,他真真算是捡回了一条小命。

原来,这是日军的长机估计他在第一次空战时会出现慌乱,便叫了一个老驾驶员在后面掩护他。那个老驾驶员刚才见他极度危险,就来了个急转弯,扑向苏联飞机,使那架飞机暂时放弃了对他的攻击——但,那架救他于危难之中的友机,却被这两架苏联战斗机左右夹击,被急促射出的子弹打得遍体鳞伤,冒着黑烟坠毁了!

看见那架救他的飞机坠毁,大岛一郎被惊得目瞪口呆,他描述道:

看见我们的飞机一架又一架冒着黑烟坠毁,我无法平静下来,但暗暗叮嘱自己,不能像原先那样操作了。从死亡陷阱里跳出来的我,盲目地向前飞,没料到改变了飞行位置,跟着1架撤离了战斗的"克劳德",不知飞到了哪里。此时,我愣愣地坐在机舱里,想清醒一下头脑再动作。过了片刻,人有些清醒了,我不准备逃跑,于是驾机去寻找长机。

正在这时,1架俄国飞机和我们的飞机在我前方缠斗起来,我镇定了一下，瞄准那架俄国飞机，立即按了炮钮，但却毫无动静。我前后使劲地推拉着炮钮，咒骂着那两门卡壳的机关炮，末了才明白，在射击前没有把保险打开。

飞在我左边的那个士官，见我在座舱里傻里傻气，非常失望。他冲上前去，继续向敌机开火。可惜未中，伊-16稳稳当当地右转过来，这对我很有利，飞机仅仅在我炮口前方200码。这回我有了准备，于是急按炮钮乱打一气，炮弹成弧线飞出去，但炮弹全都浪费了，让我失去了一次攻击敌机的好机会。

空中响着一声又一声的爆炸声，一架又一架不知是敌方还是我方的飞机从空中坠落下去。这场混战，持续了大约30分钟。

不知过了多久，周围突然安静下来，我心慌意乱地向四周寻找友机，当发现空中只有我孤身一人时，我的心都快跳出来了。此时，我并没有意识到子弹已经打光了。以前，曾有教官告诫我，每个战斗机驾驶员应尽量留些弹药返航，以免被巡逻的敌机抓住时无还手之力。慌乱之中，我突然看见远方有1架"克劳德"正往东南方向飞去，于是我确定方位加大油门，跟了上去。返航途中，我对刚才发生的一切，想了好大一阵子，内心感到莫大的羞愧。

这场空战，我们的损失太大了。俄国人真是些技术娴熟、不要命不怕死的家伙，他们凭借着性能比我们优越的飞机打了这场混战。我们虽然也打下俄国人多架飞机，但我们的损失却比他们大得多，早上和我一起升空的许多熟悉的战友，从此再也回不来了！他们永远消失在了中国的天空中，长眠在了异国的土地上。即使侥幸飞回基地的飞机，几乎都是弹痕累累。

回到九江基地，我筋疲力尽地从座舱里爬出来。飞行指挥官随即冲到我跟前，声嘶力竭口沫飞溅地对我吼道："大岛，你这个该死的笨蛋！你能活着回来，简直是个奇迹，我从未见过有你这样愚蠢而又荒唐的飞行！"我只是两眼瞪着地面，实在感到悔恨和难过，真希望他一气之下狠狠踹我几脚，揍我几拳，但他已经恼怒和懊丧得有气无力了……

这次空战，留给我的是一个终生难忘的噩梦。

3. 飞机迫降于危难之际

乱云穿空，雾霭飞腾。

云空中，一缕刺眼的阳光射进飞机座舱。苏联大尉波雷宁驾驶的飞机剧烈地颠簸着，在云雾间起起落落沉沉浮浮。飞机一会儿升上云天，一会儿又落下低空，跌跌撞撞地掠过山峦和田野，随时都有失控摔落在地的危险！

30分钟前，波雷宁的飞机被日军的高炮击中，飞机发动机一侧冷却系统被炮弹击得粉碎。而今，他艰难地驾驶着受伤的飞机，退出战斗，飞离战火正炽的前线，朝着武汉机场方向勉强飞去。从他铁青的面孔上可以看出，不到万不得已，他拒绝跳伞——飞机对中国战场来说，实在太金贵了！波雷宁就是拼了性命，也要将这架受伤的飞机飞回武汉基地。

1938年1月26日，轰炸机大队长基达林斯基率领的5架SB飞机，两次从南昌起飞，攻击了宁国府地区的日军。与此同时，波雷宁大尉按照空军指挥部的命令，在黎明前率领13架SB轰炸机再次轰炸南京机场。由于日本人此前吃了大亏，这次，他们加强了空中巡逻和地面防御力量。当波雷宁带领的飞机编队刚刚到达南京机场上空时，就被日军巡逻的值班飞机发现，并立即向他们展开了攻击。

但日军老旧的A4N1双翼战斗机由于速度慢、火力弱，根本无法伤害到苏联先进的SB轰炸机。波雷宁一声令下，已经到达机场上空的13架苏联飞机，奋不顾身扑向机场，并开始向地面投弹——当波雷宁投下第一枚炸弹后，日军地面的高射炮已开始对空射击，8架A5M战斗机已经起飞进行拦截。

苏联空军机群冒着密集的炮火，连续俯冲对地投弹，照样将南京机场炸成一片火海。据1月28日报称，这次轰炸，共炸毁敌机48架，烧毁了日本飞机维修设施，以及燃料库和弹药堆，同样也给日军造成巨大损失。

但，由于日军机场防御能力加强，在地面和空中密集的炮火攻击下，苏联空军编队也遭受了较大损失：拜阔夫中尉的飞机中弹后在空中着火坠毁，炮手科斯牺牲，飞行员和领航员多维琴科跳伞后落在敌方阵地。激战中，另有3架飞机中弹受伤，在迫降时坠毁。波雷宁的飞机同时也受重伤，而今他撤出战斗后，正顽强地朝自己的机场飞去！

战功显赫的波雷宁全名叫费多尔·彼得洛维奇·波雷宁。他有着一副强壮的体魄，一张英俊的脸庞，长着一双明亮而睿智的眼睛。他是俄罗斯族人，1906年出生在苏联萨拉托夫州的一个农民家庭。1928年加入苏联红军，1929年加入苏联共产党，同年毕业于列宁格勒飞行理论学校，1931年毕业于奥伦堡飞行员学校。他曾在1933年到1934年，受苏联政府委派担任中国空军顾问团顾问，前来中国帮助建设和发展空军。而今，才刚刚30岁出头的他，告别温柔的妻子和可爱的儿子，是第二次来到中国了。还在1933—1934年，他就随苏联飞行小组一起应中国当局的邀请参加了新疆航校的组织工作，还帮助新疆地方政府粉碎了日本在新疆的代理人所策动的反政府骚乱。这次来到中国，蒋介石曾亲自接见了他与苏联军事顾问日加列夫，其中向他们提出的一项要求就是：对南京机场给予毁灭性的打击。

天翻地覆，景物闪回。

飞机颠簸得越来越厉害，而且飞行高度越来越低，不管波雷宁如何操纵，飞机越来越不听使唤。此时，他看了看仪表，飞机高度只有不到1000米了，地面的河流、湖泊、田野、村庄，甚至湖边的芦苇、草地上的牛羊，都看得清清楚楚，再不跳伞就来不及了。

"苏霍夫，你们赶快跳伞！"波雷宁大声地命令领航员苏霍夫和炮手科多宁。

"不，你不跳伞，我们决不离开！"苏霍夫与科多宁倔犟地坚持不离开波雷宁和飞机。

此时，波雷宁已经没有时间与苏霍夫他们进行争执了。飞机已经飞了30余分钟，估计已经飞离了敌占区，于是他咬紧牙关，眼睛死死地盯住地面，寻找着合适的地形，准备强行降落。

好了，前面就是一条小河，河水被周围的芦苇丛紧紧地包裹着。波雷宁操纵着飞机，掠过一座村庄，掠过一片树林，掠过那片河水，对准河边一片平坦的草地降落下去！

飞机擦着芦苇，一头扎破了河边的残冰，陷进了沼泽地里——谢天谢地，飞机既没有坠毁，也没有燃烧，他们的飞机迫降成功！

打开机舱，凛冽的寒风呜呜从野地里吹了过来。抬头一望天空，冬日的太阳已经钻进了云层，天色阴沉下来。几个人检查好防身的手枪和匕首，带上地图和干粮，套上皮夹克，迅速从飞机上爬了下来。随即，他们踩着薄薄的冰层，蹚过泥泞的沼泽，迅速离开飞机，钻进了旁边枯萎的芦苇丛中。

波雷宁在前，苏霍夫二人在后，他们分开芦苇丛，沿着河边，迅速地向前走了几百米，涉过小河，在小河对面的芦苇丛中停了下来。

"好了，就在这里待着吧，既可以观察情况，又可以看住我们的飞机。"波雷宁对苏霍夫二人说道，"等天黑时，再决定我们的行动吧。"

是的，在这敌我犬牙交错的地区，在这人地生疏的异国他乡，他们两眼一抹黑，波雷宁自然要十二万分的小心。他明白，在情况没有摸清以前，胡撞瞎闯，一不小心就会做了敌人的俘虏。

"当当当……"令波雷宁他们万万没想到的是，正当他们在芦苇丛中潜伏下来，准备啃几口干粮时——突然，从不远处传来一阵急迫的钟声！

随着这阵钟声的响起，远处又传来几声枪响！波雷宁拨开芦苇丛往外一看——啊，四面八方出现了数不清的人群！无论青年壮年，无论妇女老幼，有的扛着土炮土枪，有的拿着大刀长矛，有的拿着锄头和镰刀，都朝着河边这片区域奔来！

"日本鬼，缴枪不杀！缴枪不杀！"成百上千的人挥舞着手中的武器，呐喊着冲向河边飞机降落的地方。

"这里是国统区！这里是国统区！"波雷宁来华时间较长，能听懂几句简单的中国话，他听见围上来的人群呐喊，突然高兴地叫了起来，"他们是自己人、自己人！他们是中国的老百姓！"

"队长，我们还是谨慎一点，再观察观察吧。"苏霍夫可能是记起前不久他两个战友的飞机在霍邱迫降后，差点被当地老百姓打死的事来，所以他还心存余悸。

"快、快把身上的丝帕找出来呀！"波雷宁急切地说。

是啊，苏霍夫突然记起来：这张丝帕，以及飞行员穿在身上这件皮夹克，是全体苏联志愿队员来到中国的"护身符"呀！

小河对岸的人群已经跑过芦苇丛，跑过沼泽，冲到了飞机前面。到了飞机前面，有人一边使劲地喊叫，一边开始用锄头和扁担撞击起飞机来。

"不行，他们这样会撞坏飞机的！"波雷宁突然跳了起来，对苏霍夫二人讲道，"你们留在这里，我去对付他们！"

说完，波雷宁往前跑了一段距离后，钻出芦苇丛，挥舞着手中的丝帕，用半生不熟的中国话，大声对着河对面的人群叫了起来："中国、中国！我是俄国人、俄国人！……"

4. 洋人来华助战悲喜剧

是的，苏联空军志愿队的基达林斯基大尉说得好：在中国这片土地上，永远不会是日本人悠闲散步的草地，而是埋葬他们的坟场——此时，被残暴的侵略者所激怒的中国人，举国上下，无论是军人学生，还是工人农民，无论是社会贤达，还是贩夫走卒，早已众志成城全民皆兵，无时无刻不在渴望着同侵略者拼命。

迫降在湖边沼泽地里的苏霍夫，他担心此地的人发生误会，把他们当成了敌人。他的这种担心，绝不是多余的。

就在1个多月前，驻在武汉的苏联空军志愿队根据前线指挥部的指令，派出1架伊-15飞机，飞临安徽凤阳、蚌埠等地侦察敌情。在飞机进行低空侦察时，遭到日军地面高射炮火扫射，机身中弹受伤。驾驶员科里可夫与领航员霍斯金也是驾着受伤的飞机，沿着淮河想返回基地。由于飞机油箱漏油，燃油殆尽，正当他们飞过霍邱正阳关时，看见一大片平坦的地面，就准备强行降落。

但，当他们降落时才突然发现，原来这所谓的平地是一片偌大的湖面（即安徽霍邱县西湖）。飞机燃油即将耗尽，此时他们已经别无选择，只好在湖边迫降。飞机刚一降落，四周的乡民一看有"鬼子的飞机落在湖边"，就纷纷拿起锄头、铁镐、棍棒飞奔而来。

"鬼子的飞机落下来了，乡亲们，打鬼子！打鬼子呀！"人们疯狂地呐喊着，从四面八方朝飞机迫降的地方涌了上来。

科里可夫与霍斯金刚爬出机舱，脚还没落地，跑在前面的乡民不由分说，一拥而上，就把两人拖下飞机来！只听一声喊"打"！立即棍棒交加，就把两个飞行员打倒在地。不管两人如何挣扎，"哇哇"乱叫，但乡人们听不懂他们在喊叫什么，依然照打不误。

正在科里可夫二人快要被打死时，有人跑去报告附近的一个乡绅说："湖边逮住两个日本人"。这个乡绅赶紧跑到湖边一看，顿时感到十分蹊跷，他见两个"日本人"都是黄头发、蓝眼珠、高鼻梁——咦，这不对呀！因为他早就听说日本人很像中国人，而眼前这两个人同日本人却大相径庭，于是他马上制止了乡民们对二人的暴打，并赶紧派人到县政府去报告。

县政府的主任秘书李林翰是中央政治学校的毕业生，会说几句简单的英语。他来到湖边一看，这两个人明显不是东洋人，就用英语向他们发问，但两人只是痛苦地摇头。经过一番甄别，李林翰初步断定这两个飞行员是俄国人。

但在霍邱这个偏僻的地方，哪里去找会俄语的人呢？此时，科里可夫与霍斯金两人已经被打得遍体鳞伤，不能行走，于是李林翰就叫老百姓用门板将两人抬到了县政府。霍邱县城不大，不到一袋烟的工夫，"逮到两个开飞机的俄国人"的消息，就传遍了全城。此时，有人到县政府报告：高塘集有一个王姓的人，以前曾在北京大学学习过俄文，回到家乡后，教书没人要，一直在家里闲着。

县长闻讯，立即派人用轿子，连夜到距县城六七十里的高塘集去请这位会俄文的先生。可派去的人见到这位王姓先生后，他却说道："我的俄文早就荒废了，现在哪里还能和俄国人对话。"可县政府的人一再坚持说："全县只找到你一个人会说俄国话，你好歹总能和两个俄国人对上几句，不然我们对这两个人一点不了解，万一是日本人派来的奸细，我们把他们放走了，那就是放虎归山呀！"

如此，这位王姓的先生才勉强答应，连夜坐轿子赶到了县政府。见到科里可夫与霍斯金后，他一句"哈啦绍"，立即就打开了僵局。尔后，王先生结结巴巴地和两个飞行员对话后，才了解了大致情况：原来他们是苏联援华志愿队的空军，是由武汉起飞到前线侦察敌情，被日军地面部队的炮火击中，机件损坏，才迫降在湖边的。由于当地农民误以为他们是日本人，就将他们暴打一顿，不是那位乡绅制止，恐怕他们早就被打死了。

哦，原来如此！

县政府了解情况后，立即报告了阜阳专员公署。专员公署马上命令将两个苏联飞行员妥送阜阳，并立即电告了武汉国民政府军委会。军委会立即回电称，派专车接两个飞行员去武汉。霍邱县这才慌了手脚，要用轿子把两个飞行员抬去阜阳，但科里可夫与霍斯金坚决不坐轿子，说"那样不人道"。县政府只好雇了3辆皖北供当地人坐的"架架车"，连同俄文先生一起送到阜阳，军委会派来的汽车才把他们3人一起接到武汉。

这件事令人既痛心疾首，而又啼笑皆非。但中国农民毒打苏联飞行员的事件发生后，国民政府军委会这才猛然醒悟到，由于中国广大农民缺少文化，偏僻的农村更是和外界很少交流，难以分清哪些外国人是日本人，哪些是苏联人，才发生了暴打苏联飞行员的事。如此，他们除了向苏联受伤飞行员赔礼道歉、进行抚慰外，想出了一个办法：在苏联飞行员穿的夹克上，用白油漆写上"洋人来华助战，军民一体保护"12个大字，以便让广大农民能对他们加以识别——因为他们知道乡下的农民分不清什么美国人、英国人或苏联人，就统称为"洋人"；为了加大保险系数，还给每位苏联飞行员发了1张丝帕，丝帕上除了夹克上写的字样外，上面还印有国民政府的文字说明和鲜红印章。

现在，波雷宁他们迫降在这里，这件夹克和丝帕便派得上用场了。

波雷宁挥舞着手中的丝帕，主动跑过小河，让不断涌上来的人们看他夹克上的文字，看他手中的丝帕。

"哦，原来他们是来帮助我们打日本鬼子的洋人哪！"人群中有识字的人看了看波雷宁夹克上和丝帕上的文字，特别是看到上面有国民政府盖的鲜红的大印，顿时激动起来，大声对那些拿着刀枪棍棒的人叫道，"乡亲们，打不得、打不得！他们是来帮助我们打日本鬼子的洋人！"

"欢迎、欢迎我们的朋友！"当地的村长闻讯赶来，拉住波雷宁的手，连比带画地对他说，"鄙人姓许，名福东，是这里的村长——你们辛苦了，先到我家喝口水、吃点东西，休息休息。"

"我们、我们的飞机……"波雷宁指了指陷在沼泽中的飞机。

"这个你放心，我会找专人替你看好，叫大家帮你拖出来的。"那位许村长说。

"好的、好的！感谢、感谢！"波雷宁赶紧招呼出苏霍夫二人，跟着那位村长到了他的家里。

在那个村子里，波雷宁等人受到了隆重的欢迎和贵宾般的礼遇。为了欢迎几个来中国帮助打鬼子的洋人，村子里还专门杀了一头猪招待他们。

当天下午，这里动员了一两百个身强力壮的村民，他们喊着号子，人拉肩扛，硬是将这架受伤的飞机从沼泽地里拉了出来，并推到了大路上。许村长连夜叫人报告县政府后，第二天县政府来人，指挥当地的村民沿着大路将飞机拖到了长江边上，然后用一艘拖轮和驳船把波雷宁他们的轰炸机拖回了武汉。

"中国人好！我们朋友的、朋友的……"波雷宁临上船时，再三对许村长和那些来送他们的村民致谢道。

中国的老百姓从来都是嫉恶如仇、爱恨分明的。

另据苏联空军志愿队飞行员普希金回忆道：1938年7月23日，他们在完成轰炸安庆附近日军军舰的任务后，驾驶的轰炸机同样遭到7架日本战斗机围攻。战斗中，他们英勇还击，在击落1架敌机后自己的飞机也被击中，不得不迫降在一片稻田里，随即他们也得到中国军民的及时救助。村民们把他们背出稻田，随后抬着机枪和伞具，鸣放着鞭炮把他们送到村长家里过夜。随后，在当地政府的安排下，他们骑马、乘汽车和火车，两天两夜后被送回汉口。回到汉口，误以为他们早已牺牲的战友们，把他们盯了半天不敢相认，随后一阵欢呼，一拥而上，把他们抬起来抛向了空中！

5. 野战医院的人生奇遇

舒伯特轻轻哼了一声，从昏迷中苏醒过来。

天，是白蒙蒙的；地，也是白蒙蒙的；连从窗户透进的阳光也是白蒙蒙的。朦胧中，他眼前只是一片白色。良久，他努力裂开一线眼缝，终于看到一个白色的瓶子，正一滴一滴往下滴着白色的液体。

"郑医生，他醒了、他醒了！"突然，舒伯特听见一阵脚步声响，不远处传来一个少女惊喜的声音。

"您好些了吗？"少顷，舒伯特感觉有一个人走近了他，用一双温暖细腻的手，摸了摸他的额头，又解开他胸前的衣扣，用听诊器听了听他的心脏，尔后凑近他的耳边，轻声用俄语问他。

这是什么地方，是什么人在向他问话呢？舒伯特努力地想回忆起这之前到底发生了什么事情，但他只是觉得脑袋里一片模糊，一阵生疼。听见有人向他问话，他只是舔了舔干裂的嘴唇，轻轻摇了摇头。

"小郝，给他水喝，他想喝水。"看见舒伯特在舔嘴唇，那个轻柔的声音又在他耳边响了起来。

一勺一勺带着甜味的水喂到舒伯特嘴里，过了一会儿，舒伯特渐渐清醒起来。过了好久好久，他终于回忆起了在他昏迷前，留在他脑海里的一些片段来：

天高云远、硝烟弥漫、机声隆隆、枪声阵阵、他驾驶着飞机疾速地穿行在敌人的机群之中，与敌人进行着激烈的空战。一阵枪声响起，一串子弹飞出，敌人1架飞机被他击落，冒着黑烟坠毁在一片山地之中。之后，3架日本96式舰载机向他围攻而来，他的机翼和座舱先后被敌人击中。一瞬间，发动机着火了，座舱也开始冒烟了，危急之中，他跃出了座舱，准备跳伞。

可当降落伞在空中张开时，1架日机对他穷追不舍，连续向他射出了一串串子弹。一颗子弹打中了他的左腿，一颗子弹穿过了他的肋间。当他降落在一片小树林时，他忍着伤痛，用军刀割断伞绳，用伞布包扎了腿上的枪伤，用急救包捂住肋间的伤口，靠在一棵树上大口大口地喘着粗气。肋间的伤口钻心地疼痛，透过急救包，还在不断往外渗透着鲜血。渐渐地，他的意识有些模糊起来……

在他意识还没有完全消失前，他看见小树林外跑来一群人，这群人中有军人也有老百姓，还有一位背着药箱穿着白大褂的年轻女医生……再后来，他似乎感觉到有人在为他包扎伤口。迷糊中，一个十分熟悉的面孔竟出现在他眼前：卷曲的头发、弯弯的眉毛、大大的眼睛——这个年轻的姑娘，是他的妻子伊莉娅！

可，伊莉娅怎么会在这个地方呢？模糊之中，舒伯特伸出手，想紧紧地抓住伊莉娅的手，但他眼前突然一黑，随后，就什么也不知道了……

"你感觉好些了吗？"依然是那个轻柔的声音，依然是用俄语附在舒伯特耳边问道。

小勺递到他嘴边，舒伯特又咽下一口水。又过了一会儿，他努力睁开眼睛，看见一个穿白大褂的姑娘坐在他的跟前。看见这个姑娘，他的心里猛地抖动了一下。停了停，他点了点头，嗫嚅着说道："谢谢，我好多了……"

"唉——"这个穿白大褂的姑娘直起身，长长吐了口气，"总算是醒过来了！"

"这是什么地方呀？……"舒伯特低声问道。

"这是国军第4野战医院。"眼前那个姑娘回答。

"哦——"舒伯特轻轻吐了口气，问，"我睡多长时间了？"

"您已经昏迷整整3天了！"旁边那位叫"小郝"的小护士接过舒伯特的话，指着身边那位穿白大褂的姑娘说，"我们郑医生，抽出了自己的血，输给了您；她在您身边，已经整整守了3天3夜了！"

舒伯特虽然没听懂小护士的中国话，但从小护士的神情中，他似乎理解到了什么。

"您的体质真好，总算熬过来了。"那位叫"郑医生"的姑娘白了小护士一眼，回头对舒伯特说道，"您放心吧，您醒过来就好了。"

"谢谢您。"舒伯特费力地伸出手去，"谢谢郑医生……"

"不用谢，这是我的职责。"郑医生将他的手抓住，又送回了被子下，"舒伯特中尉，您是一位空军英雄，也是我们中国人的朋友，这是我们应该做的。"

"您、您怎么知道我的名字？"舒伯特闻言感到很奇怪。

"您领章上写着您的名字。"郑医生依然轻声说道，"您来到中国才几个月，就击落了敌人3架飞机，获得了国民政府的嘉奖——这样大名鼎鼎的空军英雄，谁不知道您呀！"

"哦——"舒伯特明白过来。

"现在您要少说话，多休息。"说完，郑医生嘱咐了小护士两句，对着舒伯特点点头，离开了他的病床。

此后，郑医生每天都来到舒伯特的病床前，陪他说一会儿话，嘱咐他按时吃药，安心养伤。看得出，她给予了舒伯特特别的关照。舒伯特呢，只要郑医生来到他的病床前，他的伤痛似乎好了许多，精神也似乎也好了起来。

"郑医生，我想冒昧地问一句……"一天，舒伯特见郑医生又来到他病床前，犹豫了一下，他问她，"您到过我们苏联吗？"

郑医生摇了摇头。

"您的俄语说得这么好，是跟谁学的呢？"舒伯特感到很奇怪。

"我爸爸在苏联生活过，我妈妈是俄罗斯人。"郑医生看了舒伯特一眼，眼睛里闪过一丝不易察觉的羞涩，停了停，她接着说道，"说起来，我和您还是半个老乡呢！"

"哦——"舒伯特这才明白过来，他又问，"郑医生，您叫什么名字，能告诉我吗？"

"我叫郑莹洁。"说话间,郑莹洁脸上飞过一片红晕,"我妈妈还给我取了一个苏联名字,叫伊莉娅。"

"什么,您也叫伊莉娅!"舒伯特闻言大吃一惊,他忍着伤痛一下坐了起来,愣愣地看着郑医生,半天一动也不动,看得她一张脸变得通红起来。

这一刻,舒伯特简直惊呆了——这个世界上,有的事真是太神奇了!这个用自己鲜血拯救了他生命、样子就像他妻子的中国姑娘,她的苏联名字竟然也同他妻子一模一样!

"中尉同志,您,怎么哪?……"看见舒伯特那个惊诧的神态,姑娘羞涩地站了起来,准备转身离开了。

"郑医生,您等等。"舒伯特猛然感到自己有些失态,他叫住了她,"对不起、对不起——您听我说,有些事,简直太不可思议了!"

郑医生转过身来。

"真是太巧了,我的妻子也叫伊莉娅,她的名字和您一模一样!"舒伯特迟疑了一下,"她的容貌,也和您……唉,世界上真有这么凑巧的事!"

"您,已经有了妻子?……"郑医生眼里闪过一丝不易察觉的异样目光,随即她垂下眼帘。

"是的,我们结婚才3个多月,我就离开了她,来到了中国。"舒伯特停了停,"我走时,她已经有了我们的孩子。"

"啊,祝福您,也祝福您的妻子和孩子。"郑医生说完,转过身去,去照料其他伤员去了。

看着穿白大褂的郑医生背影消失,舒伯特还久久地盯住病房门口,半天都没回过神来……或许,他想起了离开达雅科斯村时那个皎洁的夜晚,想起了妻子那双脉脉含情的眼睛,想起妻子留在他唇间的温馨,想起妻子肚子里那个还没出生的孩子……

窗外的柳树枝发芽了,山坡上的野菊花盛开了。在这春天到来的日子里,前线依然响着枪声和炮声,野战医院上空,依然不时传来日本机群的轰鸣。一转眼,两个月过去了,舒伯特的伤口痊愈了,今天他就要归队了。

"舒伯特中尉,祝您伤愈归队。"一清早,郑医生就去了野外,采了一束野花,来到舒伯特病房,将花束递到他的手里。

"郑医生,谢谢您。"舒伯特接过花束,他看着郑医生的眼睛,真诚地说道,"我,会永远记住您的。"

"用不着。我说过,这是我的工作职责。"郑医生抬头看了舒伯特一眼,见他的眼睛异样地注视着她,她脸又红了一下。但随即她就恢复了常态,也真诚地对他说道,"我再次祝福您的妻子,也祝福您的孩子,祝福他们拥有您这个英雄的丈夫和父亲。"

"不,我会永远记住您的,我身上流淌着您的血液,您给了我朋友般的真情……"舒伯特说着也有点脸红起来,他犹豫了一下,接着说道,"您不但和我妻子一样的名字,还有着天使般美丽的心灵……还有,和我妻子一样的美貌……"

郑医生的脸一下红到了脖子根。

舒伯特走了,坐上部队来接他的汽车走了。望着汽车绝尘而去,郑莹洁含着泪站在公路边,还在久久地挥动着她的手……

6. 兰州上空中苏保卫战

武汉即将陷入一场旷日持久的激战之中,趁敌我双方都在华中调兵遣将准备会战之时,让我们把目光转向西北方向来。

日本人的间谍情报网不可小觑。

自中日全面战争爆发以来,日本人对苏联政府援华抗日的行动既惊恐不安，又恨之入骨，在无可奈何的境况下，他们想方设法动用各地的间谍情报网，基本摸清了苏联政府对中国援助的规模、援助的方式、援助的途径等——于是，日本华中方面军司令部决定，要对苏联援华行动实施大规模报复。

首先，他们选定的报复目标就是苏联援华的大本营——兰州。

驻扎在兰州的苏联空军志愿队员与中国空军进行排球比赛

兰州，接近中国版图的几何中心，是西北地区重要的交通枢纽。据说，当年孙中山先生曾经主张"建都"于此。而今，由于苏联援华大通道的开通，从苏联阿拉木图和外贝加尔前来的飞机、人员分别经新疆和蒙古抵达兰州，在此编组分遣到全国各地战场。如此，苏联在兰州设立了外交代表处、军事代表处和空军招待所。同时，这里除了扩建和新修了4个机场外，还建有苏制飞机训练基地和修理总厂，苏联军事人员在此训练中国空地人员，以使他们尽快地掌握飞机的驾驶、装配、维护等技能——因此，兰州实际上已成为了苏联援华人员和武器的集散地，成为培训中国飞行人员和地勤人员的一个中心，具有十分重要的战略地位。

日本人获取这些情报后，兰州自然成为了他们的眼中钉肉中刺，他们处心积虑，早就想拔之而后快。

《中国空军抗日战史》有这样的文字记载：

随着华北、华中大片国土的沦陷，兰州成为了日寇空袭破坏的重要目标。据不完全统计，从1937年11月5日至1943年10月4日近6年时间里，共有1487架次日军侵入甘肃领空，实施侦察、轰炸、空战等，其中入侵兰州的日机多达1100架次，造成重大的人员和财产损失。据国民党甘肃省政府1947年不完全统计，共伤亡1343人，其中死亡663人，经济损失达46.47亿元（按银元计算）。

1937年11月5日，日机7架首次轰炸兰州，在兰州拱星墩机场投弹20余枚离去，从此开始了对兰州的大轰炸。

12月4日，日本海军木更津航空队11架96式飞机在管久少佐率领下，从北平南苑机场起飞，经由五台、南县、银川、靖远，到达兰州拱星墩机场轰炸。苏联和中国空军驾驶伊-16战斗机迎战，高炮也开火进行阻截，揭开了兰州上空保卫战的第一页。敌机投弹9枚，炸死我军民2人、伤4人，被我伊-16战斗机攻击一番后逃走。

日机袭击兰州时，通常由山西运城起飞后西行，经陕西大荔、铜川再进入甘肃泾川、平凉、静宁而抵兰州，直线航程约750千米，但因日机按地标航行，或故意在其他城市盘旋，所以航程往往多在1500千米以上，这让我方有充分的准备时间升空作战。

为了保卫兰州，这里发生了无数次激烈的空战……

在苏联空军志愿队员卡拉索夫的日记里，曾记载了这样一次空战的情形：

连日来，日本人的飞机连续不断地偷袭兰州。这些日机像黄昏时的蝙蝠一样，行踪诡秘得很，他们似乎知道我们的战斗机、高射火炮在随时恭候着他们的到来。他们从北平、运城或其他基地起飞后，有时只是在空中盘旋，然后突然转变航向，或而偷袭西安，或而偷袭平凉，或而突然袭向兰州。他们偷偷摸摸地来，炸了就跑。第一波炸完，紧接着又开始第二波、第三波的轰炸。

我们作为专门担任兰州防空任务的部队，由于地面的防空预警系统问题，有时我们还没有得到警报，敌机就已在我们保卫目标的上空出现；有时我们在空中巡逻，直到发现敌人向地面目标投弹激起的烟尘，向他们发动攻击时，敌人往往逃之夭夭——这对我们来说，简直是莫大的耻辱，真的太憋气了！

什么时候才能狠狠打击一下日本人的嚣张气焰呢？天气一天比一天冷了，不时还下起了大雪。虽然驻守在兰州的我们和中国空军随时都在等待敌人的到来，可他们却偏偏不来了。

2月18日，这是中国农历大年三十。这一天，兰州上空飘起了雪花。还是这一天，日本人的第98战队3架重型轰炸机对延安抗日军政大学和市区进行了轰炸，但就是没到兰州来……

卡拉索夫记叙道：（1938年）2月19日，这是中国人的传统节日——春节。但，这个节日过得很压抑很沉闷。在战火中的中国人，他们说"国破山河碎"，根本没有心思过什么节日。全体空军将士在这一天早晨，集体唱起了《我的家在东北松花江上》的歌曲。凄凉悲伤的歌曲，让卡拉索夫听起来，那曲调有些像他们苏联歌曲《三套车》。他看到，有的战士唱着唱着就流下了眼泪。这些战士求战心切，都恨不得能早日打回老家去，一雪前耻。在大年初一这一天，中国空军将士都没休息，是在严格的训练中度过节日的。

不过，机会终于到来了！

2月20日，在农历大年初二这一天，日军98战队的8架轰炸机在服部武士大佐的率领下，首先从运城机场起飞，准备袭击兰州西面的西古城机场。不久，第60战队由田中友道大佐率领的12架97式重型轰炸机、第12战队沙岛庆吾少佐率领的9架伊式轰炸机也从运城起飞，一共有29架轰炸机经由静宁从西北方向绕行，于14:50左右飞抵兰州上空。

由于这次中国空军指挥部得到准确情报，在新年的第一次警报声中，14:10，苏联空军志愿队在耶列布琴科大队长率领下，14架伊-16战斗机迅速升空，占据高空优势；紧接着中国空军的15架战斗机也迅速升空到达4000米高度盘旋，等待敌人的到来。

卡拉索夫继续记载道：

14:50，我首先发现敌人的9架飞机由西北方向经黄河大桥上空偷袭兰州机场，高度约3000米，正位于我们9架飞机下方。在此恭候多时的中苏机群唯恐落后，立即蜂拥而上，一番猛射，敌机群措手不及，纷纷中弹。

当我们第二次再攻击时，由日方飞行员二井卓、松尾原重驾驶的飞机当即坠落于贺兰山上。过了几分钟，我见左前方另一架飞机也冒着黑烟脱离了编队。日本人借以密集交叉火力自卫的编队，就这样不堪一击地被破解了。苏中飞行员见此情形，士气大振，怀着满腔怒火，继续加紧猛烈攻击，敌98战队终于溃散，分头逃窜，我方战斗机便分头追击。

在击溃了敌98战队之后，后续的日机第60战队于15:05由西窜入兰州机场，我机群因追逐第一批敌机，未能来得及对其攻击。15:15，日本第12战队9架飞机由西窜抵机场，我队与中国空军再次对其进行了攻击，给敌以重创。

这次空战，共击落敌机9架，其中我大队击落敌机5架，中国空军击落敌机4架（1架为白塔山地面高射炮击落）。在击落的日机中，遭到集中攻击的98战队被击落3架，其余返航者也全部中弹，据说最多者中弹54发；第60战队的飞机也有4架被击伤。这些飞机中有3架当场坠毁于机场东南角的马家山上，另有数架坠落于榆中县山区中。

这次空战，打退了日本人的猖狂进攻，打击了他们的嚣张气焰，真是扬眉吐气。这次空战，苏中空军几乎没有损失，我队仅损失1架飞机，驾驶员伊宁诺夫跳伞生还……

作者查遍所有资料，却发现了日本方面有这样一则让人啼笑皆非的战报：这次空战，日本人或是想提振士气，或是想糊弄上司，他们虽承认有13名飞行员当场战死，却不承认自己的失败。他们打肿脸充胖子，无限夸大自己的战绩，在上报的战报中，称此役共击落苏制飞机36架——如此的战绩，超过了当日我方起飞飞机的总和！

日方第1飞行团根据这一虚假的战果进行分析，在进行战斗讲评时，虽然3个飞行大队的日本飞行员都称："'支那'空军战斗意志旺盛，射击技术精良。"但日方的寺仓正三少将却对飞行员的这些话充耳不闻，还认为仅凭轰炸机自身的火力就足以进行自卫，而且还能够"大量杀伤中苏飞机"，并判定"兰州防空力量已经瓦解，中国方面已经没有足够的力量对我阻拦"。因为根据先前他们得到的情报，兰州地区只有60架左右的苏制飞机，此役一举就"歼灭"了36架，已经超过半数，那么只要再来一次轰炸，便可将中苏空军全部摧毁！

日本指挥官在这种狂妄的战略思想指导下，立即着手发起了第3次轰炸，并将轰炸重点从机场转向市中心的军政公署。骄兵必败！这就更使他们犯了轻敌的致命错误，甚至连首先击破我空军抵抗、扫清轰炸障碍、摧毁3个机场这事关我兰州空防和接收苏联军援的战略目标也不放在眼里——难怪，他们最终在兰州的屡次空袭中，会遭受一而再、再而三失败的命运了。

7. 以特殊方式庆祝节日

高空中，飘浮着淡淡的云彩；机翼下，是歌的海洋花的海洋。此时，苏联莫斯科红场上，正在举行一场盛大的阅兵式。

地面上，苏联红军陆海空军方队，以及坦克装甲车方队正豪迈地通过检阅台；天空中，苏联空军机群，正拖着彩烟整齐划一地飞过长空。

我们每次射击都能准确命中，
我们都能轻易躲避雷达远航。
我们努力保持空军实力雄壮，
世界上第一支无产者的空军力量。

我们的目光锐利能穿进每个原子，
我们每根神经都散发出果敢决心。
如果有人胆敢冒犯我们的国家，
空军部队要给他个难忘的回答！
……

1938年2月23日，是苏联红军建军20周年纪念日。这一天，在莫斯科红场上，苏联空军36架伊-16战斗机排列"V"字队形，紧随着24架SB-2轰炸机，在雄壮的《斯大林空军之歌》乐曲声中，飞过广场上空，接受斯大林等党和国家领导人的检阅。

机声轰鸣，彩烟逶迤。在人们的欢呼声中，机群威武雄壮地掠过红场上空，渐渐消失在人们的视线外。

与此同时，在远隔万里战火纷飞的中国抗日战场上，苏联空军援华志愿队也在以他们特殊的方式，庆祝着这个伟大的节日。

早上7时，天刚蒙蒙亮，一颗红色的信号弹猝然从武汉机场上空升起！随着这颗信号弹升起，28架苏联SB轰炸机在大队长波雷宁的率领下，一架架依次起飞，瞬间便消失在茫茫的云海中。

今天，他们要进行一次跨海长途奔袭，以战斗来庆祝这个特殊的日子。

这次行动是极其秘密的。

自南京保卫战以来，日军凭借着强大的空中优势，采取了消耗战术，以其拖垮苏联空军志愿队和中国空军。中国空军指挥部采纳苏联军事顾问的建议，决心从源头上打击敌人。10天前，驻武汉的中国空军司令部传递了1份情报给苏联空军志愿队，称发现日本海军航空队在台湾北部的松山建立了大型的基地——这是日军在台湾的一个重要空军基地。自中日全面战争爆发以来，1937年的"8·14"空战中，日军轰炸我笕桥航校的木更津航空队便是从这个基地起飞的；此后，日本海军航空队轰炸上海、南京等地的飞机，还是利用的这个机场。

情报显示，近段时间以来，这个基地活动极其频繁，一艘艘满载集装箱的舰船不断抵达这里。自从开战以来，日军为弥补飞机的不足，从德国、意大利购进大批轰炸机零部件，用集装箱运到这里进行组装。这些飞机组装之后，准备大规模对兰州、重庆等地进行战略轰炸——当中国情报部门发现这个情况时，已经有数十架飞机组装完毕，正停放在机场上，准备试飞后转场中国。

真是天赐良机！

"打他一个措手不及！" 2月22日，苏联空军志愿队指挥官雷恰戈夫少校和政委列托夫抵达汉口。他们来到苏联空军志愿队驻地之后，和往常一样，先同苏联飞行员和机械师例行谈话。随后，两人单独召见了波雷宁上尉，同他进行了一次极其秘密的谈话。

"波雷宁上尉，明天你的部队将执行一次艰巨的任务。"雷恰戈夫少校开门见山地就对波雷宁说道。

"什么任务？少校同志。"波雷宁问。

"这个任务非同寻常，需要你们跨海进行长途奔袭。"雷恰戈夫严肃地说道，"去轰炸台北松山机场！"

"好啊，这个决定太英明了！"波雷宁上尉一听，兴奋地搓着双手，"我们早就盼望，能给日本人一次致命的打击了！"

"你们奔袭的目标在这里。"雷恰戈夫说着摊开地图，指着台湾北部的松山机场，"去炸掉那些组装好的飞机，还有，炸掉那些从德国、意大利运来的该死的箱子！"

"可是，少校同志，从这里起飞到台北，直线距离超过1000公里，已经不在我们作战半径范围了呀！"波雷宁认真地看着地图，抬头对雷恰戈夫说道。

"正是因为超出我们的作战半径，所以日本人连做梦也不会想到有人会跨海去袭击他们——我们计算过了，袭击是能够成功的。你们沿着最短的航线飞到那里，任务执行完毕后，返航时在福州机场降落加油，然后再飞回武汉。"雷恰戈夫指着地图上的一个小点，"这是福州附近山里的机场，离台湾海峡不远。"

"哦，这样就可以了。"波雷宁轻轻吐了口气，若有所思地点点头。

"明天的行动，除了你的部队，还有驻南昌的中苏空军混合编队，他们有12架轰炸机配合你们的行动。"雷恰戈夫握紧拳头，对波雷宁说道，"我们这次不干则已，要干就要砸他个粉身碎骨！"

"对，要干就要砸他个粉身碎骨！"波雷宁咬了咬牙，"这些日子来，日本人实在是太猖狂了。"

"这次行动，要的就是出其不意，打他一个措手不及。"政委列托夫接着补充道，"所以，开始行动前，整个计划需要严格保密。按照军委会蒋委员长的要求，连他们的航空委员会的成员们也不了解这次行动的计划。"

"放心吧，这我知道，政委同志。"

"好，这几天我们不走了，就在这里等待你们的好消息。"雷恰戈夫和列托夫紧紧地握住波雷宁的手，"明天你们的行动一结束，就将震动日本和中国——不，会让整个世界震惊的！"

从雷恰戈夫的住所出来，波雷宁既兴奋，又有几分担心。作为一个军人，他知道这是一个千载难逢建立功勋的好机会；但作为这次行动的指挥员，他更明白自己肩上那份沉甸甸的责任。

执行侦察任务归来的苏联飞机

他知道，这次从汉口到台湾的远征，对于SB-2飞机性能来说，几乎就是它航程的极限，如在航行中稍稍出现意外和偏差，飞机很可能就不能正常返航；其次，这次行动因为远远超出战斗机的航程，所以轰炸机只能在没有护航的情况下执行任务，如若在途中遭遇日本巡逻飞机，或者在机场上遭遇猛烈的防空火力，就将延误轰炸时间，也会给按时返航造成威胁；再者，参加这次行动的中国空军，虽然他们已经装备SB-2飞机，但他们驾驶的时间不长，对飞机性能还不很熟悉——所有这些，都将给完成这次任务带来重重压力。

但，战斗的胜利，往往就在于出其不意攻其不备，甚至是火中取栗险中求胜——箭在弦上，别无选择！

回到办公室，为了稳妥起见，波雷宁马上找来大队领航员费多鲁克，他向他叮嘱了保密要求后，拿出雷恰戈夫和托列夫画的航行路线草图，和费多鲁克拟定起更详细的飞行路线来。他们决定，出击时的飞行高度应保持在4100～5500米，因为在这个高度上，SB-2轰炸机能达到最大航程。然而，令波雷宁有些担心的是，这个高度上空气的含氧量相当稀薄，而苏联空军志愿队又没有氧气面罩，在漫长的飞行途中，轰炸机组必须面对缺氧的困难。但，为了加大航程的保险系数，确保完成偷袭任务，波雷宁他们已别无选择了。

夜幕降临了。波雷宁躺在床上辗转反侧，他的心里老是萦回着明天飞行中可能出现的各种意外问题，以及处置这些问题的方法——这样的任务他还是第一次承担，肩负的责任实在太重大了。

夜已经很深了，深邃的天空中闪着几颗若明若暗的寒星。波雷宁实在睡不着了，他披上衣服，走出门来。突然，波雷宁看见雷恰戈夫少校也还没睡，正坐在院坝边的石凳上抽烟。

"你们确定的飞行路线和采取的飞行方式，我都同意。"雷恰戈夫听了波雷宁下午与领航员商定的飞行计划后，他沉思了一下，对波雷宁说道，"只是，我还有一个建议，就是你们在完成轰炸任务后，在返回大陆飞越台湾海峡时，将飞行高度下降到1800米左右，以缓解飞行员在爬升前缺氧的症状，然后才在福州附近的山地机场降落加油。"

"少校同志，您这个主意真是太高明了！"波雷宁说，"您还有什么需要告诉我的吗？"

"还是那句话，出其不意，速战速决！不干则已，要干就要砸他个粉身碎骨！"雷恰戈夫最后再次强调道。

"好，那您就等着我们的好消息吧。"

夜更深了，一弯月牙出现在夜空——明天，是个晴天。

8. 出奇制胜战鹰袭台北

旭日东升，云海茫茫。

随着红色的信号弹消失，不到5分钟，波雷宁率领的28架轰炸机，就爬升到5000米高空，排列成3个楔子队形，神不知鬼不觉地朝着东南方向飞去。

在行动开始前，整个袭击计划都严格地保密，连一般飞行员也不知道这次出发袭击的真正目的地。从雷恰戈夫二人来到这里后，苏联的机械师就对飞机进行了认真细致的检查，油箱里注满了煤油，但炸弹直到起飞前才挂上飞机。为了迷惑潜伏在汉口的日本间谍，几天前，中苏空军就开始有意无意地向外透出信息，声称驻汉口的中苏空军接到上级指令，将要轰炸安徽省安庆附近江面上的日本军舰。

清晨，所有的轰炸机都完成了加油、挂弹、预热，做好了出征前的准备，机组人员在飞机前列队完毕后，苏联军事顾问德拉季文将军和空军驻汉口武官日加列夫上校来到机场，主持了一个正式的出发仪式。这时，所有的机组人员才知道，他们今天将跨海去执行一个史无前例的空袭任务。

"同志们，今天是我们苏联红军建军20周年的日子，在我们的祖国莫斯科红场上,今天将举行一个盛大的阅兵式,来庆祝我们这个伟大的节日!我们苏联的空军,将飞越红场上空,接受伟大领袖和人民的检阅。"德拉季文将军来到队列前,对即将出征的将士们讲道,"你们,今天将飞越台湾海峡,长途奔袭去打击苏中两国最凶恶的敌人,你们接受的是祖国人民、中国人民,以及世界爱好和平的人民的检阅!这是一个十分艰巨但又是一个无上光荣的任务,让我们以战斗的胜利,来庆祝这个特殊的日子,来庆祝我们苏联红军这个伟大的节日!"

"我们坚决完成任务,以胜利来庆祝这个伟大的节日!"波雷宁代表全体参战的将士,向首长表示决心。

"好,同志们,出发!"

怀着激动而又兴奋的心情,全体将士随着飞机起飞,踏上了跨海作战的征程。

此时,机群在5500米高空飞行,由于雾霭遮挡,飞行员的能见度不到2000米。天寒地冻,朔风劲吹,高处不胜寒,机舱里的温度计读数已经逼近0摄氏度。在高空飞行不久,机组人员就开始出现头昏脑涨、脉搏加快、呼吸急促等缺氧的症状,时间越长,这些症状就越加明显。

机群飞过长江,飞过鄱阳湖后,高空的云层开始变得稀疏。又过了1小时,机群飞过福州。机群在福州降低速度,想和中国空军南昌编队的12架轰炸机在这里会合——但,遗憾的是,原计划在这里和他们会合的中苏空军混合编队却一直没有出现。

怎么办呢?

"按原定计划执行,不能等他们!"驾驶长机的波雷宁咬了咬牙,义无反顾地独自带着机群就朝台湾方向飞去——后来他们才知道,中苏空军12架轰炸机虽然按时从南昌起飞,但由于领航员计算错误而使编队偏离了航线,最后不得不返航了。

15分钟以后，飞在前面的波雷宁透过淡淡的烟雾，看见了绵延起伏的海岸线。他看了看飞机仪表，一踏油门，加快速度就朝海峡上空飞去。此时，所有的飞行员都努力克服着高空缺氧带来的身体不适，振作精神紧跟着波雷宁，开始进行跨海飞行。

领航员布鲁斯科夫是这样描述当时的情形的：

我们在汉口起飞时天气很好，云淡风轻。飞机升空后，我们在5500米的高度飞行。由于高空空气稀薄，飞了一段时间后，不少人就开始出现了缺氧反应，但每个人都咬牙坚持着。因为只有在这样的高度飞行，才能有效地解决航程问题。

飞了一半航程后，我们在海峡上空将飞行高度降到4100米，想和中苏混合编队会合，但他们的机群没有出现。在接近台湾时，按照原定计划，我们的编队先飞往台湾岛以北，然后迅速向南，高度下降到3600米，同时抑制发动机声音，以迷惑地面的日军。此时，我们发现岛屿的东部覆盖了厚厚的云层。正当我们打算根据飞行时间准备发起攻击时，云层中突然出现一个巨大的"天窗"，台北市区出现在我们视野里，在其北部3公里处就是我们要攻击的目标区域。

真是天助我也！执行这次任务的指挥官波雷宁，立即带领机群转向那片晴空，紧接着轰炸机开始减速、俯冲。由于担心遭到日军战机拦截，我们机上的炮手睁大眼睛，紧张地在空中搜索着敌机——但令人惊奇的是，当我们到达日军松山基地上空，居然没遇到1架敌机拦截，地面上的高射炮也保持着沉默。很显然，日军的地面观察哨不是在打瞌睡，就是肯定认为正在接近机场的机群是自己人。于是，我们的炸弹从天而降，一场奇袭就这样开始了……

苏联飞虎队——苏联空军志愿队援华抗日纪实

从天空往下看，当时的台湾松山基地上，几十架战斗机整齐地排列在草坪上，机库和巨大的储油罐延伸到机场的尽头，装满飞机零部件的灰色大箱子摆得到处都是，骄狂的日本人甚至对地面的物品也没做任何伪装。

"干吧，伙计们！"在前面带队的波雷宁率先一个俯冲，从3000米的高度上投下了第一枚炸弹；紧接着，28架轰炸机一齐打开弹仓，一时间，排山倒海的炸弹带着刺耳的尖啸，如暴雨一般倾泻而下，纷纷向地面的机群和箱子投去！几秒钟后，惊天动地的爆炸声就此起彼伏地响了起来，被炸中的飞机和箱子分崩离析、东倒西歪，金属和木头的残片混合着尸体和泥土四处横飞。

突如其来的猛烈轰炸，顿时让机场上的日军像一群群无头的苍蝇，惊惶失措四处奔逃起来。在混乱不堪的机场上，有2架日军战机发现情况不妙，试图冒着纷纷落下的炸弹强行起飞，但却被准确落下的炸弹炸了个粉碎！

第一波轰炸还没结束，第二波轰炸已经开始。这一波轰炸的目标是机场巨型的储油罐和地面的建筑，当炸弹落在油罐上时，中弹的油罐在猛烈的爆炸声中，巨大的火球腾空而起，整个机场在爆炸声中卷起的冲天火焰，映红了半个天空。

两波袭击，28架轰炸机共向机场投下280枚重型炸弹。这些炸弹，足以将日本人精心构筑起来的这个基地炸得支离破碎，炸成一片废墟。轰炸已经接近尾声，日本人似乎才反应过来，地面上这才传来零零星星的高炮射击声——但，为时已晚，完全不能对轰炸机构成任何威胁了。波雷宁回忆说："我们的飞机在非常平静的状态下执行攻击计划，扔完炸弹后，许多飞行员似乎还于心不甘，没有过瘾，他们还用机枪扫射那些没被炸弹击中的飞机和防空点……"

海天苍茫，惊涛拍岸！

少顷，顺利完成任务的轰炸机群开始分散向大海返航，他们顺利飞过海峡，飞越大海，按时到达福州附近的山地机场。尽管这个机场跑道狭窄，且被山地和沼泽包围着，但28架轰炸机全都安全着陆。机场的地勤人员开始为飞机加油，但由于机场设备问题，加油的速度比波雷宁期望的速度慢了不少，他担心日本飞机会寻踪赶来报复反击。此外，他们还面临一些其他问题：飞行员科列夫索夫驾驶的飞机在海峡上空左发动机熄火，他是驾驶着"瘸腿"的飞机返航的；飞行员西尼琴则因严重缺氧身体不支，只能由后备飞行员来驾机了。

还好，据说在上海的日本人接到台湾方面的紧急报告后，先后从上海、九江等机场出动了56架战斗机，企图对苏联空军志愿队的飞机进行拦截，但由于战前计划周密，日机在沿海上空连续搜索，并未寻觅到波雷宁率领的机群踪迹。

天黑时，波雷宁带领机群安全返回汉口机场。暮色中，只有1名中国军官在机场等候着他们。由于这次行动严格保密，这位军官是前来了解情况的。由于没有翻译，语言不太通顺，波雷宁刚从机舱里出来，这位军官就迫不及待地递过一本地图，急切地指着地图上想知道轰炸的目标和具体的战果。

好啊，那名中国军官知道了波雷宁他们成功对台湾机场进行了袭击，并取得的战果，他一下就跳了起来，撒腿就往空军司令部跑去！

"成功了、成功了！台湾机场成功地被我们轰炸了！"

苏联空军志愿队对日军台湾基地突袭成功的消息，很快就在武汉三镇传开来。在飞行员们离开机场的路上，他们看见两边路旁挤满了兴奋的人群，他们有的拼命地挥舞着双手，有的拼命地挥舞着手上的帽子，大声地喊着"伟大的苏联空军万岁！"

第二天中午，航空委员会秘书长宋美龄特地为苏联志愿队全体人员举行了盛大的庆功宴。空军司令周至柔宣读了中国军事委员会对参加这次行动人员的嘉奖令，同时宣读了委员长蒋介石给他们的致敬信。宴会开始时，服务人员送来一个巨大的蛋糕，上面用俄文字母写着"向工农红军志愿飞行员致敬"的字样——中国人民用这样的方式，为苏联志愿队员补过了他们的节日。

日本台湾松山机场被袭的消息，很快传遍中国和世界各地，极大地鼓舞了正在抗战的中国军民，震惊了日本朝野，更震惊了日本侵华日军——只是，这些公开的报道，只字未提苏联空军志愿队，奇袭台湾机场的主人公，当然换成了中国空军轰炸机大队。

这次空袭，松山机场共有40余架飞机被炸毁，大量飞机零部件在包装箱内就被彻底摧毁，几十栋营房、飞机机库和可供使用3年的储备物资、储备油料被付之一炬，机场在短期内根本无法使用，在相当长的时间内根本无法恢复元气。为此，日本当局将驻台最高行政长官罢免，日军驻台湾松山机场的指挥官，在送交军事法庭前自行剖腹自杀。

9. 短命的国际十四中队

大海茫茫，海天一色。

中国人有句古话，叫做"以其人之道，还治其人之身"。早在1937年，国民政府军事委员会参谋本部在制订《国防作战计划》时，就曾向中国空军提出"准备用全部重型轰炸机袭击日本佐世保、横须贺及其空军基地，并破坏东京、大阪等各大城市"的作战方案。

从这个方案中，我们可以看出，当时中国军方在战争初期，就意识到消灭或瘫痪日方重要军工和空军基地的重要性。如果能达到这样的目的，就能保证我方军事行动不受敌方控制，同时夺取制空权。

但，中国飞机要长途奔袭日本本土，谈何容易！除远隔千山万水茫茫大海阻隔外，哪里去找这样的飞机和飞行员呢？当时，中国空军拥有的飞机，几乎都是些杂牌飞机，如果说航程勉强可以到达日本本土的，那只有意大利萨伏亚S-72型和美国马丁139WC型飞机——然而，不入虎穴，焉得虎子。鉴于此，当时中国空军指挥部为了完成这一任务，横下一条心，将萨伏亚S-72的飞行员秘密集中在南昌等地，开始进行海上飞行试验和无导航条件下的盲目飞行。

云遮雾罩，天路遥迢。

然而，经过淞沪3个月的血战，中国空军损失惨重，大部分指挥系统和保障体系都被打乱，前线也时刻需要飞机的空中支援。于是，关于远征日本的作战计划不得不暂时搁置下来——但，从蒋介石到参谋本部人员，却从来没放弃过这一战略构想。在《中苏互不侵犯条约》签订之后，中国军事代表团赴苏联洽谈军事援助之时，蒋介石就给杨杰发过这样的密电："请与俄政府洽商飞机，现最需用者为驱逐机200架与双发重型轰炸机100架。"由此可见，蒋介石"最需用"的100架重型轰炸机，就是准备用于远征东瀛轰炸日本的。

南京保卫战以后，随着苏联飞机源源地不断到达中国，中国空军的战斗力逐渐恢复之后，于是，关于远征日本的计划再次被提到日程上来。按当时的情况分析，苏制的飞机只有TB-3重型轰炸机能够承担这一任务。可12月13日，6架TB-3轰炸机刚到中国江西吉安机场，就被日军尾随而至，炸毁炸伤3架；剩余的3架由于备件缺乏，只好作为运输机使用。原来选定的几架萨伏亚S-72轰炸机，由于技术状态也不佳而放弃。于是，空军指挥部经过反复权衡，最终确定由马丁139WC飞机来执行这次轰炸任务。

可这时，一个新的问题却出现了——新到的4架美国马丁139WC飞机，已经全部配置到"空军国际14中队"；而这个中队的人员，则主要是由外籍飞行员组成。

这是怎么回事呢？

原来，中国抗日战争爆发后，美、英、法、荷等国的多名冒险者，听说中国政府在雇佣飞行员，他们先后辗转来到中国，受聘于中国空军。经过考核，有8名飞行员、4名机械员与中国政府签订了合同，加入了中国空军。此后，按照航空委员会的指令，以美国人文森特·史密斯为首的这十几名飞行员和机械员为核心，组织了中国空军"外援队"，编制为"中国空军国际14中队"。如果单从实力上看，这支飞行队还是不错的，一是飞机性能较好，二是这些人员技术相对娴熟——但，自从这支杂牌队伍组建以来，他们的行为就与苏联飞行员忘我无私的精神形成了鲜明对比。同时在指挥管理上，也存在很大问题，它既不属于中国空军飞行大队，也不归属空军前敌总指挥部；它只听命于美籍顾问陈纳德，而陈纳德又只听命于航委会秘书长宋美龄。在这种状况下，这支雇佣军队伍完全放任自流。

"英国、美国和其他资本主义国家的这些外籍飞行员，他们来到中国是为了发财，这些'保卫者'们根本不想上天去作战，而是待在后方的机场里消遣娱乐、收集纪念品，做生意。"与这些外籍飞行员住在一起的苏联飞行大队长普洛柯菲也夫回忆说，"他们从1937年10月组建，到1938年3月，在几个月时间里，升空作战只有2次，但没有击落1架敌机的记录。"

刚开始，中国空军指挥部也曾希望这支"外援队"能去执行远征日本的任务。但，这些外籍人一听要去轰炸日本，就连连摇头，称执行这项任务风险太大，肯定是一次有去无回的行动。经过反复磋商，最终他们勉强接受任务，但开出了一个天价，要10万美元，这让航委会的人吃了一惊，完全不能接受——也难怪，既然双方是雇佣关系，那么维系这种关系的，自然就只有金钱。

"同样都是外国人，但这些雇佣兵，和你们的志愿队员完全没法相比！打个不恰当的比喻，一个是天上的月亮，一个是地上的萤火虫。"中国空军飞行队长毛瀛初听到这个消息，来到苏联志愿队的斯拉斯瑞夫上尉宿舍，愤愤不平地说道，"哪里像你们志愿队，军纪严明，作风严谨，飞行员个个英勇顽强，视死如归，把消灭敌人当做自己应尽的职责，把打下敌人的飞机当做自己应该完成的任务。在执行任务时，从来都没讲过任何条件和任何价钱——他们和你们，完全不可相提并论！"

"毛，你这样讲，真叫我们心里有些不安。"斯拉斯瑞夫上尉谦虚地说道，"14队有他们的优势，也有自己的特点。"

"他们有屁的优势，屁的特点！"毛瀛初点上一支烟，又一下掐灭了，"他们成天想的不是怎样升空作战，而是想的如何装满自己的腰包——哼，我告诉你吧，今天他们带队的那个头儿，竟然再三纠缠我手下一个兄弟，哪里能够找到每天陪他过夜的女人！"

"这样的队伍，确实需要进行一些整顿。"斯拉斯瑞夫闻言愣了一下，停了停他接着说道，"目前战事那么紧张，他们有那么好的飞机，却闲置在那里，真是太可惜了！"

"这样吃闲饭的队伍，拿来有什么用！只能是涣散军心，消磨我军飞行员的斗志！"毛瀛初听赖云翻译完斯拉斯瑞夫上尉的话，依然愤愤地说道，"我的那些弟兄们，早就要去找周司令和毛副司令，要求他们把这样的队伍解散算了！"

"这是你们中国内部的事情。"斯拉斯瑞夫上尉谨慎地说，"毛，这样的事情不该由我们来插嘴。"

夜，已经很深了。

在离志愿队宿舍不远的空军司令部里，空军司令周至柔却无论如何也睡不着了——远征日本的计划再次搁了浅，该怎么办呢？

"周司令，这件事由我来办！"第二天上午，周至柔还在为远征日本的事焦虑之时，竟然有人来到他的办公室主动请缨。

周至柔闻言一惊，抬头一看——哈，原来是蒋委员长侍从室的专机飞行员徐焕升！

"啊，想睡觉有枕头，盼下雨就刮风！你不来找我，我还要来找你呢！要办这件事，真还非你莫属！"周至柔闻言喜出望外，他连忙站了起来，示意徐焕升坐下再谈。

"这件事，我想了很久了。"徐焕升依然站得笔直，他对周至柔说，"当下，除了苏联空军志愿队能完成这样的远征，恐怕就只有我们中国空军了！"

"这件事，苏联志愿队可以协助我们，但我希望远征的任务由我们自己来完成！"周至柔严肃地说道，"这样，就更能树立我们中国空军的信心，彰显我们中国空军的雄威，同时更能有效地震慑敌寇，鼓舞全国军民的抗日斗志！"

"正是因为这样，所以我才斗胆来向您请战。"

"刚才我说过了，这次任务还非你莫属！"周至柔说完，但随即脸上掠过一丝为难之色，他停了停，缓缓地说道，"你知道，要执行这个任务，只有使用马丁139WC，但现在飞机全都控制在14队外籍飞行员手里，要想从他们那里调出来，不好办哪！"

"周司令，您放心。这我也想好了，这件事也由我来办。"徐焕升压低声音，对着周至柔如此这般地耳语了一番。

"好啊，看来你这家伙真是有备而来呀！"周至柔听了徐焕升的一番话，哈哈一笑，转忧为喜，他拍了拍徐焕升的肩膀，"对，就按你说的方式去办！出了什么问题，责任由我承担；委员长那里，我替你去解释！"

按照周至柔和徐焕升商定的办法，第二天，徐焕升以空军国际14中队队长的身份来到"外援队"里——但，他来到队里，却经常穿着长袍，表现出无所事事的样子。那些外籍飞行员，还以为因为他是委员长身边的人，来这里无非就是名义上挂个队长头衔罢了，恐怕对飞行和空勤都是一个外行呢！

然而，这场戏才刚刚开始。

第四章 正义之剑在中国天空

1938年3月16日，武汉机场上空突然响起空袭警报。警报响起之后，"外援队"接到命令：所有马丁飞机全部飞往四川成都暂避。飞机起飞时，徐焕升也混杂在其中1架飞机后座上，外籍飞行员还以为他是搭便机去成都办事的。经过2个半小时飞行，飞机到达成都凤凰山机场。当外籍人员下了飞机，离开机场之后，徐焕升立即向机场方面传达了空军司令部的命令，布置地勤人员将飞机上所有的余油抽光，并派出卫兵站岗，规定任何人不得接近飞机。

第二天一早，外籍人员发现自己的飞机被人接管后，立即勃然大怒；文森特·史密斯竟然拔出手枪，威胁机场地勤人员。徐焕升看见这一情况，转身离开了机场。随后，他用书面形式告知了外籍人员自己接收飞机的依据和决心。

此书面原件存于美国圣地亚哥博物馆，收藏在一位原国际14队成员Elwynh. giddon信件里。原文如下：

致马丁飞行员们：

你们将搭乘欧亚航空公司的飞机，于两天后顺利返回武汉，那里还有别的任务等待你们，而马丁轰炸机则由本人负责接管，这个命令已由汉口的航委会下达。原本今天下午我准备到你们住处告知这一命令的，但你们却以粗暴的态度对待我，甚至想要揍我！因此我无法向你们言明此事。

希望你们能够心平气和下来，我个人非常钦佩诸位，因为你们来是协助我们从事抗战的，但希望你们不要掏手枪动粗，因为那有违你们善良的本意。

现在诸位在此的任务已经完成，其他的工作则在汉口，所以希望各位在那儿工作愉快，并祝幸运！

中队长：徐焕升

苏联飞虎队——苏联空军志愿队援华抗日纪实

1938年3月17日

如此一来，所有的外籍飞行员失去了飞机，就失去了要挟和要价的砝码。最后，他们也只好接受遣送回武汉的安排。而中国空军指挥部早就将此事告知了蒋介石，并由他做通了宋美龄的工作。这些人一回到武汉，航委会立即以"作战不力、军纪涣散"为由，解散了这支雇佣军，第14航空队重新恢复为中国空军编制。

"我们失了业，全是因为那群俄国猪猡，谁叫他们每天都上天和日本人拼命！"这些外籍飞行人员丢了饭碗，不去检点自己的行为，却迁怒于苏联飞行人员，认为这是苏联人让他们相形见绌，所以才有了这样的结果，"呸，这些俄国佬，让他们上天去见鬼吧！"

马丁轰炸机顺利地到了徐焕升手中。就在这些外籍飞行员卷起背包准备离开中国之时，中国空军跨海远征作战计划，已经开始紧锣密鼓地实施起来……

第五章 保卫武汉的空中较量

中国抗日战争胜利主要是靠你们中国人在困难时期的空前团结精神取得的，世界上没有任何一个民族像你们这样，在自由和尊严的挑战面前如此的团结，你们的这种精神不仅谱写了中华民族反对外来入侵的壮丽篇章，也深深鼓舞了世界人民反法西斯斗争。

——苏联空军援华志愿队原飞行大队长布拉戈申维基将军在庆祝中国抗战胜利50周年大会上的讲话

1. 痛心疾首的西北空难

波雷宁他们在抗日前线的遭遇是幸运的。

但，苏联空军的伊万诺维奇大尉、尼古拉耶维奇中尉等25位志愿队员的遭遇，和波雷宁他们比起来，就令人太感到痛心了！

1938年3月23日，在西北皋兰山地区，狂风怒号，风雪交加，气温低于零下20摄氏度。在驻兰州军事顾问迭列吾延科中将的带领下，一个由10人组成的搜索队，牵着马匹，冒着漫天的风雪，艰难地踏着深深的积雪，行进在冰雪皑皑的崇山峻岭中。

他们在这一地区寻找1架失踪的苏联运输机。

这架由TB-3重型轰炸机改装的运输机，于3月16日上午由中国空军飞行员郭家彦、张君泽驾驶，载着苏联空军的伊万诺维奇大尉、尼古拉耶维奇中尉等25位志愿队员，以及中国国民政府航空委员会高级翻译李仲武、南京无线电台台长张培泽等30人，从兰州机场起飞，准备前往武汉。

此时，日本人攻下南京后，正在调集各路兵力，准备进攻武汉。武汉会战在即，这批专家是根据国民政府军事委员会的命令，前往武汉准备参加会战的。

谁知，飞机飞到平凉地区上空后，1台发动机突然失灵！

由于通讯问题造成失事的苏联援华飞机

"01、01，我是06，我是06。"上午9时15分，兰州机场收到飞机驾驶员郭家彦的紧急呼叫，"1台发动机发生故障，无法继续航行，请求返航！"

"06、06，同意返航，同意返回兰州拱星墩机场！"

"06明白、06明白！"

这是这架飞机与兰州基地最后的通话内容。此时飞机正在平凉上空，因平凉没有可供TB飞机降落的机场，兰州机场只好命令机组返回兰州。9时27分，机场突然与机组失去联系，无论怎样呼叫，再也没有回音。

直到当天下午3点，依然没有这架飞机的任何信息——06号飞机可能已经遭遇不测！我兰州、迪化、平凉3个航空站经过分析，一致认为失踪飞机应在皋兰县境内，但苏方驻兰州的顾问迭列吾延科中将则认为飞机应在静宁县境内。出于对苏联顾问的尊重，我方没有坚持自己的意见，当天下午即派出一个由10人组成的搜索队，前往平凉境内搜索。

在迭列吾延科中将的亲自带领下，他们冒着风雪和严寒，骑马在平凉地区整整寻找了7天，但没有找到失踪的飞机。最后，由于在平凉大山之中，有6匹乘马先后掉进冰河和悬崖之下，他们的搜寻工作只好停顿下来。

与此同时，由兰州方面派出的另一支搜寻队，进入到皋兰县山区。他们同样冒着风雪，在荒无人烟、险峻陡峭的山林里没日没夜地进行搜寻。到了第9天上午，终于在皋兰山营盘岭找到已经坠毁的飞机。但找到飞机时，飞机已经全部烧毁，机上的人员除2人外，已经全部牺牲！

迫降在野外雪地里的苏联援华重型轰炸机

原来，这架飞机1台发动机失灵后，飞机凭借另1台发动机想飞回兰州。但由于风雪太大，飞机动力不足，飞到皋兰山营盘岭时，飞机失控撞到了山岭上。飞机上，当场就有18人遇难，剩下的12人中，重伤7人。这7名重伤人员，由于伤势太重，又得不到及时救治，在两天内相继死亡。剩下的5

人由于事故发生时坐在机尾，伤势相对较轻，他们依靠连续燃烧了2天的飞机余温，和死神进行着顽强的抗争。

当搜索队9天以后找到他们时，令人痛心的是，当即就有3人倒下了，其余2名苏联飞行员，已经奄奄一息，连话也说不出来了。后来人们才知道，为了生存，他们几天来都是靠挖积雪下面的草根、烧烤死去的战友皮带、皮靴方式而顽强活下来的。

这次空难，对于即将开始的武汉会战来说，带来不可估量的损失。

这次空难，除了2名幸存的苏联军人外，23位战斗经验丰富的苏联飞行人员和工程人员牺牲，航空委员会的高级翻译李仲武、南京电台台长张培泽，以及郭家彦、张君泽等3名中国飞行员全部殉国！

李仲武和张培泽是根据南京航空委员会的指令，专程到兰州负责接收、协调苏联援华物资事务的。他们任务完成后，是搭乘这架飞机回南京述职的。

这些人都是当时国内不可多得的人才。

李仲武是当时国内最顶尖的俄语专家，是最早报道苏联"十月革命"的中国记者，也是中共早期领导人瞿秋白在北京俄文专修馆的同学。1920年，经苏联驻天津文化联络员鲍立维介绍，在其姑父梁启超等人支持下，与瞿秋白、俞颂华作为北京《晨报》和上海《时事新报》特聘记者赴苏联采访。在莫斯科，他们拜访了列宁、莫洛托夫、季诺维也夫等苏联领导人，参观了克里姆林宫，把在苏联采访所写的大量通讯和新闻寄回国内，分别在《时事新报》和《晨报》上发表，在沉寂的中国大地上引起强烈反响，为中国共产党的成立做了功不可没的舆论准备。

在苏联，李仲武与瞿秋白关系非常密切，二人入党后受中共旅俄支部领导。1924年回国后，李仲武在广州为加仑将军当翻译，后辞职去浙江宁海结婚。1936年，他去南京航空委员会任秘书。1937年七七事变全国抗战爆发，在苏联开始援助中国后，中国空军需要大批俄文翻译，李仲武在航空委员会担任高级翻译，往来于兰州与南京之间，并通过南京俄文同学会介绍了不少人去兰州参加翻译工作。

张培泽是广东中山人，早年在美国芝加哥工程学院学习，抗战后担任南京无线电台台长。在中国空军非常弱小、无线电联络极其落后的情况下，苏联空军援助中国后，张培泽到兰州后主要是进行陆空无线电联络实验的。张培泽的儿子张壮杰曾回忆道："在飞机失事的前几天，父亲来了一封信。他告诉母亲，要好好教育孩子，要把他们培养出来，祖国的前途需要下一代去肩负。"

飞行员郭家彦是河北献县人，中央航空学校第二期学员，1935年任空军少尉，曾参加过多次对敌作战。

张君泽是四川灌县人，中央航空学校第五期学员。

这次空难发生后，由于怕动摇军心和民心，国民政府有意识地封锁了消息。当时，武汉会战即将打响，全国上下都聚焦武汉，加之兰州地处边远之地，这种消息很难传播出来。所以几十年来这次空难以及在空难中殉国的烈士，都成了一个谜团，被掩埋在历史尘埃之中。至于苏联方面牺牲的人员，在那特定的历史环境中，由于保密原因，更难全部知道他们的英名了。

苏联空军志愿队员普希金在回忆录《莫斯科—武汉》中提到："我们在中国打仗时都是用的假姓，例如机组都是姓'鸟'的名字：索洛金、拉斯多奇金、奥尔洛夫等。"在俄语中，它们分别是喜鹊、燕子和鹰——也难怪，关于这次空难，笔者查阅了几十万字的资料，也没有找到苏联牺牲人员全部的名单。

根据苏联解体后俄罗斯政府解密的相关资料表明：在抗战初期，由于航线陌生、地形复杂、通讯落后、天气恶劣、机场条件差等原因，援华的苏联飞行员时时都在与死神打交道，他们援华的飞机仅在新疆、甘肃两省坠毁的就有45架以上，仅伊-15型气冷式单发单座战斗机就有30多架。许多苏联人民优秀的儿子，忠骨埋在西北大通道的雪岭冰峰和大漠戈壁之中——让我们永远记住他们吧！

2. 一次空前的空中大捷

黑云压城城欲摧，山雨欲来风满楼。

近日，地面的日军调动日益频繁，海军舰船不断向上游逼近，空军对我城市和前沿阵地频频进行轰炸，一切迹象都表明，他们对武汉的全面进攻即将开始。

4月28日上午，武汉空军司令部作战室里，一个秘密会议正在这里召开。中国空军司令周至柔、苏联空军志愿队领队日加列夫将军、中国航空委员会顾问陈纳德上校等人，正在为明天的作战计划进行会商。

"我们刚刚获得情报，明天是日本人的'天长节'，日本空军为了向他们的天皇表示忠心，将有大批飞机出动，轰炸我们的空军基地和汉阳兵工厂。"周至柔对雷恰戈夫等人讲道，"如何对付他们，我想听听大家的意见。"

"情报显示了日本人出动的飞机机型和具体数目吗？"日加列夫认真听完周司令对情况的介绍，沉思了一下问道。

"主要是96式舰载机和96式陆攻轰炸机，具体数目在50架左右。"周至柔回答。

"嘀，来者不善呀！"日加列夫微微点了点头。

"我看这样。"陈纳德点上烟，从嘴里吐出一串烟雾来，"我们何不将计就计，玩个小小的花招，以逸待劳，围而歼之。"

"对，要打，就打他个落花流水！我们将所有的飞机都转移到武汉周围地区，待他们出现时，就集中优势兵力歼灭他们。"日加列夫赞同陈纳德的意见。

"是呀,是应该抓住他们庆祝'鬼王节'这个机会,再给他们一次教训了。"周至柔肯定了日加列夫和陈纳德的意见,他略微思索了一下,"那,今天下午之前,所有停在武汉的飞机全部秘密转场,待明天日本人出现之后,再集中优势兵力,将他们聚而歼之!至于在战术上如何配合,还请日加列夫将军同我们中国空军大队具体商量。"

"好,我马上就去同他们商量。"日加列夫点点头。

执行攻击任务回到武汉空军基地的苏联飞行员

"这次行动,也要绝对保密,除了他们毛瀛初大队长,对其余的人暂时都不能透露半点风声。"周至柔嘱咐道。

依照中苏空军会商的结果,当天下午,苏联空军志愿队秘密转场到孝感机场,中国空军其余飞机也转场到了武汉周围待命。为了迷惑日本间谍,有关人员还故意放出风去,说中苏飞机将趁日本庆祝"天长节"的时候,偷袭南京城。

在日本,每年4月29日,是他们天皇的诞辰之日。这一天,被他们称为"天长节"。中国军民因其天皇是日本鬼子的统帅,则称之为"鬼王节"。

所以正如情报所称，这一天，日本军方要以一个"伟大的胜利"来向天皇献礼——具体就是以轰炸武汉的战果来向天皇报喜。

4月29日14:30，由日本海军第2联合航空队小园少佐率领的28架96式舰载机，以及由棚町少佐带领的27架96式陆攻轰炸机，共计55架敌机组成2个编队，踌躇满志地沿长江一路进发，气势汹汹地向武汉猛扑而来。

日本飞机出发的情报，马上就传到武汉空军指挥部。防空警报响起之后，苏联空军志愿队45架战斗机分别从南昌、孝感机场起飞，中国空军3个大队19架战斗机也在毛瀛初大队长率领下，从武汉王家墩机场起飞，进入迎战状态。这次空战，中苏空军采用的战术是：以机动性较强的伊-15战斗机在武汉东北郊上空巡回，伺机杀入敌机机群，用以对付敌人护航机群；以速度较快的伊-16战斗机在武汉高空守候，坐等入侵的敌人轰炸机。

云淡风轻，能见度好，春日的太阳，正懒懒地悬在半空之上。14:45，远方突然传来巨大的飞机轰鸣声，随即一群黑点逐渐放大——来了，日本人的飞机果然来了！日本96式舰载机首先闯入武昌空域，正好落入我机群的包围圈中。领队的布拉戈维申斯基少校一声呼啸，带领机群，像一只只凌厉的鹰隼，猛然就对着日本机群冲去！乘兴而来的入侵之敌，完全没有预料到这里有如此庞大的机群在迎候他们。日本人的编队被冲乱之后，随即就遭到迎头痛击！刹那间，整个武汉东北郊的天空中，机群翻飞，火光闪烁，枪炮声声，一团混沌。

"狠狠地揍扁他们！"飞行员克拉夫琴科驾着飞机，紧紧地咬住1架日本人的舰载机机尾，猛烈地发射出一串子弹。这串子弹，击中了这架飞机的机翼，只见前面的飞机机身一斜，跌跌撞撞地就往下坠落而去！

天空激烈的混战，惊动了躲在地面防空洞里的武汉军民。战斗进行了不到5分钟，在离地面3000米之上的高空中，便有被击毁的飞机冒着黑烟往下坠落。武汉三镇的300万军民，此时已完全不顾自身安危，纷纷钻出防空洞观战。时《中央日报》载文道:"我武汉无数军民,引颈东望我机群迎战的空域,以示声援,以壮声威。空中的激战既触目又惊心,观战的军民既惊喜又忧心,惟盼我英勇的中国空军,能将入侵的空中强盗消灭干净,还我中华朗朗乾坤!"

此时,由棚町少佐率领的27架轰炸机,也飞抵汉阳上空。我地面高射炮部队早已严阵以待,一见敌机出现,密集的炮火就立即射向空中——而今中国防空部队所使用的高射机枪和高射火炮,都是从苏联运来的最新装备,已是今非昔比,火力强射程高,给空中的飞机造成巨大的威胁。

在中国防空部队猛烈的炮火中,几十架日机不敢恋战,只能在仓促之中盲目将炸弹投下后,便想匆匆逃离。此刻,守候在孝感和黄冈一线的苏联空军志愿队飞机,也与匆匆赶到的日本飞机展开了激战。不久,中国空军大队的飞机也及时赶到,将日机编队团团包围。混乱之中,经过仅仅半小时鏖战,就击落日机21架,其中96式陆攻轰炸机10架、96式战斗机11架,并击伤10余架。

这些敌机分别坠毁在孝感、黄冈、梁子湖、东湖、徐家棚、青山、段家店、洪山、武昌东郊、纸坊、豹子澥、汉口和长江沿岸。日本飞行员被毙50余人,2人跳伞后在青山附近被当地军民生擒。

在此次战斗中,中苏空军共损失战斗机12架,伤亡5人,其中苏联飞行员3人。特别令人感慨唏嘘的是:年仅21岁的中国空军飞行员陈怀民,驾驶着刚刚从兰州接收来的伊-15战斗机,勇猛地直插敌战斗机群中央,仅5分钟就击落1架敌机。于是,5架日本舰载机立即围攻陈怀民。陈怀民座机中弹后,他临危不惧视死如归,驾驶着受伤的战机,猛地撞击日本海军航空队飞行员高桥宪一驾驶的96式舰载机,与其同归于尽!

陈怀民撞机后,曾翻出机舱准备跳伞,却不料降落伞被烈火点燃,身体自3000米高空落下,直坠江心。当地老百姓感佩这位为国捐躯的勇士,几十天里自发地坚持在江中打捞烈士的遗体。直到6月初,烈士的遗体才从淤泥中浮出。人们在他的飞行服中找到1块怀表和他准备给母亲作为日常开销的1块大洋。

丈夫生世能几时,安能蹀躞垂羽翼!

此次空战,是自全国抗战以来,中苏空军联合作战击落日机最多的一次。次日,冯玉祥将军曾赋诗1首纪念这次空战。他在诗的后半部写道:

……

尚有飞将因机伤,猛冲敌机同落地。

前生承认同归于尽,壮烈牺牲神鬼气。

合计打落21架,残敌零星狼狈去。

万众欢腾大拍掌,庆我二次大胜利。

青年空军诸将士,赤胆神威真无比。

气概壮山河,百战皆胜利。

同日,中国共产党《新华日报》在武汉再次发表短评:

全国的民众,应该向英勇的中国空军将士致崇高的敬礼!我们飞将军的奋勇建功,消灭了许多敌机,鼓励了后方的军民,更坚定了抗战的信心,使第2阶段抗战能够更顺利发展。同时,我们更应该为英勇牺牲的将士默哀。今天我们以庆祝"2·18"空军大捷的热烈,来庆祝这个空前的空战大捷,应用更多的力量,来救济遭敌机狂炸的同胞……

3. 刻骨铭心的战斗经历

关于武汉"4·29"激烈的空战,苏联空军志愿队克拉夫琴科上尉在他

第五章　保卫武汉的空中较量

战地日记中有精彩的描述，我们不妨摘录其中的片断，以为佐证：

1938年2月21日，我们离开祖国，辗转来到东方这神秘的国度。小时候，听祖父给我讲过，这里有皇帝居住的富丽堂皇的宫殿，有抵御敌人入侵的万里长城，有奔腾不息的黄河和长江，还有欧洲人喜欢的茶叶、丝绸和瓷器。

教历史的索拉丽娃老师曾经告诉我们，这个文明的国度，已经有了5000多年的历史，它疆域辽阔，美丽富饶；他们的祖先英勇善战，还有无数的创造和发明。但近两三百年以来，这里的统治者总是把自己封闭起来，自以为是沾沾自喜，造成了国家的衰弱和人民的贫穷。近百年以来，世界列强老是欺侮他们，用坚船利炮轰开了他们的国门，强迫他们签订了无数不平等的条约，不断瓜分这里的土地，奴役和压迫这里的人民。

而今，为了支援这个被侵略和奴役的民族，也为了保卫自己的祖国，我们来到这里。我们是无产阶级的军队，应该履行无产阶级的国际义务。临走时，朱可夫将军告诉我们："我们是绝对不可能把我们在中国这场战争不当成是捍卫自己国家社稷、民族尊严战争的，因为这至少是场为我们自己国家门户而战之战，因此根本用不着说，我们就很清楚，这无疑是场我们自己的战争！"

3月2日，我们驾机从兰州出发，来到这个国家长江边上一个城市——武汉。从机上往下眺望，长江像一条巨大的彩练，蜿蜒流淌在辽阔的平原上，平原上有许多湖泊和村庄，还有稀稀落落点缀在田野里的油菜花。如果这里不是正在发生战争，如果不是战争已经毁坏了这里的城市和村庄，这应该是个美丽富饶的地方，这里的人们应该过着和平安详的生活。可，战争让这里的一切全都乱了套。临走时，指挥员告诉我们，日本侵略者每天都在轰炸这里的城市和村庄，放火烧掉他们的房屋和庄稼，还杀死这里的老人和孩子，强奸他们的姐妹，连几岁的女孩子和几十岁的老妇人也不放过，真是太可恶了！

日本人占领上海和南京后，又在向武汉逼近，武汉的全面战斗即将打响。为了保卫武汉，苏联政府应中国政府要求，又迅速向中国增派了一批飞机，其中有CB型高速轰炸机（我们称它为"喀秋莎"）、伊-15型战斗机（我们称它为"黄雀"）和伊-16型战斗机（我们称它为"燕子"）。随着这批飞机的到来，我们志愿队大批飞行员也来到这里，其中有鲍罗戴、达多诺夫、科兹洛夫、普洛特尼科夫、克拉夫琴科和希米纳斯等人。在布拉戈维申斯基将军的指挥下，组成了1个新的战略轰炸大队和战斗机大队。这些飞机除了支援地面部队同日军作战外，还要更有效地打击日本空军，阻止他们对武汉的狂轰滥炸。

来到这里，这里的人对我们很友好，很尊重我们，生活也没有更多的不习惯。除了在天上巡逻和上天打仗，是不允许我们上街去浏览一下这里的市容和风景的，也不能暴露我们苏联空军的身份，其余时间就实在太无聊了。

自从2月18日和3月13日，我们在武汉把日本人狠狠地教训了几次后，这里仿佛一下安静下来。我们来到这里1个多月了，唯一的想法，就是每天上天去与这些狂妄的家伙一决高低！

机会终于又来了！4月28日，苏联空军志愿队接到命令，突然转场到了孝感机场，开始进行战前准备。后来才知道，当天中国空军得到情报，第二天日本人要在他们天皇生日时，集群来轰炸武汉，为他们至高无上的皇帝祝寿。

4月29日，从清晨到中午，克拉夫琴科上尉所在的中队都处在战备状态下，飞机加好油，机枪装好弹，随时准备升空作战。中午13：30左右，警报声突然响起,他即刻也随大队长驾机升空,迅速到达预定的高度,迎接一场大战的到来。飞机在天空中巡弋,这是克拉夫琴科第一次在中国参加战斗,他暗暗下定决心,一定要打好这一仗,争取能打下几架日本鬼子的飞机来!

他的中国空军的战友们每当要驾机上天时,总会相互讲一句俏皮话:"喂,伙计,是骡子是马,牵出来遛遛!"是呀,现在到了"遛遛"的时候了。苏联空军志愿队的飞机在空中严阵以待,只等着日本人的飞机钻进他们张开的口袋里。

当时的兵力布置是,苏联空军志愿队2个中队的伊-16战机在4500米高度,中国空军大队的伊-15战机在5000米高度,还有苏联志愿队的2个中队伊-15在5300米高度。14点45分左右,敌轰炸机群由汉口东北方向进入,在汉口东北侧转弯地段遭到我伊-16战机的攻击。敌轰炸机群由于没有得到其战斗机队有效的掩护,心虚胆怯,一经中国方面的机群攻击,他们的队形就散乱起来,慌慌张张就在长江边将炸弹甩下,东零西散地各自逃窜。见此情形,中苏各个机队也就分别去追击敌人!

日本机群由于分散,减少了防卫能力,正好给了中苏空军攻击的机会,一架一架地被他们击落。克拉夫琴科上尉所在的中队,几乎每个人都有击落敌机的纪录。那些侥幸没有被击落的日本飞机,如惊弓之鸟各自逃生。据地面观察哨发现,有好几架日本飞机是拖着黑烟逃走的。

此时,克拉夫琴科已击毁了1架敌人的轰炸机,那架飞机起火燃烧后落向地面。但他还心有不甘,不想错过难得的战机。此时,他见前面战友古班柯正在追击1架敌人的轰炸机,但他没提防背后有1架日本96式舰载机正要向他攻击。此时,克拉夫琴科什么也不顾了,猛然从两架飞机之间斜插进去。那架96式大概受到惊吓,慌忙之中将一连串的子弹全射向了空洞的天空!克拉夫琴科驾机猛一转弯,速猛地对着那架日机就扫射起来——好,那架日机至少中了他射出的10多发子弹,歪歪斜斜地就向地面落去。与此同时,他的战友古班柯也将他前面那架日本轰炸机打了下来！

克拉夫琴科怀着激动和兴奋的心情写道：

这次胜利，是中国抗战以来空前的一次空战大捷。武汉三镇的市民和工商户捐了很多慰问品，糖果、烟酒、毛巾、衬衣等，用几辆卡车送到航空站。我们参加完战斗后，降落在孝感机场，离汉口市区太远，虽然没有分得那些慰问食品，但每人都得到1件丝绸衬衣，口袋上方用中国文字绣有"空战胜利纪念"几个字——这件有意义的衬衣，至今还保留在我的箱子里。

日本人真是倒霉透了。他们原计划是用战斗机来掩护轰炸机袭击武汉的。那天为什么他们的战斗机没能有效地来掩护轰炸机呢？据中国地面的观察哨所见，敌人的轰炸机群在黄冈北面上空巡航了两大圈，居然没有见到战斗机群，还误以为其战斗机群先到武汉上空去了，所以轰炸机群也就向武汉飞来。敌人的轰炸机群离开黄冈后几分钟，战斗机群也来到黄冈北侧上空（据指挥员告诉我们，日本人的战斗机群是从安庆起飞的，到黄冈稍稍晚了几分钟），也在那里的空中巡航了两大圈，等待轰炸机群。他们不知道轰炸机群已进入武汉上空了。待他们发现轰炸机群已被击败，似一群乱鸟一样各自逃生时，才知道错过了时间，匆匆参加战斗。最后，他们只好丢下20多架还在冒烟的飞机残骸，掩护着20多架伤痕累累的轰炸机，灰溜溜地逃回去了，去庆祝他们为天皇祝寿的"天长节"去了……

在中国的天空进行的这次空战，深深地留存在了我的记忆中。尽管后来在卫国战争中，我又无数次地经历了同法西斯的残酷的战斗，但这次空战，至今还记忆犹新刻骨铭心……

克拉夫琴科上尉在中国只待了1年左右时间，他一共击落了日本人6架飞机。后来，中国国民政府授予他金质奖章，他回国后被授予"苏联英雄"

称号并获得"列宁勋章"。此后他参加了伟大的苏联卫国战争,在斯大林格勒保卫战中腿部和腰部严重负伤,离开了他一生所钟爱的战机,后晋升为苏联空军少将,成为著名的苏联空军教练。

4. 运筹帷幄的苏军顾问

进入5月后,天气一天天热了起来。

火辣辣的太阳每天悬挂在空中,热得让人几乎喘不过气来。饱受战火蹂躏的江汉平原上,稀稀拉拉的油菜花凋谢了,田野里的稻麦枯黄了。为了躲避战火,纵横阡陌的大路和小径上,挤满了扶老携幼、络绎不绝向西逃难的人群。

1938年5月19日,日军攻陷徐州后,日本大本营于5月底制定了汉口作战方案,并召开了御前会议,决定出动14个主力师团,共计25万多兵力、400余架飞机、300余辆坦克、100余艘各型舰艇,准备迅速攻占武汉。他们的打算是:"1月内攻下华中重镇武汉,迫使中国政府投降,尽早结束中国战事。"

来到中国协助抗战的部分苏联军事顾问

武汉保卫战，是中日战争全面爆发以来，中国在战略防御阶段最后一次重大的战役。

为了挫败日军这一阴谋，6月5日，国民政府军事委员会在汉口召开了紧急会议，再次讨论了保卫武汉的战略指导方针，决定调动133个师又13个团，共计110万兵力、24辆坦克、30余艘舰艇，包括苏联空军志愿队在内的近200架飞机，进行武汉保卫战。

以蒋介石为首的国民政府军事委员会，汲取了上海、南京保卫战的经验教训，提出了"有效防御"的作战方针。在这次会上，白崇禧代表军事委员会作出了"以各军之主力分布于武汉外围，巩固武汉之核心。更利用大别山、九宫山、幕阜山、庐山等山脉配置重兵，预筑坚固阵地，及沿长江两岸、鄱阳、大冶等沼泽地带，及田家镇、马垱两岸构筑江防要塞与敌作战略上之持久战，并保持重点于外翼，争取主动"的作战部署。①

蒋介石和他的幕僚们的这种作战方针，在常人看起来，固然是无懈可击固若金汤，但实际效果会怎么样呢？会上，除了一个人，其余的人都没有提出异议——谁会当着蒋介石的面，质疑他的兵力部署和作战方针呢？

这个人就是苏联驻武汉军事总顾问德拉季文将军。

"这种部署，当然有它合理和可取之处。但我们认为，这样的防御依然是被动的，不能更有效地提高作战效能。"德拉季文走到偌大的作战地图前，指着日军进攻的几个方向讲道，"我们的防御，必须要采取积极的防御方针，不然依然是处于被动挨打的境地。"

会场上的俄语翻译，将德拉季文的话如实向与会者进行了翻译。

"那，谈谈你的想法。"蒋介石冷冷地注视着德拉季文，不动声色地说道。

"我们的建议是——"德拉季文用木杆指着地图，"除了这些战区按

---

① 《白崇禧回忆录》第138页，解放军文艺出版社（1987年版）。

照刚才的部署,依托地形进行重点防御外,第三、五、九战区应该实行以攻为守的策略。我建议,应该在这些战区配备精锐的部队、良好的武器和装备,加强火力,特别是加强炮火突击群,选择时机主动出击,首先击溃进攻的日军,变消极防御为积极防御!"

蒋介石闻言,脸上掠过一丝不易察觉的不快,他托住腮部,依然冷冷地盯住德拉季文,没有吭声。苏联军事顾问提出的作战方针,大概在与会者心中激起了波澜,但碍于蒋介石的面子,大家还是没有吭声,会场竟陷入短暂的沉默之中。

读者或许会问:中国军队打仗,对已经作出的战略部署和作战方针,难道还要让外国人来最后定夺不成?其实,这样的事并不奇怪。中国军队聘请外国军事顾问的做法,是由来已久。在第一次国内战争时期,国民党军队的军事顾问是德国人鲍尔,共产党军队的军事顾问是共产国际派来的李德,所以在国民党对江西红军的"围剿"中,都有外国人的影子。

北伐战争前,国民政府聘请的主要是苏联军事顾问;北伐战争后,国民党政府改换为德国军事顾问。德国人鲍尔、赛克特、佛采尔和法尔肯豪森等人都曾先后担任过蒋介石的总顾问。在抗战爆发前,德国在华军事顾问已有70余人。他们在帮助蒋介石巩固政权、"围剿"红军等方面,是很受蒋介石赏识的。但好景不长,1936年,日德签订《反共产国际协定》后,日德关系便日趋密切;中日战争爆发后,德国便宣布保持中立,不久又宣布承认"满洲国"。1938年3月,德国停止了接受中国赴德受训的军事人员,随即又下令对中国实行军火禁运,并召回了在华的全体德国顾问——此后,中德之间就终止了军事合作关系。而此时,随着中苏《互不侵犯条约》的签订和苏联援华的开展,聘用苏联顾问便是顺理成章的事了。

早在1937年2月,中苏双方在商洽军事技术协定时,就谈到派遣苏联教官来华训练中国飞行员和坦克手的问题;杨杰带领的军事代表团到莫斯科洽购军火援助时,也多次提到聘请军事顾问一事。斯大林在了解了中国方面这一要求后,当即欣然应允。

中国对苏联顾问的渴求,与苏联顾问曾给中国方面留下良好的印象有关。北伐战争期间,国民革命军中的许多苏联顾问,足智多谋英勇善战,为北伐胜利建立了殊勋——像当时曾任总军事顾问的加仑,蒋介石就对其印象极佳。抗战爆发后,他几次要求苏方再派加仑来担任自己的顾问。1937年8月2日,蒋介石在同苏联驻华大使鲍格莫洛夫会谈时,专门提到加仑。他说,他很想会见加仑,如果加仑能来华继续担任他的顾问,他很高兴。随后,他又几次电示驻苏大使杨杰,嘱其与斯大林、伏罗希洛夫会商时,一定要表明"可否派一得力顾问如加仑者来华协助,作为权威性顾问"的要求。

可从莫斯科发来的回电,却使蒋介石大失所望!原来,加仑自1927年回国后,曾任苏联远东特别集团军司令和远东方面军司令,但他永远不可能来作蒋介石的顾问了!杨杰给蒋介石的回电是:"据苏联有关方面讲,查加仑精通军事,然也爱女色,致堕敌方奸计,竟受敌方赠与日女,泄露机密,败坏纪律,依法罪当处死,业已执行枪决。"

然而,历史的真相是:这位在中国家喻户晓的苏联将军,他的真名叫布柳赫尔,是苏军中神话般的英雄人物,也是第一批获得元帅军衔、获得苏联"战斗红旗勋章"和"红星勋章"的第一人,号称"远东军魂"。然令人扼腕长叹的是,这位杰出的苏联红军将领,却惨死于苏共的大清洗运动之中。1938年11月9日,因受到严刑拷打致残,他含冤签下了认罪书后,惨死在审讯室里。据目击者后来回忆说,他死后,整个尸体看起来就像被坦克碾压过一样。

由于这位将军在苏联享有崇高的威望,因此官方始终没有公布他被捕和死亡的消息。直到18年后,人们才得知他蒙冤遇难的事情;28年后的1966年,他才得到平反昭雪——当然此是后话了。

得知加仑已经不在人世的消息，蒋介石在感慨唏嘘之余，只能任由苏联政府派给他另外的军事顾问了。

1937年11月，淞沪会战时，德拉季文作为苏联驻华使馆武官来到中国，不久便被任命为中国军队总军事顾问。随即，苏联白俄罗斯军区副司令员、后来赫赫有名的"战神"朱可夫元帅，也随苏联一个军事代表团来到中国——但朱可夫在华时间不长，就应召回国了。

南京失陷后，随着战事的发展，大批苏联顾问又源源不断来到中国。他们在华工作的使命主要是两大项：一是帮助拟定中国军队的重大作战计划；二是帮助训练中国军队。不久，根据工作需要，军事顾问机构也建立起来。这个机构，实际上是一个覆盖国民党军队各主要战区、各军兵种的顾问系统。这个顾问系统设总顾问1名，隶属于最高统帅部；各战区设高级顾问1名或数名，隶属于各战区长官。

在苏联援华抗日的4年中，先后有4名将军担任过中国军事总顾问，他们分别是：德拉季文、切列潘诺夫、卡恰诺夫、崔可夫。这些军事顾问，一般说来军政素质都是优良的。在军事方面，他们富有作战经验，有的人来华前就参加了西班牙保卫马德里的战役。如首任总顾问德拉季文，他当时就已经是苏军的军长了。德拉季文来华时间不长，就发现国民党军队作战几乎都是被动防御，效果很差。于是便提出要适时展开进攻，变被动防御为主动防御——1938年4月的台儿庄大捷，就是这种进攻型防御的战果。再如最后1任总顾问崔可夫，19岁就当团长，1927年就曾来华担任顾问工作，他富有指挥才能，熟谙中国情况，善于调查研究，1941年2月他来华后，就帮助中国军队较好地制订了进攻宜昌和保卫长沙的计划。

在政治素质方面，这些苏联顾问更具有优势。他们不是像德国顾问那样是以雇佣者的身份来到中国的，而是出于对中国人民正义斗争事业的同情和支持，肩负着国际义务来华工作的，因此能更加自觉和勤奋地工作。来到中国后，他们大部分时间都是在部队度过的，并经常到前线以身示范指挥作战，这种良好的作风也直接影响到国民党的高级将领，使他们也不得不"从正襟危坐于其中的轿子里出来，与顾问们并排步行"。

为了能协调一致的工作，苏联顾问还善于处理同国民党将领的关系。每逢意见相左时，他们很注意工作方法，耐心说服这些将领接受自己的意见。在处理军队内部腐败行为时，这些顾问也能比较策略地加以抵制。崔可夫任总顾问时，发现国民党将领往往通过向上级假报士兵花名单，将死者的军饷装入自己的腰包。他知道在国民党统治下的军队中，这已是一个顽疾，要改变这种欺上瞒下的风气是不可能的，于是便在"制定抵抗侵略者的行动计划时，总是要打折扣"，即压缩参战部队所报兵员人数，这当然会对发饷部门起到一种暗示作用。

毋庸讳言，在素质和军纪普遍较差的国民党军队中，正是由于苏联顾问有着良好的政治素养和斗争策略，一方面对部队产生了好的影响，另一方面才能维系二者之间的关系，从而保证了顾问工作的开展——当然，此是后话了，还是让我们回到保卫武汉战役中来。

6月5日，在武汉国民政府军事委员会召开的紧急军事会议上，关于是以守为守还是以攻为守的作战方针，由于蒋介石固执己见，并没有很好得到统一。以致在战斗打响之后，中国军队开始溃败之时，蒋介石才领悟到德拉季文的作战方针可贵之处，他想努力扭转战场的局势，可惜为时已晚了。所以有人说：作为一个政治领袖的蒋介石，他只是一个战术家而不是一个战略家；他的战略，只是一个避免失败的战略，而不是一个争取胜利的战略——此话应该是比较中肯的。

5. 中国空军的跨海远征

一轮鹅黄色的月亮，悬浮在淡淡的云彩之中；几颗若明若暗的星星，点缀在深邃的海空之上；猎猎的海风从空旷的原野上吹来，带着浓浓的海腥味道。

1938年5月19日，浙江宁波栎社机场。

执行远征任务的轰炸机组飞行人员

夜色中，2架马丁重型轰炸机静静地停在跑道上，等待着队长徐焕升的起飞命令——经过2个多月的精心准备，中国空军跨海东征日本的行动，今晚就要开始了。

要跨海轰炸日本本土，这样行动实在是太冒险了！

对于这次远征，国民政府军事委员会和空军指挥部已经谋划了整整1年多。而今，特别是在徐州会战结束、台儿庄失守的情形下，太需要给日本人一次沉重的心理打击，也太需要一次重大的胜利来鼓舞中国军民抗战的信心和斗志了。

没有金刚钻，哪敢去揽瓷器活！这次行动的具体策划和组织者，就是蒋介石侍从室的徐焕升上尉。徐焕升，他早年就学于中央陆军军官学校，1928年选入该校航空队学习，1929年被派往汉莎航空公司学习海上长途飞行。归国后，由于专业特殊，进入委员长侍从室从事蒋介石专机驾驶——正是因为他特殊的经历和学识，才敢自告奋勇组织和策划这样的冒险行动。

今年3月，自从马丁139WC飞机被徐焕升等人从外籍人那里夺回后，中国空军指挥部在苏联军事顾问德拉季文将军、空军志愿队波雷宁上尉等人的协助下，重新制订了《对日本国内的袭击计划》，准备以宁波、诸暨2个机场为出发地，选定日本佐世保和八幡市为轰炸目标。经过仔细计算，若从宁波起飞，至八幡市为980公里，马丁139WC飞机往返时间为6小时。

为了执行这次远征任务，徐焕升又从中国空军各大队挑选了几个出类拔萃的飞行员、领航员和通信员。这些人集中在成都凤凰山机场以后，在徐焕升的率领下，开始对马丁飞机的性能进行摸索测试。为了在行动中严格保密，他们专门编制了1套电文密码。为了躲避返航途中遭到日本人追击，他们决定不在沿海机场着陆加油。最后，因考虑到仅靠2架飞机的炸弹对日进行空袭，肯定难以取得震撼效果。于是，国民政府军委会决定用传单取代炸弹，用传单轰炸日本本土，以宣传我国抗战意志，唤起日本民众觉醒。

万事俱备，只欠东风。经过1个多月的秘密训练，徐焕升等2个机组计划于5月中旬执行远征任务。由于当时的技术条件限制，对日轰炸必须选择一个月光皎洁的夜晚，只有那样，才能供飞行员目视飞行、导航和发现地面目标。

5月19日，武汉前线战事日趋紧张，此时月亮即将转为下弦月。如若下弦月出现，就难以进行夜间飞行了。时不我待，当天中午12时，徐焕升根据自己长期在海上的飞行经验，毅然请示空军司令部在当天执行任务。空军司令立即作出决定，同意了徐焕升的请求。1个小时之后，2架马丁轰炸机从武汉王家墩机场起飞。按照苏联志愿队波雷宁上尉的建议：飞机先向南直飞，以避开长江沿岸日军的耳目,然后转经南昌,再直飞宁波机场。

17：55,徐焕升率领的机队顺利到达宁波栎杜机场。由于天色尚早,2个机组的人员待在机场上,静静地等待夜幕的降临。

月亮慢慢移向中天,夜越来越深了。23：30,远征队队长徐焕升简单与指挥部沟通后,果断地下达了出发命令!2架满载传单的马丁飞机,在跑道上滑行一段距离后,在夜色中悄然起飞。此时,机场上只有微弱的航灯在闪烁,没有一个人影。为了保密,他们这次行动连一个送行的人也没有。

飞机升空后,按照预先确定的方式,迅速熄灭了机内的灯光。为了防止被舟山群岛的日军防空警戒哨发现,机队自宁波出海后先飞向南方,然后再转弯照准日本九州方向飞行。飞机平飞之后,徐焕升交代通信员吴积冲向指挥部发出了第1份电文:

职谨率全体出征人员,向最高领袖蒋委员长及诸位长官敬礼,以示参与此项工作之荣幸,并誓以牺牲决心,尽最大努力,完成此非常之使命!

徐焕升　皓

征途漫漫,长风猎猎。

这是中国空军史无前例的一次跨海长途飞行。

此时,在海天之上的2架中国轰炸机,飞行员只能依靠宁波电台发射的定向长波声音,来判断飞机前进的角度;无线电员则只能靠收听上海徐家汇电台广播的英语沿海天气预报,来推测航道上的气象条件。茫茫云空,浩浩大海。过了午夜时分,为了使地面指挥部了解机队动向,徐焕升于00：35再次拍发了1份密报:"云太高,不见月光,完全用盲目飞行。"

2架飞机盲目飞行1个小时之后,见云层高度逐渐降低,经验丰富的徐焕升拉起机头,飞机便迅速钻出云层。云层之上,圆圆的月亮已移向西边的天空，皎洁的月光照进机舱里来，映照在每个机组人员肃穆而又庄重的脸颊上——此刻，机上的每一个人，似乎都怀着"荆轲刺秦王"那种悲壮的情怀，直闯日寇的老巢！

凌晨2:20，夜空中突然出现了一道地平线。空勤人员马上查证航图，他们惊喜地认定，那就是日本九州！随即，他们就清晰地发现了地面上的1座城市——据推算，这座城市应该是日本熊本市。好！随着机长一个手势，2架飞机上的通信员立即将尾舱里装着传单的麻袋搬了出来，打开麻袋，迅速从舱板下的射击口投出！一张张白色的传单离开飞机，立即就像雪片一样在日本的天空中漫天飞舞起来，纷纷扬扬地飘落在这个制造战争的野蛮国度里。

日本的居民们此时恐怕还在睡梦之中，他们哪里知道，2架从中国大陆飞来的轰炸机，以熊本市为起点，以月亮为航标，在日本本土上，向北作大圆弧飞行。飞机途经久留米时，还可见地面的灯光；但到达福冈之后，地面则实行了灯火管制，全城一片漆黑——这说明，中国空军跨海轰炸的行动，日本人已经有了察觉。

这些白纸黑字的传单，成吨地沿着日本九州的天空投落下去，撒遍了日本本土的城市和乡村。传单的内容有：中华民国外交协会《告日本政党人士书》、中华民国农民协会《告日本农民大众书》、中华民国总商会《告日本商工业者书》、中华民国总工会《告日本的劳动者诸君书》。它轰炸的不是日本人的建筑和肉体，而是日本人的心理，呼唤的是人类社会的正义和良知，传递的是中国人民对于战争的愤慨和厌恶，谴责的是日本军国主义者发动侵略战争屠戮亚洲人民的罪恶行径，表明的是中国人民抗战的意志和决心，唤起的是世界人民热爱和平的希冀与呼声……

凌晨4:00，马丁飞机已经在日本上空飞行达1小时40分，2架飞机按预先拟定的计划，各自完成了最后一段航程，先后从长崎附近脱离日本领空出海。飞行在茫茫的大海上，回想刚才在日本领空的经历，回望漂浮在大海中的日本土地，飞机上所有的人不由得轻轻吐了一口气——但，此时大家并不敢有丝毫的松懈，因为身后的大海上已经露出了晨光，一旦天亮，马丁轰炸机便失去了躲避日本战斗机的最后屏障。

还好，返航途中，没有遭到日本飞机追击。

不过，在接近中国大陆时，天气突变，云层渐厚，2架飞机穿行在厚厚的云层中，根本无法彼此照应；机上的电台呼叫也不灵，只能通过地面电台指挥飞机的航向和沟通信息。不久，飞机又遇到强大气流袭击，在毫无征兆的情况下就骤降了一两百米，他们费了很大的功夫，才把飞机拉起。几番剧烈折腾，让人担心不已。

当飞机穿过强气流，再度与地面指挥部取得联系之后，却又被告之浙江沿岸日军基地已有飞机起飞拦截。于是，徐焕升不得不指挥飞机绕过浙江海岸而行。如此一来，飞机比预定的飞行时间多花了1个多小时。

早晨9:24，徐焕升驾驶的飞机在南昌降落；而另一架飞机经宁波后在江西玉山落地。但玉山只是1座小型备降机场，连加油也只能靠人工用小桶注入。面对此种情况，机组人员十分着急，生怕日机寻踪前来进行报复袭击。

终于，2架马丁飞机相互取得联系后，在空中重新编队飞往武汉，11:30，安全降落在汉口王家墩机场。

此时，机场上早已人山人海，鞭炮齐鸣。国民政府行政院长孔祥熙、军政部长何应钦，中共中央和八路军代表周恩来、吴玉章、罗炳辉等亲自到机场迎接。8位远征日本的勇士刚一走下飞机，就被欢乐的人群抬了起来，一次次抛向空中！

"我国的空军，确实是一个新的神鹰队伍，正因为他们历史短而没有坏的传统，所以民族意识特别浓厚，而能建树如此多的伟大战绩，这更增加了我们的敬意。"①欢迎仪式上,周恩来代表中共中央发表了如此激情洋溢的讲话。

"中国空军的成功发展,创造出许许多多光荣的战绩,这一次又出人意料地完成了远征日本的艰巨任务。这件事意义十分重大,也饶有趣味,我们向这些空中的勇士致敬!通过这次跨海远征,更证明中国空军在抗战中占有十分重要的地位,在将来无疑会充当更重要的角色!"苏联军事顾问德拉季文将军也代表全体援华军事人员,给了中国空军如此的评价。

中国空军夜袭日本本土,投下了数吨中国传单,传单投放的范围遍布日本九州。这是日本有史以来第一次遭到外国飞机的袭击,彻底打破了"大日本神圣领空不可入袭"的神话,大灭了日本人的嚣张气焰,大长了中国人民的志气,坚定了中国军民抗战的意志和信心。中国空军的这次行动,不但在中国和日本土地上引起强烈反响,连整个世界也不得不对中国的军事实力重新作出评判。

6. 义薄云天的英勇壮举

死去元知万事空,
但悲不见九州同。
王师北定中原日,
家祭无忘告乃翁。

又是一个晴天,天空似乎很平静。早上起来军训结束后,吃过早饭,苏联飞行员古班柯与克拉夫琴科轮到值班,他们正坐在机场草坪上,听随军的翻译赖云给他们讲解中国宋代诗人陆游的故事和他的诗词。

---

① 陈应明、廖新华:《中国空军抗日战史》,航空工业出版社2006年1月版,第137页。

古班柯和克拉夫琴科都是上尉军衔,他们不但是亲密的战友,而且是一对好朋友,他们都参加过西班牙的民族革命战争,1938年2月,他们又一同来到中国参加对日作战。两个年轻人都喜欢读史写诗,来到这里,他们对古老的中国充满着好奇,什么都想了解,什么都想知道。一有空,总喜欢缠着翻译赖云给他们讲中国的故事,讲中国的诗词。

"哦,您讲的这个叫陆游的诗人,他是个爱国的诗人;他写的这首诗歌,饱含着忧国忧民的感情。"古班柯听完赖云的讲解,他闪动着一双深邃的眼睛,对他说道,"他这首诗讲的就是,不看见自己的军队收复失地,不看见天下太平,就是死了也不甘心——赖,您讲的是这个意思吧?"

"对,是这个意思。"赖云答道。

"他还有一个意思,如果在死前没见到自己的军队收复失地,没看到天下太平,就是死了以后,也要自己的子孙把胜利的消息告诉他,他才没有遗憾,才能安息。"克拉夫琴科接着说。

"对,你们的理解都非常对。"赖云想了想,接着对他们说,"我再给你们讲一个关于中国诗人的故事,你们想知道吗?"

"当然想知道。"古班柯和克拉夫琴科点点头。

"再过两天,就是我们中国人的传统节日——'端阳节'了。往年,在这个节日里,中国人都要划龙舟、吃粽子、喝雄黄酒,很隆重很热闹地来庆祝这个节日的。"

"我听说过,这个节日好像是纪念你们一个先人的。"克拉夫琴科说。

"对,但你们肯定不知道它的具体来历。"赖云说。

"我们还真不知道它的来历,赖,你快给我们讲讲。"古班柯像孩子般那样望着赖云,好奇地问。

"这是我们中国人纪念一个伟大诗人的日子。"赖云清了清嗓子,慢慢地讲了起来，"早在2000多年前，那时还是中国的战国时期，在楚国有一位诗人叫屈原。这个楚国，就是现在你们脚下的这块土地。这个屈原，他写下了大量的爱国诗篇，开了中国格律诗歌的先河。后来，他的国家遭受别国侵略时，由于国王不接受他的爱国主张，致使国土沦丧。当敌人打进他国家时，他满怀悲愤之情，抱着石头投汨罗江自尽了——后来的人们，因为崇敬他的才华和气节，便在他投江的这个日子里，来到江边祭奠他。渐渐地，我们的先人就把这个日子定为'端阳节'了。"

"啊，中国的诗人，和我们俄罗斯的诗人一样，都热爱着自己的祖国，热爱着自己的人民；中国这个民族，和我们俄罗斯民族一样，真是个伟大的民族。"古班柯听完赖云讲屈原的故事后，他沉默了一会儿，叹了口气，十分感慨地说道，"这样的民族，是不会被任何侵略者所征服的。"

太阳出来了，照射在草叶的露珠上，闪烁着晶莹光彩；那停泊在草坪上的一排排飞机，发出银灰色的光泽；遥远的天空中，几只鸽子带着哨响掠过天空——古班柯和克拉夫琴科望着远飞的鸽群，陷入了短暂的遐想：如果不是因为战争，他们真想留在这里，好好地学习一下中国文化，好好地了解一下这个伟大而古老的国家。

鸽群渐渐远去，天空中又恢复了短暂的平静。

此时，尽管中华大地上战火纷飞，日本人正龇牙咧嘴，欲一口吞下武汉之时，但随着长沙、衡阳、成都、重庆、广州和桂林飞机场陆续投入使用，苏联空军志愿队的活动范围已大大扩大。在最近几个月里，他们到达中国的飞机，每架飞机作战时间已达到130～290小时，共击落了70多架日本飞机，炸毁30多艘日本舰船，还支援了娘子关、台儿庄等地面作战，给予了日军沉重打击。

在中苏联合空军的不断打击下，特别是连续对南京机场、日军水面舰船、台湾松山基地进行大规模战略轰炸后，日本空军不得不调整了空中战略部署，他们既要持续不断地轰炸中国的城市平民区，又要在出击时力图避开和苏联飞机交锋，以避免损失。如此，近一二十天以来，武汉的天空中出现了少有的平静。

然而，树欲静而风不止！

正当赖云还在给古班柯和克拉夫琴科讲中国民间"端阳节"的习俗时——突然，机场指挥塔上的警报声响了起来！

"有情况！"古班柯和克拉夫琴科听见警报声响起，连招呼也顾不得同赖云打上一声，立即就和其他战备执勤飞行员一道，飞身就朝自己的战机跑去，登上座机，发动引擎，等待起飞命令。

"砰！"一颗红色的信号弹骤然升起，大队长布拉戈维申斯基驾驶的伊-16战机率先升空。紧接着，古班柯和克拉夫琴科相互挥了挥手，也驾驶着飞机一前一后滑上跑道，迅速升上天空。

这两个同住一室的亲密战友，在残酷的空战中，都曾密切配合作战，并多次救过彼此的生命。在3月13日的武汉空战中，古班柯发现克拉夫琴科的飞机被日机击成重伤，而日机仍在穷追不舍，而此时他弹药已经打光，但他仍然勇敢地冲了过去，赶走了那架追赶克拉夫琴科的日本飞机，并一直护送着克拉夫琴科安全跳伞；而在4月29日空战中，当古班柯正在追击1架日本轰炸机时，没提防背后的1架日机对他的偷袭，克拉夫琴科见状猛然从两架飞机空隙中钻了过去，让日机对着天空放了空枪，然后他把这架日机揍了下去！还有1次战斗中，古班柯打下1架日机后，自己的飞机也被日机击中，他被迫跳伞，但日本人不顾国际公约，对已跳伞的古班柯不断跟踪扫射。此时，克拉夫琴科发现这个紧急情况后，又立即就冲了过去，用猛烈的扫射赶跑了日本飞机，并一直在空中保护着古班柯安全着地。

这是一对生死与共的好战友好兄弟。

5月29日这一天，不甘失败的日本人又出动了18架轰炸机、36架战斗机袭击武汉。此时，已经升空的志愿队飞行员面对集群而来的日本飞机，毫不畏惧果断迎战。他们冒着密集的炮火，杀进敌人机群。古班柯和克拉夫琴科跟着大队长，冲进日机机群后，各自咬住1架轰炸机，就猛烈开起火来！

又是一场昏天黑地的混战！

混战中，不断有飞机拖着大火逃出空中阵地，不断有飞机冒着黑烟往下坠落。激烈战斗不知持续了多久，古班柯亡命地追击1架日本轰炸机并将它击落后，驾机刚好转弯准备返回时，突然看见1架日本战斗机正喷着火舌对着他冲来。危急之中，古班柯环顾四周，已经没有1架自己人的飞机，他迅速操纵飞机一个翻滚，躲过那架日机对他的攻击，对准那架日机扳动枪机准备反击——可，他连扳了几次扳机，机枪里已经没有1粒子弹！在刚才激烈的空战中，他的子弹已经全部打光了！

情形万分危急！在这危急的关头，一瞬间古班柯反而镇定下来，他利用自己飞机在空中的优势，毫不犹豫对着那架日机就迎面撞去！好个古班柯，他凭着娴熟的驾驶技巧，利用机头上转动的螺旋桨，对着迎面而来的日机机翼撞去——好，古班柯飞机的螺旋桨被撞掉了1块，但锋利的桨叶却削掉了日机左侧的机翼！那架日本的96式战机机身一歪，歪歪斜斜就从空中落了下去！

古班柯望着那架不断往下坠落的日机，他会心地笑了一下，谨慎地驾驶着自己受伤的飞机，一转弯，跌跌撞撞地就朝自己的机场飞去！机身抖动，引擎轰鸣——古班柯驾驶着受伤的飞机，竟然，经过一番惊险的努力，平安地迫降在了自己的机场上！

"了不起，我勇敢的兄弟！"当古班柯的飞机降落在跑道上时，已回到机场的战友们，特别是大队长布拉戈维申斯基一下冲到他的飞机前，狠狠地给了他一拳，然后紧紧地和他拥抱起来。克拉夫琴科更是一下冲到他跟前，把古班柯抱起来，又一下摔在地上，两人在地上滚成了一团。他用这种方式，表达他看着战友平安归来的激动和喜悦，并祝贺他的这位兄弟，创造了苏联空军史上撞落敌机自己却安全返航的奇迹！

这个驾机撞击日机的年轻上尉古班柯，在中国抗日战场上共打下了7架日本飞机，获得了国民政府颁发的"金质奖章"。中国空军司令周至柔在颁奖仪式上，称赞古班柯大义凛然，驾机撞机的行动是"义薄云天的英勇壮举"。古班柯1938年8月奉命归国后，参加了伟大的卫国战争，还2次获得"苏联英雄"称号和"列宁勋章"，后担任白俄罗斯军区空军副司令。

7. 望穿秋水的苦苦等待

秋分时节，苏联阿拉木图市达雅科斯村。

夕阳慢慢挨近了西山，它的最后一抹余照将天地涂抹得一片昏黄。瑟瑟的晚风吹来，一片片白杨树叶从空中飘落下来，不断跌落在伊莉娅的脚下。

地里的庄稼已经收割了，田野变得一片荒芜和寂寥；村上那条通向阿拉木图市区的小路，也变得孤独而漫长，似乎没有尽头。白杨树下，伊莉娅抱着刚出生的孩子，久久地凝望着眼前那条小路，半天一动不动——然而，小路的尽头空落落的，没有一个人影，只是远处空中偶尔传来几声暮鸦归巢的啼叫。

少顷，天空中一群排成人字形的大雁，从北方飞来，趁着暮色正努力向南飞去。伊莉娅抬起头，怅然若失地望着那远飞的雁群，两行泪水从她脸颊上悄悄流了下来……

算起来，丈夫舒伯特去年秋天离开阿拉木图，迄今已是整整1年了。丈夫走时说过，他打完仗就会回来；而且他答应过她，一定会带着军功章，争取早一点回来。可自从丈夫一走，就仿佛从这个人间蒸发了似的，没有半点音信传回来。

苏联飞虎队——苏联空军志愿队援华抗日纪实

多少个夜晚，伊莉娅都走出自家院门，对着东方的月亮和星星，默默地为丈夫祈祷，祈祷丈夫平安吉祥；多少个早晨和黄昏，她都来到村口这棵白杨树下，望着这条通往阿拉木图的小路，盼望穿着军装的丈夫能突然出现在小路的尽头——可望穿秋水，哪能看得见丈夫归来的身影！

3个多月前，她肚子里的孩子快要降生了。那时，她多么盼望在孩子出生时，丈夫能回到她的身边来啊！那样，丈夫除了可以在孩子出生时安慰和照顾她，还能亲眼见到他们可爱的孩子是如何来到这个世界的——可一次次的祈求，一次次的期盼，得到的只有失望又加失望，从那遥远的东方，依然没有传来任何丈夫的消息！

孩子终于出生了。她给他生了个小男孩。这个刚出生的小伙子，就像他父亲一样，虎头虎脑，长着一头卷曲的头发，一生下来哭声就无比嘹亮——伊莉娅的父亲说，这小子将来长大了，一定像他老子一样，也是一个当空军飞行员的料！

而今，孩子已经出生3个月了，伊莉娅还等着丈夫回来给孩子取个名字——可，舒伯特，你到底在哪里呀？怎么还不回来呀！

暮色更浓了。突然，两只归巢的乌鸦，在杨树顶上盘旋着，发出几声"哇哇"的啼叫。这叫声，惊醒了伊莉娅怀里的孩子，孩子也"哇"的一声哭叫起来！

听着乌鸦的叫声和孩子的哭声，不知为什么，伊莉娅心中"咯噔"了一下，突地掠过一丝不祥的预感来。

大千世界，冥冥之中，在最亲密的人之间，或许真能通过时空传递某种信息；这种信息，或许真能穿越时空让人能够感知——说来令人难以置信的是，此时，一个给伊莉娅带来噩耗的人，正匆匆行走在这条小路的暮色中……

远隔万里的伊莉娅当然无法知道，其实早在3个多月前，也就是在孩子即将出生时,伊莉娅的丈夫舒伯特,已经牺牲在了中国抗日的战场上。

……

骄阳似火,热风如刀。1938年的夏天,在中国华中战场上,依然每天都是铁血横飞、硝烟弥漫。

日本人自攻下上海和南京之后,气焰更是嚣张。从1938年6月9日起,日军开始大举进攻武汉。他们投入的兵力,除了陆军10多个师团外,单是陆军航空兵就有7个战斗机中队、4个侦察机中队、6个轻型轰炸机中队、4个重型轰炸机中队;海军航空兵有12、13、15航空队和第3联合航空队,共计有各型飞机400余架。

中国方面,除地面部队以外,空军只有2个轰炸机大队、3个战斗机大队和1个独立侦察机中队,仅有126架飞机;苏联空军志愿队此时在华兵力为3个飞行大队,有轰炸机和战斗机120架,飞行员200余人,其他战斗员310多人,成为空中作战的主力。

遵照国民政府军事委员会制定的作战方针,为了挫败日军进攻,有效保卫武汉,苏联空军志愿队联手中国空军,一是护卫武汉,拦截空袭武汉的敌机;二是配合地面军队作战,减轻前线阵地的压力;三是主动出击,轰炸日军机场和舰船,阻止日军沿江进攻。

伊莉娅的丈夫舒伯特,自4月中旬伤愈归队后,他就驾机执行了五六次侦察和拦截任务。进入6月以后,他所在的战斗机大队几乎每天都升空同日军作战。在激烈的空战中,苏联空军志愿队虽取得不菲的战绩,但每天也有飞机损失,也有飞行员牺牲。

7月17日清晨,日军18架轰炸机在21架战斗机的掩护下,从南京机场倾巢出动,前往武汉市区执行轰炸任务。舒伯特所在大队的37架战斗机,奉命起飞进行拦截,在汉口东郊的天空中,与迎面扑来的敌机展开了一场激烈的空战。

苏联飞虎队——苏联空军志愿队援华抗日纪实

　　升空信号弹升起，舒伯特驾驶着战机，紧随着大队长布拉戈维申斯基升上天空。面对像马蜂一样扑来的日本机群，舒伯特首先就对着目标大、速度慢的敌轰炸机冲去。此时，由于日本人已新装备97式战机，这种战机的作战性能，比先前的飞机有了很大的提高。所以，这场残酷的空战，中苏双方几乎是势均力敌。

　　在混乱的空战中，舒伯特冲进敌阵，首先咬住的那架日本轰炸机，正是日本号称"王牌飞行员"良木中川大尉驾驶的飞机。凭着娴熟的技术，舒伯特一下将自己的飞机拉升起来，占据了高度优势后，他对着这架轰炸机就是一阵猛射！在敌机试图转弯脱逃之际，被舒伯特射出的一串子弹击中。顷刻之间，这架飞机的油箱就燃起大火，拼命向外逃去。见此情形，舒伯特猛一加油，迅速追了上去。

　　未曾想，良木中川驾驶的这架轰炸机，在脱逃之时，大火越烧越是猛烈；正当舒伯特准备再次对它攻击时，那架飞机却螺旋形地下降起来！随即，他看见几个人影从机舱里跳了出来，打开了降落伞。一瞬间，那架受伤的飞机已经机头向下，迅速朝地面坠去！

　　舒伯特见敌机坠落，他迅速转过机头，准备再战之时，突然发现两架日军97式战斗机，正凶狠地向他包抄过来。舒伯特正准备拉升飞机时，迎面向他扑来的那架日机，猛地对他射出了一串子弹！子弹打中了他的飞机，发出"当当"的声响。舒伯特定睛一看，他的机翼上出现了几个弹孔，还有两颗子弹击中了他的座舱——幸好，他没有受伤。

　　说时迟那时快，舒伯特也迅速扳动扳机，对着攻击他那架敌机猛地射出一串子弹，打中了那架敌机的座舱——但，他再扣扳机，却没有子弹了！与此同时，舒伯特突然发现自己飞机油箱也冒起烟来，而且烟火越来越大。左侧的那架敌机见状，飞速逼了上来，欲把舒伯特置于死地。

　　"撤出战斗！快跳伞、快跳伞！"此时，从远处赶来支援舒伯特的大队长布拉戈维申斯基见此情形，急得在座舱里大声疾喊——然而，在这万分危急的关头，布拉戈维申斯基看见舒伯特不但毅然放弃了跳伞，反而驾着自己冒烟的飞机，猛然地对着前来攻击他的那架97式日机撞去！

"轰"的一声巨响，空中突地爆起一个巨大的火球！耀眼的火光闪起的那一瞬间，布拉戈维申斯基一下闭上眼睛，眼泪突地从他眼缝中涌了出来！

年轻的苏联飞行员舒伯特，驾机与那架日本飞机同归于尽！

舒伯特的英雄壮举，在中国抗日战场激起巨大反响。"一个外国军人，为了中国人民的解放事业，在生与死的考验面前，竟毫不犹豫地献出自己的生命，选择与敌人同归于尽，其情其景，让人不得不感慨唏嘘、肃然起敬！"其时，中共主办的《新华日报》发表了署名文章，满怀深情地这样赞叹道。

国民政府军事委员会为舒伯特中尉专门举行了追思会，颁发了嘉奖令，同时向他颁发了"金质奖章"，追授为少校军衔。

舒伯特驾驶战机撞向敌人的飞机、与敌人同归于尽的消息传到国军第4野战医院后，曾经为他输过血、治过伤的医生郑莹洁，闻讯后伤心欲绝，关起房门来哭了整整一天，一双眼睛哭得像两只胡桃。

……

此时，达雅科斯村的田野上，暮色更浓了，伊莉娅眼前那条小路，以及小路上匆匆走来的那个人影，也逐渐变得模糊起来。

"伊莉娅，回去吧。"父亲库耶克里拄着一支手杖，不知什么时候来到伊莉娅身后，他喑哑地对女儿说道，"天凉了，别把孩子冻着了……"

伊莉娅回头看了父亲一眼，用毯子裹了裹怀里的孩子，眺望着小路上走过来的那个人影，许久没有吱声。

暮色中，小路上那个人影走近了，原来是达雅科斯村的村长拉里索雅夫大叔！"

"哦，原来是你们！"拉里索雅夫大叔原本满脸的阴郁，一见伊莉娅父女俩，却从脸上挤出一丝笑容来，"天，已经这么晚了……走吧，我们都回村里去吧。"

直到第二天，伊莉娅和她父亲才知道，拉里索雅夫大叔这天是接到市里兵役局的通知，让他去领回他们村上的两份《军人阵亡通知书》。其中有一纸通知书上这样写道："达雅科斯村·伊莉娅同志：你的丈夫马索科夫·舒伯特同志，在执行政府任务时光荣牺牲，苏维埃政府已追认他为革命烈士。"

至于舒伯特烈士牺牲的时间、地点、经过等情形，伊莉娅和她的父亲一概不知——直到舒伯特的孩子长大，他也不知道自己的父亲为了中国人民的解放事业，牺牲在了中国，长眠在了中国，而且是个出色的空军战斗英雄。

8. 武汉上空的殊死搏杀

黎明前的黑暗刚刚过去，天边露出几缕微光，上百架日本轰炸机和战斗机，分别从上海、南京、运城等机场起飞，像一群群黑色的秃鹫和乌鸦，张牙舞爪向武汉上空扑来。武汉外围的地面上，隆隆的炮火，震天撼地，映红了半个天空；紧接着，无数的坦克和装甲车吼叫着，像疯牛一样拼命向前推进；密集的炮弹和枪弹，像雨点一样向中国军队阵地射来。

整个武汉会战，历时3个半月，惨烈的程度不亚于上海、南京保卫战。为避累赘，仅将苏联空军志愿队在这场战役中主要的战斗经历叙述如下：

6月，前线的战斗打响后，苏联空军志愿队就出动飞机14次之多，共计78架次。他们驾驶的CB-2轰炸机分别由汉口、南昌机场起飞，连续轰炸安徽境内长江江面的日本军舰11次，炸沉日舰8艘，炸伤日大中型舰船12艘；轰炸机场3次，炸毁敌机15架，同时摧毁了机场其他设施。

6月10日，苏联空军志愿队5架CB-2轰炸机从汉口起飞，飞至安徽凤凰镇时，他们发现江面有7艘日舰正在航行，编队立即对其进行轰炸，炸沉日舰1艘、炸伤3艘；6月24日，志愿队9架轰炸机分3批从南昌起飞，袭击了东流、香口附近江面的日军舰艇，炸中日舰4艘。在攻击日舰的同时，他们还出动轰炸机16架次，对日军刚刚攻占的安庆和芜湖机场进行了3次轰炸，炸弹全部命中机场目标。其中轰炸安庆机场时，将敌15架正在机场内加油的飞机全部摧毁。

进入7月后，前线战斗更趋激烈，苏联空军志愿队加紧了对长江上的日军舰船的打击，共炸沉敌舰12艘，炸伤29艘，击落击毁日机40余架。其中，7月2日，苏联空军志愿队轰炸机大队长兹维列夫率领的5架轰炸机，自南昌飞往东流江面准备轰炸敌舰时，飞至马当上空，突然发现34艘日舰正在靠岸登陆，他们当机立断，当即俯冲投弹，炸中日舰1艘，炸死炸伤日军官兵200余人。

此时，由于日军航空队开始装备性能先进的97式新型战机，这种战机加速度和爬升性能有了很大提高，从而迫使苏联志愿队CB-2轰炸机的飞行高度从原来的2000～4000米，升至7500～8000米。在7500米以上高空飞行，必需氧气，而那时中国空军基地根本就没有氧气站，这让空军指挥员大伤脑筋。最后，地勤人员想出办法，他们从维修仓库找来充氧设备，用这种方法解决高飞时飞行员供氧不足的问题。但这些设备所充的氧气不纯，含有很多杂质气体——即使使用这样的气体，飞行员们还不敢奢侈，还得节省着使用。苏联飞行员斯拉斯瑞夫在日记中写道："为了扩大航程，也为了保护这些来之不易的飞机，我们在飞行时，只能打开一半的氧气。"

同时，由于CB-2机舱不是密封的，到了高空以后，氧气管和面罩都会结冰，致使许多飞行员在高空中头昏脑涨，甚至失去知觉。然而，前线的战斗实在太残酷了，在这艰苦的条件下，苏联飞行员没有怨言，更没有退缩，他们顽强地履行着自己的使命，每天依然义无反顾地驾驶着飞机频频出击，给予日军沉重的打击。

8月3日，苏联空军志愿队的3架轰炸机成功地对安庆日军机场进行轰炸后，就在即将返航时，1发防空炮弹击中了队长斯拉斯瑞夫上尉的飞机发动机。在飞机受伤开始掉高度时，背后又有2架日机追来；几分钟后，追击他的日机变成了20架日军战斗机群，其中还有日本海军三菱96式舰载机。在敌机重重包围了斯拉斯瑞夫飞机，正准备对他群起攻击之时，与斯拉斯瑞夫同行的另外2架飞机见状，立即毫不犹豫掉头就冲进敌人机群，他们以寡击众，对敌展开猛烈攻击。战斗中，斯拉斯瑞夫临危不惧，他驾着受伤的飞机沉着应战，在与战友们共同击落5架敌机后，相互掩护着撤出战斗——他们3架飞机，竟然奇迹般地全部返航回到武汉基地！飞机在机场着陆后，机组人员数了数每架飞机机身上的弹孔，最多的1架飞机机身上，竟然有70多个弹孔！而他们自己，只有1位炮手受了轻伤。

"奇迹，这简直是奇迹！"苏联空军志愿队领队日加列夫将军来到机场，查看了这些弹痕累累的飞机后，他激动地和每位飞行员紧紧拥抱，"小伙子们，你们打出了我们苏联空军的威风，创造了我们苏联空军战史上的奇迹！我感谢你们、感谢你们！"

8月8日，苏联空军志愿队5架轰炸机再次出击，轰炸马当、香口2处江面上的敌舰。再次击沉日军汽艇10余艘、炸伤敌舰6艘。紧接着，8月11日，志愿队分2批袭击九江江面的敌舰。第1批5架飞机于凌晨起飞，6时到达目标上空，发现敌炮艇、扫雷舰、运输船共25艘，他们立即展开攻击，7枚炸弹命中目标；第2批7架飞机于傍晚起飞，共炸沉日舰5艘、重创7艘。然而不幸的是，8月12日，5架轰炸机在执行任务时，遭到数十架日机围攻，他们打下7架敌机后，自己的飞机全部被敌机击中，15名飞行人员只有6人跳伞生还。飞行员邦达连科驾驶受伤的飞机，飞至安全区，迫降失败后跳伞落入江中。当他游至岸边时，中国士兵还误认为是日军，朝他开枪。经过多番解释，才消除了误会,把邦达连科救上岸来。随后他被送往战地医院,在那里得到精心治疗和照顾,很快得以康复归队继续参战。

8月18日,队长斯拉斯瑞夫上尉率队前去轰炸日军军舰时,被日军军舰防空炮弹击穿了他的氧气管。返航途中,他在空中昏厥了半个小时,直到飞机降低至6500米高度时才苏醒过来。此时,斯拉斯瑞夫发现座机燃油即将耗光,但他凭着高超的驾驶技术,成功地将飞机迫降在江西境内的一处荒地上,飞机损伤但机组人员全部安然无恙,后得以安全归队。

在整个8月期间,中苏空军共炸沉日舰9艘、炸伤23艘,炸毁飞机17架——时间延续到9月以后,由于地面战斗更趋激烈,中苏空军多次出动轰炸向武穴、阳新、天家镇等地的日军,有力地支援了地面部队作战。9月21日,日军攻陷豫南罗山后,中苏空军又抽出力量支援北线。从9月23日起,中苏空军编队连续轰炸罗山—柳村一线的日军,给日军地面部队以沉重打击。

进入10月之后,日军对武汉的合围越来越紧。中苏空军也加紧了对地面部队的支援。10月2日、3日、6日,苏联空军志愿队连续轰炸武汉外围之阳新、罗山敌军阵地,对敌造成重大杀伤。10月6日,苏联空军编队8架轰炸机在队长斯留沙列夫的指挥下,自汉口起飞出发轰炸罗山。在罗山上空遭遇10架敌机拦截,我机群猛烈开火,击落1架敌机,但由于敌机占据高度优势,我机群只好脱离战斗,返回衡阳、湘潭机场。

日军在不断遭受轰炸和打击后,于10月8日至11日,出动上百架次飞机对我进行报复,连续轰炸我衡阳机场,投弹达50余吨。由于汉奸纵火发出信号,中苏空军损失惨重,6架CB-2轰炸机被炸、1座军用仓库被毁。在这次日机对我机场的空袭中,只有4架日机被苏联空军志愿队击落。

惨烈的空中拉锯战,随着地面的战斗,一直进行到当年的10月底。据日本防卫厅战史室资料披露:1938年5—10月期间,仅日本海军航空队在武汉战役中,损失飞机136架,空勤官兵死亡316人;中苏空军共炸沉日军舰艇

23艘、炸伤67艘，而我方损失并不大——这是由于日军战斗机主要是为轰炸机护航，往往等我CB-2轰炸完之后，日军拦截的战斗机才赶到，而我方轰炸机此时已安然返航。

然而，日军来势汹汹，我军寡不敌众，在历时3个多月的惨烈战斗之后，10月27日，武汉三镇终于沦陷。

武汉沦陷后，中苏空军只好奉命向后方撤退。苏联空军志愿大队飞离武汉，进驻四川成都。11月，他们接到命令，飞机全部飞往兰州，由设在那里的修理厂进行大修。与此同时，中国空军也停止了出击，撤往成都、宜宾一带进行整训。

到了12月初，根据苏联空军司令部命令，志愿队斯拉斯瑞夫大队在兰州更换发动机后，改去执行运输任务。运输从苏联伊尔库茨克到兰州的CB-2轰炸机部件。至1939年春，该大队已运输60架飞机部件。这些飞机组装好后，大部交付由中国飞行员驾驶。武汉会战结束后，中苏飞行员得到短暂的休整；而从苏联源源不断运来的飞机，使中苏空军的实力得到一定的恢复，飞机数量从135架增至245架。

天低云暗，烽烟滚滚。

武汉会战历时4个半月，终于拉上了帷幕。此战虽以中国军队放弃武汉而告终，但它同上海、南京保卫战有所不同，具有战略上的重要意义，它打破了日本妄图迫使中国屈服、早日结束战争的计划，成为中国抗日战争重要的转折点。在这次战役中，中国军队毙伤敌近4万人，大大消耗了日军的有生力量——以武汉会战结束为标志，中国抗日战争进入到战略相持阶段。

武汉沦陷后，日本空军主要的空袭目标，就转而集中于重庆、成都、昆明和兰州，苏联空军志愿队和中国空军，又将采取什么样的战略战术同日本人进行较量呢？

第六章　在保卫大后方战斗中

战争是从被进攻一方的抵抗开始的。如果没有这种抵抗，也就没有战争。而任何侵略都只是针对被侵略国中央政府的。如果该国中央政府"不抵抗"，战争也就结束了。中国中央政府是二战中抵抗最早因而也是抗战最久的，中国理所当然地成为二战的战胜国。

——引自世界著名军事理论家克劳塞威茨文章

1. 重庆大轰炸拉开帷幕

冬日的太阳，蒙着一层淡淡的薄雾，慵慵地升上天空。

武汉机场上，到处是残垣断壁，四处是破铜烂铁，经过战争的荼毒，布满累累伤痕。地面的残渣还未清理，横陈的尸体还未掩埋，日本人攻占武汉后，陆军航空队第1飞行团就迅速抢占了这里。

1938年12月27日清晨，日本航空队第60飞行队12架97式重型轰炸机、第98飞行队10架伊式重型轰炸机，早早地就停在了机场跑道两侧。当东边刚露出晨光时，机场扬声器里就传来了《君之代》乐曲声，依照日本飞行员出发前的惯例，他们在跑道上排列成两行，脱下飞行帽，弯腰鞠躬，对着东方遥拜致礼。太阳升起来，阳光照射在这些人身上，他们身后拖出长长的影子。

今天，这些重型轰炸机准备去轰炸重庆。

重庆，而今已处在战火包围、战争威胁之中。

自日军攻下上海、南京、武汉等城市，中国大片土地沦丧之后，一种消极悲观的情绪，开始在国民政府内部蔓延。国民党副主席汪精卫，居然于12月8日经由越南叛逃日本，这对艰难抗战的中国时局来说，无疑是雪上加霜。但尽管如此，以蒋介石为代表的国民政府，依然多次断然拒绝了日本方面谈判的企图，表示坚决将抗战进行到底。

凶焰正炽、恼羞成怒的日本人，在分析了中国方面的形势后，认为重庆政府此刻已经陷入分裂，只要再从军事上施加压力，中国军民的抗战意志便会彻底崩溃，投降只是指日可待的事情。于是，日本大本营发布了《大陆第241号令》，要求侵华陆海军航空队对重庆实施大规模轰炸，以打击和扰乱中国首脑机关正常运作，压制和干扰中国军队战略部署，同时毁灭中国接收苏联飞机的重要基地。

时至冬至，天气很是糟糕。占领武汉三镇的日本陆军航空队司令官寺仓正三中将，早在1月前，就接到航空兵团司令官江桥英次郎少将要他轰炸重庆的命令——可，由于入冬以来武汉地区天气阴霾，连降雨雪等，一直拖延至今。

12月26日，天气逐渐转晴，寺仓正三便迫不及待召集麾下的飞行官，向他们下达了次日出发轰炸重庆的命令。27日早上，尽管天空放晴，但空旷的机场上，依然朔风劲吹，寒气袭人。8：20，飞行员遥拜仪式结束。寺仓正三傲然地来到机场上，简短地向全体飞行人员下达了轰炸重庆的命令——这次他们要轰炸的目标，主要是位于市中心的街市，因为那里有鳞次栉比的楼房和商店，"能最大限度地挫败敌人的继战意志，让蒋介石的威信扫地，让市民产生恐惧和厌战情绪"；轰炸的方法是，全部采用100公斤以上的炸弹，以及固体燃烧弹，进行无区别轰炸，"公开地显示我大日本皇军强大的军事力量，显示对支那首都的藐视，达到迫使蒋介石政府投降目的"；轰炸的时间，定于当日13时30分。

武汉距离重庆780公里,重型轰炸机来回需要6个小时。对于这样距离的飞行和攻击,2个飞行队已有实战的经验。寺仓正三指令下达后,各飞行组收好飞行图,一齐举手行礼后,各自跑向自己的飞机。少顷,22架轰炸机带着巨大的轰鸣,从停机线向跑道滑去,在扬起的漫天尘埃中,飞机很快进入起飞点。10:30,飞机依次起飞。20分钟之后,轰炸机完成了空中编队,机头向西,沿着长江航线,耀武扬威向重庆方向扑去。

这是日军占领武汉之后,首次对重庆实施的大规模轰炸。

重庆,这古老的巴国之城,是中国西南和长江上游最大的城市。长江和嘉陵江在这里交汇,厚重的历史和现代的文明在这里交融。因这里有秦岭、大巴山、巫山等天然屏障阻隔,有长江三峡可以据险护卫,加之四川人口众多,有足够的兵员补充;另有富饶的川西平原可以耕种,能生产粮食以支撑战争。所以,武汉沦陷后,它成为国民政府的战时陪都,成为当时中国最大的政治、军事和经济、文化中心。

正因如此,重庆继武汉之后,成为日本人的心腹之患,必欲除之而后快。

此时,日军22架轰炸机,挂满重磅炸弹,飞临宜昌空域后,却发现前面云遮雾罩,他们以为到了重庆空域天气或许就会好转,于是上升至5000米高空继续飞行——可,当他们飞过瞿塘峡谷,飞过神女山峰,飞机越往前飞,空中的云层却越来越厚,整个长江峡谷都笼罩在云雾之中,飞机只好再上升到7000米以上飞行。

13:35,第60飞行队12架轰炸机终于到达重庆上空,让日本人大失所望的是,整个重庆城3000米以下都是浓雾,根本无法目视地面任何目标,更无法向任何目标投放炸弹。无奈之下,这些失望的飞机只好在高空盘旋,力图寻出雾洞来。然而,2个小时过去了,机身之下除了白茫茫的一片,根本没有任何清晰的目标。于是,这些乘兴而来的轰炸机只好带着炸弹,悻悻而归。

苏联飞虎队——苏联空军志愿队援华抗日纪实

日军轰炸前的重庆建筑群

与此同时，日军第98飞行队10架轰炸机也到达重庆。他们在高空盘旋之时，侥幸发现一个雾洞，便不顾一切穿云而下，懵懵懂懂将炸弹投了下去！未曾想，这些炸弹投到了离市中心很远的东郊地面上，只是在荒野中炸出无数巨大的窟窿而已——日军精心组织的这次长途轰炸行动，只好这样草草收场，连轰炸结果也无法向上司报告。

但，在日本大本营"速战速决"的命令之下，寺仓正三于心不甘，于1939年1月7日、10日、15日，又连续组织了近100架次的飞机对重庆实施轰炸，共投下100公斤炸弹521枚、250公斤炸弹22枚，共计10.80吨，消耗机枪子弹2692发，但同样因为重庆冬季多雾，他们扔下的炸弹，不是落在江里，就是落在荒郊，尽管对重庆军民造成一些伤害，但照样没有达到"尽快摧毁重庆，震撼敌方政权，迫使国民政府早日投降"的目的。

乱云飞渡，雾海茫茫。在云海庇护下的重庆，1938年冬天暂时免遭了日军飞机的荼毒。在这宝贵的时间里，国民政府国家机器得以运转，地面的军队也得以适当休整，空中力量得到较好扩充，在成都、宜宾、梁平、邛崃等地，得以修建了数个新的机场。

在此期间，武汉日军司令部丝毫未放弃对重庆的战略轰炸企图，他们磨刀霍霍、积蓄力量，想在冬季结束之后，变本加厉地对重庆实施轰炸。他们除了在武汉集结更多性能优越的轰炸机、加紧对人员的培训外，又从国内运来大批威力更大的炸弹。其中准备了25号炸弹2000余枚、6号炸弹3000余枚。需要说明的是：25号炸弹为250公斤级炸弹，内装炸药96.6公斤，爆炸时，即使在重庆这样的岩石地带，也可炸出直径8米、深1.5米的大坑，约有1万块弹片呈扇面向四周迸裂，可把45米内的人杀死，把200米内的人杀伤；6号炸弹为燃烧弹，分为固体汽油弹和镁合金弹，命中目标时引燃发火装置，炸起的火焰四处迸发，瞬间就会燃烧起5米高的火焰，熔化的固体油燃烧着就会像舔去一层地皮似的四处扩展开来，除了对人造成巨大伤害外，在重庆这种木结构建筑居多的城市中，更将造成连片的房屋燃烧；更有甚者，日本人还冒天下之大不韪，准备了大量毒气弹、细菌弹，他们拟将这些毒气弹、细菌弹与金属炸弹、燃烧弹混合使用，对城市建筑和城市中的居民造成更大的伤害。

于是，战时首都重庆，在冬天的雾季过后，将面临一场人类历史上时间最长、轰炸频率最高、手段最残忍的针对平民的战略轰炸。在长达5年半的时间里，日本人采取了全方位、无区别、连续反复地毯式的轰炸战术，其残酷、野蛮、猛烈的程度，在历次战略轰炸中居首，给重庆军民造成了极其惨重的损失。

那么，中国空军和苏联空军志愿队，该如何来应对日寇的罪恶计划，护卫战时的首都，尽量减少大轰炸对重庆的危害，同时对日军进行有力的反击呢？

这成为国民政府航空委员会面临的最严峻的问题。

2. 为了打击敌寇而备战

1938年冬天，成都平原。

雨后初晴，但云层依然很低，今天不能进行正常的飞行训练。

难得如此清闲，吃过早饭，驻在成都太平机场的苏联空军教官赫留金与翻译官刘群沿着机场跑道，慢慢散步向机场外走去。

孤在咸阳把兵点，
大队人马反长安。
令儿郎们拿下华清殿，
休得放走那杨玉环……

突然，从空旷的田野上传来一阵高亢的吼叫声。赫留金驻足举眼一看，只见一队人马，个个推着一辆独轮的木架车，吱吱呀呀沿着公路向机场走来。

"刘，这些人是干什么的呢？"赫留金好奇地问刘群。

"哦，这是给机场送粮食、蔬菜的当地老百姓。"刘群答道。

"那个人一边推着车，一边又在吼叫什么呀？"赫留金指着领头那个扯开喉咙大声吼叫的人，又问。

"哈，他不是在吼叫，是在唱当地的一种戏曲。"

"戏曲？什么戏曲呀？"

"这种戏曲，叫川戏。"刘群答道。

"那，他们推的那种车，怎么只有一个轮子呢？"赫留金迎着车队走去，边走边又好奇地问刘群，"一个轮子的车，怎么不会倒下去呢？"

"这种车四川人叫'鸡公车'，特别适合于在狭窄的田间地头行走。"刘群说，"只要驾驶得好，就不会倒下去的。"

赫留金穿着飞行便服，长着一头褐色的头发、高高的鼻梁、深凹的眼睛。他出身于苏联克拉斯诺达尔州的一个工人家庭，1932年5月参加苏联空军,毕业于苏联飞行学校,19岁时就加入了苏联共产党,今年还不到30岁。他同战友古班柯他们一样,从苏联来到这里后,就被中国独特的民情风俗深深吸引。一有空,他总要反复向刘群这些翻译问个为什么。

说话间,车队已迎面向他们驶来。

"喂,老乡,我……"赫留金操着半生不熟的中国话,指了指为首的一个人推着的"鸡公车",表示要试一试。

"老乡,你就让他试一把吧。"刘群对那推车的老乡说道。

赫留金从老乡手里接过"鸡公车",试着往前推了起来。可那车根本就不听他的使唤,他刚一起步,车轮就东倒西歪踉跄起来。赫留金推着勉强向前滚动了几圈,就把握不住了,人突然向前一扑,车"轰"的一下就倾覆在路边,车上的粮食蔬菜也摔落下来。

"哈哈哈……"旁边的人都忍不住笑了起来。

经过训练驾驶SB-2轰炸机的中国飞行员

"嘿,没看出来,这小小的东西,比驾驶飞机还难呀!"赫留金站稳脚跟,仔细瞧着那独轮的"鸡公车",认真地琢磨起来。

"这些洋人能够教人开飞机,却不能推'鸡公车'!真是一行服一

229

行,高粱粑服'篓子糖'啊!"村人们重新整理好车,吱吱呀呀继续往机场推去。

是的,村民们没说错,赫留金推"鸡公车"不行,可要说开飞机,那他可真是少见的高手!自从来到中国后,他曾与波雷宁一起驾驶飞机轰炸过台湾松山机场,带领过轰炸机群在黄浦江一举炸沉过日军的巡洋舰,还参加了几十次对日军阵地的轰炸。而今,他作为飞行教官来到成都太平寺机场,专门从事中国空军飞行员的训练工作。

前面讲过,苏联军事顾问和军事教官到达中国之后,他们的任务除了协助中国军队制订大的战略计划外,就是帮助中国军队训练军事人员。

苏联空军教官在成都太平寺机场训练中国飞行员

训练军队是一项很艰巨的工作,因为国民党军队从装备到素养都很差。抗战爆发时,国民政府有军队180万,但其训练和战备程度是远远不够的。时任副总参谋长的白崇禧说:"我在前线常看见未经训练而开赴战场之士兵，无论就作战技术或作战精神皆不能称之为战斗员，仅是备员而已。"他在总结淞沪作战教训时也指出："我军训练远不如敌人，使用同一武器之命中率亦远逊于敌人，步兵对轻重武器因训练不精，不能使用自如，未能发挥较大之威力。"

苏联顾问来华后，训练中国军队便成为当务之急。他们采取分层次、分兵种的训练方法，力争在短时期内将全新的作战理念和方法灌注到中国军队中去。对于司令部的工作，他们注重计划的制订、作战经验的总结、侦察部队的组织及管理机构改善等；对于步兵主要是注重野战训练，在各种战斗中如何使用武器、使用工程设备和利用地形等；对炮兵和防空兵则训练在防御和进攻中使用炮火，从隐蔽阵地射击，在部队和居民点组织对空防御等；对工程兵则训练选择防御地带、利用永久性工事的要素等。他们对中国军队的一切训练，都力求与实战相结合。据统计，到1939年初，有90000名中国军人在军校学习，主要由苏联顾问和教官教授有关课程。

除这些普及性训练外，苏联军事援华团还在伊犁、迪化、哈密、兰州、成都、南昌、昆明等地建立了中国军人训练基地和航空学校。如他们在湖南湘潭建立的基地，就专门用于训练坦克手。当时苏联援助中国的82辆T26型坦克全部集中在湘潭。在苏联顾问切斯诺科夫少校领导下，训练坦克驾驶及其技术装备的使用，以及在战场上的战术运用。在此基础上，他们帮助中国组建了第一个机械化师；以后，随着苏联坦克不断运到，这个师又扩充为第5机械化军。

为了训练中国空军飞行员，苏联向中国派遣了89人组成了航空专家组。他们中有著名的苏联空军教官日加列夫、雷恰戈夫、索尔、波雷宁、雷托夫、赫留金等。这些苏联教官成熟老练，经验丰富，如雷恰戈夫在援助西班牙人民抗击德国法西斯的空战中，曾击落过20多架敌机，27岁来中国时就已经成为苏联英雄；索尔也参加过西班牙保卫战，在那里共完成102次作战飞行任务。

为了建立航空学校，苏联政府还投入了大量资金和物资。仅伊犁航空学校，苏联就投资686多万美元，用于校舍建设、武器和航空器材购置。该校配备22名苏联飞行教官，按每架飞机3～4人的学员配备进行训练；到1940年初，就培训了328名中国飞行员。至1940年夏，他们为中国空军共培训了1045名飞行员、81名领航员、198名报务员、8354名航空机械师，这就大大加强了中国空军的战斗力。[①]

苏联教官们还十分注重中国飞行员的实战训练，为此还建议中国飞行员编入苏联机群训练和作战。飞行中，苏联飞行员以身示范，向中国飞行员无私地传授射击、投弹、跳伞、滑翔、联络、领航等技术。这不仅有利于提高中国飞行员的战术技术水平，还和苏联飞行员结下了深厚的战斗友谊。

苏联飞行员斯柳萨列夫后来回忆说："我们和中国战友所有的飞行自始至终都是很成功的，战果辉煌。在同日军歼击机的空战中，我们相互支援、火力协同。在轰炸机编队中，我们并肩飞行，苏联飞行员在左边，中国飞行员在右边。我们同在一个机场上，生活也在一起……他们和我们在一起增强了信心，作战勇敢，从不离开编队，共同的战斗把我们连在一起。我们的友谊是真诚的，是在对付共同的敌人中建立起来的。"

为此，蒋介石多次请求苏联政府增派军事顾问和军事教官。苏联顾问德拉季文将军给斯大林的报告中写道："中国政府告知苏联政府，在我国派来军事顾问后，中国武装抵抗侵略方面具有重大成效。并且所有来华援助的苏联顾问，都在自己的工作中表现出极大热忱，中国政府对此表示衷心的感谢。"[②]

---

① 《白崇禧回忆录》，解放军文艺出版社1987年版，第138页。
② 《列宁主义的苏联对华政策》，莫斯科出版社1968年版，第105—106页。

风吹云动，有阳光穿过云层，照射到地面上来。

此时虽说快到立春时节，但天气依然寒意颇浓。成都平原上，青青的麦苗已经铺满田野，田头地角边，已有黄黄白白的野花生长起来。赫留金目送着那队推"鸡公车"的人渐渐远去。他指着那绿意盎然的原野，感慨地对刘群讲道："这个时节，在我的家乡克拉斯诺达尔，还是冰雪的世界，可这里春天就要来到了——难怪，你们把这里叫做'天府之国'呀！"

"是啊，如果不是因为战争，这真是一个美丽富饶的好地方呀！"刘群也深有同感地点点头。

"战争、战争，这可恶的战争，把一切美好的东西都给毁灭了！"赫留金情不自禁地抬头看了看逐渐晴朗起来的天空，他的脸色却有些阴郁起来，"刘，冬天已经过去，春天就要到来了，这战争的形态就要发生巨大的变化呀——昨天，我们已经接到中国空军指挥部的情报，日本人最近正在制订'五月攻势'计划，他们随时都会来轰炸重庆和成都，我们也随时要做好准备呀！"

3. 历史上最残忍的轰炸

是的，春天到了，冬日的大雾就将渐渐散去，重庆就将失去天然的保护屏障。此时，日本人正在准备一场更大规模的军事行动。

血腥的岁月，动荡的世界。

1939年4月26日，在西方，德国法西斯的"秃鹰军团"再次轰炸了西班牙的格尔尼卡市区，给那里的平民造成了巨大伤亡；仅仅1周之后，日本军国主义者步法西斯的后尘，制订了"五月攻势"计划，决定集中力量，对重庆进行猛烈轰炸。

1939年5月3日，驻武汉的日军司令部经过侦察，确认重庆上空已经没有云雾遮盖，经过一番筹划，便急不可待地派出海军航空队、陆军航空队5

个中队共计45架轰炸机，上午10时从武汉机场起飞，杀气腾腾地朝着重庆方向扑来。

这一天，天气晴朗。从天空俯瞰地面，从宜昌到重庆，群峰叠嶂，江流如练，苍鹰盘旋。渔夫在江面上打鱼，农人在田野里耕种，小儿们在沙滩上嬉戏，女人们在江边洗衣，工人们在码头上扛包——这些善良的百姓们，他们祖祖辈辈都平静地生活在自己的土地上，他们谁也没想到，强盗们会从那么远的地方越洋跨海来屠杀他们！

敌机临空前，重庆方面获得敌方情报，驻广阳坝机场的中国空军25架战斗机尽数起飞，驻成都太平寺机场的苏联空军志愿队闻讯，也出动12架战斗机前往参战。13:10，当日本飞机刚进入重庆市郊上空时，在5000米高空待机的中苏空军战斗机，便迎着日军机群俯冲而下，一齐开火迎战，死命对日机进行拦截。战斗打响，一时间，枪炮声声，火光闪闪，天空便陷于一团混乱。

由于当日能见度好，飞机在空中激烈的格斗，让重庆许多勇敢的市民钻出防空洞，立在山坡和河滩上仰视观战。中苏空军在万众瞩目之下，为保卫抗日的首都而战，打得十分英勇顽强。在中苏战机的猛烈攻击下，前来轰炸的日机被击落7架，另外多架也中弹受伤——但，由于敌机数量众多、性能优越，在空中激战的同时，20余架日机相互掩护，还是拼命突破我空中和地面火网，直扑重庆市区！这些日机到达城市上空后，纷纷打开弹仓开始投弹。

一时间，成吨的炸弹便从空中倾落下来。这些炸弹，炸中了重庆最繁华的陕西路和商业场一带区域。在炸弹和燃烧弹爆炸声中，重庆市区瞬间就变成了一片血泊火海。被炸的21条街道中，有19条几成废墟。紧接着，在燃烧弹的作用下，无数街巷的店铺和房屋熊熊燃烧起来；在横飞的弹片袭击下，市民被炸的残缺尸体随处可见。长江沿岸的木板房被炸起火后，火借风势，迅速向南延烧，数千间平民房屋顷刻间化为灰烬，数万平民流离失所夜宿街头。

5月4日清晨，重庆所有的报纸都刊载了遭遇日本空袭的消息。《大公报》发表了题为《敌机滥炸重庆市区，"五·三"血仇又深一层》的社论。社论讲道："敌寇轰炸的地方，都非军事目标，蒙受牺牲和损害的，无一例外都是平民百姓。日本人尤其使用大量燃烧弹集中轰炸商业区，充分证明敌人的企图是卑鄙、残暴、惨无人道的，敌机是无区别轰炸。"

但是，中国平民的诅咒怒吼、泣血呼号，并没有使残暴的日军就此罢手，反而使他们更加变本加厉肆无忌惮。5月4日下午，27架日机再次从武汉起飞，继续对重庆实施轰炸。

日机前日对重庆狂轰滥炸之后，日军武汉司令部通过侦察机的报告，核实了轰炸效果后，决定在轰炸中更广泛地采用重磅炸弹和燃烧弹，并将轰炸时间改为傍晚。因为这个时间，广大市民正是下班高峰，或全家人正准备吃晚饭，此时突然轰炸，必然会造成人们更大的慌乱，从而造成更大杀伤；另一方面，中国空军经过长期消耗，具备全天候作战能力的飞行员已经不多，也可以减少对日机的拦截。

这一天，日军借助黄昏落日的掩护，几十架轰炸机成功突破了中国军队空中和地面的防御，在重庆人口密集的繁华街道上又投下了大量的炸弹和燃烧弹，造成更大灾难。从通远门到都邮街一带，许多高楼大厦瞬间变成一片瓦砾，37家银行有24家被毁；从朝天门到七星岗2000米长的范围内，就有14处燃烧的火海，无数间铺面和民房烟尘蔽日、烈焰冲天；人们紧急灭火抢救，从瓦砾堆里刨出来的死难者遗体均血肉模糊、残缺不全。

著名作家韩素音这时正在重庆，亲身经历了这场灾难。她在书中描写道："炸弹爆炸之后，火焰吞噬着竹木，竹节在火中爆裂，啪啪作响。到处是一片喧嚣之声：女人的尖叫声、男人的怒吼声、婴儿的啼哭声。有的人已经疯了，坐在地上摇晃着身子，嘴里唱着歌。小胡同里不断传来撕心裂肺、悲痛欲绝的哭叫声。有几次看见有人从坡坎小路跑到大街上，在地上翻滚着扑灭身上的火……

遭受日军轰炸后重庆城区被毁的惨状

"稍后，从死尸堆里找到亲人的尸体者，用手推车把尸体运到灵堂。有的人家把七零八落的头、胳膊拼凑起来，有的尸体还寻找不全。昨天还是活生生的，相亲相爱一家人，今天却最后告别其中的一员。由于一次大量的人员死亡，首先棺材已卖完，就连拼凑4块板子，钉上盖和底的普通棺材也没有了，许多人家只好用草席一裹，运到墓地埋葬；无人认领的尸体，由戴着大口罩的士兵和救护队员，装上大卡车，运到郊外，挖个大坑一齐埋掉……"

日机轰炸完毕扬长而去后，整个市区全都断水断电。在漆黑的夜幕下，除了继续燃烧的房屋发出猩红的火光外，剩下就是市民在瓦砾堆边焚烧纸钱摇曳的光亮。黑色的尘埃，遮掩了天上原本就黯淡的月亮。

第六章　在保卫大后方战斗中

重庆遭受日机轰炸后无辜平民死亡的惨况

《群众周刊》记者陆诒在对现场的报道中，有这样一段文字："夜里，城里升起许多火柱，映照着扬子江两岸的轮廓，火舌贪婪地舔噬着周围的地方，人们发疯似的从烈火中抢救财产，呼叫着孩子们向江边走去。眼泪已经流干，声音已经嘶哑，人们咬牙切齿，诅咒着日寇的残暴。记者随难民来到临江门，走下坡坎，一个疯老太婆一把拉住我喊道：'日本强盗杀了我全家人，我要拿刀去参加游击队，非去替一家人报仇不可！'

"当夜，断电、停水，一切都笼罩在摇摇荡荡的阴影中，许多尸体仍然摆在道路上、公园里；扬子江和嘉陵江上漂浮着数不清的尸体，帆船只得在船头上用竹篙拨开尸体靠在岸边。从江边往坡上看，火焰已经映红了夜空，到处是一片叫骂声、喊声、敲打声。这大火、这声音、这情景，将永远铭刻在中国人心里……"

日本人在"5·3"、"5·4"两天轰炸中,造成重庆市区房屋被毁4889余幢,大火持续燃烧3天不熄;总计炸死市民3991人,炸伤2287人,市民财产损失更是不计其数,10多万人无家可归。

紧接着,5月9日,日机再次飞临重庆,轰炸了英国驻华使馆。在随后的轰炸中,又多次"误炸"美、苏等国驻华使馆。美、英、苏等国政府均向日本提出强烈抗议,并要求停止针对平民的无区别轰炸,但骄狂的日本人对此置若罔闻,依然我行我素继续轰炸。

最为可恨的是:6月5日,日寇飞机从傍晚到午夜连续对重庆实施轰炸,造成市区主要防空洞通风口被毁,洞内市民呼吸困难相互践踏,造成数千人窒息死亡,制造了震惊中外的"6·5"惨案,欠下中国人民又一笔血债。

战时首都重庆遭受了有史以来前最大的浩劫,日本飞机也创造了有史以来空中大屠杀的黑暗纪录。"5·3"、"5·4"大轰炸不仅给重庆造成难以计数的损失,更给市民造成巨大的心灵创伤。日寇以居民区为轰炸重点,其目的就是要制造大量的平民死亡,以此来瓦解中国人民抵抗的意志和信心——但,他们低估了中国人民抵御外来侵略者的意志和决心,他们残酷轰炸的结果,只能激起中国人民更大的仇恨,埋下复仇的种子!

从1938年初到1943年底,日寇对重庆进行了长达近6年的战略轰炸。据不完全统计,这期间,日本人共出动9000多架次飞机,对重庆轰炸200余次,投弹11500余枚,而且使用了大量燃烧弹和毒气弹。整个重庆在大轰炸中死11889人,伤14100人,超过10000栋房屋被毁,市区大部分繁华地段被炸,上百万人流离失所无家可归。

在重庆遭受大轰炸的同时,远在浙江奉化溪口镇的蒋介石原配夫人、蒋经国的亲生母亲毛福梅,也被日寇偷袭的飞机炸死。蒋经国在其母被炸死的地方,立下一块石碑,上书了4个掷地有声的大字——以血洗血!

这4个大字，代表了饱受日寇蹂躏的中国人民的心声。

4. 多行不义则自食其果

佛说：你种下什么因，就会结出什么果——所谓种瓜得瓜，种豆得豆，就是这样一个道理。

儿时，作者屡屡听见父辈们讲起重庆遭受大轰炸的情形，讲起重庆市民在大轰炸中的惨状，讲起苏联空军在我家乡境内击落日本飞机的事情，在我幼小的心灵中，便埋下了对日本军国主义者的仇恨，埋下对侵略者复仇的种子。

无独有偶，2010年作者在采写《鹰击长空——歼10总设计师宋文骢的传奇人生》一书时，曾听宋文骢讲起他毕生从事歼击机设计制造的动因，竟然也是日寇在轰炸他家乡时，就在他幼小的心灵中埋下了仇恨和复仇的种子。书中有这样一段描写：

宋文骢是云南昆明人。

留在他童年记忆中的昆明，是一个叫人哀怨和惆怅之地。

在他出生的年代里，军阀连年混战，天灾人祸频仍不绝。整个滇桂黔地区，已是满目疮痍民不聊生。他出生不久，就发生了"九一八"事变，日本侵略军占领了我东三省。紧接着，卢沟桥炮响，日本人又占领华北，继而华东华中沦陷，日本人攻占南京武汉后，侵略者的铁蹄直逼桂滇川黔。沦陷区的人们，扶老携幼纷纷逃往内地。那时的昆明城，每天都涌来数不清的逃难人群和溃败的军队。难民、伤兵、乞丐、死亡、惊恐、饥饿……充斥着这座古城。高原纯净的天空，几乎每天都被凄厉的防空警报声撕碎，美丽古城被日本飞机炸得伤痕累累！

据美国人饶世和在《中国航空史话》记载，日本人在中国发动的空中轰炸中，使无数的中国城市和乡村化为焦土，造成数以百万计的中国人死伤，以及数百万人无家可归，生活于水深火热之中。日本《战略轰炸报告》吹嘘道："开战以来，攻陷南京武汉之后，在战略上尤以重庆、成都、兰州、昆明为轰炸重点，不间断轰炸袭击，以示威慑，瓦解人心……1938年7月16日，第5航空师团远程轰炸机27架3批次轰炸昆明，炸毁重点目标40余处，全城淹没于火海；1939年5月15日，远程轰炸机27架伺机再次攻击了昆明，摧毁半个市区……"

"在我小时的记忆中，似乎满街都是难民和伤兵，时常见到的都是焦土和弹坑。日本人的飞机，几乎每天都在头上盘旋，隔三岔五就来轰炸昆明。整个城里的人，每天惶惶不可终日。"宋文骢回忆道，"警报一响，全城的人就乱作一团，大人就带着我们躲警报。我是老大，跑警报时，小小年纪还必须背着弟妹跑。那样的日子，几乎伴随着我的童年和少年……"

时隔几十年，这样的记忆，对他来说依然是那么刻骨铭心。

"当时，中国也有飞机，但我们的飞机太少，打不过人家；地面上也有高射炮，但总把日本人横冲直撞的飞机打不下来。日本人的飞机基本都是集群而来，像一群群马蜂，每次来都是27架。这些飞机有时飞得很低，肆无忌惮耀武扬威，我们躲在郊外的野地里，不但能看见机身上血红的标志，有时还能看见日本飞行员的影子！"

这样持续不断的空中轰炸，在一个儿童心底里留下的伤痛那可想而知。

他8岁那年夏天的一个早晨，日本飞机又来轰炸昆明。他家住在金碧路司马巷巷尾。下午，他跟着母亲跑警报回来，三牌坊和他家附近也被日本飞机轰炸，留下巨大的弹坑和烧焦的房屋。在他家前面的巷口，一群悲愤的人围着一张破烂的席子。这张席子下，是一具被炸弹炸得支离破碎的老人尸体。他和母亲挤进人群，跟着众人唏嘘难过不已。他还揭起席子，看了看这位死不瞑目的老人。

　　善良的中国人民，世世代代都平静地生活在这里，从来就没想去欺侮谁，从来也没去招惹过谁。可这日本人却从那么远的地方来轰炸我们城市，轰炸我们的房屋，炸死我们的小孩和老人，真是可恶可恨！8岁的宋文骢，从那一刻起，他的心里不知是充满了愤懑，还是充满了仇恨。他默默跟着母亲回家，快到家门口时，他突然对母亲说道："等我长大了，也要开飞机去'东三省'，去炸那些日本鬼子！我长大了，一定要发明一种'找机弹'，把那些可恶的日本飞机打下来！"

　　目睹了这惨烈一幕的母亲，还沉浸在哀伤和悲愤之中。她回过头，看着年仅8岁忿忿而语的儿子，不知她是感到吃惊，还是感到欣慰。

　　要说宋文骢这辈子与飞机结缘，或许可以从这样一个幼童的心底，窥见些许萌芽的影子。

　　恶有恶报，善有善报，这是一条亘古不变的真理。

　　特别值得一提的是，日本人对重庆的狂轰滥炸，特别是用燃烧弹摧毁中国城市的行径，这给了后来的美国人关于战略轰炸的启发和灵感。珍珠港事件之后，在太平洋战争中，美国人以其人之道还治其人之身，在使用原子弹之前，同样采用炸弹与燃烧弹对日本本土进行大规模轰炸。日本城市的建筑结构也与重庆相似，他们同样在火烧连营之中，遭受财产重大损失、人员惨重伤亡的报应——当然，此是后话了。

　　在日本人持续对重庆进行大轰炸时，驻守在重庆与成都的中苏空军，在空中力量悬殊的情况下，面对像一群群马蜂似的扑来的日本飞机，他们顽强升空作战，以少击众，屡屡对日机进行拦截和打击。这期间，他们除了护卫重庆，减轻日机对重庆轰炸损失外，还主动出击，频繁战斗，也取得可观的战绩。

苏联飞虎队——苏联空军志愿队援华抗日纪实

2月5日,苏联空军志愿队12架轰炸机远程轰炸了山西运城日军机场,炸毁敌机40余架;2月9日,中苏空军轰炸了芜湖日军军舰,炸毁军舰1艘、日机1架;2月15日,中苏空军又击落前来偷袭的日机8架;3月24日,中苏空军袭击广州机场,摧毁敌机10余架;4月9日,击落前来袭击的日机2架;5月3日,击落来渝轰炸的日机7架;5月12日,击落来渝轰炸的日机3架;5月25日,苏联空军志愿队再击落来渝轰炸的日机1架;6月11日,击落分袭重庆和成都的日机5架……

《江津县志·军事志》第五章"防空"一节中,有这样一段文字记述:"民国27年冬,日本飞机开始对重庆和四川进行大规模轰炸,苏联与中国空军,护卫着陪都重庆及其余州县,屡屡和日寇飞机进行激烈空战,击毁击伤日寇飞机多架。民国28年5月25日夜,日本1架重型轰炸机被援华苏联空军击中,坠落于江津真武乡外迁村。"

知名作家肖建亭少年时亲眼目睹了这一情景:那时,肖建亭和姐姐在重庆"5·3"、"5·4"大轰炸后,疏散到了江津县。他记叙道:

1939年5月26日清晨,在我们借住的乡村里突然发生了一场躁动,四乡八里的乡亲们都往一个叫外迁村的地方涌去。我和姐姐也夹杂在这涌动的人群之中。当我们来到笋溪河边时,只见1架涂着红膏药标志的日本轰炸机深陷在一块稻田里,机身上还在冒着袅袅的黑烟,飞机周围有士兵警戒着。机上共有7名日本飞行人员,已经全部死亡,没有1个活人。这些日本飞行员的尸体已经被人搬出,一顺溜地摆在稻田旁边一个小学校的院坝里,无数的村民正在那里围观。不少人愤怒地咒骂着,不时还有人拿起石块泥块对着那些尸体砸去,还有不少人对着那些尸体吐着口水。我那时人小,也跟着大人们对着那些尸体吐口水……

1939年5月25日夜，被苏联空军击落的日寇轰炸机7名飞行人员毙命于江津笋溪河边。

《中国事变中帝国海军行动》中有着这样的记载："5月25日，山上少校指挥第1空袭航空队26架轰炸机，利用明月对重庆进行第4次空袭，晚9时出现在敌上空，瞄准市街东部的军事委员长行营，弹如雨下，炸毁许多重要军事设施，多处起火。敌起飞6架苏制飞机向我机群攻击，我数机中弹，1机勇敢冲入敌阵自爆……"

日本人讲的那架飞机"冲入敌阵自爆"一事，无非是掩耳盗铃自欺欺人罢了。实际上，这架轰炸机被苏联空军志愿队飞机击中后，操纵系统被毁，飞机逃出火网后，竟糊里糊涂朝着与汉口相反的方向飞去，最终坠落在长江上游江津境内的这块稻田里。"飞机坠落之后，当地军民立即携枪带棒围了上去，但机上已经没有1个活人。第二天一早，重庆防空司令部第1科科长张士伦赶到江津察看，在机内找到8张地图和书籍、日记本之类的东西。"

正如本书前言所述：这架日机的残骸和7具飞行员尸体运至江津县城后，将日机飞行员尸体葬于县城南安门外的乱坟岗上，飞机残骸则在县城公园内建一"中苏友谊亭"。

5. 来到中国的库里申科

昨夜下了一场大雨，将成都太平寺机场跑道冲刷得干干净净。早晨，太阳从龙泉山中钻了出来，照耀在空旷的平原上。时近夏至，田野中夏蝉在吱吱鸣叫，稻田中的秧苗已经有半尺高了。

苏联轰炸机大队长库里申科少校

震惊中外的重庆"6·5"惨案发生后的第3天，成都平原西北的天空中，突然传来一阵巨大的飞机轰鸣声。连日来饱受日机轰炸的成都市民，正惊恐地抬头瞭望天空，等待防空警报声响起之时，突然看见一个庞大的机群，从西北方向飞了过来，掠过城市的上空，盘旋着朝太平寺机场降落下去。

"这是苏联的飞机！是我们的飞机！"人们仰望着天空，望着那从未见过的巨型飞机，不由得兴奋地叫了起来。

是的，苏联的这种远程重型轰炸机，是第一次来到中国。这种机型为DB-3型，苏联飞行员亲切称它"达莎"。在西班牙内战时，由于这种飞机还未定型，没能赶上参加那里的战斗；而今为了遏制日军对重庆疯狂的大轰炸，遵照苏联空军司令部命令，它紧急来到中国的天空，准备接受这里战火的洗礼。

第一批来到中国的DB-3飞机共有24架。率领这个机群的是库里申科少校，其机组成员大都来自苏联扎波罗热空军第3航空旅。3天前，他们沿着莫斯科—奥伦堡—阿拉木图进入中国。起飞时，每架飞机除了机组人员外，还包括地勤人员、飞机零部件及一些维修设备。

机群从苏联进入中国时，由先期到达的波雷宁上尉驾驶CB-2飞机领队导航，沿南线飞行。编队到达西安时，由于机型太大，西安机场跑道太短而无法降落，编队只好降落在兰州机场。尔后，由另1架CB-2飞机导引，从兰州飞来成都。飞机在成都降落后，为防止日军侦察发现，根据库里申科少校的建议，立即就将飞机伪装起来，并分散隐蔽。

中国空军副司令毛邦初

库里申科是一名优秀的苏联共产党员。他1903年10月出生在基辅州科尔苏恩斯基区切利平村，1925年应征入伍后，很快成为一位出色的轰炸机飞行员。在DB-3飞机研制阶段，他就开始参加该机的作战试飞，对飞机性能非常熟悉和了解。

雨后初晴，空气清新。飞机在机场降落后，库里申科戴着飞行帽、穿着飞行服，走下飞机来。中国空军副司令毛邦初等人，看见飞机降落后，立即来到跑道上迎接他们。

"报告将军同志，苏联轰炸机大队大队长格里戈里·库里申科，带领24架DB-3轰炸机，向您报到！"库里申科大步走到毛邦初跟前，敬了一个标准的军礼，大声讲道。

"同志们辛苦了！欢迎、欢迎你们！"毛邦初还了一个军礼，赶紧上前，紧紧握住库里申科的手，"你们来得太及时了！我们天天都在盼着你们的到来啊！"

库里申科正在成都太平寺机场训练中国飞行员

库里申科高高的个子，结实的体格，乍一看有点像中国山东的汉子；他方方的脸，两道浓黑的眉毛下，有着一双深邃的眼睛；他是一个寡言少语的人，但偶尔笑起来却像一个天真的小孩。他的妻子是俄罗斯族人，名叫塔玛拉；他还有一个可爱的女儿，名叫英娜。离开莫斯科时，他来不及跟妻女告别，就匆匆踏上了奔赴中国的征程。

"啊，这飞机真是威武神气啊！我都还是第一次见到这样的飞机！"毛邦初和中国空军飞行员们来到DB-3轰炸机前，望着那庞大的机身、舒展的机翼，禁不住赞叹起来。登上飞机，再看那些崭新的仪表、宽敞的机舱、精良的武备，更是赞不绝口，"好，你们来了，疯狂的日本人，该好好接受一下教训了！"

库里申科他们来到这里后，首要的任务就是培训能够驾驶DB-3轰炸机的中国飞行员。前线战火纷飞，后方每天都在遭受日本飞机轰炸，时间实在太紧迫了，库里申科他们来到这里仅仅休息了半天，第二天一早，他们对中国飞行员的紧张训练就开始了。

每天清晨，在成都太平寺机场上，加油车就开始四处奔忙，飞机发动机就开始吼叫，英武的"达莎"披着晨光，等待着飞行员们的到来。太阳刚从东方升起，库里申科的教练工作就开始了。他对教学工作一丝不苟，对中国飞行人员要求十分严格。他首先站在机身下，对着飞机，细心地讲解飞机的性能、特点、操作方法；尔后，他带着大家来到机舱里，对飞机的每一个仪表、每一种设备、每一具武器，进行详细讲解。

当大家都了解飞机的基本性能后，他才带着飞行员进行实际操作。每一次上机前，他都要对飞机进行仔细检查，最后才进入机舱。他带学员飞行过程中，对学员的要求近乎于严厉；飞机落地之后，他又立即对飞行员们的操作进行讲评，肯定成绩，指出不足，提出纠正方法。有时候，为了纠正学员们的飞机降落速度或进入机场角度的偏差，他往往会连续带飞三四次，直到学员完全掌握要领方才罢休。

"亲爱的塔玛拉：前不久，我调到东方一个地区工作。临走时，我来不及同您和英娜告别，真是感到歉意。那个小家伙，肯定会整天念叨爸爸怎么还不回来看她,怎么不给她买回来巧克力和洋娃娃……离开祖国是非常痛苦的,但是,当一个人为了正义而这样做时,应当支持他,而你就这样做了。你们千万别惦念着我,这里的人对我很友好,我就像生活在家乡一样。等到我们取得胜利后,很快会回到您和英娜身边的……"来到这里1个月了,波雷宁他们要回国,库里申科才第一次给妻子写了1封信叫战友带走,含混地告诉了自己的行踪。

来到成都太平寺机场的苏联飞行员和机械师

进入7月以后,库里申科在连续1个月时间里,带领学员们进行夜间飞行训练。他工作起来,从来没有白天和夜晚,就像"拼命三郎"一样。那天,毛邦初来太平寺机场检查工作,见库里申科面容憔悴,眼窝下陷,与第一次见到他时简直判若两人。毛邦初沉吟了一下,除了要求机场方面照顾好他的生活起居外,他以命令的口吻要库里申科必须好好休息,不能太劳累了。

库里申科回答毛邦初一席话,竟叫他十分动容。

"谢谢将军同志!说实话,来到这里,我恨不得马上就去参加战斗。

在这里，我像体验着我的祖国灾难一样，体验着中国劳动人民正在经受的灾难。我每当看到遭受日本飞机炸毁的建筑和逃难的人群，就十分难过——我不明白，日本人为什么要来轰炸在田地里安详恬静劳动的中国农民，轰炸那些无辜的老人和孩子呢？"

"没有办法，这是侵略者残暴的本性所决定的。"毛邦初说。

"好多时候，眼看都超过凌晨2点了，敌机还在上空盘旋。女人们、孩子们还躲在野地里，不能回家睡觉；劳动者和一切公务人员，白天不能正常生产，晚间也得不到休息。"库里申科闪着他那双深邃的眼睛，动情地讲道，"敌人的这种夜袭手段很卑鄙，对中国人民所造成的身体上、精神上的损失是无可估算的——我们，只能让敌人付出多倍的代价，让敌人在我们的打击下仓皇逃命！"

"是啊，我们一定要叫敌人付出多倍的代价，血债要用血来偿还！"毛邦初感慨地说道，"苏联人民是中国人民真诚的朋友，我们永远不会忘记你们付出的努力和牺牲——但，你还是要劳逸结合，保持强健的身体，过不了多久，还有更重要的任务需要你们去完成！"

6. 给日本人致命的反击

天路遥迢，秋高气爽。

1939年10月3日，在日军控制的武汉王家墩机场上，除了跑道上几片在秋风里飞舞的黄叶外，上百架日军轰炸机和战斗机整齐地停放在草坪上。这一天，机场上煞是热闹，日本第1联合航空队司令官塚原二四三少将、海军木更津航空队队长石河大佐、鹿屋航空队队长木雄大佐、副队长小川中佐，以及南京汪伪政权代表，都来到机场上，准备举行从日本到达这里的新飞机接收仪式。

苏联飞虎队——苏联空军志愿队援华抗日纪实

从苏联飞赴中国的重型轰炸机降落在成都太平寺机场

微风吹拂着野草，秋日的阳光懒懒地照耀在机场上。中午12时左右，从日本飞来的6架崭新的96式轰炸机，降落在王家墩机场上。少顷，从飞机上下来的机组人员，列队雄赳赳地走向机场指挥所。机场方面接收飞机的人员，正在指挥所前面的空地上，等待着这些机组人员的到来。交接飞机的双方军人列队、敬礼、报告之后，签字仪式就正式开始了。仪式洋溢着轻松欢快的气氛，人人脸上都挂着喜悦的笑容——可他们连做梦也没想到的是，一场毁灭性的打击会从天而降！

自入夏以来，几乎天天都有飞机从这个机场起飞，连续轰炸重庆、成都、兰州等地。骄狂的日本人，他们认为中国空军飞机已经消耗殆尽，不再具备与他们抗衡的实力，更不具备远程的轰炸能力，所以整个机场无论地面和天空，都毫无戒备；连停放在机场上的飞机，也是机翼对机翼排成4排，停放在跑道两侧，没有任何伪装，更谈不上什么分散隐蔽。自日本海军航空队回国休整补充返回武汉后，在这个机场上，有时竟集中了日本海、陆军航空队200多架各式飞机。

中国空军司令部知悉了这一情况，特别是获取了10月3日日军将在这里举行新机交接仪式的情报后，决心动用苏联远程重型轰炸机，给日本人来一次大规模的突然袭击,给连续几个月以来,丧心病狂地对重庆进行轰炸的日本人一次致命的还击!

即将出发执行任务的苏联空军志愿队飞行员

这样的行动,当然必须高度保密。驻守在成都太平寺机场的苏联空军轰炸机编队,在接到中国空军司令部的命令之后,大队长库里申科丝毫不动声色,把严守军事秘密的作风贯彻到每个人、每个动作的细节之中。直到他们要出发的前一天,机场上没有任何人察觉到他们第二天要出动的蛛丝马迹。

10月3日凌晨3点,全体苏联飞行员静悄悄地来到机场上。库里申科和大家一起动手,抬炸弹、挂炸弹;他亲自开来汽油车,给每架飞机加足油。当太阳刚从地平线上升起时,库里申科与他的战友们驾着挂满炸弹和燃烧弹的飞机,已经飞翔在百里之外了。直到早饭后,地勤人员才发现机场上少了10多架飞机,但这些飞机到底飞到哪里去了,却没有一个人知道。

飞行途中,12架飞机形成楔形编队,一直保持着无线电静默状态,在

8000米以上的云层里,神不知鬼不觉向武汉方向飞去。当他们飞临武汉时,正值中午,蓝天白云,晴空万里,地面的目标清晰可见。王家墩机场上,日军毫无戒备,一场轻松愉快的新机交接仪式正进入到尾声。12:35,库里申科率领的机群到达机场上空,一声呼啸,12架轰炸机突然在8700米高空一齐打开弹仓,几百枚混合挂载的高爆炸弹、杀伤弹和燃烧弹,以迅雷不及掩耳之势,便对着机场投了下去!

"轰!轰轰轰!"这些突然从天而降的炸弹,刹那间便在毫无防备的机场里爆炸起来!一时间,机场上雷声阵阵,火光冲天,浓烟四起,铁血横飞,乱成一团。

顷刻间,机场上愉快的新机交接仪式,便演变成为悲哀的葬礼。

在一片混乱之中,一颗从空中飞泻而下的重磅炸弹,正好落在机场指挥所前的人堆里爆炸!瞬息之间,火焰弹片、残肢碎臂便被抛向四面八方!正在主持交接仪式的第1联合航空队司令官塚原二四三少将,当即就被炸翻,同时被弹片削掉左臂,身体也被气浪掀到5米之外;木更津航空队队长石河大佐、鹿屋航空队副队长小川中佐,以及7名中佐以上的日军军官,当即在爆炸声中毙命;交接仪式现场,鹿屋航空队队长木雄大佐,以及20多名士官身负重伤;不少人满身燃烧着火焰,在地上翻滚着嗷嗷大叫。

搬起石头砸自己的脚,玩火者必自焚,这又是一条亘古不变的真理。

这场突如其来的大轰炸,炸死日军130余人,炸伤300余人;炸毁机场上各式日机60余架;炸毁机场指挥所、油库和航空器材库,油料库的大火整整燃烧了3个小时。偌大的机场内,一片狼藉,许多设施成为一片废墟——在机场遭到轰炸后的10多天里,日方出动了70余辆卡车和10余辆吊车、1000余名士兵,还强征了3000多名劳工,清理机场上的残渣废铁。

第六章 在保卫大后方战斗中

苏联空军志愿队重型轰炸机远程轰炸日军占领的武汉机场

在整个轰炸过程中，由于事发突然，日军地面的高炮始终没有开火。在冲天的烈焰中，有几架日军战斗机歪歪斜斜地滑行在跑道上，想强行起飞，但始终没能如愿。混乱中，只有1架战斗机在火光中勉强起飞，这个驾机起飞的日本飞行员，就是后来著名的日军王牌飞行员坂井三郎——但他驾驶着96式舰载机强行升空后，根本没有追赶上已经轰炸完毕、迅速返航的苏联DB-3轰炸机。他后来在《自传》中吹嘘自己上天后还打伤了1架苏联空军飞机，那只是他谎报军情自吹自擂罢了。

下午15:40，在成都太平寺机场上等待的中国空军官兵，以及苏联地勤人员仰望着天空，突然听见遥远的天边传来DB-3轰炸机熟悉的轰鸣声时，都情不自禁地欢呼起来——哦，回来了、回来了！人们指着天空中返航的飞机，仔细地数了起来：1架、2架、3架……远程奔袭的12架苏联飞机全部安全返航，随即依次降落在跑道上。惊喜的人们拥上前去，与库里申科及其战友热烈拥抱，并将他们抬起来抛向空中，祝贺他们取得了空前的大捷！

当天晚上，中国通讯社向全世界播发了这一捷报："10月3日，我中国空军远程袭击了武汉日军。日军损失惨重，我军大获全胜。计炸毁日机60余架，炸死炸伤日军飞行员400余人，同时炸毁武汉机场油库和航空器材库，复仇的火焰整整燃烧了3个多小时。"

苏联空军志愿队这次长途奔袭行动，给了骄横的日军一次沉重打击——为此，日军侵华司令部宣布了哀悼期。据估算，日军单经济损失就达到2000万日元以上；人员的损失更是不可估算，单有经验的日军飞行员就有70余人毙命。最后，日军武汉空军基地司令官被军事法庭判处死刑执行枪决（也有资料说是剖腹自杀）。

7. 坂井三郎的人生悲剧

世事沧桑，往事如烟。

日军王牌飞行员坂井三郎

日本飞行员坂井三郎，号称是日本海军航空队的一号王牌飞行员。到1945年日本投降时，他是为数不多的幸存者之一。他在晚年口述的自传《天空的武士》一书中，记叙了当年他在中国作战的经历，特别是记录了1939年10月3日，在武汉遭到库里申科率领的苏联空军志愿队轰炸时的情景。我们不妨将其中内容摘录如下，从另一个角度来佐证日军遭受重创时的场景。

我是1938年9月，编入日本海军第12航空队参加对中国作战的。当时我们航空队驻扎在武汉。那些日子，日本报纸连篇累牍地报道我首战告捷击落1架敌机的事迹。母亲特地给我写了1封信，她的自豪感跃入笔墨。与此同时，我表妹初代也来信了，她的信里写道：

"最近，我爸爸调任四国地方的德岛市做邮电局长，我现在也在德岛女高中读书。我从东京搬到德岛还不是很适应，你懂的。在新闻报道里看到你的消息让我兴奋不已。我们班上同学知道后也非常高兴。我们每天都在仔细看报查看你的最新消息，以免漏看了你在中国胜利的成绩。

"三郎，趁此机会，我想把我在德岛女高最要好的同学介绍给你。她叫美纪子，是我们班上最漂亮最聪明的。她爸爸是神户学院的教授。我给班上的同学看了你给我的来信后，美纪子最激动了。她求我无论如何要把她介绍给你认识。"

随信还附有1张照片，是初代和美纪子的合影，另附有美纪子写给我的短信。美纪子看上去和初代一样可爱。她的短信文笔优美，内容主要是自我介绍，以及她的家人和家乡状况。

收到家人的来信让我士气大振。我整天乐呵呵地哼着小调。我至今还清楚地记得收信的日期和当时的情景。那天是1939年10月3日，我正在擦拭飞机上的机枪做保养。当时，机场上的每个人都很轻松的样子。确实没有什么好忧虑的，因为在我们印象中，已经把中国空军及其外籍飞行员打得落花流水。

突然，机场控制塔台对我们大声呼叫。我们还没来得及回过神来，周围就是一片猛烈的爆炸声，烟尘滚滚，仿佛大地在颤抖，天地在燃烧，弹片横飞的尖啸声直刺耳膜。有人突然喊了声"空袭！"机场里也开始响起尖厉的空袭警报声——可,太晚了!

　　没有时间往掩体逃了。炸弹到处都是,浓浓的烟雾,刺耳的弹片声。此时,另外有7名飞行员和我一起向掩体飞奔。我弯腰压低身体,避免被弹片削到。突然,我看见前面1个水箱,就纵身一跃到水箱边卧倒。还好我动作快,刚卧倒就听见不远处的弹药库噼里啪啦地爆炸起火。同时,1颗落地的炸弹滚过来就爆炸了。我的耳膜被震得嗡嗡作响,尘土烟雾满嘴满眼。我要是晚跳1秒就肯定没命了……

　　坂井三郎在《自传》中叙述道:在他躲过第一轮轰炸后,他在水箱后面匍匐待了一阵,听见附近没有爆炸声了,这才小心地抬头张望了一下,只听机场上到处是炸弹爆炸声,还有许多人的叫骂呻吟声。他周围的人都受了重伤。过了一会儿,他试着想爬向离他最近的1个飞行员,但刚动了一下,就感觉到大腿和屁股像刀割一样地疼痛。他用手一摸,裤子外面已渗出血来。虽然伤口很痛,但伤口还不是很深。

　　慌乱之中,他翻身爬了起来,也顾不得周围的伤员了,下意识地撒腿就向跑道跑去。边跑边抬起头向天空张望,只见头上有12架飞机编队仍在飞行。那些飞机飞得很高,高度大约在6000公尺,正在一起盘旋大转弯。坂井三郎只知道,这些飞机是苏制DB型双引擎飞机,这种型号的飞机是中国空军的主力机型。此时,他心里暗暗叫苦,不得不承认,中国空军的这次突袭轰炸是极其成功的,把他们炸得措手不及人仰马翻,在炸弹落地爆炸之前,竟然所有的人都还沉浸在欢乐和喜悦之中,没有一个人有丝毫察觉,也无防空预警。

　　在升腾的浓烟和耀眼的火光中,坂井三郎跑到停机坪前一看,这里早已是一片狼藉。日本海军和陆军的200多架飞机,本来都是机翼贴机翼排得整整齐齐、密密麻麻的,现在大多数都在起火燃烧。火焰从飞机油箱里蹿了出来，无情地舔舐着天空。同时他看见，还没来得及着火的飞机机身上，也满是弹孔，汽油从油箱的弹孔中哗哗流到地上。火焰则顺着汽油一直延烧而去，迅速从这架飞机烧到那架飞机上，造成了火烧连营的效果——突然，坂井三郎一惊，又一下趴在了地上！在他前面不远处，一长溜的轰炸机、战斗机纷纷起火爆炸燃烧，爆炸声此起彼伏，蘑菇状的火焰冲天而起格外刺眼。轰炸机爆炸起来像在放爆竹，战斗机烧起来就像火柴盒子被点燃一样！

坂井三郎接着叙述道：

过了许久，爆炸声小了一些，我才从地上爬了起来，像发疯般围着燃烧的飞机乱跑，拼命想寻找1架没燃着的飞机——奇迹出现了，有几架战斗机孤零零地停在一个角落里，还没有受到株连。我飞快地跑了过去，拼命地爬进1架战斗机的驾驶舱，发动引擎，顾不得热机等待时间，就把飞机开上了跑道。

我的战机迅速升空的时候，敌军轰炸机群还在缓慢升高。我把油门打到最大，在烟雾缭绕的机场上空小心地接近敌机群。20分钟后我到达敌机群高度，这时我想寻找机会从敌机群下方对着敌机腹开火射击。

实际上我是唯一一架战机在攻击敌机群，我一点不害怕。我这架小小的战斗机实际上根本不是12架轰炸机的对手。现在下面陆地是长江上的城市——宜昌。宜昌此时据守在中国军队手里。如果此战被击落的话，不是摔死也会被俘于国民党部队，被俘对于我来说比死还难受。没有时间多想了。这时候主导我行动的是武士精神，不怕死。

我从后面和下面接近敌机群的长机。此时他们已经发现我了。一等我靠近，机尾射手就向我开枪。不过他们射来射去还是没有把我打中，我反正是尽量靠上去。在掠过长机的那一瞬间，我对准其左引擎开火射击。掠过之后我把飞机拉起来朝后看，只见这架飞机的引擎冒烟了。这架轰炸机不断下降高度，我也转而俯冲想干掉它，但接下来我没抓住更好的机会，还几次都是无功而返。这时候我不得不考虑到宜昌到汉口距离有好几百公里，再这样下去恐怕机上就没有足够的汽油让我返航了，就会迫降在中国部队的防区里。

勇敢战斗和随便牺牲生命和战机是两个不同的概念。继续这样格斗下去简直就是自杀行为。显然，目前的态势还没有到这种程度。我这样一想就驾机返航了。那架苏制轰炸机最后有没有安全着陆我不清楚，最坏也就是坠毁于其友军区域，机员跳伞逃命应该没有问题。

回过头来说武汉机场。整个被轰炸得惨不忍睹。几乎所有的飞机都被炸坏或烧毁，空军司令官也被炸断了左手，还有好几名军官也被炸死或炸残了。

我驾机追杀的时候完全忘掉了自己的伤痛，但返航降落后一爬出驾驶舱就昏倒在跑道上。

伤口愈合得很慢。一周之后，我还在医院接受治疗，突然接到初代的来信，信中的消息不亚于让我第二次受伤。信里是这样写的：

"我实在是非常抱歉，不得不给你写信。这实在是让你痛苦万分的消息。我最亲密的朋友美纪子在10月1日出车祸去世了。我实在悲痛得不知道怎么写才好，我要疯掉了。我向老天爷诅咒，为什么啊为什么，这么可爱动人的美纪子才16岁啊，不是她的错啊！我实在不想写信把这个坏消息告诉你，但谁叫我是你们之间唯一的知情者呢！……"

初代的信里还夹着美纪子母亲的一封信。她是这样写的：

"美纪子每天都在与初代和我们聊起你的事迹，上次初代寄给你她的信之后，她每天都在盼着你的复信。但是，这次我们收到你的复信的时候，美纪子却已经不在了。如果她还活着的话，让她来念给我听你的来信该多好！她是我的好女儿，温柔、聪明可爱！

"可能是老天爷嫉妒吧，这么早就把她收了回去。我实在是不知道为什么这么残酷，哭了好几天。不知是否妥当，我把你的复信放进了她的灵柩，希望能一路护送她上天堂……"

纵观坂井三郎的整本自传，其中尽管有着沾沾自喜和自吹自擂的味道，但说到底就是一个充满悲剧色彩的人生剧本。人类的战争，无论对胜利者和失败者，还是对加害者和被害者而言，其实都是一场悲剧——说到底，战争对人类来说，它只是一小撮有着野心的人手里玩弄的政治工具；它造成的结果，只有失败者，永远都不会有胜利者！

和平，应该成为人类社会发展的主题。

第七章　在艰难苦战的岁月里

许多优秀俄罗斯儿女在中国大地上献出宝贵生命，中俄两国人民在反法西斯战争中结下深厚友谊。这种用鲜血和生命凝结的友谊是中俄战略协作伙伴关系的坚实基础，也是中俄世代友好的坚实基础。

——胡锦涛2000年5月8日在接见俄罗斯援华抗日老战士代表时的讲话

1. 视死如归的最后抉择

又是一个晴天。

中午时分，武汉王家墩机场上空，日本海军航空队3架由德国提供日本的米塞斯米特式战斗机正在巡弋。蓝天中，飘着几朵淡淡的白云，一群大雁正从天边飞来，掠过机场向南飞去，一切看起来似乎都是那么平静。

自从10天前这里被苏联空军志愿队轰炸之后，日军为了执行大本营制订的"秋季攻势"作战计划，对重庆继续实施轰炸，连日来，他们夜以继日对机场进行清理。紧接着，又从国内和其他基地调来100多架飞机，充实了这个机场。为防止中苏空军突然袭击，他们还加强了空中警戒，每天24小时都有飞机在天上巡逻；地面上，也增加了战备执勤飞机，只要天上一有情况，就能立即升空对来袭者进行拦截。

为粉碎日军的"秋季攻势"，有效保卫首都重庆，中国空军司令部决定，依然采取先发制人的战术，再对武汉王家墩机场进行一次攻击，尽量能将日本人的飞机摧毁在地面上！

第七章 在艰难苦战的岁月里

10月14日上午8∶30,苏联空军志愿队20架DB-3轰炸机,又在库里申科少校率领下,依然从成都太平寺机场起飞,迎着早晨的太阳,突然朝着武汉方向飞去!

一路上,机群隐蔽在8800米以上的高空飞行。在云层上空,日本人没能发现轰炸机编队的行踪,也没有遭遇日机的拦截。

11∶55,苏联空军轰炸机编队突然到达武汉空域。根据上次轰炸的经验,库里申科没有丝毫犹豫,带领机群猛然就突进机场上空,面对几架前来拦截的日机,他指挥若定,行动迅速,整个机群严密操作,在日机还来不及对轰炸机发起攻击前,就迅速将炸弹投了下去!就像10天前的情形一样,机场上的日军还没回过神来,炸弹就从空中倾盆而下,旋即就在地面猛烈爆炸起来!

苏联空军志愿队轰炸机正准备起飞轰炸武汉日军机场

第一波轰炸刚刚结束,第二波轰炸就接踵而来!第二波10架苏联轰炸机抵达机场上空时,正好背对着太阳向日军发起攻击。等到在空中警戒的3架日机回过神来,他们只好甩开第一波执行轰炸的飞机,朝着正在攻击机场的轰炸机扑去!在地面值班待命的7架日本战斗机,由于隐蔽在机场边缘,还未受到打击,情急之中他们也紧急升空,准备对苏军飞机进行拦截——

但，为时已晚，第二波轰炸机已经顺利通过机场上空，投下了飞机上的全部炸弹！

烈焰、浓烟、残渣、废铁、弹坑、尸骸……瞬间便遍布偌大的机场；爆炸声、呼啸声、喊叫声、咒骂声、钢铁碰钢铁的铿锵声……填满了整个机场的空间！这一次轰炸，苏联空军志愿队行动更加迅速，出动的飞机比前次更多，投下的炸弹数量也比前次几乎多了1倍，因而轰炸更加猛烈，日军遭受的损失更加惨重。

据中国通讯社报道：这次苏联空军志愿队对武汉王家墩机场的再次轰炸，共炸毁敌轰炸机66架、战斗机37架；汽油库1座，内存汽油5万加仑；弹药库4所，计弹药3万余箱；救火车3辆、汽车40多辆；共毙空军少佐2名、机械师60余名，以及陆海官兵300余名……

根据日本防卫厅战史室编撰的《中国方面海军作战》记载，在这次遭受苏联空军志愿队轰炸中，日本"海军第13航空队的主体约40架飞机被炸毁，陆军飞机也有20余架遭到损坏，以及油库、弹药库及其他设施被炸，人员伤亡300余人，这是事变以来发生的又一最大损害。"

对这次轰炸给日本人造成的损失，中国和日本的统计虽有一定差距，但无可置疑的是给了侵华日军又一次沉重的打击。

烈焰还在燃烧，浓烟还在升腾。

日军通过前次轰炸，似乎接受了失败的教训，当他们机场在遭受猛烈轰炸之时，地面防空炮火开始进行射击，同时紧急调动了在孝感机场3个中队共计26架战斗机，对库里申科率领的机群进行狙击。

在武汉与宜昌之间的上空，执行完任务的库里申科轰炸机编队，便遭遇了日军机群拦截，一场激烈的空战瞬间就在这里展开。

此时的日本机群，在遭受两次重创后已是恼羞成怒。一见苏联空军编队，便歇斯底里地向他们扑来！库里申科面对眼前的情形，毫无惧色，一边

第七章 在艰难苦战的岁月里

指挥机群投入战斗，一边对着为首的日军长机迎面冲去！

一时间，20架苏式轰炸机同36架日本战斗机在空中搅成了一团！惨白的阳光下，只见黑鹰盘旋，秃鹫翻飞，火光闪闪，枪炮声声，浓烟滚滚，地暗天昏，残酷的战斗打得难分难解。少顷，1架日本飞机被苏联飞机击中，拖着浓浓的黑烟栽进了滚滚的长江里；紧接着，又1架日本飞机被击中，也拖着长长的火焰栽进了汹涌的波涛中……在这场空中格斗中，6架日机被击落，10多架日机被击伤；苏联空军也有2架飞机受伤，其中1架坠落长江，1架带伤返回基地。

库里申科此前就经历过无数次这样的空战，由于他作战勇猛顽强，战友们都亲切称他为"老虎"；来到中国后，中国空军战友们又形象地将他称为"张飞"。在激烈的战斗中，他除身先士卒地与敌机格斗外，还沉着冷静地指挥着整个机群。在密集横飞的枪弹中，库里申科击落为首的那架日军飞机后，3架日机见状，立即就把目标锁定在库里申科这架长机上，一齐凶猛地朝他扑来！

此时，日本地面指挥部也在声嘶力竭地呼叫着："围歼他！围歼他！" 3架米式战斗机听见地面的呼叫，从上中后3个方向向库里申科扑来，一时间机枪子弹在天空交织成了一片火网。

库里申科一面躲避日机的攻击，一面咬住为首的1架日机尾部猛烈射击——突然，1架日机猝不及防从他左边掠过，一串子弹向他射来，他顿时感到肩膀一阵剧烈的疼痛，鲜血也从他飞行服上流了下来；随即，他感到机身剧烈地震动了一下。凭着直觉，他知道自己飞机的左翼发动机被敌人击中了。此时，3架敌机见库里申科飞机受伤，一边猛烈地射击着，一边疯狂地包抄过来——不能再恋战了！库里申科凭着高超的飞行技术，咬牙驾驶着单发的飞机，他上下翻飞，左右冲突，巧妙地冲出敌机的包围圈，沿着长江上游顽强地向前飞去。

失去1台发动机的飞机，就意味着失去了飞行动力平衡。在向前飞行途中，引擎的轰鸣声沉闷而嘈杂，机身也在不停地震动。震动的机翼下，蜿蜒的江水在阳光下闪着熠熠的光泽，连绵的山峰在雾霭中变得有些朦胧。库里申科忍着身上的伤痛，顽强地驾着飞机，飞过宜昌，飞过三峡，飞过白帝城，飞过石宝寨，越往前飞，飞机状况越来越差，飞行高度也在不断下降，最后简直就像醉汉一样左右摇摆起来。凭着丰富的飞行经验，库里申科知道飞机再也支撑不下去了，再飞就要坠毁了，必须立即选择跳伞或者迫降！

在中国，飞机实在是太珍贵了！库里申科没有丝毫的犹豫，他毅然选择了后者——迫降。

此时，他估计飞机应该离重庆不远了，可以选择适当的地方实施迫降了——是的，他的估计没有错，此时飞机已经飞至万县（今重庆万州区）境内，离重庆只有200来公里了。机翼下，他突然隐约看见长江边上有一座小城，小城的江边有一块平坝，那叫陈家坝。于是，库里申科驾着飞机，在这块平坝上空盘旋起来。

可，当飞机下降到七八百米时，库里申科发现江边那块平坝实在太小，这架重型轰炸机根本不可能在上面着陆；那么，选择跳伞吧，但跳伞意味着飞机就将坠毁！而且，坠毁的飞机还将危及小城居民的安全。在这危急关头，他毅然决定放弃跳伞，将飞机迫降在长江江面上！

千钧一发之际，库里申科驾着飞机迅速下降，擦着江面滑翔了几百米后，一声呼啸，飞机"轰"的一声，迫降在距万县红沙碛200米处的聚鱼沱江面上！

"赶快脱掉飞行服，马上离开飞机，迅速游上岸去！"当飞机降落那一瞬间，库里申科紧紧抓住飞机操纵杆，大声命令着飞机上的机枪手李列索夫和轰炸员里奥斯基。

当飞机落到江面，机身还未沉没之际，在李列索夫和里奥斯基费力地往机舱外攀爬时,库里申科又大声地叮嘱他们:"记住岸边标记,一定要把飞机打捞起来!"

秋日的江水,浑黄而冰凉。当李列索夫2人离开机舱,回头想去救他们的大队长时,汹涌的江水已经灌进机舱,他们只看见库里申科的飞行帽在湍急的江流中隐现一下,随即就不见了踪影……

"大队长、大队长!……"两人一边在水里挣扎着,一边大声呼喊着他们的首长。

但,已经严重受伤的库里申科,由于失血过多,加之连续的轰炸和作战,早已精疲力竭,再也没有脱掉飞行服、爬出机舱、游回岸边的力气了……

一个巨浪打来,巨大的机身摇晃了一下,随即江面上卷起一个硕大的漩涡,受伤的飞机带着体力衰竭的库里申科,一瞬间便沉到了江底……

2. 大江之上不朽的生命

"大队长、大队长!……"

李列索夫和里奥斯基看见飞机沉下江底,他们一边在水里挣扎,一边还在声嘶力竭地喊着库里申科,久久不愿离开飞机沉没的那片水域。

当库里申科的飞机还在天空盘旋时,早就惊动了万县城里的军民,他们大声呼喊着,有的拿着竹竿,有的拿着木板,蜂拥着向江边跑去;江边的几只小木船,也赶紧朝飞机沉没的地方划了过去——但,一切都太晚了,湍急的江面上再也觅不见飞机和库里申科的踪影。

"大队长、大队长!……"库里申科的两位战友在当地民众的帮助下,挣扎着爬上岸来,他们站在岸边,流着眼泪还在大声地呼喊着库里申科。李列索夫手臂也受了伤,鲜血从他手臂上流了出来。当河岸上的老百姓从四面八方涌来,正在组织力量抢救飞机和机上的人员时,李列索夫顾不得包扎自己的伤口，他捂着手臂，又沿着河岸往下游方向跑去，希望能够看见库里申科从水里再冒起来。

但，江面上只有汹涌的江流奔涌着，卷着浪花顺流而下，库里申科再也没从水里冒出来。

当日，无数的万县军民目睹了这一悲壮的场景，他们集中在聚鱼沱岸边，摘下头上的草帽，解开头上的白帕，望着飞机和库里申科沉没的那片水域，久久不愿离去。随即，当地政府组织起船队和水手，紧急打捞起飞机和库里申科的遗体来……

位于重庆万州区西山的库里申科陵墓

第七章 在艰难苦战的岁月里

消息传到成都太平寺机场，库里申科轰炸机大队官兵和中国空军学员们，禁不住失声痛哭；当天晚上，没有一个人去食堂吃晚饭。消息传到重庆国民政府，中国空军司令部和政府官员，连夜就朝万县赶来，协助地方处理善后事宜。当天晚上，眼看沉没到江底的库里申科已经没有了生还的希望，当地居民按照自己亲人亡故的风俗，在河边点燃香烛纸钱，虔诚地祭奠起这位来自异国他乡，为中国人民英勇献身的烈士……

烛光摇曳，纸钱飘飞；江水呜咽，苍天垂泪。

11月3日，当那架迫降的飞机从江里打捞出水之后，库里申科的遗体在下游的猫儿沱浮了起来。他依然穿着飞行服，戴着飞行帽，皮带上还挂着他那支心爱的小手枪——这一年，库里申科年仅36岁。

当地政府闻讯后，用船将库里申科的遗体运回了万县。当地一位老人捐出自己的一副金丝楠木棺材，装殓了库里申科。库里申科遗体运回万县当天，全城万人空巷，大家聚集在陈家坝河滩上，为库里申科举行了隆重的追悼会。

或许是百姓们的虔诚感动了上天，追悼会开始时，阴郁的天空中飘起了霏霏的细雨，犹如饱经苦难的百姓们，流下来的辛酸和苦涩的眼泪。挽联在细雨里飘拂，花圈在江风里踉跄。国民政府代表、苏联军事顾问、中国空军代表，以及地方行政长官和各界人士，冒雨举行了这场追悼会。追悼会后，万县人民按照中国人的习俗，为库里申科举行了隆重的葬礼，将他安葬在了当地景色壮美的太白岩下。

村民刘海田和其他人，他们亲手埋葬了库里申科。当时，已经80多岁的刘海田，出于对英雄的爱戴和景仰，他在墓地边搭起一个简陋的茅草棚，义务地为这位异国英雄守墓多年。

库里申科牺牲后，他的英勇事迹很快就传遍了中国抗日战场，以及整个大后方，人们都被他的英雄壮举所感动，他的事迹也在中国大地上四处传扬。但在他的祖国苏联，却保持着一片沉默——因为苏联援华抗日行动仍处于保密时期。

几个月后,库里申科的妻子塔玛拉才接到1份军人阵亡通知书,上面只有简单的一句话:"格里戈里·阿基莫维奇·库里申科同志在执行政府任务时牺牲。"至于牺牲的具体时间、牺牲的经过和安葬的地点,亲人们全然无知。这一年,塔玛拉才23岁,他们的女儿英娜才刚满3岁。

少先队员向库里申科敬献鲜花

中国人民没有忘记这位伟大的国际主义战士,万县人民更没有忘记这位为中国人民解放事业而牺牲的英雄。新中国成立后,每逢清明或英雄的忌日,万县人民都会按照中国人的传统习俗,敲锣打鼓、吹奏唢呐、燃放鞭炮、抬着花圈,成群结队来到他的墓前,祭奠这位苏联英雄。1958年7月7日,万县人民为了纪念抗日战争爆发21周年,特地在风景如画的西山公园内,专门为库里申科修建了1座烈士陵园,迁葬了他的遗骨,并在墓地前竖起1块高大的墓碑。碑文用中俄两国文字书写道:"在抗日战争中为中国人

第七章 在艰难苦战的岁月里

民而英勇牺牲的苏联空军志愿队大队长格里戈里·库里申科之墓（1903—1939）。"这里，可远眺大江的帆影，倾听亘古的涛声；墓地四周种满苍松翠柏、各色鲜花，以抚慰烈士远离家乡思念家乡的英灵。

1958年国庆节前夕，中国政府邀请库里申科的妻子塔玛拉和女儿英娜来中国参加国庆观礼、祭扫亲人陵墓。在北京，塔玛拉母女受到了毛泽东主席和周恩来总理的亲切接见。在盛大的国庆招待会上，周恩来总理紧紧地握住塔玛拉和英娜的手，十分动情地对她们讲道："中国人民永远不会忘记格里戈里·库里申科。"

10月8日，烈士的遗孀和女儿来到万县库里申科陵园，同当地700多名党政领导和各界代表一起，祭奠已经牺牲了19年的亲人。大家在烈士墓碑前献花致敬，鞠躬致哀。在雄浑的军乐声中，一支由解放军女战士组成的合唱团唱着苏联歌曲《光荣牺牲》，悲壮哀婉的曲调，把人们的思绪带进那烽火连天、与侵略者浴火奋战的岁月里……

这条大江从我家乡流过，
就在这里库里申科壮烈牺牲。
为了赞颂这永恒不朽的生命，
江水日夜歌唱着中苏友好的歌。

他像一道闪电掠过天空，
他像一声雷鸣响入江中。
江水把它在这里漩起的花圈，
虔诚地向库里申科奉献；
两岸山岩苍翠的松柏，
肃立着为他崇高的灵魂静默。

苏联飞虎队——苏联空军志愿队援华抗日纪实

……

中国军人祭奠苏联空军英雄库里申科

祭奠仪式上，中国人民解放军代表、共青团员代表以及各界人士向烈士敬献了花圈和花篮，少先队员们在鲜红的队旗下，集体朗诵了由著名诗人方敬撰写的诗歌《库里申科之歌》。

塔玛拉和英娜临走时，紧紧拥抱着库里申科的陵墓与墓碑，潸然泪下，泣不成声，久久不愿离去……

3. 乌江边上长眠的少尉

无独有偶。在苍山如海、风景如画的乌江江畔，也长眠着一位库里申科的战友——苏联空军志愿队飞行员金角洛夫少尉。

他长眠在贵州沿河土家族自治县城郊八宝山公墓。

在库里申科少校率领轰炸机编队第二次轰炸武汉机场后不久，1939年12月24日清晨，由苏联空军志愿队3架CB-2轰炸机组成的编队，奉命从重庆机场起飞，前往轰炸不久前被日军占领的南宁机场。这个编队，由史才尼阔夫大尉率领，年轻的少尉金角洛夫驾驶僚机，紧随史才尼阔夫大尉出征。

第七章 在艰难苦战的岁月里

这一天，云淡风轻，天气晴朗。史才尼阔夫率领的机群，10：25，顺利地抵达广西南宁机场，出其不意地对日军控制的机场进行了轰炸。南宁机场虽然不大，但日本陆军航空队飞机每天从这里起飞，支援日军在华南地区的军事行动，多次前往桂林等城市实施轰炸。苏联空军志愿队这次对南宁机场的突然袭击，摧毁了日军停放在机场上的10多架飞机、油库以及其他机场设施，取得赫赫的战绩。

可，当史才尼阔夫大尉率领的机群完成轰炸任务，返航飞到贵州独山上空时，遭遇7架日军战斗机狙击。一时间，战斗十分激烈。但苏联轰炸机速度快，操纵灵活，加之每架飞机都配备有4挺机枪，火力威猛。空战中，敌机被击落1架、击伤3架，剩余的日机落荒而逃。

但，苏联飞机结束战斗，继续返航途中，由于导航系统发生故障，与地面失去联系，迷失了方向；加上与日机在空中缠斗近40分钟，在持续飞行2个小时后，油料即将耗尽——情急之中，飞机只能选择适当的地方进行迫降。但，此时飞机正位于武夷山与大娄山交接处上空，延绵上百公里的地面上，山高林密，沟壑纵横，山峦起伏，很难找到一片能够着陆的开阔地。

机声轰鸣，乱云飞渡。

在领航的史才尼阔夫大尉苦苦的寻觅之中，他突然发现在千山万壑之中，有一条河流蜿蜒着向东流去——对，这条河应该是乌江！于是史才尼阔夫带领另外2架飞机，降低飞行高度，沿着乌江超低空飞行，想在江边找到一块能够迫降的平地来。

终于，飞机飞到乌江岸边的沿河县，史才尼阔夫发现离县城上游不远处有一块平坝，能勉强让飞机着陆。于是他再次降低高度，在县城上空盘旋起来，准备在那块平坝上强行降落。

巨大的飞机轰鸣声，惊动了当地土家族的老百姓，他们纷纷跑出来观看。这一看不要紧，一看飞机上没有中国标识，都以为来者是日本人的飞机，于是群情激愤起来。随着一阵紧迫的锣声响起，人人手拿锄头、扁担、大刀、火枪，都从家里涌了出来！"打倒日本鬼子！去和日本人拼命！"的吼声，顿时响彻大街小巷和田头地角。人们一看飞机在空中盘旋后，想在城外那块空地上降落，于是无数的人群吼叫着，舞枪弄棒，都往那块叫做"砣坝"的地方涌来，准备与"日本人"拼命。

飞机越飞越低，轰鸣声越来越大。可地面上的老百姓根本不理会头上盘旋的飞机，平坝上的人越聚越多；愤怒的吼声，震得整个河谷嗡嗡作响——没有办法，史才尼阔夫和金角洛夫，见此情况，只好对空鸣枪警告。但无论他们怎样鸣枪，反而更激怒了机翼下的老百姓，他们愤怒地挥舞着手中的武器，根本就没有丝毫撤退打算。

怎么办？如此阵势，如飞机强行在这里降落，肯定会伤及无数无辜的老百姓；一旦伤及老百姓，不要说飞机上的人会淹没在人民战争的汪洋大海中，就连3架飞机也会被愤怒的人群砸成一堆废铁！万般无奈之下，史才尼阔夫拉起飞机，又在空中盘旋了一圈，发现乌江边上有一片退水后裸露的乱石河滩。于是，他再次降低高度，领头强行将自己的飞机降落在了这片河滩上。

紧接着，第2架飞机也冒险降落在了这片河滩上。

金角洛夫驾着飞机，在河滩上空盘旋着，却久久不敢落地——原来，河滩面积太小，最多只能容纳2架飞机。最后，为了保证已降落的飞机安全，金角洛夫毅然驾机转向了河面滩头上。在飞机迫降到河面的一刹那，他迅速从机舱里跳了出来，准备跳伞——然而，伞刚打开，就在他刚刚着地的一瞬间，飞机也刚好坠地，沉重的机身从他身上碾了过去！他的鲜血，染红了乌江江水……

当愤怒的人群向河滩涌来时，金角洛夫的举动和遭遇一下让人们愣住了。这种宁愿牺牲自己，也不愿伤及无辜百姓的行动，令在场的老百姓感到迷惑和震惊——他们不像是残暴的日本鬼子呀！一时间，黑压压的人群安静下来，只是围住飞机和飞行人员，并没有动手。

"金角洛夫！金角洛夫同志！"史才尼阔夫大尉从飞机上下来，跑到河边上，抱着血肉模糊的金角洛夫少尉大声叫了起来——但，金角洛夫嘴角边流着鲜血，早已停止了呼吸。

沿河县政府的人闻讯后，飞速赶到了河滩上来。现场既没有人懂得俄文，更没有人懂得俄语；史才尼阔夫来到中国还不到1个月，由于中国军方疏忽，还没有给他们配备写着"洋人来华助战"的中文丝帕，他除了"中国"、"苏联"几个半生不熟的词汇外，讲不出一句完整的中国话来，双方只能用表情和手势进行交流。

县政府一位姓龚的科长，也来到现场上。他从史才尼阔夫递给他的军用地图和粮袋上，发现这些东西上标的既不是日文，也不是英文，而是一种不认识的文字时，他估计这是俄文。正在这时，县长李拨夫也气喘吁吁地跑到了河滩上来。

谁知，这个李县长偏偏在苏联留过几年学，他来到史才尼阔夫跟前，一看那地图上的文字，一句"哈啦绍"，立即就和史才尼阔夫顺利沟通起来——史才尼阔夫怎么也没想到，在这沟深林密的大山里，竟然还有人能够流利地讲俄语！

交谈中，李县长这才知道，这群不速之客原来是苏联空军，是来中国帮助他们打日本人的，他们执行完轰炸南宁的任务后，由于迷失方向，汽油告罄，才迫降在这偏僻的乌江河边的。

"欢迎、欢迎我们的朋友！"李县长紧紧抓住史才尼阔夫的手，愧疚地用俄语对他讲道，"误会，天大的误会！我们这里的老百姓，实在是太恨日本人了，所以才有这样不理智的举动——惭愧、惭愧！还望长官多多原谅才是！"

说完，李县长神情肃穆地走到金角洛夫遗体前，深深地鞠着躬。抬头，他见金角洛夫那个惨状，不由得潸然泪下。此时，全体乡民都静默下来，全场没有一点声息，只有湍急的乌江水，发出哗哗的声响，仿佛在发出声声呜咽和叹息……

埋葬金角洛夫那天，整个沿江县城万人空巷，男男女女，老老少少，身穿孝服，佩戴青纱，按照当地土家人的隆重礼节，在美丽的乌江边上，安葬了这位异国异族的儿子。

岁月沧桑，寒暑数易，70多年过去了。岁月的流逝，或许已使当地的土家族人淡忘了许多事情，唯有这位来自异国他乡的国际主义战士，人们始终没有忘记他。金角洛夫烈士的陵墓几经搬迁，几经修葺，至今依然保留完好。每到清明节，当地的人民都来到烈士墓前，献上鲜花，摆上鲜果，酹上一杯水酒，以祭奠这位来自异国的英灵。

《沿江县志》记载了这件事情。但《县志》的撰写者只知道金角洛夫是苏联空军志愿队队员，牺牲时很年轻，军衔是少尉；至于他生于何年，家乡何处，服役于哪支部队，家乡是否还有亲人等，就语焉不详了。

4. 击毙日军"轰炸之王"

警报！防空紧急警报！

1939年11月4日上午10时，中国空军驻成都指挥部，突然接到地面防空情报网报告，日本海军第1、2联合航空队72架96式轰炸机，分为3个飞行编队，从武汉机场起飞，已经强行突入四川，正黑压压地直扑成都而来！

成都，四川省省会，西南最大的城市。

1938年10月武汉失守后，中苏空军主力撤退入川，成都不但成为中国空军的最高指挥机构驻地，还是中苏空军的主要集结地。中国空军的机械、通信、军士、参谋、防空等单位也先后迁到这里，又使这里成为空军最大的教育和训练基地。同时，中苏空军几次远程轰炸武汉等地的飞机，也都是从这里起飞——所以，侵华日军陆、海军航空队早就盯上了中国大后方这一重要战略要地，早就想除之而后快。

从1938年冬季开始，日本飞机除了疯狂轰炸陪都重庆外，就是轰炸成都。1938年11月8日，日本陆军航空队18架轰炸机首次空袭成都，在凤凰山机场和太平寺机场投下炸弹100余枚；11月15日，日机17架再次轰炸凤凰山机场，投下炸弹及燃烧弹200余枚；接下来，1939年5月8日，日本海军航空队也步陆军航空队后尘，27架轰炸机首次开始空袭成都；6月11日，日本海军航空队再次轰炸成都，为了达到奇袭效果，日机效仿轰炸重庆的方式，选择下午起飞，黄昏时分进行轰炸，但仍遭到我中苏空军拦截，成都市区虽遭日机轰炸，平民被炸死226人，房屋被炸4000余间，但日机被中苏空军击落3架、击伤数架，最后只好匆匆撤退。

如前所述，10月3日和11月4日，苏联空军志愿队以牙还牙，连续长途奔袭轰炸了日军武汉机场。两次轰炸，使日军在武汉的航空兵力遭到极大削弱，在日军高层产生很大震动，他们不得不重新审视中国空军和苏联空军志愿队的实力。在苏联空军两次实施对武汉的轰炸中，遭受损失最大的是日本海军，身负重伤的第1联合航空队司令官塚原二四三少将含血喷天，第13航空队司令官奥田喜久司大佐更是咬牙切齿，发誓要对中苏空军进行报复。经过精心策划，11月4日，他们拼凑了武汉机场残余的72架可以远航到成都的96式轰炸机，由"轰炸大王"奥田喜久司大佐亲自带队，倾巢出动，一路杀气腾腾直扑成都，发誓要将中苏空军消灭在地面，清除武汉基地面临的空中威胁！

由于中国地面防空情报网络已经建立，日军入川轰炸行动无法达成突然性，所以这次日本人孤注一掷，决定实行大规模大集群出击，强行突破中苏空军的空中拦截网，达到彻底摧毁我地面目标的目的。

山雨欲来风满楼，黑云压城城欲摧。

成都空军第3路司令部接到防空紧急警报，立即命令中苏空军49架战斗机分2批紧急升空拦截。其中1批在温江上空巡逻警戒，1批在成都北边凤凰山上空准备迎战。

按日军轰炸计划，第1批27架飞机轰炸凤凰山机场，第2批25架轰炸温江机场，第3批20架轰炸太平寺机场。10:35，日军机群分别到达成都东北和西北上空。正在高空待命的中苏空军，远远见到日军飞机踪影后，一声呼啸，立即迎头冲了上去！

在凤凰山4000米高空，中国空军27中队首先和日机交手。

当首批日机朝凤凰山机场扑来时，由于防空预警网给了中国空军足够的预警时间，机群得以以逸待劳，事先升空爬高，能从高处俯冲攻击敌人。日本机群一出现，中国空军从65度角后方俯冲，集中攻击了日机的前锋；第一波攻击之后，第29中队又以同样的高度再次对日机进行攻击。

空战中，为了发挥我军20毫米机炮火力的优势，中队长岑泽鎏采用平飞状态迎头攻击日机，以强大火力攻击1架轰炸机。在他迅疾喷出的火舌中，敌机右翼中弹起火，并迅速扩展到机翼和油箱，一声巨响，飞机在空中爆炸，一个巨大的火球随即就向山麓坠去！

敌机爆炸的火光，划破长空，正在空中与日机格斗的中苏飞行员见状，更是士气大振。一时间，空中爆出朵朵弹花，敌机群四处起火爆炸——敌我双方飞机的殊死缠斗，使日军机群轰炸机场的行动陡然受阻。

突然，日军带队的1架96式轰炸机一下甩开机群，不顾死活强行向凤凰山机场突去！说时迟那时快，中国空军副队长邓从凯见状，求战心切，立即驾着苏制伊-15战斗机，加大油门猛拉机头，迅速爬升到有利高度，俯冲着对这架飞机开火。这架日军长机见遭到猛烈攻击，机翼上已中了几发子弹，一时有些慌了手脚，放弃了轰炸机场的企图，企图逃脱，邓从凯一咬牙，紧紧追了上去！

邓从凯，广西防城人。1933年中学毕业后考入广东航空学校第7期学习飞行。由于他天资聪颖，行动敏捷，作战勇敢，已在战斗中先后击落了5架敌机，很受中国空军上司的青睐，也很受苏联教官们的赏识，很快晋升为中尉副队长。此时，他见日机朝南边脱逃，便像草原上一只猎犬，对疯狂逃窜的猎物紧追不舍。

凤凰山上空一场战斗打得难分难解，而两架脱离了机群的中日飞机，在南边的天空中，却上演起一幕惊心动魄的情景剧来！

日本轰炸机在前面疾飞，边飞边对着后面的飞机猛烈射击，试图击退对手；紧随其后的中国战斗机，尽管机身已中数弹，但绝不放弃，拼命地在后面追赶。不觉之间，两架飞机已飞出成都，一直飞到仁寿县与简阳县交界处上空——突然，后面的战斗机拼尽最后的力气，一声尖啸，对着前面的轰炸机密集地射出一串子弹，这串子弹准确地击中了前面飞机的发动机和油箱，那架飞机猛地颠簸一下，旋即打了两个旋儿，"轰"的一声爆炸，尔后拖着长长的火焰和黑烟，从空中坠落下去！

邓从凯在击落前面飞机的同时，自己受伤的飞机也剧烈地颠簸起来。他看见追歼的飞机坠下山崖后，便顽强地驾着受伤的飞机，想返回基地。可，越飞飞机越是颠簸，越飞飞行高度越来越低。他原本可以选择跳伞，但他实在舍不得放弃这架他心爱的飞机。飞到仁寿县向家场地域时，他试图强行迫降，挽救这架飞机——可，飞机在迫降时，却意外撞到1棵大树上，顷刻之间机毁人亡！

而此时在凤凰山上空的激战中，有2颗子弹击中了26中队飞行员段文郁的腿部，但他强忍伤痛，也对1架日机紧追不舍。追到中江县上空，将其击落于一片丘陵之上。此后，由于他身体失血过多而昏迷，飞机失去控制后，向前飞行了一段距离，最后坠毁在金堂县境内——段文郁也在此战中因此殉

苏联飞虎队——苏联空军志愿队援华抗日纪实

国!

这场战斗,共击落日军轰炸机4架,日军细田直次郎大尉、森千代次大尉等10余人毙命;我中苏空军损失飞机3架,牺牲飞行员3人,粉碎了一场日军针对成都机场大规模轰炸的阴谋。

战斗结束之后,成都防空指挥部立即派出参谋刘景轼前往仁寿、简阳等处检查飞机残骸。在仁寿与简阳交界的山中,被邓从凯击落的日军轰炸机坠毁处,由于地形复杂,无法使用车辆运输飞机残骸,刘景轼只好组织当地民工将飞机残骸抬到仁寿县城,再用汽车运回成都。

在中苏空军人员检查这架日96式轰炸机残骸时,却意外地发现,机舱里除1张标有成都各个机场、党政机关详细位置的地图,以及1尊用银盒装的小佛像外;在1具已烧得蜷曲的尸体上还找到1把短剑、1枚印章。这把短剑由日酋裕仁天皇亲赐,上有"爆击の王"日文字样;那枚玉石的印章上也刻有"奥田喜久司"几个日文——好啊!由此可以断定,邓从凯击落的这架日机,正是日军号称"轰炸之王"的奥田喜久司大佐的座机!

这个日军"轰炸之王"奥田喜久司,曾任日本海军航空本部总务部第一课长,早在1937年就晋升为日海军航空队大佐,1938年12月任日海军第13航空队司令官。曾多次指挥和参与轰炸南京、武汉、重庆等地,屠杀了无数的中国平民,双手沾满了中国人民的鲜血,罪恶昭彰,他在中国土地上犯下的罪行,罄竹难书。

在这次战斗中,被击毙的还有日军细田直次郎大尉、森千代次大尉,他们分别是日本海军鹿屋、木更津航空队分队长。从淞沪会战开始,他们就投入了侵华战争,也曾多次率领轰炸机袭击南京、武汉、重庆、兰州等地,对中国人民犯下了滔天罪行,十恶不赦、死有余辜。

未曾想,这些曾经不可一世、穷凶极恶的刽子手们,而今却落得个体无完肤、暴尸荒野、孤魂野冢的下场——这也应了中国人的一句老话:恶有恶报，善有善报；不是不报，时候未到；时候一到，一切都报！

自掘坟墓的人，无疑是一伙并不聪明的人。

5. 黑暗时期不屈的战斗

有太阳落下去。

有月亮升起来。

撕去1939年的最后一页日历，中国人民艰难的抗战，进入到更加艰难的新年。

阴霾的天空，霏霏的淫雨。

新年伊始，日军不断增派兵力，疯狂进攻华南各个城市；同时不断增派空中力量，对中国大后方进行狂轰滥炸。此时，中国空军战斗机部队在过去的一年，尽管取得不可小觑的战绩，但因频繁升空作战，损失过于惨重，飞机和飞行人员也无法得到及时补充。到了1940年初，再也无法与飞机数量、性能均处于绝对优势的日本空军抗衡了。鉴于此，为了保存仅存的战斗机部队实力，只好采取消极避战的方针，很少进行大规模作战了。

这一时期，被中国空军称为"黑暗时期"。

此时，中国空军轰炸机部队却成长起来，在苏联空军的支持下，还能保持着一定的战斗力，不时还能支援前线作战。

1939年6月，当苏联DB-3轰炸机大队在库里申科率领下到达中国时，中国空军就被这种轰炸机惊人的载弹量、爬升率和续航力所折服，随即请求苏联政府援助这种机型的轰炸机，以及尽快培训中国空军飞行员。苏联政府接到中国空军的请求，很快满足了他们对DB-3飞机的需求。1939年9月，来自中国空军几个大队的飞行员，集中在成都太平寺机场，在苏联空军教官指导下，开始接受DB-3轰炸机操纵训练。

经过几个月的训练，中国空军机组已经能够独立驾驶这种飞机。到

1940年2月，苏联空军将这种轰炸机逐渐交付给中国空军，组成了中国空军DB-3轰炸机大队。但是，由于中国空军指挥部过于珍惜这种来之不易的飞机，没有充分发挥这种远程轰炸机的作用。直到1940年剩余的几个月里，才升空执行了30次作战任务。

然而，在这一时期，尽管日军已取得制空权，但苏联空军志愿队轰炸机部队威风依然，照样不断出现在日本人头顶之上，不断对日军发动一次次攻击。

1939年11月15日，日军突然在北海湾龙门港登陆，攻占广西钦州、防城后，沿邕钦公路北犯侵占南宁。12月4日进占昆仑关，桂南会战打响。国民政府调集4个战区5个集团军的兵力参加桂南会战，以确保桂越国际交通线的安全。12月18日凌晨战斗打响后，苏联空军志愿队按照中国军方统一部署，与中国空军一道参加了昆仑关战役。

在昆仑关战役进行得最惨烈阶段，苏联空军志愿队出动CB-2轰炸机50余架次，连续4次轰炸被日军占领的广西南宁机场及七塘等前沿阵地。炸毁敌机4架、仓库5座，炸死炸伤日军不计其数，有力地支援了地面部队的反攻，为昆仑关战役胜利立下战功。12月30日，中国军队第3次攻克昆仑关，歼灭日第21旅团5000余人，日军班长以上的军士官死亡达85%以上，旅团长中村正雄少将被击毙。

3月28日，苏联空军志愿队派出轰炸机8架，在大队长吴瓦洛夫率领下，从温江机场起飞，袭击山西运城虞乡车站日军仓库，投弹均命中目标，炸毁日军一大批军用物资，炸死炸伤日军200余人，完成任务后安全返航。

4月3日，苏联空军志愿队DB-3轰炸机大队长柯兹洛夫率领8个苏联机组、2个中国机组，从成都太平寺机场起飞，轰炸了湖南岳阳日军指挥部、仓库及城陵矶、南津港、日明寺、观音阁等处的日军营房和阵地。炸毁敌舰3艘、火车车厢4节、汽车5辆，炸死炸伤日军300余人。

4月4日，苏联空军志愿队出动两批分别轰炸岳阳和运城。一批由柯兹洛夫大队长率领，10架DB-3轰炸机对岳阳进行轰炸，炸毁敌舰1艘、炸毁火车站车厢2节、汽车5辆，炸死炸伤日军几个集结点官兵300余人；苏联空军志愿队另一批由吴瓦洛夫大队长带领，由温江机场起飞，7架CB-2经西安加油，突然轰炸了山西运城及其机场，炸毁敌军营房70余栋。据报日军人员伤亡惨重。在苏军对运城袭击时，日军高炮开火射击及战斗机起飞追击，苏军无损失，全部安全返航。

苏联援助中国的DB-3重型轰炸机

4月12日，苏联空军飞行员驾驶8架DB-3，连同中国空军共10架轰炸机混合编队，再次袭击了岳阳城西江岸日军阵地。炸毁敌汽艇2艘、粮秣列车1列，以及车站和仓库，炸死炸伤敌军100余人。在机群返航时对岳阳城、海溪桥等目标又进行了轰炸，炸死炸伤日军近100人，我军无损失，全部安全返回太平寺机场。

4月28日和29日，苏联空军志愿队轰炸南京和山西运城，因连续2天天气不好，改炸河南信阳和虞城。信阳日军仓库被炸起火，虞城火车站被炸，具体战果不详，轰炸机编队全部安全返回。

5月2日，苏联空军志愿队大队长吴瓦洛夫率5架CB-2轰炸机，由温江机场起飞经梁山（今梁平）加油，轰炸敌占区湖北钟祥，遭敌战斗机攻击和高炮射击，我机群无损失，全部安全返回。

6月16日，湖北宜昌失守。日军强征民工3000余人，很快修复了宜昌机场，并把它作为前进基地。宜昌丢失，给艰难抗战的局面带来很大恶果，在后来的4年多时间里，日军利用这个机场持续对重庆、成都实施轰炸。为了对宜昌的敌军进行打击，在接下来的2个月时间里，苏联空军志愿队和中国空军不惜代价，共出动轰炸机124架次，反复对宜昌机场及附近随县、枣阳、钟祥、荆门、当阳等地日军进行了轰炸。

然而，尽管苏联空军志愿队屡屡给敌沉重打击，但他们飞机数量毕竟有限，而且也有战斗损失，每每遇到日机拦截，犹如遇到一群群凶恶的马蜂，难打难缠；加上1940年7月，日本海军航空队开始装备性能先进的零式战机以后，中国的天空中，中苏空军大规模的轰炸和作战次数就越来越少了。

6. 一场不对称的遭遇战

"日本人有一种新型的战斗机，近日莫名其妙地出现在空中！"

1940年8月3日，中国空军第1大队5架苏制CB-2轰炸机，执行轰炸任务返回基地后，飞行员向空军指挥部报告，说他们发现一种从未见过的很神秘的日本战斗机。

"返航途中，这种新式飞机一直追逐我们，往日他们很难追上我们——但，这次却可以在我们后边来回变换位置而不会被甩掉！"

与此同时，前沿的地面警戒哨也开始报告："日本人有一种小型快速的飞机，时常在天上游弋；机腹下挂有炸弹状物，但无法识别是炸弹还是副油箱。"

第七章 在艰难苦战的岁月里

紧接着，8月18日，中国空军9架CB-2轰炸机前往宜昌轰炸时，突然遭到这种飞机的猛烈攻击，并在攻击中被击落4架！

这到底是一种什么样的飞机呢？这让中国空军的指挥官们堕入云里雾山中，百思不得其解。由于中国方面情报匮乏，加之日本人对这种飞机一直讳莫如深，经中国空军指挥官们反复研究，最后他们推测道：既然这种飞机机型很小，那或许是日本人新研制的一种单发轰炸机吧？

由于这种主观的臆断，为中国空军埋下巨大的祸根！

这种来到中国战场莫名的飞机，是日本人新研制的零式战斗机！因这种飞机面世时，正好是日本皇纪2600年（昭和15年），后两个数字刚好是"00"，因此被称为零式战斗机。此机由日本三菱重工设计，并与中岛飞行机株式会社两家共同生产。这种飞机以转弯半径小、速度快、航程远、火力强等特点，性能超过苏制伊-15和伊-16机型。所以这种飞机刚一面世，就被急迫地用到了中国战场；到了战争后期，则成为日军"神风突击队"自杀式爆炸攻击的主要机种。

1940年7月21日，12架零式飞机飞抵中国大陆后，首次就将苏制CB-2轰炸机击落4架，这让侵华日军上下喜不自胜。经过一番筹划，决定9月13日由零式战斗机护航轰炸重庆。

9月的重庆，秋老虎肆虐，依然热不可当。

13日11:30，日军56架轰炸机进入重庆上空，当防空警报响起时，我中国空军依然按照以往的战术，大机群倾巢出动前往市区围攻日本轰炸机——但，这正好落入敌人的圈套！

中国空军33架飞机抵达市区时，却并未发现敌机。11:42，正在空中进行搜索的战斗机群，突然发现1群日机向东飞去。当中国空军正要对敌进行追击时，突然接到地面指挥部通知：日本后续机群即将到达，所有飞机返回遂宁机场加油待命。于是中国机群放弃了对敌人的追击，迅速改变航向，向遂宁方向飞去。

一场恶战便由此展开。

中国空军机群刚离开重庆市区，到达璧山境内时，突然发现前方有7架日本97式轰炸机，同时还有一群陌生的飞机。飞行员们判断，那可能就是日军新式的单发轰炸机——好啊，这一下可以大干一场了！面对眼前的情形，求战心切的中国飞行员们兴奋起来，加大油门，跟随长机奋不顾身向敌机群冲去！

不对！中国空军再次判断失误。这不是日军新研制的单发轰炸机，而是由日军近腾大尉率领的13架零式战斗机，在此设下埋伏布下圈套，专等中国空军机群。他们先是假装随护航的轰炸机返航，却又突然折返机头，杀了个回马枪——于是，在璧山上空，便与中国空军机群陡然遭遇！

仇人相见，分外眼红。

但，在中国机群向前猛冲之时，位于队尾的分队长王广英突然发现，从遥远的高空中突然窜出一个白点，这个白点以可怕的速度直冲中方伊-16机群！只见一串火舌从日机上喷射之后，似乎只是转瞬之间，伊-16编队长机、第24中队长杨梦清的座机当即就起火坠落！

有敌机偷袭！王广英马上意识到处境险恶，立即用双腿夹住操纵杆，双手握拳竖起大拇指高高举起，示意后面2架僚机爬高组成战斗队形。后方的康实忠少尉见状，立即迅速爬升；而另一架僚机上的李硕中尉却没察觉到敌情，照常向前猛冲。王广英用手指向日机方向，李硕这才发现高速穿梭的莫名日机，但他仍然没有爬高站位，反而俯冲而去！王广英拼命摇晃手臂，要求他返回僚机位置。李硕一边不解地回望长机，一边还在继续下降——无奈之中，王广英只好带领康实忠少尉杀向混战中的机群。

王广英杀入混战机群后，立即就见到几架日机正在追逐1架伊-16战斗机。他看准时机，切入内圈就咬上了1架日机，猛然扣动扳机，但与此同时，一道弹流从后面射来，当即击碎了他座舱的仪表！幸有钢板保护身体要害部位，但他腹部和腿部还是中弹受伤，左脚顿时血流如注。在剧烈的疼痛中，王广英竭力保持着清醒，顽强地驾着飞机向前方的日机撞去——可，一块弹片再次击中了他座机的左翼，机翼瞬间折断，飞机开始螺旋状转起来。

无奈之中，王广英只好解开安全带，借助飞机的离心力弹出座舱。幸好，伞在空中张开，并开始下降起来。1架日机见状，立即枪炮齐发，冲过来对着他开始扫射，欲将王广英置于死地——日军这一暴行，已经在空战中重复多次。情况险恶身不由己，王广英注视着那架不明身份的日机，当它再次冲过来时，他便作假死状态。待那架日机第3次冲过来时，便停止了火力攻击，只是绕着降落伞转圈观察动静，王广英一动也不动地随着降落伞坠落而去。由于他已无法控制降落伞，伞降落在一片树林后，攻击他的日机方才离去。

惊险之中，王广英侥幸捡了一条性命。

此时，空战正进行到白热化阶段。只见数十架飞机在空中来回穿梭，上下翻飞，一时间，飞机轰鸣声、机炮声、机枪声以及飞机中弹响起的爆炸声，此起彼伏连成一片，根本分不清谁是谁的飞机。激烈的混战中，只见频频有人跳伞飘落在半空之中，只见带着火焰的飞机断翼残片，像黄叶一样纷纷往下坠落——好一场恶战！

由于中国空军各机之间缺乏通讯联系手段，所以只能各自为战，根本不能相互配合支援——令人惊诧的是，今天遭遇的日机与以往所有的飞机都不一样，这些飞机速度异常的快捷，其机动性能远超苏制的伊-15和伊-16飞机，同时火力也十分凶猛。以往中国空军采用的"高速加盘旋"战术，根本无法应付这群凶恶的日本战机。

面对这群性能优异在空中张牙舞爪、狼奔豕突的日本飞机，中国空军完全无法施展自己的拳脚，处处陷于被动的境地，在混战中只能不断采取急转弯来规避日机的咬尾攻击，但这样又能量损失太大，导致飞机高度急速下降。开战5分钟，空战领域就从3500米急降至1000米左右。此时，我空军已经没有多少回旋余地了，整个机群陷入了有史以来最大的险境！

由于中国空军对日本人这种不明不白的飞机性能全然无知，在战机性能上至少差了1个数量级，所以几乎无还手之力，一开始就陷入茫然无措的境地，如何能够奢望险中取胜！

惨痛的教训告诉我们：战争中，不能做到知己知彼，就难免误入敌人圈套，为失败埋下祸根！还有，决定战争胜负的因素固然是人——但，万万不可忽视武器和装备的作用！义和团的义士们战斗精神固然可嘉，战斗意志诚然可贵，但以血肉之躯去对抗洋人们的洋枪洋炮，呐喊着那"刀枪不入"的咒语向前冲锋，便有些掩耳盗铃的意味，只能成为敌人的笑柄了！

人类几千年的战争史告诉我们：落后，就要挨打！弱肉强食，适者生存，上帝虽然是仁慈的，但他绝不会怜悯战争中的弱者——这血的教训，让我们牢记牢记！

7. 血债一定要用血来偿

璧山上空激烈的战斗还在进行。

飞机格斗的空域越来越低。地面上的农人们，扔下手中的锄头镰刀，躲进了荒郊野林。从地面上望去，似乎可以看见日寇飞机座舱里那日寇飞行员狰狞可怕的面孔和我方驾驶员勇敢顽强的面容，以及我方飞行员勇敢顽强的身影，看见那一串串子弹在飞机身上击出的火花，看见那纷纷往下坠落的弹片和子弹头。

璧山的天空，被一场突如其来的空战撕得支离破碎、鲜血淋漓。

激战之中，中国空军飞行员徐吉骧突然发现前方润滑油箱破裂，喷溅的润滑油模糊了他的视线。无奈之中，他只好伸出头对外瞭望，不料飞行风镜也被扑面而来的油污覆盖。情急之下，他只好摘掉风镜，艰难地操纵着飞机。格斗中，他发现自己的座机无论爬升、翻滚、下降还是加速，都不如眼前这种凶猛的日本飞机,唯有盘旋半径尚可与之比一下高低。虽然他多次占位咬上了日机,可偏偏他的机枪扳机调得太紧,射击时总是要慢上半拍,无法把握来之不易的战机。可他仍不死心,继续与敌机缠斗。因为他认为日机从汉口、宜昌劳师远袭,油料肯定不会支撑长久。

正是这样的想法,让多数中国飞行员在空中苦苦鏖战,他们都想趁日机返航时予以打击——但,这又错了。这种莫名的日机,已是今非昔比了,它的续航能力,完全超出中国飞行员的判断。

顽强的战斗中,徐吉骧的座机被日机连续咬尾,遭受了10多次攻击,已被打得体无完肤。日机密集射来的枪弹,打得座机周围的防弹钢板当当作响,连细密的翼间张线都被打得卷了起来,所幸的是他身体还没被子弹击中。最后,飞机发动机的润滑油漏光了,在空中停了车。徐吉骧迅速判断了一下处境,暗暗告诫自己此时不能跳伞,以免被凶残的敌人冲伞射击。飞机滑翔着向下坠落,徐吉骧奇迹般地躲过日机的攻击,迫降在一块稻田里。飞机尽管被摔得七零八落,幸好机上的燃油和润滑油已经耗尽,飞机没有起火燃烧。飞机落地后,他听见还有飞机声在头上盘旋,便机智地躲在飞机残骸内,等到2架日机离开后,才从已经完全损坏的座机里爬了出来。

徐吉骧爬出飞机残骸后,趁隙掏出随身携带的相机给自己的飞机残骸照了几张相。太阳当空,天空中依然是一片混乱。当地的老百姓躲在远远的野坟地里,只是对着徐吉骧和他的飞机残骸指指点点,等到日机飞离了这片天空,才赶上前来救助——他们知道,中国的空军今天遭大难了!

经过近30分钟空战,中国空军飞行员们这才发现,今天参战的日本飞机续航能力,远远超过他们的意料。格斗了这么长时间,这些日机依然没有丝毫退却的迹象,反倒越显野蛮和凶残——为了保存中国空军仅有的这点战斗机,不能再和这些日机蛮干了。于是,被打乱了队形的中国空军机群,各自陆续脱离了战场,摇摇欲坠地开始返回基地。

每一架返回遂宁机场的战机，机身上都是重重弹痕；每一个爬出座舱的飞行员，无不筋疲力尽伤痕累累。一时间，机场跑道上凌乱地停放着死里逃生仅存的10余架战机。幸好此时日机没有乘机偷袭，否则中国空军战斗机部队真要全军覆没了！

第28中队长雷炎均中尉捂着受伤的手臂，爬出座舱后，抬头看了看昏暗的天空，想起在空战中殉国的战友，面对自己伤痕累累的飞机，他禁不住潸然泪下。他曾于1937年跟随大队长陈其宽少校，以寥寥5机对阵日本陆军航空队加藤王牌机队，无所畏惧毫不示弱，一举击落日本"驱逐机王"三轮宽的飞机——面对今天的惨状，他不禁泪流满面仰天长叹道："不是我们怯战无能，实在是飞机性能差别太大，我们根本没有还手的机会啊！"

在场的人员闻听此言，无不神情黯伤。

是日晚，据遂宁基地统计，得以返航的飞行员中，伤者8人，牺牲10人；中国空军战斗机损失13架，迫降损失11架，共计24架。而日方的"战报"则称："击落支那空军机27架，大获全胜。"

日本零式飞机

中国空军损失的13架战机，全部坠落于璧山县境内。其中大兴乡9架、狮子乡3架、福禄乡1架。飞机残骸经县政府派壮丁武装保护，后由空军总站机务人员运回机场；空军3名负伤飞行员，也由当地寻获救治后送返基地；搜寻到的空军烈士10具遗体，由地方军民及空军代表召开公祭大会后，就地掩埋。

消息传到国民政府军事委员会，所有的人无不震惊。委员长蒋介石随即召开军事会议，他在会上斥责空军司令周至柔说："空军太不中用了！"并要其立即派大机群前往报复。对此，与会的空军将领神情黯然，心情无比复杂。最后，第4大队队长刘宗武起立，含泪对蒋介石讲道："校长，我是航校3期的学生，也是您的学生。为了救国家救同胞，我万死不辞，心甘情愿，勇往直前！日本人欠下的血债，一定要用血来偿还！但本来我们的飞机，无论数量还是质量都不如日本人，如今他们用今年新出的飞机，来打我们10年前的旧货，我们连还手的机会都没有啊——但，只要这样的牺牲有意义，我报告您以后，就立即出发，战死沙场以谢校长的栽培！"

"好，勇气可嘉！你们认真筹划一下，准备出发吧！"蒋介石阴沉着脸，冷冷地说道。

军人以服从命令为天职。

尽管所有的飞行员都知道，再去挑战那些异常凶狠的"莫名飞机"，几乎是有去无回。但军事会议之后，9月14日早晨，按照指挥部"抗战到底"的命令，遂宁机场推出9架还能飞的伊-15战斗机，准备对日军进行报复。参战的人员中，除了大队长刘宗武外，还特别挑选了8名飞行员来执行这项凶险的任务。

"风萧萧兮易水寒，壮士一去兮不复还"。在悲壮的氛围里，所有被挑上的飞行员没有一个临阵退却的，他们镇定自若地准备行装，与战友们挥手告别，准备血洒长空。中队长郑松亭中尉由于错过昨天的战斗，他抱着以死殉国的决心，义不容辞地要求参加这次战斗，甚至把平日装在座椅后的行李袋,也从机上扔了下来,从容地爬上自己的飞机,等待起飞的命令。

　　得遂凌云志,空际任回旋;

　　报国怀壮志,正好乘风飞去。

　　长空万里,复我旧河山!

　　努力!努力!莫偷闲苟安;

　　民族兴亡,责任在吾肩!

　　须具有牺牲精神,开展双翼直冲天!

飞机在等待起飞时,不知是哪个飞行员竟轻轻哼起中央航校的校歌来!这歌声,立即感染了所有在场的飞行人员与地勤人员。整个机场上,显得庄严而肃穆。特别是即将出发参战的飞行人员,他们更是记起了中央航校的校训——"我们的身体、飞机和炸弹,当与敌人的兵舰、阵地同归于尽!"

一颗红色的信号弹升起,9架飞机组成的编队依次升空。驾着飞机的飞行员,人人都抱着必死的信念,义无反顾地就朝着重庆方向飞去!

但,他们刚飞到重庆上空,领队的刘宗武少校突然接到地面传来的命令,要求他们立即返航——这是为什么呢?刘宗武一时间竟还有点无所适从。或许,最高指挥官听从了别人的规劝,这时终于冷静下来:仗还是要打,仇一定要报,但君子报仇十年不晚哪!留得青山在,不怕没柴烧,中国空军所剩无几的飞行员实在太宝贵了,现在去做这样无谓的牺牲,太无价值了!

抱定必死决心的刘宗武,收到地面传来的命令后,稍事犹豫,他只好改变航向,带领机群朝成都方向飞去……

此后,由于苏德战争爆发,苏联空军志愿队撤离回国之后,直到美国

"飞虎队"到达中国战场之前,中国空军便陷入更黑暗的时期,也是中国人最感到无助和屈辱的岁月——日本人在中国夺得完全的制空权后,他们的轰炸机,更是肆无忌惮地对重庆、成都、昆明等地进行轰炸;他们的战斗机,更是穷凶极恶地配合地面部队进攻长沙、桂林、石牌等地。一时间,中国的大地和天空中,涂着红膏药标志的日本飞机如入无人之境,恣意妄为四处招摇——但,中国人民抗战到底的决心,却没有一刻动摇!

此时,共产党领导的八路军在山西、河北等敌后广大地区,发起了声势浩大的"百团大战",参战人数达到40余万,毙伤日军20645人、伪军5155人,给予日军沉重打击,大大地增强了全国人民抗日的信心。

第八章　历史的天空永远铭记

中俄两国举办纪念中国人民抗日战争和世界反法西斯战争胜利的活动，是为了铭记历史、缅怀先烈、珍爱和平、开创未来。中俄两国人民用鲜血和生命凝结成了深厚友谊，奠定了中俄关系和两国人民世代友好的坚实基础。中俄两国要不断巩固传统友谊，继续携手走向复兴。

——习近平2015年5月8日接见俄罗斯老战士代表时的讲话

1. 苏联突遭德国人偷袭

"卖报、卖报！特大新闻、特大号外！"1941年6月22日下午，陪都重庆下着霏霏的细雨，一群衣衫褴褛的报童，一边奔跑在街头上，一边大声地叫卖着报纸，"今天凌晨，德国突然向苏联进攻，苏德战争正式爆发！"

行走在街头上的人们，听到这个突如其来的消息，都露出惊愕的神色，纷纷停下匆匆行进的脚步，掏出铜板，从报童手中抢过那油墨未干的特大号外。

人们展开报纸，几行醒目的字迹便映入人们的眼帘："6月22日凌晨3时30分，德国法西斯在北起波罗的海、南至黑海2000多公里的漫长战线上，分北方、中央、南方3个集团军群突然向苏联发动袭击，并一举突破苏军防线。第一天的战斗，苏联红军就损失飞机1200架，其中800架还未起飞就被炸毁！……"

这个爆炸性的新闻，震惊了整个世界，对正在与日艰难作战的中国军民来说，更是感到如雷轰顶。6月22日晚，蒋介石在重庆黄山官邸召开了军事委员会紧急会议，对当前中国的抗战形势、苏德战争的走向，以及这场战争对中国战场的影响、中国政府应采取何种对策等进行了会商。

德国法西斯军队突然进攻苏联

焦灼的会议一直开到深夜。最后，与会者得出一个共同结论：苏德战争刚刚爆发，苏联就被德国打了个稀里哗啦，在目前情况下，苏联人已经自顾不暇，不可能再对中国进行军事援助了——这样一来，中国又将陷入孤军作战的境地；日本人也会借此势态，加大对中国大后方的攻势，抗战的局面必将更加严峻。

其实，关于苏联将断绝对中国军事援助之事，早在蒋介石意料之中。从1941年以来，接连发生的两个事件，已使他意识到：苏联政府不但将断绝对中国政府的军事援助，而且中国政府与苏联政府的决裂，只是早迟的事。

这两个事件，都非同寻常。

一是1941年1月4日，按国民政府军令部要求，共产党领导的皖南新四军9000余人，在叶挺、项英率领下开始北移。可未曾想到，1月6日，当部队到达皖南泾县茂林地区时，竟遭到国民党7个师约8万人的突然袭击。新四军英勇抗击，激战7昼夜，终因众寡悬殊，弹尽粮绝，除傅秋涛率2000余人分散突围外，少数被俘，大部牺牲。军长叶挺被俘，副军长项英、参谋长周子昆突围后遇难，政治部主任袁国平牺牲——这就是震惊中外的皖南事变！

事变发生后，苏联政府对国民党军袭击新四军的行径，表示了极大的不满。斯大林甚至警告蒋介石：敦促国民党军立即停止对共产党军队的袭击；如再出现国民党军队袭击八路军、新四军的事件，苏联政府将立即终止对国民政府的军事援助。

屋漏偏遇连天雨。

二是4月13日，由苏联人民委员会主席兼外交委员莫洛托夫与日本外相松冈洋右，在莫斯科签署了有效期为5年的《苏日中立条约》，于当年4月25日起生效。

当然，双方签署这个条约的原因，与当时复杂的国际形势有关。苏联方面根据德国和日本的军事动向，为了避免陷入两线同时作战的困境，意图安抚日本，阻止日本北上侵苏；而日本方面自全面侵华以来，虽占领了中国东部大片土地，但未能迅速击败中国军队，战争陷入胶着状态。为了打破僵局，日军分为北进派与南进派。北进就是要北上与德国共同攻打苏联；南进则是要挥师南下攻打东南亚。后来南进派占了上风，故放弃北侵苏联，同意与苏联签订中立条约。

关于苏日之间签订的这个条约，一时间众说纷纭莫衷一是。有人说，苏联为了自己国家的利益，与日本相互承认了各自在所谓的"蒙古人民共和国"和"满州国"的现实利益，这实际上是出卖了中国；也有人说，由于苏日之间的历史恩怨以及现实的利益，他们始终是一对宿敌。苏联与日本签订这个条约，不过是韬晦之策和缓兵之计，他们是想等打败法西斯后，回过头来再收拾日本——当然，这种观点或许也有一定的道理。因为后来的事实证明，苏联攻克柏林后，就立即废除了与日本签订的这个条约，同时大举出兵中国东北，成为促使日本投降的一个重要原因。

所以，国家与国家之间，没有永恒的朋友，也没有永恒的敌人，有的只有永恒的利益！

鉴于此，4月15日，重庆中共的《新华日报》在社论《论苏日中立条约》所持的观点是：

这次苏日条约中附带的宣言，提到伪满及外蒙古人民共和国的事，这不是苏日过去的关系上久已存在的事实，当初张鼓峰诺门坎战斗时，苏日军队便是在苏联满洲及外蒙古边境地方作战的，所以以后停战及划界委员会也是有外蒙古人民共和国及伪满代表参加的。现在这个宣言，一方面是结束了过去这个有关满蒙的挑衅，另一方面也便是保证了这两方面的今后安全，这丝毫不能也没有变更中国的领土主权。尤其是苏联声明不侵犯'满洲国'之领土，只是在说明苏联决不以武力侵犯满洲，并不能即解释为苏联已正式承认伪满之独立的国家地位，更不能解释为可以妨碍我们收复东北。

紧接着，4月27日，延安中共《解放》期刊发表《苏日条约之伟大意义》一文中谈道：

苏日中立条约发表后，全球评论之多，空前未有。综合言之，则三国同盟方面，极力夸为自己的胜利，谓为苏德协定及三国同盟之逻辑发展。英美方面，则极力缩小该约之意义，同时亦暴露其一贯挑拨苏日关系，企图使苏联外交政策为其帝国主义利益服务之阴谋，遭到了严重失败之恐慌情绪；但仍在继续挑拨德苏关系，不说希特勒你要提防苏联，就说苏联你要提防希特勒……但在国民党中之亲日派方面，则强调此约只于日本有利，于中国不利，散布恐慌情绪，企图引导中国走入投降道路。顽固派方面，则企图利用狭隘民族情绪以为反苏反共之活动，客观上为亲日派所利用。

这个条约缔结以后，苏联按照条约规定，在向中国提供最后一批轰炸机和战斗机，以及其他军事物资后，就开始逐渐断绝对中国的军事援助——关于这个条约的是是非非，历史已有结论，我们无需过多述评。回过头来让我们费一点笔墨，来看德军入侵苏联前，整个苏德战争发生的根源以及发展的态势：

1938年，德国在英法默许下，相继吞并了捷克和奥地利，并于1939年9月1日，发起了对波兰的进攻，第二次世界大战就此拉开帷幕。战争第一年，德国就相继击败并占领了波兰、法国、荷兰、比利时、卢森堡、丹麦、挪威等欧洲大部分国家，从而获得了几乎整个欧洲的经济基地，并缴获了盟国148个师的武器装备，经济和军事实力大大增强。

由于德国在一战时的失利，因而对共产主义特别是其核心国苏联抱有深刻仇恨。一战后，世界各国并未对德国进行清算，而是以巨额赔款来代替战争清算，为德国纳粹势力甚嚣尘上提供了社会基础。在纳粹宣传中，苏联的斯拉夫人被认为是像昆虫一样的低等种族，但他们却掌握了巨大资源和广阔领土，只有将他们完全消灭，德国才能获得生存空间。所以，德国纳粹亡苏联之心由来已久。

战前，苏联虽从多个渠道获得战争可能爆发的情报，但因为很多情报相互矛盾。致使苏联政府不知道德国人具体的入侵时间，甚至不知道德国是否真会入侵苏联。因为，苏德之间尚存在《苏德互不侵犯条约》等多个政治经济协定；德国即便在发动战争的最后一刻，都还在按照计划向苏联提供物资——这一切假象，影响了苏联领导人的判断，导致苏联对战争准备严重不足，绝大部分部队在人员、装备、物资方面都存在着极大的缺额。在战争一开始，苏联很多部队便陷入混乱或溃散，因而遭受严重损失。

在战争开始短短10天之内，苏联红军24个师被彻底击溃，20个师损失60%的人员和装备；混乱之中，苏军被迫放弃波罗的海沿海地区后，德军便突进苏联纵深600公里；西北战线上，两个星期内苏联红军败退450公里，德军很快进抵列宁格勒城下。面对苏军的溃败，希特勒狂言：3个月内灭亡苏联！

一时间，苏联的天空便布满了战争的阴云，苏联人民也同中国人民一样，同样开始遭受战火的荼毒。每天，德军的飞机在他们头上盘旋轰炸，德军的坦克碾碎了他们的城市和村庄，他们的家园在战火中燃烧，他们的亲人在战火中死亡，老人和儿童在废墟中哭泣……

苏联一夜之间就被推入战争的深渊，而且面临的残酷局面完全超出人们的意料，这让中国政府立即意识到：苏联对中国的军事援助不可能持续下去了，苏联空军援华志愿队也将会回到自己祖国去参加卫国战争——那么，失去了苏联的援助和支持，中国抗战局面该如何支撑下去？特别是中国的天空，难道就只能任由日本人横冲直撞、恣意妄行么？

2. 遥望战火纷飞的祖国

天低云暗，燕雀低飞。

遥远的天边，乌云渐渐聚集拢来。空旷的田野上，风一阵接一阵吹着——看样子，要下雨了。赫留金坐在成都太平寺机场边的一块石头上，呆呆地遥望着远方，手里抓住一个酒瓶，大口大口地喝着热辣的中国烈酒，喝得满脸通红。尔后，像一块石头，半天一动也不动。

风吹来，揉乱了他的头发，吹熄了他手中的烟卷。他掏出打火机想把烟卷重新点着，可点了半天也没点燃。他烦躁地将烟卷一扔，长长地叹了一口气。

"赫留金少校,你怎么一个人在这里!"中国空军翻译赖云不知什么时候从后边走过来,拍了拍他的肩膀,"大伙儿都在四处找你呢!"

"哦,我想一个人在这里坐坐。"赫留金抬头看了赖云一眼,不动声色地又从草地上把扔掉的烟卷捡了起来,费了好大的劲,才把烟点燃。然后,他边抽着烟,边大口地喝着酒。

"赫留金少校,我知道你的心里不好受,也知道你在想什么。"赖云站在他身旁,陪着他长长地叹了口气。

赫留金眼睛依然眺望着远方,狠狠地抽着烟喝着酒,没有说话,只有烟雾和酒气从他嘴里狠狠地喷了出来。

"要下雨了,我们回宿舍吧。"赖云又拍了拍他的肩膀。

赫留金依然坐着没动。当赖云再次叫他的时候,他才抬头看了看越来越暗的天空,扔掉烟蒂站了起来,默默地向宿舍走去。

两个黄鹂鸣翠柳,
一行白鹭上青天。
窗含西岭千秋雪,
门泊东吴万里船。

突然,当赫留金和赖云走过航站家属楼时,随风飘来一阵清脆的读书声。赫留金和赖云抬头一看,原来在一间宿舍门口,坐着一位八九岁的小姑娘,正捧着课本在那里认真读书。赖云认得她,她是航站夏站长的女儿,学校放了假,到这里来看她爸爸的。看见有人朝她走过来,她停住朗读,睁大两只美丽的眼睛,好奇地打量着眼睛通红的赫留金。

赫留金看见那小姑娘望着他,也停下了脚步,用怜爱的目光,沉默地久久打量着那小姑娘,把那小姑娘打量得有点腼腆起来。

"小姑娘，你，叫什么名字呀？"终于，赫留金眼中闪过一丝不易察觉的神色，但随即又黯淡下来。他在小姑娘面前蹲了下来，用半生不熟的中国话问那位小姑娘。

"我叫夏小小。"小姑娘怯生生地回答。

"哦，夏小小？"赫留金自言自语重复了一句，从小姑娘手里拿过课本翻了翻，抬头用俄语问赖云，"她，读的是什么课文呀？那么好听。"

"她读的是我们中国一位叫杜甫的诗人写的一首诗。"赖云回答。

"你，能再朗诵一遍这首诗吗？"赫留金对小姑娘说。

赫留金夹杂着俄语的话小姑娘没听懂，她茫然地摇摇头。

"小小，他叫你把这首诗再朗诵一遍。"赖云替赫留金翻译道。

小小接过课本，红着脸用清脆的童声又将这首诗朗诵了一遍。

"赖，这首诗讲的是什么意思呀？"赫留金问赖云。

"它呀，是诗人用笔画出的一幅美丽的风景画。"赖云说完，又用俄语简单地给他讲解这首诗的含义。

"哦，这首诗的意境真美。"赫留金听赖云给他讲解了这首诗的意思后，他若有所思地点点头。

"对，诗人描绘的是和平时期这成都平原的美景。"赖云指着远方的天空，"如果天气晴朗，这样的美景就能收入我们的眼中了。"

"对，如果天气晴朗，那么这里就像这首诗里描绘的那样：两只黄鹂在树上鸣叫，一行白鹭在天上飞翔；往窗外望去，那山上千年不化的雪景，就好像是嵌在窗里的图画一样。"赫留金自幼就喜欢文学和艺术，他的悟性很高，马上就理解了这首诗里的意思。可，讲完这几句话，他的脸色更是阴郁起来，"可现在，这一切美丽的景象都没有了——战争、战争！这可恶的战争，把这一切美好的东西都给毁灭了！赖，你说是这样吗？"

"是啊，中国人都把四川叫'天府之国'，可如今这'天府之国'，天天都在遭受日寇飞机的轰炸，也在遭受着战争的荼毒，弄得来简直像地狱啊！"赖云点了点头。

"他妈的！唯一的办法，就是大家团结起来，狠狠地惩罚这些侵略者！"赫留金望着越来越昏暗的天空，他愤愤地说道，"而今，我的祖国、我的家乡，同你们这里一样，也在遭受着战争的摧残呀……"

有稀疏的雨点从天下落了下来。赫留金和赖云告别了小小，又继续朝宿舍走去。可走了几步，赫留金却又倒了回去，他怜爱地抚摸了一下夏小小的头，又用脸颊亲了亲小小的脸蛋，才依依不舍地走开了去。

"赖，这个小姑娘，真像我的女儿谢辽莎……"往前走了一段路，赫留金停下脚步，轻轻地叹了一口气，对赖云说道，"唉，战争来了，不知道现在她和她妈妈怎么样了呀！……"

"但愿她们都好好的吧！"赖云安慰赫留金。

"还有，我的母亲，她腰不好，腿也不好。"赫留金向前走了两步，又停了下来，他抬头望着远方，任雨点打在他的脸上，"法西斯的飞机也在不断地轰炸我的家乡，她老人家怎么跑警报呀！……"

"是呀，战争就是个杀人魔王，残害的都是些善良无辜的老百姓呀！"赖云也停住脚，顺着赫留金的目光向远处望去，"赫留金少校，你放心，上帝一定会保佑她老人家的。"

"上帝？"赫留金自言自语说了一句，目光依然投向远方。少顷，他才回过头对赖云说道，"而今，上帝的眼睛也被人间的战争烟尘蒙蔽了——赖，不瞒你说，我是布尔什维克，我们不相信什么神仙和皇帝。战争，只能用战争去消灭它！你不用战争去消灭战争，就只能当亡国奴，就只能像牛羊一样，任凭人家宰割了……"

"赫留金少校，你说得很对！只能用正义的战争，去消灭反动的战争——我相信，苏联人民一定能战胜残暴的法西斯，中国人民也一定会战胜凶恶的日本军国主义者！"赖云说着有些激动起来，"因为中俄两个民族，都是伟大的民族，他们从来没有屈服于任何凶恶的敌人，他们正在进行的战争，也是正义的战争！"

赫留金点点头，没再说话。雨点越发落得大了起来，可他还没有挪动脚步的意思。沉思了一会儿，他终于缓缓地对赖云说道："赖，实话告诉你吧，我们可能在中国待不了多长时间了……"

"这，在我们的意料之中。"赖云点点头。

"今天，我们接到驻华军事总顾问的通知，叫我们随时做好回国参加卫国战争的准备。"

"这，我们理解，你们的国家毕竟也遭受了那么大的灾难。"赖云说，"但不管怎么样，在中国人民抗战最艰难的这几年，苏联政府和人民给予了中国人民巨大的帮助，中国人民是永远不会忘记的；我们朋友之间的友谊，也会永远长青的。"

赫留金点点头，没有再说话。雨越下越大，他抬起头去，依然遥望着远处的天边。他的目光，仿佛穿过这蒙蒙的雨幕，越过千山万水，遥望着他那战火纷飞的祖国，眺望着他祖国土地上铁血横飞的战场……

3. 当要离开中国的时候

江涛阵阵，江风猎猎。

这里是重庆市区一个环境幽静的地方——鹅岭。

早晨，当太阳刚从东方升起，在淡淡的雾霭中，高高的鹅岭一隅，挽联、花圈、白花、青纱，构成一幅凝重而庄严的画面。苏联空军志愿队10多名战友，在史才尼阔夫大尉带领下，来到鹅岭苏联空军陵墓前，代表苏联空军志愿队前来祭奠他们的战友，同时来向他们告别。

这里，埋葬着苏联空军志愿队大尉卡特洛夫和中尉斯托尔夫。

他们也同库里申科少校一样，牺牲在重庆。在1940年11月15日对日空战中，卡特洛夫大尉在击落1架轰炸重庆的日机后，自己的座机也被击伤，在飞机迫降时牺牲；斯托尔夫也于1941年5月11日在重庆上空对日空战中牺牲。他们的遗体曾先后葬于重庆市区袁家岗、江北杨家坟花园，后来迁到了这里——他们牺牲后，国民政府分别追授他们为空军上校军衔。

　　两天前，苏联空军志愿队已接到驻华大使馆通知，他们国内已经陆续派出飞机来到中国，这几天就要接他们回国了。史才尼阔夫大尉曾经是卡特洛夫生死与共的战友，他们一同来到这遥远的中国，一同并肩作战；而今他们要走了，而卡特洛夫他们却长眠在了这异国的土地上，不能同他们一道回国了——无论如何，临走前，他一定要来向他们告个别的。

　　尽管目前中国战场上，日军更加紧对长沙、桂林等地的进攻，加紧对重庆等地的轰炸，抗战正处于最艰苦的时期，但苏联国内的形势，从某种意义上讲，比中国还要严峻。

　　在苏德战场上，希特勒军队突然偷袭苏联之后，采用"闪电"战术，在苏联领土上一路长驱直入，攻陷了无数的城市和村庄。尽管苏联红军对德国军队进行了顽强抵抗，但在接下来的短短3个月内，苏联红军一共损失2817303人，其中阵亡236372人、因伤死亡40680人、因病死亡153526人、失踪1699099人。装备损失也很惨重，据不完全统计，其中轻武器损失417.28万件、坦克与自行火炮15601辆、各种火炮70574门、作战飞机7237架，以及大量的军用物资等。

　　而今苏联的土地上，到处都是枪声和炮声，四处都是烽火和狼烟。在他们广袤的土地上，每一座城市和每一座村庄，都进入到了战争状态；全体苏联公民，无论妇孺老幼都全部动员了起来，同仇敌忾地抵御着德国人的进攻。远在中国的苏联军事顾问、空军志愿队飞行员和地勤人员，自然也要应召回国参加卫国战争了。

第八章 历史的天空永远铭记

重庆市民瞻仰苏联空军志愿队陵墓

祭奠仪式现场,早就由当地政府做好安排。史才尼阔夫大尉和他的战友们沿着石阶,缓缓地来到卡特洛夫和斯托尔夫墓前,摘下军帽,庄严肃穆地站在墓前。

烈士们的陵墓经过重新修葺,坟头上已长满野花和青草。卡特洛夫和斯托尔夫身着戎装的遗照分别嵌在墓碑上,黑纱编绕的花结,低垂在他们遗像的两侧,在江风中轻轻地飘拂。卡特洛夫遗照上那双眼睛,依然似生前那样深邃和睿智,仿佛正默默地注视着来到这里的战友们;又仿佛透过眼前雾霭,在深情遥望着他的祖国和他的家乡。

"来到这里,我每天看见重庆被日本人轰炸,看见重庆人民遭受的苦难,心里真是愤怒极了——对于那些可恶的侵略者,我们只能举起手中的正义之剑,勇敢地和他们进行决斗……"这是卡特洛夫大尉生前经常说的一句话,而今仿佛又回旋在战友们的耳畔。

绿草茵茵,鸟儿啾啾。

同库里申科一起迫降在万县、死里逃生的机枪手李列索夫和轰炸员里奥斯基,他们今天也来到了这里。他们特地带来了两位战友生前喜欢的新鲜水果，以及伏特加烈酒。把水果摆放好后，当李列索夫将伏特加酒酹在战友墓前时，他已禁不住潸然泪下泪流满面。

陪同苏联空军志愿队官兵来到这里祭奠的还有中国空军代表和国民政府代表，以及闻讯赶来的当地老百姓。一些老百姓按照中国人的传统习俗，已在墓前点上了香烛，摆上了祭品。当祭品摆好，香烛点燃，肃立在一旁的唢呐队蓦地吹奏起凄婉的哀乐来！

如诉如泣的哀乐声，震颤着满是废墟的重庆城上空；那阵阵低回的音乐声，仿佛在追溯着烈士们不屈不挠短暂的一生……

哀乐声毕，史才尼阔夫大尉步履沉重地走到陵墓前，敬了一个军礼，然后开始致告别辞：

亲爱的战友，我们今天到这里，是来向你们告别的——我想告诉你们，敌人已经打到了我们的家乡，战火已经烧到了我们祖国，我们马上就要离开中国，回去参加卫国战争了。当初，我们一起来到这里，共同打击凶恶的敌人；如今，你们却不能和我们一起回到祖国去了，对此我们感到十分忧伤和痛惜——但我们也知道，要战斗就会有牺牲……你们的牺牲，是为正义而战，为和平而战，为解放被奴役的中国人民而战，是无上光荣的——亲爱的战友，你们放心，我们回国后，您没有完成的使命，我们一定替您完成；我们一定要像你们一样，顽强战斗，不怕牺牲，狠狠揍扁那些侵入我们祖国的敌人！再见了，亲爱的卡特洛夫；再见了，亲爱的斯托尔夫；再见了，所有长眠在这里的亲爱的战友们，等到战争结束了，我们再来看你们吧！……

致辞完毕，人们肃立在墓前，神情凝重地向烈士们默哀告别。

"砰、砰砰……"致哀的排枪声骤然响起。在持续不断的枪声中，人们依次向烈士们敬礼，然后默默离开了他们的墓地……

第八章 历史的天空永远铭记

在中国古老的土地上，长眠着这些为中国人民解放事业而英勇献身的苏联军人——尽管这里远离他们的祖国和家乡，但淳朴善良的中国人民，永远纪念着他们，永远陪伴着他们。1962年2月，重庆市人民政府将鹅岭公园苏军烈士墓确定为市级文物保护单位。每年清明，都有当地市民和少先队员来给他们献上鲜花，祭扫陵墓。2005年6月，俄罗斯杜马主席鲍里斯·格雷兹洛夫来渝访问期间，专程来此吊唁长眠在这里的苏联空军志愿队员。

今天，我们就要离开中国回到自己的祖国了。当飞机起飞的那一刹那，我从舷窗往外望去，天阴沉着，如同我们的心情一样抑郁。机舱外，来给我们送行的中国空军战友们，他们依依不舍地和我们拥抱，依依不舍地向我们挥手告别，有的人脸上还挂着眼泪——是呀，几年来，我们朝夕相处在一起，升空作战也在一起，我们已经结下了深厚的战斗友谊。

说实话，此时此刻，我的心里很矛盾。既舍不得离开这个东方的古国，也舍不得离开中国的战友们，特别是在中国人民遭受不幸的时刻离开他们；但我们的国家也在遭受着巨大的灾难，祖国人民也在召唤着我们，我又恨不得能马上飞回我的祖国，立即投入到反法西斯的战斗中去！

可恶的法西斯，可恶的日本人，他们为什么要发动战争，为什么要侵占别人的领土，为什么要屠戮无辜的平民百姓，为什么要让整个世界都不得安宁呢？面对凶残的敌人，我们只能以牙还牙，用自己年轻的生命，投入到这场伟大的战争中去，去打败侵略者，打败法西斯！让和平的阳光照亮世界的每一个地方，让世界上每一个地方的人们，都能在阳光下和平地从事劳动和建设，让老人们能在和平的阳光下悠闲地散步，让孩子们能在和平的阳光下愉快地做游戏，让世界永远不再有杀戮和战争！

正义一定会战胜邪恶。等我们打败了法西斯，我们一定还会再打回来的！等到战争结束了，我一定要再来到这个地方，看看长眠在这里的战友，看看这里的黄山黄河，看看这里皇帝的宫殿，看看这里的万里长城……

再见了，亲爱的战友；再见了，亲爱的中国！

苏联空军志愿队队长史才尼阔夫大尉，在离别中国的那一天，在回国途中写下了这样一段日记。这段日记，从中可以窥见苏联空军志愿队员离别中国时的些许心迹——至此，由于苏德战争爆发，1941年8月前，苏联援华军事顾问、空军志愿队员全部离开中国，回国参加卫国战争去了——正如史才尼阔夫大尉所预言的那样，到1945年苏联军队攻克柏林，打败希特勒后，苏联政府废除了与日本人签订的《苏日中立条约》，于8月7日正式对日宣战，苏联红军果然又打回了中国东北，最终同中国人民一起，把日本侵略者赶出了中国。

4. 迟到的美国"飞虎队"

1941年夏天，川东地区已接连20多天没有下雨，天热得出奇。就连地处重庆郊外的黄山上，已是草木皆枯，连竹子也开了花。站在山岚上举眼望去，平地给人心头增添若多的烦闷和焦躁。

清晨，蒋介石站在黄山"云岫楼"后山上，久久地眺望着遥远的天边，半天没有挪动他的脚步。夫人宋美龄站在他身后，没敢上前打扰他。

这些日子来，让蒋介石操心和揪心的事实在太多了。前线的战事越来越紧，后方的情形越来越糟，中国抗战进入到更艰难的时期。日本人将零式飞机投入中国战场之后，中日空军力量的对比更加悬殊。而今，苏联空军志愿队应召回国了，据空军司令部报告，目前中国空军只剩下37架战斗机和31架轰炸机，根本无法在天空中与日本人进行抗衡了。日本人取得完全的制空权后，无论白天晚上，都在不断地对我军前沿阵地进行轰炸，对后方城市实施空袭，完全无所顾忌恣意横行。

第八章 历史的天空永远铭记

美国飞虎队队长陈纳德

苏德战争开始后，由于苏联对中国的军事援助断绝，西北援华大通道一时间便冷寂起来；而叫人愤懑的是，由于英国人屈服于日本人的讹诈，竟然宣布从1940年7月起开始封锁滇缅公路，切断了中国获得外援的唯一通道——而今，中国的抗战真正到了孤立无援、单打独斗的境地了。

面对眼前的局面，该何去何从啊！

"达令，克莱尔他来了。"宋美龄看见航空委员会顾问陈纳德风尘仆仆地来到山坡下，正在朝上观望，她走上前低声对蒋介石讲道。

"哦。"蒋介石一下从冥思中惊醒过来，听说克莱尔来了，他的脸上舒展了一些，转过身就从山上大步走了下来。

"啊，克莱尔，你一路辛苦了。"蒋介石走下山，见陈纳德立正给他敬礼，他赶紧上前握住他的手，又亲切地拍了拍他的肩膀，"走，我们到里边坐下谈吧。"

进了屋，陈纳德端坐沙发上，没有吭声，只是静静地注视着蒋介石，等待着他说话——他知道，昨天晚上他刚回到重庆，蒋介石今天一早就急急地要召见他，肯定有什么重要的事要跟他交谈。

早在去年10月，针对当时日趋紧张的国际形势，以及日本零式飞机出现在中国的天空时，为改变战局，未雨绸缪，陈纳德就向蒋介石建议：要求美国政府提供一支空军部队，把日本航空队摧毁在基地里；同时袭扰日本的海上通道，使其无法轰炸中国的沿海地区和滇缅公路，并"把战争扩大到日本本土"，以"从根本上解决问题"。蒋介石接受了陈纳德的建议，亲自写信给美国总统罗斯福，要求美国能在今后3个月内，向中国派遣一支有500架飞机的志愿队，同时能提供一笔贷款作为实施该计划的经费。信发出之后，为了实现这一计划，蒋介石夫妇委托陈纳德前往美国完成这一任务。

陈纳德受命于危难之中，于当年11月与中国空军副司令毛邦初同往美国，去执行这一神圣的使命。

但要完成这项使命，谈何容易！此时美国朝野上下，都把目光聚焦在欧洲战场上，而对长期坚持对日作战的中国却视而不见，中国成为这些人眼中"被遗忘的战场"。所以陈纳德与毛邦初等人到了美国后，听到的只有敷衍推托之辞，面对的只有张张冷漠的脸孔。幸好具有全球战略眼光的罗斯福总统，在知道了中国战场目前的形势和中国政府的要求后，也同几年前的苏联领导人斯大林一样，他敏锐地意识到：只有支持中国抗战，才能拖住日本人的手脚；只有中国坚持抗战，才能使美国放手实施"先欧后亚，先德后日"的全球战略。

当罗斯福再次收到蒋介石的求救信后，他对副国务卿威尔斯说："我确实很担心，如果我们不迅速采取行动，中国国内的局势怕会进一步恶化。"他又对财政部长摩根索说："如果中国能轰炸日本本土，那将是一件好的事情。"罗斯福的态度，当然能够影响美国高层的决策。海军部长诺克斯表示愿意与中国合作建立一个美国志愿航空队，国务卿赫尔也赞成向中国提供一定数量的飞机——他们的目的，就是让中国能拖住日本，推迟日本南进，使美国能够赢得时间扩军备战，从而从容地对付日本。

但美陆军参谋长马歇尔和陆军航空队司令阿诺德则认为：陈纳德这个美国退役的陆军上尉，虽然他自称是中国空军上校，但只不过是一个雇佣军人和冒险家而已，不必认真对待此人和他充满幻想的计划。他们认为陈纳德的计划不但花费太大，太危险，而且太出格了！于是，此项计划在他们手中被搁置下来。

直到当年年底，由于日本南进战略步伐加快，美日矛盾日益加剧，罗斯福权衡利弊，终于力排众议，于12月17日批准了向中国提供军事援助的计划，并于12月29日对美国公众发表了"炉边谈话"。1941年3月11日国会通过《租借法案》后，罗斯福借助这个《法案》，指示尽快制定新的援华法案。

1941年4月15日，罗斯福签署了一项秘密的行政命令，同意中国购买原定援英的100架P-40B战斗机，同时允许美国预备役军官和陆海军退役人员参加援华志愿航空队。

在得到罗斯福的首肯后，在中国驻美特使宋子文等人的支持下，陈纳德等人便在美国各州四处奔波起来，他们以远东的冒险活动和高额薪饷招募美国空、地志愿人员，并用中央飞机制造公司的名义与他们签订为期1年的合同。他们招募的美国空军志愿人员，与苏联空军志愿队队员的待遇不同：苏联空军志愿队员是正常履行职责，他们的薪酬在苏联国内领取；而这个合同规定的美国飞行员月薪为600美元、中队长750美元、地勤人员不低于250美元、击毁1架日本飞机奖励500美元，同时为每一个志愿人员购买10000美元的人寿保险，伤残或死亡后本人或亲属可得到6个月的薪水，并支付死者的丧葬费等。

苏联飞虎队——苏联空军志愿队援华抗日纪实

陈纳德的这一举动，被人贬斥为他是在组建一支雇佣军。但陈纳德对此莞尔一笑，并不忌讳雇佣军一说，他认为英国诗人霍斯曼的《纪念一支雇佣军》的诗句，就是促使罗斯福总统赞成组建美国志愿航空队的重要原因之一。这首诗这样写道：

当天堂摇摇欲坠的时候，
当大地分崩离析的时候，
他们响应雇主的号召，
拿着酬金，英勇献身。
他们用肩膀担起欲坠的天空，
他们的双脚维系住大地的根基，
他们保卫被上帝遗弃的一切，
他们为金钱拯救了天下万物……

由于陈纳德等人的努力，7月10日，一批由110名飞行员、150名左右的地勤人员组成的美国航空志愿队，乘荷兰班轮"杰格斯范泰"号从美国出发，横跨太平洋前往远东。日本间谍得知这些人的真实身份和目的地后，日本海军舰只准备在公海拦截他们。为了保证这些人员的安全，美国派出2艘巡洋舰护航到澳大利亚，尔后再由荷兰巡洋舰护航，这才使日本海军没敢轻举妄动。"杰格斯范泰"号途经新加坡，于7月28日安全到达缅甸仰光。

美国飞虎队飞行员在战机前留影

在苏联断绝对中国的军事援助，苏联空军志愿队即将撤回国内的时刻，蒋介石在得知美国空军志愿队已到达仰光，特别是陈纳德已经回到重庆的消息后，他大喜过望。天一亮，他立即就召见了回重庆述职的陈纳德。

窗外热风吹拂，树丛中夏蝉在嘶嘶鸣叫。

客厅内，一只旧朽的落地扇转动起来。蒋介石坐下后，见陈纳德默默地注视着他，他看了陈纳德一眼，微笑着点点头："克莱尔上校，你这次回到美国，任务完成得很好，没有辜负我的期望。"

"委员长，这是我职责所在！"陈纳德听宋美龄给他翻译完蒋介石的话，他呼地站了起来，答道。

"今天我找你来，想向你宣布国民政府军事委员会的两个决定，同时和你商谈有关美国空军志愿队的具体事宜。"蒋介石摆了摆手，客气地让陈纳德坐下后，接着说道，"一个决定是，明天我将发布军事委员会的训令，宣布成立'中国空军志愿大队'；另一个决定是，这个空军志愿大队，由你担任大队长，全权负责管理指挥！"

"感谢委员长的信任！"陈纳德又站了起来，向蒋介石敬了一个标准的军礼,"我不会辜负您的期望!"

"坐下、坐下。"蒋介石摆摆手,"我还有更重要的事跟你商谈。"

美国飞虎队战机翱翔在中国天空

1941年8月1日,这个由陈纳德指挥、以美国人为主组成的"中国空军志愿大队"正式成立,下辖3个中队,有美国和中国空地人员270名,其中飞行员84名。紧接着,陈纳德赶回仰光,率队前往缅甸同古机场,开始进行军事训练,随时准备投入战斗。

在缅甸同古训练期间,这些来自美国陆海军和民航的志愿队员,都是些血气方刚、精力充沛的小伙子,他们与苏联空军志愿队那些举止严肃,甚至有点刻板的小伙子们不同,为了打发在闷热潮湿的缅甸偏僻之处单调乏味的生活,他们将3个中队分别取名为"亚当与夏娃"、"熊猫"和"地狱里的天使";并描绘了各中队的标志,并参照杂志上登载的北非战场德国飞机的图案,在自己的战斗机头画上眼放凶光、血盆大口中露出两排牙齿的虎鲸,聊以排遣寂寞增加乐趣。

12月20日,"中国空军志愿队"首次参加了在昆明上空的空战,他们不辱使命,以1架飞机损伤的代价,取得击落日本9架轰炸机的战果。其神勇的表现,让这几年来饱受日机轰炸之苦的昆明人民扬眉吐气、欢欣鼓舞。由于中国传统文化认为云从龙,风从虎,虎而能飞,其猛则无比。中外记者在其报道中,纷纷对"中国空军志愿队"引用"飞虎"这一生动而又形象的称谓——这,就是苏联空军志愿队撤离中国后,后来活跃于中国天空、威震日寇的美国"飞虎队"的由来。

1942年7月4日午夜,陈纳德率领的这支队伍奉命解散,正式组建为美国航空特遣队——它从成立到解散,历时11个月。美国"飞虎队"同苏联空军志愿队一样,在多次空战中大胜日军,击落日机299架,也取得非凡战绩。自编入美国空军部队后,他们还参加了中印缅等处无数次战斗,在战斗中不断发展壮大,取得更加骄人的战绩——由于这支部队仍归陈纳德指挥,中国人还是习惯称呼这支部队为"飞虎队"。

当然,这就不是本书要叙述的内容了。

5. 战火洗礼的苏联英雄

从1937年9月到1941年8月,苏联军事顾问、苏联空军志愿队官兵采取轮换的方式来到中国,参加了中国人民的抗日战争。在此期间,苏联军事顾问协助中国军队制订了保卫武汉、南昌、宜昌、长沙等地的作战计划,帮助中国训练了大批作战指挥人员、空军飞行员和地勤人员,以及坦克手等机械化部队人员;2000多名空军飞行员,在中国的天空参加了50多次大的战斗,出动上千架次的飞机轰炸了日本的机场、舰船和阵地,236名战友长眠在了中国土地上。

来到中国的这些苏联军事顾问、空军将士奉命回国后,他们后来到什么地方去了,最终结局如何呢?

苏联飞虎队——苏联空军志愿队援华抗日纪实

这些军事顾问、空军将士回国后，立即被派往前线，参加了苏联伟大的卫国战争。苏联军事顾问经过中国抗日战争的洗礼，回国后大都成为卫国战争著名的指挥员，如军事顾问朱可夫元帅回国后，后来协助斯大林指挥列宁格勒保卫战、攻克德国柏林等重大战役；军事顾问日加列夫也成为苏联空军元帅，指挥所属部队参加了莫斯科保卫战等著名战役，1949—1957年任苏联空军总司令。经过中国战场的洗礼，回国后的苏联空军志愿队飞行员，有的人在战争中牺牲，有的人活到了战争胜利结束。经查阅苏联已经解密的有关档案，这些人中有14人被苏联政府授予最高荣誉——"苏联英雄"称号，荣获"列宁勋章"，有的还成为苏联空军的主要将领。其中最著名的有：

（1）阿列克赛·谢尔盖耶维奇·布拉戈维申斯基。

布拉戈维申斯基于1909年10月出生在布列斯特的一个铁路工人家庭，白俄罗斯族人。1939年加入苏联共产党，1927年毕业于库尔斯克工业中专，后入伍在列宁格勒飞行理论学校、鲍力格列布军事航空学校学习。1937年12月至1938年8月来到中国，担任南昌基地歼击机机群指挥员。在11次空战中击落日机7架（其中有日本空军"四大天王"之一的潮田良平），并与战友一起击落2架。他率领的机群共打下40多架日本飞机。

布拉戈维申斯基是一位智勇双全的指挥员。1938年4月29日下午，他指挥驻南昌和武汉的苏联空军志愿队，围歼偷袭武汉地区的日本海军佐世保第12航空队36架96式战斗机、18架轰炸机。当防空警报一响起，布拉戈维申斯基第一个起飞，指挥苏联空军机群，形成了对日军包围的态势。经过30分钟激战，一举打下21架日机，打伤20余架，取得抗战以来中日空战的空前大捷。

5月31日，日本飞机再袭武汉，以报"4·29"一箭之仇。在日机到达前1小时，布拉戈维申斯基又是第一个起飞。中苏两国飞行员立即升空编队,形成一个立体空中阵地。当日机进入武汉上空后,见我方已有准备,不敢恋战掉头逃跑。中苏战机紧追不舍,予以痛击。第一波攻击就击落日机8架,而我方仅损失飞机2架。

由于布拉戈维申斯基在中国战场身先士卒,战功卓著,他和他的部下古班柯等3人被中国政府授予"金质奖章"。1938年11月,他被授予"苏联英雄"称号,荣获"列宁勋章"。苏联卫国战争开始后,他担任苏联远东方面军空军副司令,被授予中将军衔。1942年担任歼击航空军军长,并再次获得"苏联英雄"称号和"列宁勋章"。1994年病逝,葬于莫斯科。他的名字载入库尔斯克和布列斯特纪念馆。

(2) 费尔多·彼得罗维奇·波雷宁。

波雷宁曾3次来华支援中国的抗日作战。1933年至1934年,他受苏联政府委派,担任空军顾问团顾问,帮助中国建设发展空军;1937年11月至1938年4月来华参加对日作战,担任苏联CB-2轰炸机群指挥员;1939年初至1941年6月,他担任苏联阿拉木图—中国兰州航线总负责人,克服重重困难,亲手将400余架飞机交给了中国空军。

1937年底,南京失陷后,蒋介石亲自接见了苏联军事顾问日加列夫、轰炸机大队长波雷宁等人,要求苏联空军志愿队对南京机场给予毁灭性打击。1月26日,苏联轰炸机群轰炸了南京机场,给予日军沉重打击。同年2月23日,波雷宁又亲自率领28架轰炸机,出其不意地轰炸了日军占领的台湾松山机场,炸毁敌机40余架、营房数十栋、机库3座及可供使用3年的航空汽油,而我方完好无损返回基地。

波雷宁回国后任苏联陆军第13集团军空军司令,苏德战争期间,历任布良斯克方面军空军司令,空军第2、第6集团军副司令;1943年任空军第6集团军司令。指挥所属部队参加过莫斯科会战和杰米扬斯克、第聂伯河右岸乌克兰、白俄罗斯、卢布林—布列斯特战役,1943年获空军中将军衔。1944

年11月出任波兰人民军空军司令。参加华沙——波兹南和柏林等战役。1946年晋升苏联空军上将；1959年任苏联空军后勤部长。1971年退役，1981年11月去逝，葬于莫斯科。曾2次荣获"苏联英雄"称号和"列宁勋章"。

（3）奥列斯特·尼古拉耶维奇·鲍罗维科夫。

鲍罗维科夫1908年12月生于伊凡诺沃市一个工人家庭，俄罗斯族人，1930年入伍，1931年加入苏联共产党，1932年毕业于谢尔盖霍夫飞行员学校。

1938年8月，他参加了援华对日作战，担任轰炸机指挥员。他9次带领轰炸机大队或机群作战，共炸沉日舰13艘，其中1艘载有32架战斗机。1939年2月被授予"苏联英雄"称号和荣获"列宁勋章"。1956年退役时为空军上校，后在基洛夫市生活。1978年12月在该市逝世。

（4）格里高利·潘捷列耶维奇·克拉夫琴科。

克拉夫琴科1912年10月生于第聂伯彼得洛夫斯克州一个农民家庭，俄罗斯族人。1931年加入苏联共产党。1932年毕业于飞行员学校。自1934年夏天起，在苏联空军科研所工作，参与过多项航空科学试验，1941年毕业于苏联总参军事学院。

克拉夫琴科于1938年3月至8月参加援华对日作战，担任伊-16歼击机分队长、中队长、大队长等职。参加过广州、武汉空中保卫战，参加战斗飞行76次，作战8次，击落日机6架。他的座机曾2次被击伤，1次被迫跳伞后，被我中国军民营救。

1939年2月，克拉夫琴科被授予"苏联英雄"称号，荣获"列宁勋章"。回国后，他担任飞行大队长、第22歼击机团长，在苏联远东地区击落3架日机，并与战友协同击落4架日机。因其战功卓著，1939年8月，再次获得"苏联英雄"称号。在卫国战争期间，他担任第11混合航空师师长、第3集团军航空兵司令、最高统帅部大本营第8突击机群指挥员。1942年7月起任第215歼击航空兵师长。1943年2月23日在对敌空战中牺牲。他的骨灰安放在莫斯科红场克里姆林宫墙上。在他的家乡，为他塑了一座铜像，莫斯科的一条街道也以他的名字命名。

（5）铁木菲·铁木菲耶维奇·赫留金。

赫留金1938年来华参加对日作战，在此期间，他先后参加了南京、武汉等地100多次对日军阵地的轰炸行动，支援中国陆军地面作战。他曾参加对日军占领的台北松山机场的轰炸，也曾率领12架轰炸机一举炸沉日军1艘巡洋舰，为此获得中国政府颁发的"金质奖章"。1939年2月被授予"苏联英雄"称号，荣获"列宁勋章"。

在苏联卫国战争期间，任西南方面军空军司令，第1、第8航空集团军司令。战后担任过苏联空军副司令，空军上将军衔。在1953年的一次军事演习中，他所乘卡车在去部队途中突然出现险情：一群妇女突然从路边冲了出来，司机慌了手脚，来不及刹车，但赫留金反应极快，抓过驾驶员方向盘冲向泥潭。妇女们得救了，而他却受了重伤，于1953年7月19日辞世，葬于莫斯科处女坟。

（6）叶普盖尼·马卡罗维奇·尼古拉延科。

尼古拉延科1905年9月17日生于英吉廖夫州一个农民家庭，白俄罗斯族人。1927年入伍，1929年加入苏联共产党，1930年毕业于苏联飞行员学校。在参加援华对日作战中，曾担任飞行大队大队长、歼击机群指挥员，并亲自参加了5次大的空战，击落2架日机。由于他指挥得力，作战勇敢，1939年2月被授予"苏联英雄"称号，荣获"列宁勋章"。

在苏联卫国战争中，他曾担任西南方面军空军司令员、空军中将军衔，因战功卓著，再次获得"苏联英雄"称号和"列宁勋章"。1952年毕业于苏联总参军事学院。1956年退役，1961年4月16日去世。

（7）伊万·巴甫洛维奇·谢利瓦诺夫。

谢利瓦诺夫1903年6月生于莫斯科一个农民家庭，俄罗斯族人。1924年入伍，1926年加入苏联共产党。1930年毕业于奥伦堡飞行员学校，1938年来华参加抗日战争，担任领航员，共参加过15次空袭作战，战绩卓著。1939年2月被授予"苏联英雄"称号，荣获"列宁勋章"。

在苏联卫国战争期间，他曾担任空军巡视员、航空集团军总领航员，再次荣获"苏联英雄"称号和"列宁勋章"。战后晋升为空军少将。1954年退役，1984年10月去世，葬于莫斯科。

此外，在中国战场获得"苏联英雄"称号和"列宁勋章"的还有库里申科、兹维列夫、古班柯、盖达连科、斯柳萨列夫、苏普伦、苏霍夫等人——这些为了中国人民的解放事业，曾经翱翔在中国的天空，痛击日本侵略者的英雄们，他们永远活在中国人民心中。

6. 薪火相传两代守墓人

潮起潮落，云卷云舒。

青山依在，大江依然。

清晨，当天边刚露出一缕微光，一个孱弱的耄耋老人，手里提着一个装着水果的竹篮，篮子里放着她亲手制作的一朵大白花，在另一个花甲老人的搀扶下，颤颤巍巍地爬上万县（今万州）西山公园的石阶，来到位于这里的苏联烈士陵园。

这里长眠着半个多世纪前牺牲的苏联空军少校——格里戈里·库里申科。老人清晰地记得，今天是库里申科的忌日，她要亲自再来为他扫一次墓，再来祭奠一次她心目中的这位英雄。

她叫谭忠惠，一个普通的中国的女性，而今已经80多岁了。几十年来，这座陵园倾注了老人太多的情愫，凝聚着老人太多的情结。

岁月的风霜，早已染白了她的头发；漫长的人生，或许使她的许多记忆

第八章 历史的天空永远铭记

早已淡忘，然而对于长眠在这里的库里申科，她却是铭记在心永志不忘的。

受人滴水之恩，定当涌泉相报。

谭忠惠作为一个土生土长的万县人，从小她就知道苏联英雄库里申科的故事，就知道这位苏联空军英雄为了帮助中国人民的抗日战争，打下了很多架日本飞机，最后英勇牺牲在了这里。出于对库里申科的爱戴和景仰，从1959年起，她就来到西山公园，一直默默地为库里申科守墓。在将近20年的时间里，无论早晨黄昏，还是刮风下雨，她都要仔细地清理墓地四周的杂草和落叶，"让英雄体面地安息"成了这个平凡女人最大的心愿。

那时，谭忠惠还年轻，每天早晨，她6点钟就起床，做好早饭后，就带着儿子魏映祥来到园里，开始了一天的忙碌。儿子累了可以回家休息，谭忠惠则必须要把园里的每个角落都打扫干净才回到家去。

儿子魏映祥，从小就跟着母亲来到这里，经常帮助母亲清除墓地的杂草，帮助母亲打扫陵园。天长日久耳濡目染，他对这座陵园也有着特殊的感情。

"我小时候，就看见母亲一天到晚都在这里劳作。冬天还好，可以按时回家，夏天则不行。"魏映祥说，万州天气热，母亲晚上要不停地巡视每个角落，经常是八九点才能回去。印象中，母亲每次回来总是拖着疲惫的身子。回想起当初与母亲一起来扫墓时的情形，魏映祥说，母亲当时带着他到这个园子里来，经常给他讲库里申科的英雄故事，还让他和这里的香樟树比个子，母亲在树上画出自己的身高，"看看儿子和小树，谁长得快。"

到了1977年，谭忠惠年纪大了，顺理成章地把守墓的这份责任交给了自己的儿子。"这位外国英雄的家在苏联，离这里很远很远，他在这里没有一个亲人，我们不能让他感到孤单。你一定要把陵园看护好，让世世代代的人都来瞻仰这位英雄。"谭忠惠给儿子交班时，这样反复地嘱咐自己的儿子。魏映祥接班之后，按照母亲的嘱咐，30多年来，都默默地守护和打扫着库里申科墓地——晨霜暮雪，冬去春来，他们母子两代人，尽管与库里申科素昧平生，但已经默默在这里为库里申科守墓50多年，达半个多世纪！

"抗日战争时期，苏联飞行大队长库里申科来华同中国人民并肩作战，他动情地说：'我像体验我的祖国的灾难一样，体验着中国劳动人民正在遭受的灾难。'他英勇牺牲在中国大地上。中国人民没有忘记这位英雄，一对普通的中国母子已为他守陵半个多世纪。"2013年3月23日，国家主席习近平在莫斯科国际关系学院发表的题为《顺应时代前进潮流 促进世界和平发展》演讲时，曾饱含深情地这样讲道——习主席提到的这对母子，就是谭忠惠和他儿子魏映祥。

光阴荏苒，魏映祥而今也快60岁了。

魏映祥曾听母亲说过，1951年春天，在抗美援朝时期，万县人民募捐数万元购买了1架飞机，为了纪念苏联空军英雄，这架飞机被命名为"库里申科"号，飞赴朝鲜前线作战。

他还清楚地记得，1958年10月8日，库里申科夫人塔玛拉和女儿英娜来到万县，给"失踪"了近20年的库里申科扫墓。又过了31年，1989年10月，万县对外友协举行库里申科牺牲50周年纪念活动时，英娜带着女儿别列谢多娃参加了这个活动。当年21岁的大学生英娜，这时已是52岁的老人了。带着多年的沧桑和感怀，带着多年的思念和感激，英娜再次含泪站在父亲的墓前时，哽咽着发表了十分动人的讲话："感谢热情的万县人民，将我父亲的墓园修整得这么完好。我们俄语中有一句成语叫'谁也不会忘记'。"

英娜的女儿别列谢多娃接着母亲的话说："我对中国的同志表示无限的感谢！我代表苏联的第三代，向中国的人民表示衷心的感谢！我希望我们两国人民的后代，能像老一辈那样，都要记住那些为革命献身的烈士的名字，为两国人民的友谊，为两国关系不断发展巩固作出努力，让俄中两国的友谊万古长青！"

2009年9月，在新中国成立60周年之际，全国评选出100位为新中国成立作出突出贡献的英雄模范人物，这之中只有3个外籍人：一个是加拿大诺尔曼·白求恩，一个是美国人埃德加·斯诺，另一个就是长眠在中国万县西山公园的苏联人格里戈里·库里申科——评选委员会给库里申科的评语是："为中国抗战而牺牲的苏联勇士。"

2010年12月，在中俄大型跨国公益寻亲节目《等着我》中，库里申科的外孙谢尔盖·古什涅廖夫动情地说："我去过万州，看到外公的陵墓被保存得很好，我非常感动，感谢你们还记得那段历史。"

有晨星落下去。

有太阳升起来。

晨光洒向肃穆静谧的陵园，这里绿草茵茵，空气清新。鸟儿在树丛中轻快地鸣叫，鲜花在晨风里轻轻摇曳。当年种下的翠柏和香樟树早已长大成林。谭忠惠来到陵园后，她慢慢地围着陵墓、墓碑转了一圈，满意地点了点头。然后，把那朵她亲手制作的大白花系在墓碑上，将篮子里的水果装在盘子里，敬献在库里申科墓前。

"我老了、老了，能来看您一回，就算一回吧……"老人低垂着眼帘，喃喃地对她陪伴了几十年的库里申科说道。

渐渐地，来陵园里的人多了起来。一群系着红领巾的少先队员在老师的带领下，抬着花篮来到了这里；一队举着团旗的青年团员，抬着花圈，也来到了这里；少顷，当地的解放军和武警战士，也迈着整齐的步伐，来到这里……他们按照中国的传统习俗，年年都要来为中国人民解放事业而牺牲的烈士扫墓。

苏联飞虎队——苏联空军志愿队援华抗日纪实

位于武汉解放公园的苏联空军烈士陵园

这条大江从我家乡流过，

就在这里库里申科壮烈牺牲。

为了赞颂这永恒不朽的生命，

江水日夜歌唱着中苏友好的歌。

……

感激地仰望着十月革命的圣火，

永记着为中国战斗过的库里申科！

……

  诗人方敬那饱含深情的诗句，像一首永不泯灭的歌，代表着中国人民的心声，越过万水千山，回荡在大江之畔，高山之巅，云空之上，寰宇之间……

第八章　历史的天空永远铭记

尾　声

青山依旧在，几度夕阳红。

武汉苏联空军志愿队烈士纪念碑

1957年9月，新中国成立后，中国军事代表团访问苏联。作为代表团副团长的叶剑英元帅来到基辅军区访问，军区司令员崔可夫元帅亲自到飞机舷梯旁迎接他。两位老朋友见面，激动不已，长时间热烈拥抱。在场的人见此情形，都惊诧不已——其实，早在抗日战争时期，崔可夫在担任驻华武官,叶剑英担任第18集团军驻重庆代表时,两人就结下深厚的友谊。

叶剑英访问基辅期间,崔可夫与他形影不离,两人经常彻夜长谈。临别之时,叶剑英向崔可夫元帅赠诗一首。这首诗表达了中苏两国军队和人民的战斗情谊和美好的愿景。诗曰:

别梦依稀十五年,
拨云破雾见青天。
德涅河畔会战友,
谈古论今话当年。
……

叶剑英元帅回国后,受崔可夫元帅之托,曾专门来到武汉解放公园苏联空军烈士陵园,看望了崔可夫牺牲在中国的战友。叶帅来到墓前,镌刻在近10米高的烈士纪念碑上的一段中俄文字,让他久久驻足凝视沉思:"为了中国人民的解放事业,苏联空军志愿队的烈士们的鲜血和中国人民的鲜血融合在一起了,他们将永远活在中国人民心中……"

时间延续到2015年5月,俄罗斯卫星网报道,中国国家主席习近平远赴莫斯科,参加了二战胜利70周年纪念活动。欢迎中国领导人的隆重仪式在总统宾馆举行,习近平在这里与二战苏联老战士见面,并颁发了纪念章。

93岁的季托连科是受邀的20名老战士之一。战争时期他曾在远东滨海边疆机场任航空技术人员。他在接受采访时说,中国国家主席习近平举止亲切朴素,着重强调了对老战士们的尊敬之情。习近平感谢老战士们为中国抗日战争伟大胜利作出的贡献,并声明中国将永远不会忘记苏联在抗日战争时期对中国的帮助。

高山巍峨,大江浩渺;云空深邃,天路遥遥,一群白色的鸽子,带着

尾 声

一声哨响,划破蓝天,远远飞去,留下永恒的印迹……

2014年7月25日完稿于重庆江津四面山中
2015年1月18日修改于重庆江津津华苑

后 记

早就想用文学的形式来表现这段珍贵的历史了。

2009年秋，应中国航空工业集团之邀，在采写《鹰击长空——歼10总设计师宋文骢的传奇人生》时，我在北京、南京、成都、重庆、昆明等地查阅了大量的有关中国空军的史料。从这些史料中，我惊异地发现：在中国人民抗战艰难的时期，最先来到中国帮助中国人民抗战的，不是声名显赫的美国"飞虎队"，而是苏联空军志愿队！苏联空军志愿队在中国的天空中，与侵华日军进行了长达4年的生死较量。这段历史，催人泪下、可歌可泣。然而，这段珍贵的历史，已被岁月的烟尘湮没了半个多世纪，不但世人知之甚少，甚而完全不知。

不能不说这是中国抗战史上的一大遗憾。

2015年，是世界反法西斯战争胜利和中国人民抗战胜利70周年，中俄两国元首商定，由两国政府共同举办胜利庆典和一系列纪念活动。中国人民抗日战争和苏联人民卫国战争，是第二次世界大战波澜壮阔的重要篇章。在抗战胜利70周年之际，将苏联空军志愿队援华抗日的这段历史呈现于世，是我辈义不容辞的责任。

从2010年起，我在撰写《中国核潜艇诞生纪实》长篇报告文学的同时，广泛收集苏联空军援华抗日的资料，去伪存真，去芜存菁，去粗取精，逐步构思。这个过程，耗去我近3年时间。从2014年1月在键盘上敲下第一个文字起，耗去了大半年时间。写作过程，艰难苦涩。一是资料匮乏，现今存世的资料大多是论文之类，能构成文学的材料十分缺乏；二是题材太大，驾驭困难，要用文学的形式很好表现出来，让本书具有较强的可读性，难度不小、颇费踌躇。

在动手写作之前，就确定了几条原则：一是既是报告文学，就必须尊重史实，经得起史学家们的挑剔，不能像如今有的"纪实文学"那样，为了"好看"而采用写小说的手段，凭空杜撰贻误读者；二是作为一部文学作品，要力求通俗易懂，让普通读者，特别是青少年适合阅读；三是为避免枯燥重复，选材必须精当，不能面面俱到，所以对苏联空军志愿队在南昌、兰州、成都、昆明等地的空战，只能采取蜻蜓点水的方式，点到即止。

写作过程中，有两件事给了我莫大的刺激，促使我一定要坚持写下去。6月5日上午，正埋头写作，突然听见城市上空响起一阵又一阵凄厉的警报声！一时间，我有些茫然无措，不知何处发生了何种灾难。当晚看《重庆新闻联播》才知，原来这一天是重庆人民遭受日寇大轰炸受难日！多年来，重庆市人民政府以这种方式来向死者致哀，告诫生者千万不要忘却这段悲惨的历史！

此前两天，2014年6月3日，我所知道的成都市84岁老人苏良秀，向日本东京法院提起诉讼，控告日本轰炸机1941年轰炸成都时，她家房屋全部被炸毁，全家6口人都被炸死。老人泣血疾呼道：60多年来，有谁来给她道过一次歉，有谁来安抚一下她那颗伤痕累累的心？半个多世纪以来，她的心里一直在流着血。

以史为鉴，才能明得失。在日本当局否定侵略历史、妄图复活军国主义的今天，我们尤其应当警醒再警醒；我们还要告诉子孙们，绝不能忘记中华民族那段惨烈而屈辱的历史。

在本书写作过程中，感谢中航工业集团、中航611所、中航132厂、中国兵器工业209所等单位的大力支持。苏联空军志愿队援华抗日这段历史，可以说是波澜壮阔、惊心动魄、跌宕起伏、内涵丰富，但由于资料所限，年代久远、作者水平等因素,难免取舍失度、挂一漏万,漏误难免,还望方家不吝指正,以求再版时更正。

感谢为此书付梓付出辛劳的编辑和朋友们。

舒德骑

2015年1月18日